Ernesto Yaarón

Sangre de Obsidiana

A mi padre Juan Manuel,
por todos los años que me diste,
tu amor y tus consejos.
Vivirás siempre dentro de mí,
en mis sueños y en mis recuerdos.

A mi madre Miriam,
a quien amo con todo mi corazón,
porque sé que siempre cuento contigo.
Gracias por tu amor y tu cariño.

Y a mi hermano Iván Alexander,
mi mejor amigo y cómplice,
mi compañero de sueños y aventuras.

A mi familia, los amo.

CIUDAD DE MEXICO-TENOCHTITLAN

PERSONAJES PRINCIPALES

Itzcoatl	Plebeyo de Oaxtepec
Mazatzin (Mazatl)	Noble de Oaxtepec
Itzel	Plebeya de Oaxtepec
Zentli	Padre de Itzcoatl
Quetzalli	Madre de Itzcoatl
Axochitl (Axo)	Princesa de Cuauhnahuac
Zantlalotl	Capitán de Cuauhnahuac
Cuauhtototzin	Rey de Cuauhnahuac
Moctezuma Ilhuicamina	Huey Tlatoani, rey de Tenochtitlan
Tlacaelel	Cihuacoatl, Primer ministro de Tenochtitlan, hermano de Moctezuma
Maquitzin	Esposa de Tlacaelel
Zacatzin	Rey de Huitzilopochco, Capitán-general de Tenochtitlan, hermano de Moctezuma
Aztacoatl	Alguacil Mayor de Tenochtitlan, hermano de Tlacaelel
Iquehuac	Hijo de Moctezuma, capitán
Machimale	Hijo de Moctezuma, capitán
Cacama	Hijo de Tlacaelel, capitán
Ceyaotl	Capitán mexica
Cuauhnochtli	Mayordomo de Moctezuma
Huihtonal	Mayordomo de Tlacaelel
Quiahuitl (Quiah)	"Alegradora"
Cuauhtlatoa	Rey de Tlatelolco
Nezahualcoyotl	Rey de Texcoco
Azcalxochitl	Reina de Texcoco
Totoquihuatzin	Rey de Tlacopan
Nanahuatzin	Señor de los Comerciantes
Tleyotol	Pochteca o comerciante de Tlatelolco

En tanto que el mundo exista,
jamás deberá olvidarse la gloria y
el honor de México-Tenochtitlan.

CHIMALPAHIN CUAUHTLEHUANITZIN

Por los territorios del México Antiguo, expandiéndose desde el valle del Anahuac, una peligrosa, poderosa e imparable fuerza amenazaba con cambiar el curso de la historia del Cemanahuac, el Único Mundo.

La entidad llamada *Excan Tlahtoloyan*, mejor conocida como la Triple Alianza, integrada por los tres reinos de Tlacopan, Texcoco y Tenochtitlan, tras hacerse del control del valle del Anahuac, llevó la guerra a territorios desconocidos más allá de la cuenca, en busca de honor, gloria y también, de riquezas inimaginables.

Con Mexico-Tenochtitlan a la cabeza de la Triple Alianza, el pueblo mexica (azteca) se lanzó impetuoso sobre cualquiera que se atreviera a desafiarlo, haciéndose de indiscutible poder, de respeto y admiración, como de un odio encarnado, creciendo su reino tanto en poder militar como económico y político, volviéndose más grande y poderoso que cualquier otro reino. Tenochtitlan se había convertido en el centro del mundo, la capital de un vasto imperio, el más grande jamás antes visto en Mesoamérica: el Imperio mexica.

La guerra se convirtió en la profesión por excelencia, y cada niño mexica nacía como un soldado para pelear por el imperio, motivados a encontrar honor y gloria tras su muerte… en el campo de batalla o en el altar.

Capítulo I

Plumas de Quetzal

a tranquilidad de la noche fue interrumpida cuando los quejidos de una mujer en parto despertaron al barrio, reflejando tanto dolor como satisfacción, siguiendo las indicaciones de la partera tratando de traer al mundo a un niño, un hombre, un guerrero.

Los gritos aumentaron de intensidad cuando se acercó el momento del alumbramiento, haciendo temblar al marido dando vueltas en el patio arrastrando su pierna derecha magullada, acompañado por sus vecinos y familiares. En cuclillas, la mujer seguía pujando mientras la partera le daba a beber una poción con las raíces de la planta *cihuapatli* para intentar aliviar su dolor, junto a medio dedo de cola de tlacuache para facilitar el parto.

De pronto se hizo el silencio y el tiempo se detuvo unos instantes, retomando su paso habitual al escucharse el llanto del recién nacido.

La comadrona, al verlo varón, dio gritos de alegría, levantándolo en el aire, exhortándolo a la guerra, cantando:

Tu hogar no está aquí, porque eres un águila o un jaguar,
esto es solo un lugar donde anidar, la guerra es tu tarea.
Debes darle bebida, comida, alimento a nuestro dios.
Quizá merezcas la muerte por el cuchillo de obsidiana,
que tu corazón no vacile, que ansíe el florecer de la muerte.
Que saboree el aroma, la frescura, la dulzura de la oscuridad.

El padre se abrió paso a empujones entre los concurrentes hacinados en la entrada, acercándose nerviosamente a su mujer acostada sobre la estera con su hijo en brazos, sonriendo al contemplar a su pequeño.

—Zentli, tenemos un hermoso niño —informó Quetzalli a su marido cuando se acercó a ella, titubeante.

El hombre, un guerrero de rostro áspero y cuerpo fornido, siempre se cuidaba de mostrar sus emociones, pero esa ocasión, Zentli no pudo evitar que una sonrisa cruzara su impasible rostro.

Continuaba añorando sus tiempos de guerra, los cuales terminaron cuando fue herido en la pierna derecha, impidiéndole volver a pelear o realizar cualquier otra actividad física que implicara estar de pie por largos periodos. Con su hijo, veía la posibilidad de transmitirle su amor por la guerra y así continuar su legado.

Después fue el turno de los invitados de entrar para recibir al niño, untando un puñado de cal en sus rodillas preparándolo para la dura vida, recitando: «venido eres a padecer; ven, sufre y padece».

El cordón umbilical, una vez cortado, le fue entregado a un guerrero para ser enterrado en un campo de batalla, asegurando de esa manera el futuro bélico del niño, obsequiándole a la vez una pequeña espada y un escudo de juguete representando su futuro, pues crecería para dedicarse a la profesión más alabada. Su obligación era la guerra.

A los siete días de nacido, el niño fue llevado ante el *tonalpouhqui*, el sacerdote adivinador del pueblo, para ser bautizado. El sacerdote, viejo y desgarbado, de enorme nariz torcida bajo muy pobladas cejas canosas, recibió a Zentli y a Quetzalli en su hogar sentado apacible sobre la estera fumando una pipa, con el *tonalamatl* o «libro de los días» en el suelo extendido a sus anchas. Iba ataviado con una blanca manta bordada con una franja azul y semicírculos rojos, un collar de esferas de jadeíta, brazaletes de plata y pendientes de jade incrustados en sus orejas, meciéndose a su espalda largas plumas de guacamaya cayendo del sombrero abombado con franjas blanquiazules del hombre de los días, el señor de la suerte, el adivino. La tira de papel de *amatl* (corteza de árbol) de hasta seis metros de largo mostraba la compleja escritura compuesta por un sinfín de intrincadas imágenes y símbolos con las que los sacerdotes predecían el futuro, elegían los nombres de los niños e indicaban los días propicios para celebrar las fiestas.

Absorto en el libro, el *tonalpouhqui* reconoció para el niño un futuro repleto de maravillas. No debía equivocarse en su predicción, los dioses no se lo perdonarían. El destino del niño estaba escrito en las estrellas, escogido por los dioses desde antes de nacer.

—«Serpiente de Obsidiana» —exclamó el sacerdote adivinador con determinación—. Su nombre será Itzcoatl.

Itzcoatl nació de familia *macehual*, es decir plebeya, en la ciudad de Oaxtepec, rodeada de espesos bosques y extensos campos de flores, ríos de aguas claras y cerros levantándose al cielo, donde la vida era alegre y la naturaleza gobernaba con soltura; que como muchas otras, había caído ante los mexicas, encantando la mirada de los invasores con su belleza natural, quienes no dudaron en asentarse y formar sus familias con las mujeres del lugar, igual de hermosas que su tierra, adoptando tiempo después los pobladores de la ciudad la identidad de los conquistadores, dispuestos a proteger y defender los intereses de su capital, Tenochtitlan, a pesar de su lejanía.

Zentli, su padre, era un guerrero de Tenochtitlan, quien llegó junto a la guerra y se dedicó a educar a su hijo bajo el ideal bélico-religioso de los mexicas. Aprendió el niño desde muy temprana edad a anhelar la guerra, a inclinarse ante el imperio, a honrar a los dioses e inclusive, a morir por ellos. En manos del guerrero, su educación fue por mucho más rígida que la del resto de los niños del barrio, recibiendo dolorosos castigos si acaso desobedecía; desde pinchazos con espinas de maguey hasta respirar humazos de chile.

Por el contrario, Quetzalli, su madre, era una dulce mujer, delgada y menuda, de origen tlahuica nacida en Oaxtepec, quien a los quince años se casó con el feroz guerrero para transmitir la ansiada sangre mexica a sus descendientes. Mimaba a su hijo a cada oportunidad, enseñándole a apreciar el mundo natural, así como el de los espíritus, incitándolo a soñar, a reír y a disfrutar la vida.

De esta manera, vivió Itzcoatl irremediablemente entre dos mundos opuestos; de un lado su padre Zentli, un furioso guerrero; del otro, su madre Quetzalli, una amorosa mujer.

Diecisiete años transcurrieron y el niño se convirtió en un fornido mancebo, de baja estatura y larga cabellera negra peinada con coleta alta, de rígidas facciones y mirada melancólica que nunca se disipaba. Humilde y muy trabajador.

Desde temprano se levantaba para ocuparse de las labores del hogar; sembrando la parcela, cargando maderos para la hoguera y alimentando los guajolotes. Actividades muy arraigadas en él, marcadas en su piel por la ira de su padre.

—¡Eh, Itzcoatl! Te faltan aquellos maderos —le gritó su padre desde la puerta, apoyándose en su bastón, más viejo e igual de exigente.

—Está por comenzar la fiesta, puede hacerlo después —intervino su madre, sonriendo amorosamente.

Pocas veces se entrometía en su educación, pero cuando lo hacía, su esposo quedaba desarmado ante su ternura.

—Lo consientes demasiado —replicó Zentli, gruñendo, y cediendo, permitiéndole a su hijo salir.

—Gracias, padre —dijo Itzcoatl con una reverencia, dirigiendo a su madre una tímida sonrisa en agradecimiento.

Aunque Itzcoatl creció serio y taciturno, era curioso y soñador a la vez, actitud influenciada por su madre, que se reservaba a expresar por miedo a su padre. La música y risas en las calles en tiempos de fiesta le llevaban a imaginar una infinidad de situaciones, escenarios y personas, celebrando en lugares lejanos para venerar a los dioses.

Como cada doscientos tres días, se celebraba la *Xochilhuitl* o «fiesta de las Flores», exclusivas de Xochipilli, dios de la danza, los juegos y el amor. En su honor, la gente pasaba cuatro noches en ayuno, pero no un ayuno cualquiera, sino carnal. El gozo sexual debía cesar, o de lo contrario muy dolorosas y vergonzosas enfermedades caerían sobre los genitales de quienes incumpliera las ordenanzas divinas.

Al quinto día, la fiesta comenzaba.

La plaza se encontraba llena, la gente de todos los barrios atendió a la ceremonia, bailando, conversando o comiendo del banquete mientras el representante del dios bailaba al ritmo de sonoros tambores y dulces flautas seguido de danzantes con atuendos confeccionados de coloridas flores junto a un altar hecho de flores y ramas, exhibiendo ofrendas de cinco tamales con *chimolli* (mole) y dos pasteles de *tzoalli* (amaranto) apelmazados con miel, adornados con la *xochimitl* «flecha de flores».

Itzcoatl se reunió con Mazatzin[1], su mejor y único amigo: un noble alto, apuesto y delgado, de cabello castaño quebradizo peinado con una coleta alta. Era soberbio y elegante, siempre vistiendo hermosas capas y brillantes adornos, siendo hijo de uno de los hombres más influyentes y ricos de la ciudad.

Nunca nadie supo en qué circunstancias pudieron ambos conocerse y formar tan fuerte lazo de amistad, siendo tan contrarios.

—¡Lograste venir! —exclamó Mazatzin, contento por verlo.

—Apenas —respondió Itzcoatl, acercándose, sonriendo.

---

1 El sufijo *tzin* se agregaba al final de los nombres de los altos dignatarios y nobles, siendo una forma de reverencia o de respeto.

Separados por sus estratos sociales, eran escasos los momentos que compartían, siendo a veces aquellas fiestas su única oportunidad.

—Mejor nos apuramos, ¡o se terminarán la comida!

A los seis años se conocieron en una fiesta similar, rondando por la plaza, perdidos entre la muchedumbre.

Aquella vez visitó por primera y última vez la ostentosa mansión de Mazatzin, hecha de piedra y su exterior tapizado de enlucido blanco, con bellos jardines y un amplio patio rodeado de habitaciones de muros estucados alumbrados con teas, muy diferente a su pequeña morada de adobe y techo de paja. Encontró en su interior a hombres y mujeres trabajando apurados, sin entender por qué se encontraban ahí.

En ese entonces no conocía el significado de la servidumbre pues no le servía a nadie y nadie le servía a él. Itzcoatl vivía solo para él y para los suyos, a diferencia de Mazatzin quien desde temprana edad contaba con una gran cantidad de sirvientes y esclavos a su disposición

Su visita terminó abruptamente en cuanto el señor Topaltzin, padre de Mazatzin, los vio. Exhibiendo sus blancos dientes inferiores por el dije de jade incrustado en su barbilla, gritó enardecido ordenándole salir y nunca volver, pues los plebeyos no tenían permitido entrar a las casas solariegas, únicamente en condición de *tlalmaitin* o *tlacotin*[2].

Tiempo después, Itzcoatl se percataría de su condición inferior.

Sin embargo, desde ese momento, Itzcoatl y Mazatzin se volvieron inseparables y nadie ni nada fue capaz de cambiarlo, pero, así como las temporadas pasan, no habría de ser diferente con ellos dos.

Sin falta, todos los varones a partir de los diez años asistían a uno de los dos colegios para recibir la educación obligatoria, donde la vida era dura e infinitamente mucho más severa que en sus hogares.

Itzcoatl por su condición social entró al *tepochcalli* o «casa de los Jóvenes»; escuela destinada para los plebeyos, donde se les instruía sobre la guerra, la ética y la moral, se les enseñaban los rituales para los dioses, el calendario de las fiestas y la historia de los pueblos.

Zentli llevó a su hijo personalmente al cumplir su décima primavera, recordándole la importancia del sagrado recinto al que estaba a punto de entrar e Itzcoatl grabó cada una de las palabras que le dijo:

---

2 Los *mayequeh* o *tlalmaitin* eran campesinos que por diversas razones no poseían tierras, arrendando las de los nobles ofreciéndose como sus sirvientes. Los *tlacotin* eran los esclavos llegados a esta condición; como pago de una deuda o condena, por voluntad propia o al ser capturados en batalla.

—Hijo mío, escúchame. Ahí dentro te harán un hombre, te harán un guerrero, pero debes ganarte el derecho, el privilegio, debes honrar a tu familia y a ti mismo, siguiendo estas reglas que te doy: siempre obedece a tus superiores sin queja o duda; habrás de levantarte temprano y venir para aprender; lo que te fuese mandado tu harás sin dilación, no seas perezoso, no tardes si te llaman, harás lo que te mandan, lo que sepas que hay que hacer lo harás pronto; barrerás y compondrás, ¿entendido? Debes esforzarte mucho en este lugar.

Mucho le exigía para hacer honor a su nombre: Itzcoatl. El mismo nombre del cuarto rey de Tenochtitlan, padre del imperio, el libertador de su pueblo e impulsor de la grandeza mexica. Para su desgracia, vivió a la sombra de aquel gran rey, con el peso de su nombre sobre sus hombros y la mano implacable de su padre sobre su espalda.

—Aquí pelearás —continuó Zentli—. *Te volverás un hombre digno de respeto. Sufrirás, te harán correr y saltar, aquí trabajarás la tierra y la piedra. Aprenderás la historia de los pueblos y el arte de la guerra. Serás humillado, golpeado, abatido, menospreciado. Pero nunca tomes brío ni soberbia, endurece tu cuerpo en las penas.*

De niño, solo pudo asentir a la arenga, sin imaginar que la vida ahí sería mucho peor de lo que el discurso de Zentli le advirtió.

Tras ser sometido a dolorosos castigos, entre golpizas y pinchazos de maguey, a muy pesados trabajos; labrando las tierras del colegio, trayendo maderos de los bosques y ocupándose de las obras públicas del pueblo, y a arduos entrenamientos; practicando combates usando macanas de madera hueca, adornadas con plumas cubiertas de pintura para revelar los golpes, Itzcoatl sobresalió entre su clase como guerrero nato; era fuerte y ágil, aprendía rápido y además era capaz de blandir su arma con la zurda, técnica muy alabada.

Conforme el entrenamiento continuaba, se separaba a los jóvenes respecto a sus destrezas y aquellos no aptos para la guerra se enfocaban en otras profesiones como orfebrería, carpintería y alfarería.

A diferencia del plebeyo, Mazatzin al ser de la nobleza ingresó al *calmecac* o «Hilera de Casas»; colegio donde se educaba a los futuros gobernantes, capitanes, sacerdotes, funcionarios, arquitectos, médicos y escribas. Dirigido únicamente por sacerdotes, se regía muy diferente al colegio de plebeyos; los alumnos debían permanecer y vivir dentro del recinto, bajo las estrictas normas de los sacerdotes quienes llevaban una difícil existencia; diario haciendo penitencia, velando noches enteras, bañándose con agua fría, durmiendo sin cobijas y ayunando.

Él también fue llevado por su padre, quien tuvo que entregar mantas y joyas al director del colegio para que permitiera la entrada a su hijo, sin que el señor Topaltzin dejara de hacer muecas, disgustado por tener que rebajarse. Mazatzin se orgullecía de su actitud cuando se presentó ante el sacerdote de Quetzalcoatl y éste le preguntó:

—Dime, Mazatl, ¿qué deseas ser de grande? ¿Quizás un guerrero o un sacerdote?, ¿te unirás a los escribas o a los maestros constructores?

—Se dedicará al gobierno, como funcionario —respondió el padre.

El director permaneció en silencio, censurando la intromisión.

—Un guerrero —replicó Mazatzin sin preocuparse por contradecir a su padre—. El mejor de Oaxtepec y del imperio.

El director aplaudió su respuesta, satisfecho por la actitud del niño desafiando a su padre, permitiéndole ingresar a la casa de Quetzalcoatl.

Desde entonces, el orgulloso señor Topaltzin no volvió a dirigirle la palabra a su hijo, un asunto de poca importancia para Mazatzin.

Los sabios y sagrados hombres se encargaban de educar a los niños nobles en diversas materias como teología, historia, administración, leyes, matemáticas y astronomía, les enseñaban a leer y a escribir, a seguir los rituales religiosos, a combatir y a dirigir. Sabios-guerreros nacían en el interior de éste colegio/monasterio.

Mazatzin, aunque era perezoso y soberbio —lo cual le trajo graves problemas con los sacerdotes—, llegó a dominar rápidamente todas sus materias, demostrando además ser un buen guerrero, desarrollando un estilo de pelea único haciendo uso de dos espadas a la vez.

En ocasiones, se les permitía a los jóvenes de ambos colegios dejar sus aulas para refrescarse y despejar su mente de las tediosas clases y arduos entrenamientos para asistir al *cuicacalli* o «Casa de Canto»; la escuela de Música donde concurrían tanto hombres como mujeres con el propósito de aprender los bailes y cantos para las fiestas, y como consecuencia, buscar una pareja. Bajo la dirección de profesionales, la educación artística era muy rica y placentera.

—¿Estás listo? —preguntó Mazatzin al ver a Itzcoatl llegando desde su colegio—. Vamos a bailar, o por lo menos a intentarlo esta vez.

—Estoy cansado —le respondió, disimulando su alegría al ver una cara amigable, siempre rechazado por sus compañeros de clase.

Ninguno de ellos era apreciado por los demás jóvenes de su edad, siendo excluidos debido a sus personalidades divergentes; Mazatzin por su arrogancia, aprendida de sus padres; e Itzcoatl por a su carácter aprensivo, impuesto por la rígida educación de su padre.

—Tendrás que aguantar, amigo. Es obligatorio asistir. Por suerte, a las muchachas también se les obliga participar, ¡imagínate lo aburrido que sería si no! Y déjame decirte algo, a ellas les encanta bailar.

En la escuela de Música era donde se formaban los futuros músicos y danzantes profesionales, pues sin ellos, ¿qué sería de la vida?

En la entrada, las muchachas aguardaban pacientemente la apertura del recinto, ataviadas con largas camisolas de colores blancos, rojos o azules bordados con líneas o flores, soles o alegres mariposas, algunas entalladas, dejando entrever sus pechos y caderas; otras usaban dos prendas, un camisón y una falda enrollada a su cintura. Hecha la ropa por ellas mismas, confeccionaban sus ajuares a su gusto, demostrando a la vez, su habilidad en el arte textil, presentándose muy aderezadas con llamativas alhajas; la nobleza de oro o plata, mientras las plebeyas se conformaban con conchas o semillas.

Entre tanto, los jóvenes apenas llegaban de sus colegios, exhibiendo sus torsos desnudos, de brazos fuertes y pectorales marcados, vistiendo los plebeyos sencillos pañetes blancos, los nobles de colores bordados, atados a sus cinturas, colgando los extremos de la prenda al frente.

Al verse, hombres y mujeres, relucía la curiosidad y emoción innata de sus edades ante el sexo opuesto; conforme crecían se fueron fijando en detalles nunca antes siquiera notados, eran vecinos o amigos desde que eran niños, pero a esa edad, eran prospectos de matrimonio.

De entre la multitud, los bellos ojos de color avellana de una moza se posaron sobre los de Itzcoatl, cautivándolo. Era linda y sonriente, menuda, de pechos pequeños y caderas reducidas, sus cabellos castaños brillaban con el sol y sus grandes ojos eran como avellanas, bellos y soñadores. Su personalidad sencilla y animosa atraía a muchos jóvenes, pero su delgadez no le hacía un buen prospecto de esposa.

Mazatzin percibió el embelesamiento e intervino rápidamente.

—¿Cómo se llama la afortunada? —le susurró a Itzcoatl.

—Itzel… —espetó Itzcoatl, todavía distraído. Al darse cuenta de su confesión, su rostro se encendió de inmediato.

Mientras la moza se alejaba con sus compañeras, Itzcoatl no pudo evitar admirar su sutil belleza. Él tenía diecisiete años y ella quince, edad propicia para el matrimonio.

—No pareces tan cansado después de todo —alegó Mazatzin en un tono burlón, codeando su compañero en las costillas.

Itzcoatl fingió no escucharlo, contemplando la figura de la moza desapareciendo en el interior de la escuela de Música.

—Vamos, no sé qué esperas para ir a cortejarla. Lo más difícil está hecho, ya tienes su atención. Además, es plebeya...

Itzcoatl nada sabía del amor. Mazatzin tampoco, pero sí del cortejo. Seguro y carismático con las muchachas, a quienes rechazaba por obligación y no por convicción, al estar previamente comprometido con la hija de una noble familia acaudalada del barrio vecino, Mazatzin cortejaba solo a las aprendices de sacerdotisas, gozando con ellas de los placeres carnales a escondidas, aprovechando que nunca se casarían y nadie les pediría prueba de su pureza. A diferencia de los plebeyos, él no podía elegir pareja, solo por medio de sus padres se podía concertar un matrimonio para él, y así a los veinte años, irremediablemente, se uniría en matrimonio con una total desconocida.

Fue solo gracias a Mazatzin que Itzcoatl se aventuró en cortejar a la alegre moza, quien no opuso resistencia alguna, volviéndose en efecto, con el paso del tiempo, una pareja dulce y acaramelada. Asunto del cual el joven noble después se arrepentiría.

Oaxtepec era frecuentemente visitado por mercaderes *pochteca*, quienes viajaban por los territorios del imperio comerciando productos del Anahuac y trayendo también nuevas y exóticas mercaderías, muy codiciadas por la alta sociedad; además informaban a la gente sobre la capital, las campañas militares y las extrañas tierras lejanas que recién habían sido anexadas al imperio, apoderándose de la atención de los pobladores, enterándose de lo que sucedía más allá de sus fronteras.

Gracias a ellos se supo acerca de las calamidades que se vivieron en Tenochtitlan entre los años de 1447 y 1450: la plaga de langostas, una inundación y fuertes heladas, pero otro mal acechaba, expandiéndose lentamente más allá del altiplano: la Gran Sequía.

Un mercader en particular frecuentaba la ciudad, un joven elegante y amable, querido por todo Oaxtepec, llamado Tleyotol.

—Los dioses nos ponen a prueba, pero aún con ello, Tenochtitlan prevalecerá —señalaba Tleyotol a donde quiera que fuera, en especial entre los reinos bajo el control del imperio, advirtiendo sobre el poder de la capital si llegaban a rebelarse.

Las palabras del mercader no causaban miedo sino esperanzas a los pobladores de Oaxtepec, animándose con cada visita de aquel hombre de negocios, viajero y guerrero, esperando su regreso para comerciar con él. Algunos le vendían, muchos otros le compraban, y si alguien se emocionaba más por su visita, ese era Itzcoatl, que cada dos meses le esperaba a la entrada de la ciudad cuando regresaba, recibiéndole con miles de interrogantes sobre la capital, el imperio y la guerra.

Tleyotol disfrutaba de narrarle todo esto y más al muchacho en sus ratos libres. Le recordaba a sí mismo cuando era joven, impaciente por emprender su primer viaje como comerciante, por explorar las tierras y encontrar nuevos productos para vender.

—Calma, joven amigo, ya te llegará tu oportunidad de combatir, de conocer el mundo y de visitar la capital —respondía Tleyotol ante la curiosidad del mancebo.

—No quiero esperar más —se quejaba Itzcoatl, exasperado.

—Cuando menos lo esperes, tu destino te alcanzará.

—Ojalá así sea, buen señor, ojalá. Pero hoy vengo con usted por un asunto de especial importancia —comentó Itzcoatl.

Su repentino cambio de humor sorprendió al mercader, ahora se mostraba decidido y seguro de sí.

La relación entre Itzcoatl e Itzel gradualmente se fue intensificando, viéndoseles juntos en las clases de danza, paseando en el mercado o durante las fiestas, nunca sin separarse, aislándose del resto del mundo en sus arranques amorosos. Mazatzin, aunque intentaba mantener su distancia para proveerles de privacidad, era al único que le permitían acompañarlos, muchas veces a insistencia de Itzcoatl.

En ocasiones, Itzcoatl le pedía su opinión, y si bien Mazatzin no apreciaba a la moza pues alejaba a su amigo de él, con quien tenía poco tiempo para compartir y nunca sin ella, solo decía alabanzas sobre ella, complaciendo al otro dándole su aprobación.

Su situación dio mucho de qué hablar, en especial entre los padres de ambos, quienes preocupados trataban de supervisar sus andares, rondando siempre el deseo junto a esa curiosidad innata de los jóvenes, que la estricta educación estorbaba, prohibiendo cualquier aventura o de lo contrario el honor de ambas familias quedaría mancillado.

Itzel ya tenía edad para casarse y sus padres estaban esperanzados en Itzcoatl como su futuro yerno. Un hombre así; bien parecido, honrado, y muy trabajador, era un buen prospecto para su hija. Pero lo realmente importante era no pasar vergüenzas y desposar a Itzel lo antes posible.

—¿Puedo contar con usted? —preguntó Itzcoatl al mercader.

—Por supuesto, joven. Considérelo hecho —contestó Tleyotol.

Ambos se marcharon a sus respectivas moradas, contentos por su previa negociación. Y mientras Tleyotol se iba, la desgracia llegaba.

El clima fue cambiando, pero le pareció imposible a la gente de Oaxtepec que su maravillosa ciudad fuera a padecer la misma desdicha que vivía el altiplano. Su soberbia les impidió darse cuenta del peligro acechando y pronto pagarían el precio.

El calor fue en aumento y las temporadas de lluvias cesaron antes de lo normal, socavando las cosechas. El cielo se mantenía despejado sin rastro de nubes cargadas y apenas unas cuantas ráfagas de aire soplaban de vez en cuando refrescando los cuerpos sudorosos y exhaustos de los habitantes que ya no podían andar sin sandalias. Sin nubes, no existía sombra que cubriera de la inclemencia solar, ni mucho menos lluvias para alimentar los sembradíos.

Un año nuevo comenzaba junto al ciclo de las festividades del agua dedicadas a Tlallocantecuhtli, mejor conocido como Tlaloc, Dador del Vino de la Tierra, el dios de la Lluvia. Toda la comunidad se preparó afanosa esperando las lluvias tan necesarias para la vida, las cuales les fueron negadas varias temporadas atrás.

En el mes primero de Atlacualo, conforme la necesidad y urgencia de la situación incrementaban, extremosas medidas fueron tomadas por los sacerdotes del pueblo para solucionar el problema. Adoctrinados la mayoría de ellos en los rituales celebrados en Tenochtitlan, decidieron llevar a cabo las prácticas de la capital, de las cuales todos en el pueblo estaban enterados, pero no acostumbrados.

Era necesario para obtener abundantes lluvias, ofrecer un sacrificio a los temperamentales tlaloques, sirvientes de Tlaloc; pequeñas deidades similares a gnomos, encargadas de las lluvias y las tormentas. Exigían desde los tiempos de la antigua Tollan nada menos que el sacrificio de victimas especiales: niños.

En Oaxtepec, el sacrificio no era desconocido, pero distaba mucho de una práctica frecuente. Era en la capital donde aquellas actividades se llevaban a cabo con insistencia. Ahora, frente a la urgencia, con el hambre y el calor inmisericorde, la gente estaba dispuesta a intentar lo que fuera por unas cuantas gotas de agua.

Del templo de Tlaloc se prepararon los sacerdotes al servicio de la lluvia para iniciar su recorrido por el pueblo. Con una única misión abandonaron las calurosas salas ataviados con las insignias de Tlaloc: mantas azules y amuletos de caracoles, además del sombrero ancho del dios al que servían y la cara pintada con los ojos circulares y colmillos blancos torcidos del dios, remarcados en el rostro de los sacerdotes. La gente evitaba cruzarse con los sacerdotes para no ser despojados de sus pertenencias, así fueran nobles o plebeyos, ellos tenían el derecho de arrebatárselas considerándolas ofrendas.

Unos meses atrás, un nuevo integrante de la familia había llegado a la casa de Mazatzin. Auachtli, su madre, había concebido a un pequeño dormilón y glotón al que llamaron Xilonen, el menor de sus cuatro hijos. Mazatzin, debido a la discrepancia de edades, poco veía a sus hermanos, ya casados. Al nacer su nuevo hermano se propuso estar con él para no dejarlo solo, como él lo estuvo cuando niño. Se encariñó con Xilonen por su inocente sonrisa, y al ver a su madre feliz, se alegraba por ella, arrancándole enternecedoras sonrisas cuidando a su hermanito.

Los sacerdotes de Tlaloc no dudaron en visitar la casa.

Se encontraban cazando, en busca del regalo idóneo para ser al final del mes entregado a los tlaloques.

Durante uno de los breves momentos que le permitían a Mazatzin salir del colegio y visitar su hogar, fue interrumpido por la presencia de los hombres consagrados a la lluvia, provocándole disgusto, pues solo podían traer malas noticias.

—Madre, haz que tus doncellas se lleven a Xilonen a su cuarto. Ahí vienen los sacerdotes de Tlaloc —avisó Mazatzin.

—Déjalos entrar, no pasa nada —contestó Auachtli, ensimismada en su pequeño Xilonen jugueteando en sus brazos.

En el umbral de la habitación apareció el sacerdote principal de la Lluvia, contemplando la escena de juego entre la madre y su hijo. Era difícil saber si los vio conmovido o con repulsión.

—Noble señora, debemos inspeccionar a su hijo, es menester buscar señales en los infantes, excepción ninguna —dijo el sacerdote.

Auachtli vio al hombre y a sus acólitos con desprecio, iban sucios y olorosos pues tenían prohibido bañarse. Petulante, permitió la revisión de su hijo recalcando su molestia. Siempre fue de terribles actitudes, propensa a menospreciar a cualquiera sin importar su rango.

Mazatzin observó el proceso detenidamente recargado en la puerta, ninguno conocía las «señales» requeridas por los sacerdotes. El niño, sin estar habituado a otras manos excepto de su madre, al sentir las ásperas manos del sacerdote al cargarlo y oler su nauseabundo aroma, estalló en llanto. El hombre sonrió, era una excelente señal de lluvias.

—Dese prisa, para terminar con su desagradable presencia —instó Auachtli, molesta por el llanto provocado a su hijo.

Sin cuidado, el sacerdote inspeccionó al pequeño con movimientos bruscos de pies a cabeza, en donde su mirada se posó satisfecha.

—Su niño es perfecto para la ceremonia, señora Auachtli —indicó el sacerdote, entregando a sus ayudantes la criatura.

Por un instante, las palabras pronunciadas por el hombre no tuvieron sentido para los dueños de la casa, incapaces de escucharlas.

—Devuélvame a mi hijo —insistió la madre.

—Su hijo tiene las señales, señora. Vea los remolinos en su cabeza, es un signo indiscutible, debemos llevárnoslo y prepararlo.

—¿De qué me habla? No sea un necio —exclamó la ingenua señora, aturdida y con la voz resquebrajada—. ¡No puede hacerlo!

Auachtli comenzó a temblar, dirigiendo su mirada suplicante tanto a Xilonen, al sacerdote, a sus doncellas y a Mazatzin.

El pequeño no tuvo suerte, su sacrificio era obligatorio, su rango y riqueza no podían detener lo inevitable, ni hacerle frente a lo sagrado.

La madre finalmente había roto el sello de su fría actitud echándose a llorar en el piso desconsolada, estirando sus brazos pidiendo a su hijo.

Mazatzin apenas podía reconocer a su madre. Impotente, era testigo de la brutal escena golpeando su orgullo, al ver a su madre llorando de esa manera, arrastrándose ante el sacerdote perdiendo su dignidad. Su corazón se llenó de odio mezclado con tristeza, por saber a su madre vulnerable, a Xilonen indefenso y a él incapaz de protegerlos.

De pronto, se lanzó sobre el sacerdote, cayéndole a golpes, yendo los aprendices en auxilio de su superior.

—¿Quién crees que eres, muchacho? —exclamó furioso el hombre, con la cara ensangrentada—. Esto es un mandato de los dioses, ni tú ni yo podemos oponernos a sus designios.

Con dificultad, los acólitos contuvieron la furia del joven, todavía gritando y forcejeando. El sacerdote recobró su compostura, alejándose con el niño en sus brazos, habiendo pagado a la madre cinco grandes bolsas repletas de las valiosas semillas de cacao.

Los gritos de Mazatzin se apagaron quedando únicamente el sonido de su pesada respiración, solo su forcejeo perduró al librarse de los aprendices, cuando Xilonen desapareció en los brazos del sacerdote. El cuarto se llenó de los sollozos de Auachtli y sus sirvientas mientras a lo lejos se escuchaba al pequeño llorar por su madre. Finalmente, cansado de gritar y maldecir, Mazatzin cayó al suelo.

Nunca se había sentido tan impotente, derrumbándose su imagen de noble rico y poderoso, siendo agraviado de aquella forma.

En cuanto pudo recuperarse, abandonó los aposentos de su madre y se alejó de su casa sin mirar atrás, sintiendo vergüenza por su actitud hacia lo sagrado y a las leyes del mundo divino.

La gente reunida en la plaza, observaba a los padres de los niños a sacrificar, algunos mostrándose resignados y otros orgullosos, pues de ellos dependerían las lluvias. El ofrecer a sus hijos por el bienestar de la comunidad no era de ninguna manera una tarea fácil de enfrentar, y mucho menos de evitar. Las miradas de la gente recaían sobre aquellos padres a quienes se les exigía demasiado, debían acatar.

Con excepción de Mazatzin, el poblado entero festejaba. Itzcoatl, al enterarse de la elección de Xilonen y la agresión al sacerdote, tampoco asistió a la ceremonia, prefiriendo quedarse con su amigo en caso de necesitarlo, cuando ocurriera lo inevitable durante la ceremonia.

Cuando las primeras luces alumbraron la plaza, los niños a sacrificar aparecieron llevados sobre literas bañadas en plata, cubiertas de plumas de distintas aves, adornadas con figurillas de peces y nubes, lluvias y tormentas, exaltando la particularidad de cada niño en ellas, desfilando al son de flautas y tambores, cascabeles y platillos.

Encabezando la caravana, se encontraban tres sacerdotes de Tlaloc seguidos por los cuatro niños; tres varones y una niña, representando a los «dioses pequeños»: los tlaloques, llorando sin consuelo en sus asientos, alegrando a la gente impaciente por la lluvia. Iban los niños con tocados de plumas y collares de turquesa y de jade, con las caras pintadas de colores y pegadas a sus hombros unas especies de alas de papel, insignias de la lluvia. Cada niño vestía un atuendo diferente; el primero un vestido azul como el cielo, el segundo iba de rojo como la sangre, la tercera usaba ropas amarillas como las flores, y el cuarto, Xilonen, vestía telas verdes parecidas al jade.

Avanzando lentamente, fueron llevados al Cerro de los Huajes, que le había dado su nombre a la ciudad, donde culminaría la ceremonia.

Al pasar los niños, la gente lloraba, agradeciendo a sus padres que les acompañaban en la procesión hasta el final, cuando el requisito de los dioses sería cumplido justo en lo alto del cerro. Era difícil saber lo que por los corazones y mentes de los padres ocurría; si sentían orgullo por ser sus hijos escogidos por Tlaloc, lo que debería dar felicidad; o si era en realidad tristeza, al saber a sus pequeños niños condenados a abandonar la vida a tan temprana edad. Unos cuantos sonreían, otros intentaban no reflejar emoción, y los débiles de espíritu sollozaban, como el caso de Auachtli, causando descontento a la gente por verla descompuesta, pues se esperaba que alguien de su alcurnia diera el ejemplo. Su tristeza los desilusionaba.

A lo lejos, Mazatzin no se atrevía a desviar la mirada, reconociendo su debilidad. No apartaba la mirada.

El monte, paciente, observaba a sus presas acercarse. En el cielo del agua, la mirada circular entreabierta del celoso dios y sus pequeños asistentes poseía las animas de los que vivían abajo, esperaba con las fauces abiertas mostrando sus colmillos filosos sedientos de sangre, riéndose de los humanos, sometidos a su placer.

Muy lejos para poder ser visto con claridad, los niños en un instante dejaron de existir siendo remplazados en lo profundo del ser de sus padres por un dolor descomunal, que no dejaría nunca su lecho ni su pensamiento; aprenderían a vivir con el dolor o morirían para olvidar; recordarían cada amanecer el rostro de los pequeños y el sonido de sus risas ausentes, sus ojos grandes curiosos sin vida y su sueño pasivo, tranquilizador, eterno.

—Finalmente… —suspiró Mazatzin. Tomó una espina de maguey, cortando donde su corazón latía con dificultad, dejándose una profunda cicatriz en honor a su hermano—. Descansa en el Temoachan[3], disfruta del árbol de nuestro sustento, de los excesos, el Chichihuacuauhco. Contigo va mi corazón, Xilonen. Se quedará acompañándote.

Desde aquel día, no volvería a ser el mismo; un profundo dolor lo envolvería, acompañado de resentimiento; hacia sus padres, por haber permitido tal acto, y a quienes no volvería a ver; hacia los sacerdotes, por realizarlo, de quienes siempre reclamaría; y hasta hacia los dioses, por ordenarlo, a quienes dejaría de alabar.

En el Tlalocan, el paraíso de la lluvia, sentados sobre sus tronos de color azul turquesa adornados por caracoles, peces, conchas de mar, gotas de agua y truenos fulminantes, la diosa de las aguas y el señor de la lluvia, Chalchiuhtlicue y Tlaloc, sonreían satisfechos.

---

3 Temoachan; el paraíso donde iban los niños muertos al nacer o antes de tener uso de la razón, alimentados por un árbol de cuatro mil tetas que emanaban leche de donde podían mamar por la eternidad. Ahí también vivía el máximo dios mexica, Ometeotl, el creador.

Capítulo II

Sueños de Jade

En el reino de Cuauhnahuac (actualmente Cuernavaca), una llamativa procesión avanzaba con dirección hacia el palacio. Cientos de personas flanqueaban la marcha de cuatro hombres, cargando sobre sus hombros un bello y suntuoso camastro seguido de filas de nobles y soldados. La gente lanzaba flores a su paso y agitaba banderas en el aire por la avenida como muestra de su amor hacia una mujer, pero no era cualquier mujer, sino la más hermosa del mundo.

El ilustre camastro de madera oscura tallada, adornado con conejos de oro en los extremos de sus postes, engastados de brillantes gemas rojas, cubierto por blancas cortinas y repleto de suaves almohadones en su interior, provocaba curiosidad en los circundantes, pareciéndoles ser un pequeño palacio móvil. La procesión revelaba riquezas y un gran cariño. Doncellas custodiadas por guardias armados recibieron a la caravana en la entrada del palacio, arrojando flores y papeles brillantes a su llegada indicando a los hombres bajar el camastro y esperar a su virtuosa y sublime pasajera.

En el patio interior se encontraban los principales nobles del reino, en medio del singular grupo se mostraba el viejo rey de Cuauhnahuac, y al frente, sobre un basamento alzándose al centro del patio, vistiendo una primorosa túnica verde escondida tras un velo semitransparente del mismo color, se encontraba su hija más querida, de tan solo dieciocho años de edad, rodeada por bellas doncellas con vestidos multicolores danzando a su alrededor arriba del pedestal, cargando incensarios de cerámica policromada sahumando su figura con el humo de copal que se esparcía por el aire, dando al ritual un toque místico.

Los nobles cortaron papeles sagrados con figuras de goma derretida semejando a los dioses del camino Tlacotzontli y Zacantzontli, antes de arrojarlos a una fogata junto gotas de sangre obtenidas de sus lenguas, oídos y labios, pidiéndoles su protección para el viaje a realizarse.

Al finalizar la danza, la princesa se encaminó a la puerta llevada del brazo por su padre, el rey Cuauhtototzin, de setenta años, encorvado y delgado, envuelto en una gruesa capa bermeja de bordes blancos.

Posó ella frente a su padre a la entrada del palacio, vistiendo el velo transparente que el rey removió revelando la espectacular belleza de su hija para besar su frente. Con los ojos llorosos, ella desvió la mirada, y al advertir el camastro un terrible presentimiento le invadió su temple hasta entonces irreprochable, atreviéndose a preguntar a su padre:

—*Tahtzintli* (querido padre), ¿dónde están los guerreros mexicas?

—No los necesitamos —respondió el rey, conservando su espíritu orgulloso—. Debes darte prisa, tienes un largo viaje por delante.

—Debemos esperarlos o habrá confusiones —insistió ella.

—Los hombres de Cuauhnahuac son bravos también —expresó el viejo rey, convencido—. La única confusión es que habrás llegado sin ellos y estarás frente al Templo Mayor antes de lo pactado.

En el acto aparecieron quince soldados fuertemente armados con sus escudos y lanzas, espadas y lanza-dardos, adornados para la batalla con las caras pintadas por franjas rojas horizontales, vistiendo armaduras de algodón entretejido y de fibra de maguey protegiendo su espalda, pecho y abdomen. El líder del escuadrón portaba un extravagante casco con forma de panal, meciéndose plumas y listones cayendo de la punta a su espalda, ataviado con una manta verde con bordes dorados, brazaletes de turquesa en sus brazos, un pañete blanco y un collar de jade, como utilizaban aquellos de buena cuna.

Los soldados, aguerridos e imperturbables, no pronunciaban palabra alguna, no desviaban la mirada ni hacían movimientos sin el permiso de su líder, el capitán Zantlalotl, a quien ella conocía bien.

—Pero, *tahtzin*... —replicó ella, siendo censurada con premura.

—Es tiempo, no queremos hacer esperar a Tenochtitlan.

Obedeciendo a su padre, la princesa guardó silencio, olvidándose de los mexicas, de su hogar y de su tierra, resignada a no discutir. Aún antes de partir podía sentir la nostalgia apoderarse de su alma. Su padre la miraba con ojos llenos de amor, capaz de adivinar sus pensamientos con certeza. En un intento por consolarla, con sutil ademán, le entregó sin titubear uno de sus máximos tesoros.

—Toma, hija —dijo con la voz quebrada—, un último obsequio de éste viejo. La navaja de tu abuelo el rey Tezcacohuatzin. Es tuya ahora, te protegerá. Te cuidará bien. Empúñala como se te enseñó, sin miedo afronta los peligros. Tómala, mi pluma de quetzal, mi piedra preciosa.

—No te defraudaré, querido padre.

La joven cogió la cuchilla y tanto hija como padre, ignorando las costumbres, olvidándose de las etiquetas, se abrazaron, arrebatando un suspiro a la concurrencia.

Subió ella a la litera y los hombres la elevaron, apurando el paso hacia la salida de la ciudad. Sus doncellas lloraron la ida de la joven. Su padre, adolorido pero orgulloso, dio media vuelta evitando ver como se alejaba de sus brazos. Los pobladores de Cuauhnahuac se despidieron de su princesa lanzando flores, semillas y papeles brillantes para la buena suerte de la viajera. Dentro de la litera, su silueta se asomaba con los rayos del sol atravesando la tela, la princesa se encontraba llorando en silencio, despidiéndose de su gente, de su ciudad y de la vida tal como la conocía.

—¡Ya viene, ya viene! —gritaron un grupo de niños corriendo por la calle, al ver a lo lejos de Oaxtepec llegar un elegante hombre de capa amarilla con motivos geométricos bordados, con pañete rojo quemado y botines de cuero, escoltado por soldados y cargadores llevando con la faja del *mecapalli* en sus frentes, los armazones de mercancías a sus espaldas. Era el *pochteca* Tleyotol.

Venía con el fin de vender, y también de informarse. La expansión de la Gran Sequía hacia otras tierras preocupó al imperio, cuando los tributos tlahuicas habían dejado de llegar meses atrás. Por orden del rey de Tenochtitlan, fue en pos de enterarse de la razón de la falta de pago, aprovechando para intentar hacer buenos negocios.

La gente del poblado le recibió deplorablemente, esperanzados por comprar comida, o lo que fuera frente a la escasez y las limitaciones de sus reservas.

Itzcoatl, a pesar del hambre, corrió animado hacia la plaza donde el mercader se encontraba, rodeado por la gente intercambiando vasijas, telas o plumas, esperando un buen trueque, alejándose decepcionados sin conseguir algo de comer.

—Señor Tleyotol, parece que ha tenido una ajetreada tarde —le dijo Itzcoatl mientras se acercaba para saludar al comerciante.

Tleyotol le miró con recelo tras su ligero comentario, pero pronto recobró su amistosa conducta.

—El calor vuelve a la gente violenta, lo sé bien; en otros pueblos andan igual desesperados por este calor que comenzó en estos lares. Son tiempos difíciles lo que se viven ahora, aquí y en la capital.

—Pero ¿de qué habla, buen hombre? Nada ha pasado aún, Tonatiuh puede ser impetuoso en ocasiones.

Otra mirada inquisitiva lanzó el mercante hacia el joven, extrañado por su ignorancia sobre lo que ocurría en el valle.

—¿Algo ocurre en Tenochtitlan? —apuró Itzcoatl, preocupado.

—Los tiempos duros. La capital ha pasado un par de años sin una gota de lluvia. Ahora que lo pienso, han sido casi cuatro.

—¿Cuatro años? Imposible. No me puedo imaginar cuatro años sin lluvia. ¿Cómo han hecho para sobrevivir?

—Los tributos, joven. Sin ellos no sé qué hubiera sido del Anahuac. Últimamente los envíos de estas tierras no han llegado a los almacenes imperiales, ¿sabes la razón del por qué? En Oaxtepec se recopilan los tributos de todos los reinos tlahuicas.

Tleyotol se encontraba investigando, buscando una explicación o una excusa para atacarlos.

—Sin las lluvias de este año, hay poca comida. Hasta los sacerdotes tan acostumbrados al ayuno andan hambrientos, imagínese.

—Entiendo... ya tengo lo que pediste, lo aparté —dijo de pronto Tleyotol, olvidando el asunto, y como por encanto, la preocupación por el hambre del mundo se esfumó.

El *pochteca* extrajo de uno de sus sacos una bolsa de papel dorado, lo sostuvo en sus manos un momento atento a la reacción del joven; se notó en sus ojos su asombro y alegría por la pieza a pesar de aún no verla. Retiró la envoltura exhibiendo un collar de piel de venado junto a un pendiente colgando: una pieza circular de plata brillante, y en ella, la imagen de una flor grabada cuidadosamente.

—Justo como lo pidió, ¿le complace?

—¡Por supuesto! —exclamó Itzcoatl admirando la pieza de arte con la mirada desorbitada—. Le agradezco, buen señor.

Itzcoatl lo pagó con semillas de cacao[4], cuantas pudo conseguir, la gran mayoría intercambiadas con Mazatzin.

---

4 Las semillas de cacao eran piezas muy importantes para la compra y venta de mercancías por su alto valor en las mesas de los nobles y su dificultad para conseguirlas.

—Siempre un placer hacer negocios. Si alguna vez vas a la capital, no dudes en visitarme en el barrio de Pochtlan, en Tlatelolco.

El trueque fue realizado sin titubear y tanto vendedor como cliente quedaron satisfechos, enfocados en el objeto de su transacción.

Tanto significaba para Itzcoatl aquel medallón. Era el paso directo a la madurez, a la felicidad tan anhelada y al amor. El collar iba dirigido a su amada, a la única dueña de su corazón.

Los meses siguieron pasando sin señal alguna de lluvia a pesar de los sacrificios efectuados, sin nube, trueno o ventisca que pudiera dar certeza a la gente que pronto habría de llover. La temporada de lluvias había pasado sin dejar caer una sola gota de agua en los sembradíos y solo fue gracias a una buena organización que las reservas de granos no se agotaron de inmediato, pero sin cosechas para reabastecer los silos, su límite estaba próximo.

Contrario a la mayoría que sufría físicamente, Mazatzin por su lado sufría en espíritu, considerando el sacrificio de su hermano en vano. En silencio reclamaba a los dioses y en especial, a los sacerdotes.

Itzcoatl y Mazatzin, así como la mayoría de los jóvenes, del diario eran enviados al río Yautepec para recoger agua y llevarla al pueblo, exponiéndolos al inclemente calor y al agotamiento físico, a las bestias del bosque y a los bárbaros rondando la llanura.

—Tlaloc nos maldice, te lo digo; nuestros rezos ignorados, nuestras ofrendas rechazadas —decía Itzcoatl abrumado por el calor cargando vasijas de cerámica con un madero sobre sus hombros.

—¿Qué te hace creer que a los dioses les importan nuestras penas? ¿Nuestras ofrendas? ¿Nuestros sacrificios? No somos de importancia, ¿por qué habríamos de serlo? —replicó secamente Mazatzin.

Esas afirmaciones eran demasiado atrevidas para Itzcoatl, quien no dudaba un instante en las palabras de los sacerdotes, y mucho menos en la participación de los dioses sobre su vida diaria.

—Tleyotol me dijo que se han inaugurado batallas sagradas con el fin de honrar a los dioses y alimentar a la tierra —comentó, ignorando los reclamos de su amigo—. Son las *Xochiyaoyotl* «Guerras Floridas». Los hombres ofrecen su sangre, arriesgándose a perecer en el campo de batalla. Si acaso sales victorioso, inclusive se puede llegar a ser de la nobleza, sin contar las riquezas. Debo ir a estas guerras, Mazatzin. Si quiero llegar a ser un gran guerrero debo combatir en ellas.

—Si has de ser un guerrero, primero debes de ser un hombre. Pronto saldremos de los colegios, podremos luchar y casarnos.

Ambos cumplirían en poco tiempo veinte años, siendo para entonces hombres, capaces de tener un oficio, un hogar y una mujer.

—¿Casarnos…? —murmuró Itzcoatl.

Las palabras de su amigo despertaron en él un plan secreto el cual anhelaba compartir, guardándoselo tras los últimos sucesos alrededor de Mazatzin, considerando primero el sufrimiento de su amigo.

—He comprado algo para Itzel. Digno de ella, espero.

Mazatzin se admiró al notar una emoción extraña en su amigo, su seriedad ingénita se había esfumando por unos momentos al dar su anuncio. No era común en él tanta agitación.

Sin más, Itzcoatl sacó de una pequeña bolsa de cuero el collar que le había sido entregado por el comerciante.

—Vaya que has comprado algo —exclamó Mazatzin.

—Muchas semillas de cacao me ha costado, ¿qué te parece?

—Es bello, además de valioso sin duda, pero… ¿qué te propones?

Mazatzin le lanzó una mirada sagaz, descubriendo lo que tramaba Itzcoatl con su fino regalo. Sabía sobre su propósito de antemano, pero quería escucharlo de su boca, aguardó la confirmación de su sospecha.

—Pediré a Itzel que sea mi esposa.

La suntuosa caravana de Cuauhnahuac marchaba bajo la sombra de los árboles, refrescándose del intenso calor acompañando su caminata por la llanura, menguando la disposición de soldados y cargadores por igual, obligados a rodear montes y cerros impidiendo el paso libre a la pesada litera con la joven de noble estirpe en su interior, sorteando las hondonadas y evitando cruzar por los desolados campos pues podrían llamar la atención de peligrosos adversarios.

Quince soldados rodeaban el transporte real, vigilando su seguridad, mientras ocho cargadores, cansados por el viaje como por la pesada carga de las pertenencias de la princesa, les seguían atrás, mientras los porteadores del camastro sufrían, además del peso y el cansancio, el constante movimiento de la muchacha en su interior, quien a cada paso que daban se exasperaba, dificultando su tarea.

No debían detenerse por ningún motivo, las órdenes del rey fueron precisas: «No se detengan hasta llegar». Sus guerreros acatarían sus mandatos, o al menos esa era su intención.

La princesa continuaba imaginando las maravillas de la capital del imperio y la vida que le esperaba allá, pues poco sabía de los mexicas a excepción de que eran grandes guerreros y conquistadores.

Veinticuatro años atrás, las huestes del Pueblo del Sol invadieron por primera vez las tierras tlahuicas, sometiéndolos al imperio. Ella aún no había nacido para recordarlo, en cambio, sí presenció la segunda conquista de su pueblo, a sus diez años de edad, cuando su pueblo se sublevó y los ejércitos mexicas regresaron bajo el mando del nuevo *Huey Tlatoani* Moctezuma Ilhuicamina.

Recordaba con espanto la guerra de su padre, principal propulsor de la rebelión contra Tenochtitlan, cuando las mujeres cubiertas en cenizas iban por las calles llorando a sus maridos muertos en batalla.

Moctezuma Ilhuicamina aplastó la rebelión, pero también perdonó al rey Cuauhtototzin, admirando su bravura, dejándole vivir y gobernar Cuauhnahuac sin inmiscuirse en los asuntos internos del reino, con la condición del pago constante de tributos anuales; de alimentos, plumas, mantas, joyas y eventualmente, de hombres para la guerra.

Cuauhnahuac llegó a aceptar la superioridad mexica, dejando crecer los lazos entre ambos pueblos, los cuales estaban por reforzar con el viaje de la princesa a Tenochtitlan.

El sueño escapó de la princesa cuando uno de los cargadores tropezó con una piedra, sacudiendo su camastro. Frustrada, se asomó al camino deseando haber llegado.

—¿Dónde vamos, capitán Zantlalotl? —preguntó soñolienta desde el interior de su litera al líder de la caravana adelante.

—Estamos llegando a Oaxtepec, Su Alteza. Falta poco.

—¿Oaxtepec? Pero, ¿qué hacemos aquí? El Anahuac está al norte, hombre ignorante, ¡no sabe por dónde va!

—Ordenes del rey Cuauhtototzin. Para evitar peligros no iremos por campo abierto, sino de pueblo en pueblo.

—Está loco, tardaremos días en llegar. Deténgase, es de noche y ya estoy harta, quiero descansar. El viaje me ha provocado mareos.

—Tengo órdenes —repetía el soldado.

—Ya no estamos en Cuauhnahuac y mi padre no está aquí, por lo que debe obedecerme a mí. ¿Le parece sabio andar por la noche entre árboles y bestias? ¡Deténgase ahora!

Como todo soldado, obedeció a la voz de mando sin tener forma de negarse, los consejos de la muchacha eran razonables, la noche no era aliada de los descuidados.

Con lujo y extravagancia llegaron a Oaxtepec. La gente del lugar, llena de curiosidad se acercó para ver quien se escondía detrás de las cortinas del suntuoso camastro, siendo empujada con brusquedad por los soldados preocupados por la seguridad de su princesa, pues, aunque ambos reinos eran tlahuicas y vasallos de Tenochtitlan, en el pasado fueron feroces rivales. El capitán Zantlalotl lo tenía muy presente, al haber vivido aquellos tiempos de rivalidad entre los señoríos de Cuauhnahuac, Oaxtepec, Totolapan, Yautepec y Ocuituco.

Se presentaron con el *tecuhtli* de Oaxtepec, gobernador del pueblo; señor altivo y de pésimo carácter, para pedir hospedaje, el cual aceptó con desgana al enterarse del motivo de su viaje, instruyéndole a uno de sus funcionarios llamado Ilhuitemoc darle posada a la princesa y a su comitiva en su propia casa.

A pesar de las limitaciones debido a la sequía, los nobles lograban conservar ciertos lujos por lo que se le pudo ofrecer a la princesa un banquete en la casa anfitriona. Sentada en un ostentoso taburete con cómodas almohadillas, la real jovenzuela probó los platillos traídos por la servidumbre: pato asado, verduras cocidas y flores acarameladas. El noble y su familia, expectantes, observaban a su invitada al otro lado de la mesa, conscientes de su linaje real.

—Gentil princesa, espero haya disfrutado de nuestros alimentos, tan limitados como estamos, fueron preparados especialmente para usted —comentó el noble Ilhuitemoc, en espera de algún cumplido.

La princesa lo miró fijamente a los ojos, volteando luego al resto de la familia y a Zantlalotl, su capitán, hincado en una esquina del cuarto procurando su protección, dándole a ella confianza.

—Su comida sabe a porquería, le sugiero reconsiderar su nobleza y deshacerse de ella. Hace quedar mal a la noble estirpe.

La familia se guardó su indignación, detestando a la mozuela.

Terminada la cena, se retiró a la habitación dispuesta para ella; era espaciosa y bien amueblada, con una amplia cama cubierta por sábanas colgando de los techos y biombos para que se vistiera, con un balcón dando al jardín interior. Cada uno de estos detalles fue aborrecido por la princesa, quien no sabía o no quería apreciar las atenciones.

Por la noche, recostada sobre su lecho en medio de la estancia con la mirada hacia el balcón, por donde la frágil luz de la luna se deslizaba, la nostalgia por su hogar, por su padre y su gente invadió a la princesa. Por unos momentos, los recuerdos le trazaron una sonrisa en su rostro, la cual se esfumó al instante de saberse lejos de su hogar.

Un repentino sentimiento de furia la llevó a levantarse, removiendo las sábanas agresivamente, despojándose de sus ropas que la ataban a su posición, a sus obligaciones y anhelos. Desnuda, expuesta ante la oscuridad, caminó hacia el balcón alumbrado por la metálica luz lunar filtrándose en el cuarto, llamándola. En lo alto del cielo nocturno, la brillante luna flotaba apaciblemente en la inmensidad del cosmos con las estrellas centelleando alrededor. La princesa cayó en un poderoso encantamiento, abandonando su privacidad exponiéndose en el balcón, siendo su escultural figura iluminada por el haz plateado de Meztli.

Imágenes de servidumbre y pobreza, de dolor y angustia la asaltaron impetuosamente, sucumbiendo su cuerpo ante aquel suplicio, dando un paso tras otro de vuela hacia la oscuridad, abandonando el palco como si huyera de algún mal tangible frente a ella. Siguió retrocediendo hasta tropezarse con el pie de su lecho, dejándose caer en el suave colchón, cubriéndose con las sábanas, cayendo rendida al cuidado de la diosa de la noche y los sueños, Yohualticitl.

A primera hora al amanecer, la caravana de la princesa abandonó Oaxtepec sin aguardar otro instante, dejando al pueblo intrigado por su inesperada visita y más por su pronta partida.

La vida en Oaxtepec continuaba a pesar de sus inclemencias; los hombres trabajaban la tierra, aunque sabían que no habría siembra; las mujeres cocinaban, así fueran solo las sobras; los niños jugaban en el campo, a pesar del calor; los sacerdotes se dedicaban a rezar, aun si no fueran estos escuchados; y los funcionarios administraban las reservas, creyendo poder controlar los daños del clima árido. En cuanto a los jóvenes, estudiaban por las tardes y al llegar la noche, bailaban hasta desmayarse. La escuela de Música continuaba sirviendo de descanso además de distracción de las dificultades.

Las clases comenzaban al crepúsculo y seguían hasta altas horas de la noche. Con la luna en el cenit, la música y danza no terminaban, los jóvenes cortejaban a las muchachas y ellas se hacían del rogar, mientras profesores y matronas hacían de chaperones. Alegría pura rodeaba la escuela de la Música, mientras los jóvenes bailaban alrededor de una enorme fogata en el patio central con sus compañeras, cantando, riendo y festejando, nadie de ahí lograba desanimarse.

«La tristeza es una emoción prohibida en este lugar», les decía su maestro. Era obedecida esa regla sin discusión aparente.

Itzcoatl, a pesar de su seriedad, sonreía a lapsos bailando con Itzel, y Mazatzin rodeado de muchachas deseando bailar con él, no perdía la sonrisa ni por un segundo, volviéndose un experto en las artes de la seducción, con su retórica, su humor sutil y su refinado baile.

Después de perderse al dar vueltas, cambiar parejas, danzar y cantar, Itzcoatl e Itzel se volvieron a encontrar con Mazatzin en un rincón del patio del colegio, tratando de recuperar el aliento.

—No puedo bailar otra melodía. Miren mis pies lastimosos, no sé cómo sigo caminando —comentó Mazatzin exagerando su condición, divirtiendo a sus compañeros.

La música cubrió la escuela, escuchándose los sonoros y rítmicos tambores retumbando la tierra, y el dulce y suave sonido de las flautas surcando el aire. Iluminados por la gran fogata llamando a la alegría y a la dicha, el ambiente comenzaba a acalorarse en más de un sentido, cambiando la frescura de la noche por una danza de vapor corporal, empapados de sudor los cuerpos acelerados de los mancebos como de las mozas, acercando sus cuerpos unos a otros con deleite y excitación, compartiendo su respiración, intensificando su danza ofrendada a un dios sexual o pasional.

Entre Itzcoatl e Itzel la sangre comenzaba a bullir, aflorando sus más puros y básicos instintos. Mazatzin se había separado de la embelesada pareja, acostumbrado a sus arranques amorosos. Una vez solos, a pesar de la pasión, también existía el cariño e Itzcoatl aprovechó el momento. Con sus manos temblando y la lengua adormilada por sus intenciones, se atrevió a mirar los ojos de su amada tomándola de las manos.

—Tengo algo para ti, cierra los ojos —le dijo Itzcoatl a Itzel.

La joven obedeció, nerviosa pero emocionada. Entonces colocó la bolsa en manos de la muchacha quien temblaba de emoción.

—Ábrelos.

Sus miradas se cruzaron incrementando la tensión, trasladando Itzel su atención a sus manos para ver el regalo. Despacio abrió la bolsa e introdujo sus delgados dedos sintiendo el metal frío contrastando con el calor de la piel de venado. Reconoció ella en Itzcoatl su ansiedad por ver su reacción al descubrir el amuleto.

Itzel vio con asombro y no menos dicha el collar plateado, clavando su mirada en la imagen de la flor grabada con detalles armoniosos en el metal. Itzcoatl, entre tanto, ocultaba en su interior el nerviosismo que lo iba consumiendo, encerradas en sus labios las palabras por largo rato ensayadas que con dificultad debían ser pronunciadas.

Y por un momento, el tiempo se detuvo y ni el frío, el hambre o el calor, pudo deshacer el amor que surcaba etéreo. Al cruzar miradas, el muchacho recordó su propósito y tomó coraje para expresarse.

—Itzel... casémonos.

Antes que Itzel pudiera responder, un terrorífico aullido se escuchó helando sus sentidos. Un caos invadió el lugar, creciendo el pánico en la escuela de Música, corriendo todos tratando de escapar del peligro que inesperadamente perturbo su calma. Después se escucharon los silbatos de los maestros llamando a los hombres a la batalla.

Aterrorizada por el ruido, Itzel empezó a gritar tratando de combatir esos terribles alaridos, protegiéndose detrás de Itzcoatl intentando darse cuenta de lo que sucedía en la ciudad.

—¡Los «perros» atacan! —llegó gritando Mazatzin.

Sostenía dos espadas cortas, con delgadas hojas de madera de hasta cincuenta centímetros, engastados sus bordes con navajas de obsidiana, llamadas *maquahuitzoctli* —versión reducida del *maquahuitl* (espada regular), usada únicamente por plebeyos o novatos.

—¿De qué hablas? —preguntó Itzcoatl.

—Los chichimecas. Esconde a Itzel y únetenos —alargó Mazatzin al plebeyo una de las espadas—. Prepárate, vamos a pelear.

La expresión de Itzcoatl cambió drásticamente, e Itzel se dio cuenta de la inmensa felicidad que le causaba a su amado tomar el mango del arma; su confusión se transformó en un éxtasis vigoroso.

Armas tomaron los ciudadanos para proteger su ciudad. En la plaza principal podían divisar a los enemigos: los chichimecas, como se les conocía a aquellos nómadas vagando por los campos: «raza de perros».

Salvajes, no tenían tierras y deambulaban por doquier, dedicándose a la caza y a la recolección, usaban poca ropa o en muchas ocasiones ninguna, eran sucios, malolientes e iban descalzos. Carentes de reglas, se dedicaban a matar y robar para sobrevivir a su decadente condición, siendo hábiles para provocar miedo y confusión pues sabían mucho de guerra y otro más sobre pillaje.

Los pobladores arremetieron contra los salvajes asestando brutales golpes al avanzar, dejando detrás numerosos cuerpos de chichimecas muertos. Mazatzin peleaba con dos espadas, probando ser eficaz en el combate, apabullando a sus enemigos con ráfagas de golpes. Itzcoatl por otro lado seguía la forma tradicional pero no era limitante para su capacidad, blandiendo su espada con la diestra y la zurda, alternando sin dificultad, desorientando a sus rivales.

Itzel permaneció al interior del colegio, escondida bajo una mesa con el ídolo del dios Xochipilli encima, escuchando aterrada, los gritos de algunas muchachas siendo arrastradas por los salvajes. No podía hacer más que esperar a que Itzcoatl y Mazatzin regresaran a ayudarla, llamándolos en susurros, aferrada a su nuevo amuleto. No obstante, el olfato desarrollado por los hombres-bestias les ayudaba en su misión, detectando el perfume de flores y hierbas de la muchacha traicionando su ubicación.

Debajo de los finos manteles cubriendo la mesa, percibió unos pies sucios con uñas negras y largas acercarse. De golpe, se levantó la mesa tirando las ofrendas encima y desquebrajando el ídolo de cerámica de Xochipilli, revelando la presencia de la joven oculta. Aterrada, alzó su rostro para ver al ensangrentado bárbaro, sonriéndole, revelando sus dientes podridos, antes de cogerla de los cabellos para llevársela.

—¡Déjala, animal! —gritó una voz a sus espaldas obligando tanto al captor como a la víctima dirigir su mirada hacia su dirección.

Apareció Itzcoatl alzando su espada entre el humo creciendo de las antorchas derribadas, acercándose amenazador. El salvaje soltó a la moza y empuñó su masa de madera torcida, cargando una piedra atada entre las ramas. Pronunció palabras en una lengua distinta al nahuatl que Itzcoatl no entendió, pero algo era seguro, arremetería contra él.

Ambos corrieron a su encuentro blandiendo sus armas en el aire. Las navajas de obsidiana de la espada de Itzcoatl cortaron el mango del arma del chichimeca con facilidad, dirigiéndose luego a su enemigo, destrozando el rostro del salvaje de un solo golpe, cayendo muerto, embarrando el suelo con su sangre.

Los salvajes finalmente fueron ahuyentados por la avanzada de los guerreros bien organizados, esperando a ver los estragos.

Con dolor, se efectuaron las exequias para los caídos en la batalla para dejar continuar con la vida, envolviéndolos en mantas con el rostro expuesto para colocarles una piedra de valor, de jade, turquesa u otra piedra preciosa en la boca del fallecido, simbolizando su corazón, acompañados de una jarra de agua para ayudarles en su travesía por los nueve pasos del Mictlan[5].

5 El Mictlan es el inframundo en la cosmogonía azteca, el cual se encontraba al norte y ahí iban a dar la gran mayoría de las almas de los muertos sin importar su condición social. Nueve etapas se debían superar para lograr el descanso final.

Cuatro años tardaban los muertos en llegar a la morada del señor de la Muerte, Mictlantecuhtli, a quien se le procuraban objetos de valor para comprarle el paso al descanso eterno.

Los vivos les recordarían y ofrendarían a los ochenta días y cada año hasta haber pasado cuatro en total, necesarios para alcanzar el descanso final, después, no se les volvería a dar ofrenda, permitiéndole a la vida y a sus seres queridos continuar, a superar la perdida. Después de la incineración y los cantos acompañándola, los sacerdotes rociaron con agua los residuos de las piras reuniendo luego las cenizas y las piedras para colocarlas en urnas para ser enterradas en los patios de las casas.

Jóvenes valientes, hombres fuertes, mujeres hermosas, hasta niños inocentes habían muerto en el deshonroso ataque. Muchachas fueron raptadas, siendo imposible rescatarlas; no se tenía la capacidad para lograrlo y, sobre todo, no se conocía la morada de los salvajes.

En la Casa Común, imponente edificio localizado al sur de la plaza principal, se reunió el *Huehuetque* o «Concejo de Ancianos», integrado por los más sabios y viejos de la ciudad, presidido por el gobernador de Oaxtepec, para discutir los pormenores del ataque, logrando discernir con facilidad sus motivos y el inminente peligro acechando.

Ni joyas, telas u otros objetos fueron robados, lo único faltante era lo más importante en esos tiempos: comida.

Los salvajes sufrían por igual la sequía, al extremo de llegar a buscar alimentos en la ciudad, lo cual nunca antes había ocurrido; a tal grado llegó su desesperación, que estaban seguros de su regreso. Debían pedir ayuda cuanto antes, pero ¿a quién? Ante el ataque sorpresa y la muerte de muchos de sus guerreros a traición, con pocos hombres de sobra para mantener la defensa de la ciudad, el Consejo afrontó la apremiante situación, llegando a un acuerdo; eligiendo a los candidatos más aptos para llevar el mensaje, pero también los menos convencionales.

A la primera hora del alba, salió un guardia del palacio dirigiéndose al hogar del veterano Zentli, encontrándose al viejo guerrero hincado frente al adoratorio de su hogar, rezando a los dioses con insistencia. A pesar de ello, el guardia se atrevió a interrumpir su oración.

Por el paso del río Yautepec donde le había indicado el viejo Zentli, el soldado encontró al joven que buscaba, acompañado por Mazatzin y por Itzel.

—¡Eh! Alguien viene —avisó Mazatzin a los otros dos, viendo al hombre corriendo hacia ellos, pensando lo peor.

«Han vuelto a atacar», creyeron.

—Tú, Itzcoatl —le llamó el guardia—. Has sido convocado por el Concejo de Ancianos, sígueme.

Sin explicación, el hombre dio media vuelta e Itzcoatl obedeciendo sus órdenes le siguió. Entre tanto, Mazatzin e Itzel por curiosidad como por solidaridad lo acompañaron.

El olor a ceniza y carne quemada se había apropiado de las calles, de mano a las lágrimas derramadas y mandíbulas tensas interiorizando la furia. Itzel abrazó a Itzcoatl por instinto al recordar la agresión a su persona, y el dolor al ser arrastrada de los cabellos. También recordaba ser salvada y lo agradecía.

—Los señores te esperan, entra muchacho —le dijo el soldado a la entrada del enorme edificio, pero Itzcoatl quedó estupefacto.

—No te preocupes, demostramos ser buenos guerreros en la pelea, no puede ser nada malo —le dijo Mazatzin tratando de tranquilizarlo.

El edificio de varios metros de alto, con muros estucados y anchas columnas sosteniendo sus frisos almenados, transmitía honor y exigía respeto. Dentro de sus paredes se encontraban los sabios del pueblo, los poderosos e influyentes de la ciudad. Con cuidado se incursionó en su interior, cruzando la entrada bordeada por altos pilares, transitando los pasillos hasta llegar al fondo donde sesionaba el Concejo.

Al salir, Itzel y Mazatzin ya se habían retirado. Sintiéndose más solo que nunca, arrastró los pies hacia su hogar repasando las palabras del Consejo de Ancianos. Explicó la situación a sus padres al llegar y su madre lloró preocupada por su hijo. Su padre sonrió por un momento, difícil de saber si era por felicidad, tristeza o ambas.

Al amanecer, Itzcoatl se despidió de sus padres arrodillándose ante ellos, agradeciéndoles sus cuidados como si se dirigiera a la muerte.

—Ve, Itzcoatl. Dependemos de ti —le dijo su padre, tajante.

Quetzalli, todavía llorando, le abrazó con dulzura antes de atarle una orla roja en su frente, como recuerdo, despidiéndose en silencio.

A su paso, la gente lo saludaba con gratitud, sin que él regresara la mirada para no encontrar una razón en aquellos gestos que le impidiese llegar a su destino. Siguió hasta los límites del poblado donde vio a su amada, esperándolo junto a su mejor amigo.

«Vienen a despedirse», pensó.

Itzel corrió a abrazarlo, susurrándole palabras de ánimo, deseándole suerte, profesando su amor a él con lágrimas en los ojos, prometiendo esperarlo. Se despidieron con un largo beso, tierno y tembloroso, para recordar aquella sensación cada día que estarían alejados.

Haciendo uso de todas sus fuerzas se separaron, soltándose de las manos, despidiéndose con la mirada.

Al acercarse a su amigo, antes de pronunciar palabra, Mazatzin le ofreció la misma espada que usó el día anterior, además de un saco con una manta, comida y un lanza-dardos. Itzcoatl quedó confundido, al ver que también Mazatzin también llevaba una espada, además de un arco y un carcaj lleno de flechas.

—No irás desarmado, ¿o sí? Me anticipé a tu falta de planeación. Ves, solo llevas tu taparrabo y sandalias, sin más —le dijo Mazatzin.

—¿Por qué? ¿Qué significa esto?

—¿Creías que te iba a dejar ir solo, así por las buenas? —respondió Mazatzin, burlón—. Se me pidió acompañarte en este viaje, ¿crees que un plebeyo puede hablar frente al *Tlatocan*, el Concejo de Sabios de la capital? Vamos, alégrate, no será tan malo viajar conmigo.

El último comentario le arrancó una sonrisa al rostro acongojado de Itzcoatl, disminuyendo su temor. La compañía cambió la situación y no había mejor que la de Mazatzin. Cogió el morral con comida que le ofreció y las armas con ahínco, listo a emprender su camino.

—Regresaremos pronto, Itzel. Cuida a mis padres. Al regresar nos casaremos, no olvides mi promesa —profesó Itzcoatl con una seguridad como nunca antes en su vida.

—Hasta luego, Oaxtepec, nos vamos a Tenochtitlan.

Capítulo III

La Flor de Agua

l frente, el camino desconocido aterraba sus sentidos, las formas de los árboles parecían ser las fauces de un jaguar, con la promesa de habitar en ello lo hostil. Dejaban atrás su tierra con una pesada misión sobre sus hombros y las órdenes del Consejo de Ancianos retumbando en sus oídos, atormentándolos con algunas indicaciones para llegar a Tenochtitlan: «Sigan hacia el norte, pasando Tlayacapan. Al poniente verán el monte de Nuestro Señor Tlaloc, continúen por la montaña hasta topar con el lago». Avanzaban hacia la inmensidad del valle rebosando de las diversas tonalidades verdosas recubriendo el follaje. Aunque al principio, emocionados por la aventura, fue cuestión de tiempo para que cambiaran de parecer, cuando llegaron a aceptar la terrible realidad de su situación… estaban perdidos.

Los bosques aullantes asustaban, la naturaleza parecía desquitar su ira con los transeúntes poco acostumbrados; incrustándose espinas en sus piernas, siendo perseguidos por insectos atacando sin compasión sus cuerpos desnudos, sofocándose por el calor y tropezando siendo engañados por la tierra. El camino de regreso en cierto punto dejó de existir, cuando los pastizales se tragaron el paso trazado por el hombre. Sin otra opción más que buscar refugio de la mirada de Tonatiuh, quien les observaba defraudado, se alejaron del astro luminoso y su furia para enfrentarse a las sombras, en donde Tezcatlipoca, el dios de la noche, el «Espejo Humeante», esperaba castigar su incompetencia. El oscuro dios no tenía predilección por los cobardes, y con suerte, las criaturas de la noche a su servicio acabarían con ellos evitándoles la vergüenza de haberle fallado a su gente.

La segunda noche desde su partida llegó, obligándolos a descansar de su larga e insensata caminata. Se echaron en la tierra bajo la bóveda celeste, con las llamaradas de una pequeña fogata calentando sus pies, protegiéndose de la intemperie con sus mantas.

Vívidos sueños asaltaron a Itzcoatl, reviviendo la escena de cuando Itzel fue agredida por aquel chichimeca, quedando en su memoria su rostro descompuesto, gritando y llorando aterrada. Nunca conoció la cara del terror hasta conocer la de ella. Una y otra vez la misma imagen se repetía, los gritos de ella no cesaban, aunque el salvaje había muerto. Escuchaba los gritos cada vez más fuertes, más claros y cerca de él, como nunca antes. Una mano fría lo alejó de las pesadillas aumentando la intensidad de los gritos.

Itzcoatl se levantó asustado y empapado en sudor, sintiendo como su corazón palpitaba en su pecho agresivamente.

—Itzel está gritando —murmuró—. No deja de gritar.

—¡Despierta! —le reclamó Mazatzin, zarandeándolo.

Al poner atención, escucharon a lo lejos claramente los gritos de una mujer atravesando el bosque, pidiendo ayuda a los dioses. Trataron de localizar esos terroríficos alaridos andando por la maleza sigilosamente adivinando su dirección a pesar de la oscuridad circundante.

—Espera —advirtió Mazatzin, considerando indescifrables asuntos en su cabeza sembrando el pánico—. Pueden ser las *cihuateteo*.

Un escalofrió recorrió la piel del plebeyo, quedando paralizado ante aquellas oscuras y divinas criaturas: mujeres muertas durante el parto que por las noches regresaban causando terror, rogando por sus hijos. Bellas y despampanantes, de piel gris desnuda y ojos de fuego, atraían a los hombres incautos con su hermosura, tan solo para devorarlos.

—¿Las mujeres espectro?

—Las «mujeres diosas» —corrigió el noble.

Apareció ante él la imagen de Itzel, desnuda, con el cuerpo gris y los ojos rojos como fuego, atacándolo con filosos colmillos plateados en sus fauces, dispuesta a devorarlo.

—No es posible, tú dijiste no creer en esos cuentos…

—¡Sé bien lo que dije! Ya no estoy tan seguro…

Los gritos de la mujer se intensificaron y de pronto, unas voces masculinas llegaron a sus oídos, insultando con furia, dejándolos más intrigados. El tiempo transcurrió lento mientras los gritos continuaban.

—Se los están comiendo vivos —exclamó Itzcoatl, mezclándose el miedo con el alivio—. Han encontrado nuevas víctimas.

Mazatzin se adelantó caminando despacio entre los arbustos atento a los gritos. Por curiosidad, valentía quizás, pensó Itzcoatl, entre tanto, Mazatzin seguía acercándose a los gritos de las *cihuateteo*. Un impulso obligaba a Itzcoatl a huir y salvar su pellejo, pero al ver a su amigo al frente, no pudo abandonarlo y le siguió.

—¿Son ellas? —preguntó al llegar junto a Mazatzin, escondiéndose detrás de unos arbustos admirando la carnicería.

—Nada de eso, son humanos de carne y hueso...

Zantlalotl, el capitán de la caravana de la princesa de Cuauhnahuac, parecía nervioso, unos ruidos extraños parecían seguirlos desde que salieron de Oaxtepec, por lo que estaban en alerta permanente.

Dentro de su andante aposento, la princesa sufría a cada paso dado por sus hombres, separándola poco a poco de su hogar.

—Capitán, deténgase ahora, necesito descansar de este tormento, no he podido dormir bien —reclamó ella.

El capitán, hombre sensible, conocía a la princesa desde niña, siendo capaz de imaginar lo que sentía, obligada a realizar aquel horrible viaje.

—Bien, nos detendremos aquí para dejarla dormir, pero me temo no podrá ser por mucho tiempo, ya estamos cerca de Juchitepec.

El capitán Zantlalotl era un bravo guerrero pero inusual militar. No era rígido en su actuar y se mostraba conciliador, características raras en los de su profesión. Había sido el tutor privado de la princesa desde niña instruyéndola en el combate, volviéndose prácticamente otro padre para ella. Conocía los verdaderos sentimientos de la joven y a pesar de sus pasajeros arrebatos de cólera, la quería.

Hambrientos, los hombres aprovecharon el descanso levantando un buen campamento, ubicándose los soldados de un lado, los cargadores del otro y en medio, el camastro donde dormía la princesa. A excepción de su parada en Oaxtepec, no había salido de su litera a pesar de haber pasado por otros tres pueblos.

No obstante, ocultos entre la maleza, decenas de hombres sucios y salvajes observaban de lejos la caravana.

Para entretenerse, los soldados comenzaron a relatar historias sobre los chichimecas, que se dividían en muchas tribus que en realidad no eran ninguna, siendo llamados así solo por sus similitudes.

—¿Quiénes son estos chichimecas, capitán? —preguntó la princesa desde su litera al despertar, consternada por aquellos salvajes.

—No sé si sea apropiado hacerle saber sobre el tema, los hombres aptos en la enseñanza deberían instruirle, ya sabe, los sacerdotes.

—Tonterías, usted es perfecto pues ha peleado contra ellos y debe conocerles mejor. Dígame por favor, entreténgame.

Sus bellos ojos se tornaron suplicantes, con la capacidad de cambiar la voluntad ajena, obligándoles a obedecer la suya.

—Le diré lo que sé, pero no pregunte mucho —contestó Zantlalotl, vencido en su intento por hacer su voluntad—. Verá, los pueblos a los que hoy llamamos «chichimecas», llegaron de los vastos territorios del norte, como una plaga… pero también como grandes conquistadores.

La princesa, como niña pequeña escuchando una fábula, se recostó con el vientre sobre las almohadas, apoyando su rostro sobre sus manos mientras sus piernas jugueteaban en el aire.

—De acuerdo con los ancianos, estos chichimecas tenían un reino nativo por allá al norte. Bien, no sé por qué razón lo abandonaron, pero lo que sí se sabe es que el último rey de este reino, al morir, lo dividió entre sus dos hijos, los príncipes Achcahuitl y Xolotl. Este último era un hombre de particular valor y liderazgo, que llevó a su gente a buscar mejores tierras. De ahí fue que se volvieron los nómadas que son.

—Entonces no eran tan primitivos antes —resaltó consternada por oírle al capitán hablar sobre nobleza chichimeca.

—En efecto, es increíble pero muy cierto. Eran gente hábil y fuerte. En el Anahuac fundaron Tenayuca, y luego se repartieron los territorios dando nacimiento al gran imperio chichimeca, y entonces aquel no era un término despectivo, sino de mucho prestigio.

—No se lo puedo creer, capitán, nada de nada de lo que dice. ¿Qué paso después? —preguntó la princesa, entrada en la historia.

—El imperio chichimeca eventualmente perdió su poder. Aunque la tribu de Xolotl se logró establecer, muchos continuaron en la barbarie, incivilizados, alejándose de Tenayuca, persistiendo en sus prácticas nómadas hasta llegar a nuestras tierras y quizá más allá al sur. No sería sorpresa que descubriéramos ser descendientes de esos bárbaros que no se quedaron en su ciudad.

La joven princesa quedó anonadada por el relato, pero en especial por las suposiciones del capitán Zantlalotl, ¿ella era nieta de salvajes?, ¿los chichimecas aún vivían al norte? Su capitán y fiel amigo resultó ser un experto en historia, o así le parecía a ella.

—Capitán —exclamó ella—, usted no es lo que parece, puede pasar por sabio si solo dejara las armas y empezara a hablar.

Se echaron de pronto a reír a carcajadas, contagiando al resto de su grupo su inusitada alegría.

La caravana continuó su marcha con los ánimos renovados. En la ensoñación, la princesa pensaba en aquel poderoso hombre, su solo nombre se conocía por toda la región: Xolotl. No podía evitar pensar: «Si tan solo hubiera civilizado a su casta entera, no tendríamos ningún problema con los chichimecas».

La tranquilidad en fragmentos de segundos desapareció.

—¡Alto! —anunció el capitán Zantlalotl, y al momento el grupo se detuvo—. Nos están siguiendo.

Débiles aullidos se escucharon proviniendo de la maleza, primero uno, después dos, después varios, solo había una posibilidad: estaban siendo rodeados. Una sola prioridad tenía en su misión y moriría por ello sin vacilar, que era proteger a la princesa de Cuauhnahuac.

—¡Defiéndanse, nos atacan!

Los valientes soldados se entregaron en cuerpo y alma a la batalla, los cargadores se les unieron, no para proteger a la joven o ayudar a los guerreros, sino por salvarse, tratando de evitar morir a toda costa. El camino fue dejando los vestigios de la batalla extendiéndose hasta la noche, tapizando el suelo con los muertos y recubriendo la flora con sangre anunciando el peligro.

Una cerca de antorchas clavadas en el suelo rodeaba una andana adornada por postes de madera con figuras de oro y plata reflejando el fuego como pequeñas centellas. Varios hombres armados la protegían, yaciendo algunos cuerpos ensangrentados de cerca, mientras otros, heridos, se arrastraban hacia sus compañeros.

Otras llamas bailaban en la espesura nocturna. Diez o más se podían contar, moviéndose de un lado a otro burlándose de sus presas, como demonios de fuego volando en la oscuridad, acercándose a los valientes soldados. La identidad de aquellas criaturas nocturnas de pronto se les reveló a Itzcoatl y a Mazatzin observando a lo lejos.

El asombro se convirtió en odio cuando los dos jóvenes se dieron cuenta de la identidad de los demonios acechando.

Las llamas danzantes entonces se multiplicaron y una vez más, los gritos de la mujer en la litera se escucharon. Gracias a las luces se pudo ver la silueta de una muchacha en su interior, tambaleándose de un lado a otro buscando la forma de escapar.

Itzcoatl y a Mazatzin los rodearon con precaución, atentos donde se localizaban las llamas danzarinas, mientras sus portadores arremetían ferozmente contra los soldados defendiendo la litera. Esquivaron ramas y troncos, saltaron charcos con engañosa facilidad sin hacer ningún ruido. Mazatzin tomó el mando, y se detuvo de golpe alzando el puño sin siquiera mirar atrás, indicándole a Itzcoatl detenerse.

—Aquí está bien. Nunca sabrán que les golpeó. Encárgate de ellos, te apoyaré con el arco desde atrás, luego iré para ayudarte. Estamos a sus espaldas, ¿ves? —señaló Mazatzin donde se veían algunas llamas y los soldados más atrás—. Cuando ataquen les seguirás, tomándolos por sorpresa. ¿Acuerdo? —le ordenó a Itzcoatl.

—Estoy listo. No falles un solo tiro.

Si tribu alguna conocía sobre tácticas de intimidación, estas eran las tribus chichimecas. Atacaron rápidos y precisos, siéndoles imposible a los soldados detenerlos, cuando solo ocho seguían vivos.

—¡Ahora! —susurró Itzcoatl cargando un dardo en su *atlatl*[6], listo para darle uso mortal.

Corrió hacia sus enemigos empuñando el lanza-dardos por encima de su cabeza, apuntando a su objetivo, y con toda su fuerza lanzó el venablo con tremendo impulso haciéndolo volar por el aire, cruzando el bosque hasta atravesar a uno de los salvajes por la espalda, quitándole la vida al momento. Entonces empuñó su espada corta sin volver a usar el lanza-dardos pues el tiempo apremiaba y no podía cargarlo.

Desde atrás, Mazatzin se acomodaba en el mejor lugar con vista a todos los involucrados, preparando el arco y las flechas, un arma eficaz, rápida, mortal... silenciosa.

Los soldados de la caravana luchaban con valor tratando de resistir el avance chichimeca mientras su ayuda iba en camino. Con poderosos golpes de su espada, Itzcoatl mató numerosos salvajes relegados. Las flechas de Mazatzin entre tanto silbaban a la distancia desde el abismo oscuro, enfocadas en las luces de las antorchas encendidas cargadas por los chichimecas, cayendo sobre ellos una lluvia mortal, protegiendo al combatiente misterioso del bosque avanzando desde las sombras ahora sus aliadas. Un disparo tras otro, sus proyectiles disminuían, su aljaba se vaciaba, y pronto recurriría al combate cuerpo a cuerpo, en cualquier momento tendría que blandir sus filosas navajas.

---

6 El *atlatl* o lanza-dardo; era una vara de cincuenta centímetros con una ranura perpendicular para alojar un dardo, y un gancho donde afianzar su extremo para impulsarlo. Podía multiplicar la fuerza del brazo hasta un cincuenta por ciento, con un alcance de hasta cien metros de largo.

Superados los soldados, quedó la litera al alcance de los salvajes quienes fueron tras su pasajera, arrastrándola fuera echándosele encima intentando despojarla de sus finas ropas, completamente excitados.

Al advertirlo, Itzcoatl revivió la misma escena con Itzel, el mismo animal, el mismo rostro de horror. Se lanzó al ataque enardecido.

La princesa gritaba lanzando golpes y pataleando intentando zafarse de sus captores. De pronto recordó el regalo de su padre, la navaja de obsidiana. Los bárbaros seguían manoseándola sin darse cuenta de sus movimientos, mientras buscaba desesperada la cuchilla oculta entre las sábanas de su litera. Cogió la daga y al ser jalada hacia afuera, con un rápido movimiento cortó el pescuezo del primero que encontró.

Mazatzin llegó pronto en su auxilio tomando de entre los caídos otra espada, blandiendo una en cada mano como prefería. Arremetió contra los salvajes alrededor, lanzando golpes por diestra y siniestra cortando las cabezas de sus rivales de un solo tajo.

La tormenta finalmente terminó y los quejidos cesaron informando su muerte. La princesa se acercó gateando al hombre-bestia que degolló previamente, agonizando en el suelo brotando su sangre del pescuezo. Arrodillada a un lado, levantó la daga encima de su cabeza con ambas manos y sin pensarlo, asestó un golpe directamente en el pecho de su agresor, una, y otra, y otra vez.

El suave algodón de las sábanas abrigaba su cuerpo del aire frio del amanecer mientas dormía abrazada a bellos cojines acolchonados entre cortinas azul claro asemejando el cielo y sábanas verdes recordándole los extensos jardines de su palacio. Adormilada, escuchaba el canto de las aves, cerrando los ojos tratando de regresar a su vida pasada, pero una vez despabilada, recordó su ruin situación perdida en la llanura, despotricando en contra de su desdicha. Asomó fuera de su camastro y vio las pilas de soldados y salvajes muertos, y a un lado, durmiendo, los jóvenes misteriosos que aparecieron en medio de aquella noche.

Una nube espesa se apoderó de sus recuerdos, siendo removidos sin dejar alguna huella palpable de lo sucedido. Seguía tendida en su litera acompañada de lujosos adornos que no significaban nada contra aquel escenario fúnebre. Trataba de recordar y asegurarse que aquellos dos jóvenes custodiándola no eran enemigos.

Llamas agonizantes se mantenían encendidas, corriendo el humo por el suelo como un espectro visitando las recientes almas en vela.

Cuidadosamente, evitando hacer ruido que pudiera despertar a sus guardias, o carceleros, la princesa cogió una lanza revestida con filos de obsidiana en la punta. Caminó despacio esquivando objetos tirados productos de la batalla posando frente a los extraños.

Lentamente levantó los brazos a la altura del pecho, con la lanza apuntando hacia el cuello del más cercano de sus custodios.

Su pecho latía con brusquedad, su visión comenzó a nublarse, pero estaba dispuesta a hacer lo que fuera por vivir.

—¿Quiénes son ustedes? ¿cuáles son sus intenciones? —demandó ella con voz autoritaria, despertando a ambos muchachos.

Como una ilusión, hermosa, aunque peligrosa, apareció de pie ante ellos, apuntando la lanza directamente al cuello de Itzcoatl, quien alzó la vista sintiendo la obsidiana cortando su piel.

—¡Por favor, baje la lanza! —rogó Mazatzin al darse cuenta.

—¡Respóndanme! No jueguen conmigo y hablen claro.

La mujer levantó la lanza en posición amenazante, como un cazador antes de dar la última estocada al herido animal.

—Somos de Oaxtepec; fue atacada por los chichimecas. Es por eso que los ayudamos. ¿Así nos paga el favor? —dijo Itzcoatl.

Por unos cuantos segundos la muchacha dudó, pero nunca soltó la lanza ni aminoró su intención de atacar.

—De Oaxtepec… —reflexionó, dudosa—. ¿Fue atacada?

—El hambre trajo a los salvajes hacia nuestra ciudad. Ellos también sufren la sequía —explicó Mazatzin.

Contemplando a sus hombres yacer sin vida, todavía aterrada, al fin desistió y dejo caer la lanza, sin ver otra solución a su dilema más que mantenerse cerca de esos dos misteriosos muchachos.

—Deben llevarme a mi destino —dijo ella con autoridad.

—¿Llevarte? —replicó Itzcoatl, todavía enfadado—. Tenemos una misión urgente y no vamos a entretenernos paseándote.

—Yo soy de noble cuna, llevo en mí la sangre de reyes, ¿cómo te atreves? Obedezcan mis órdenes, esclavos —reaccionó exaltada.

—¿Esclavos? Soy un hombre libre sin necesidad de servir a nadie y Mazatzin es uno de los nobles más acaudalados de Oaxtepec, ninguno te debemos servicio.

—Cálmense, no estamos en posición de discutir. No sabemos si los chichimecas regresarán, debemos ponernos a salvo. Estoy seguro de poder llevarla —intervino Mazatzin, y con una severa mirada impidió a su compañero reclamar—, sin apartarnos de nuestro camino.

Habían estado caminando sin rumbo a la falda de la montaña, y aquella situación los regresaba a un camino, no sabían a donde dirigía, pero era lo mejor que tenían. Mazatzin sabía que debía aprovechar la presencia de la joven para llegar a una ciudad.

—Si no es indiscreción, noble señora, díganos su nombre y a dónde se dirige —pidió Mazatzin sin dar oportunidad a Itzcoatl de quejarse.

—Soy hija del rey Cuauhtototzin, señor del reino de Cuauhnahuac. Mi nombre, gentil señor, es «Flor de Agua» —sus modales cambiaron en un santiamén—. Soy la princesa Axochitl.

—¿Cuauhnahuac? —susurró Itzcoatl—. No podemos llevarla hasta allá, sería una pérdida de tiempo.

—Mis soldados y yo nos dirigíamos a la capital del imperio mexica, la majestuosa ciudad de Tenochtitlan. Es menester que llegue sana y salva a mi destino y para ello requiero de su asistencia.

Ambos quedaron boquiabiertos, sin poder pronunciar palabra.

—Serán recompensados al llegar a la ciudad —agregó ella al pensar que seguían rehusándose, intentando sobornarlos.

—Será un placer nuestro ayudarla, princesa —dijo Mazatzin con un ademán, contento por haberla encontrado.

Su suerte cambiaba, encontrándose en un camino hacia la capital, debían escoltarla. Los ánimos cambiaron incluso entre Itzcoatl y la princesa, aceptando implícitamente que se necesitaban. Se propusieron avanzar no sin antes otro pequeño percance.

—Sigamos entonces —dijo la princesa acomodándose plácidamente dentro del camastro destrozado.

Recostada sobre sus cojines, estaba en espera que su nueva escolta la levantara. Y los dos viajeros, adelantados, la vieron con sorna.

—¿Se puede saber qué hace? —preguntó Itzcoatl con tono burlón.

—Estoy esperando que me lleven a la capital —replicó ella.

—Si quiere acompañarnos tendrá que caminar como la gente común —exclamó Itzcoatl sin contenerse—. La litera es pesada y nosotros solos no podemos llevarla —continuó—. Además, no tengo deseo de hacerlo, ya sabemos cómo llegar, si usted gusta quedarse aquí para que nuestros amigos chichimecas se la lleven cargando hacia su cueva está muy bien por mí.

Sin esperar respuesta siguieron su camino evitando voltear a verla, allá en el bosque no eran nobles ni princesas, no existía reino, solo eran hombres y mujeres igualmente en apuros.

La princesa se puso morada de vergüenza.

«¿Quién se cree este plebeyo?», se dijo ella sin creer que alguien le pudiera hablar de tal forma, nunca un príncipe o un noble, ni siquiera un rey, pero ese simple campesino la insultaba sin importarle su rango. Desdeñosa se aferró a su lujoso transporte, encaprichada. Luego miró a su alrededor, apreciando los cuerpos de sus soldados, expuestos en el bosque, de quienes los dioses se encargarían de sus almas, si acaso los hombres no se hacían cargo de su carne.

—¡Espérenme! —gritó apartándose finalmente de su solemne litera corriendo hacia ellos.

Los pies de la princesa le dolían de una forma estruendosa como nunca antes hubiera sentido, sus preciosas sandalias de piel de venado y excelente calidad, bajo sus pies y una larga caminata podían equivaler a andar descalza sobre unas brasas ardiendo. Estaba adolorida y agotada, nunca en su vida caminó tanto como entonces, pasando la mayor parte del tiempo confinada en su palacio, llevada a cuestas fuera al mercado para comprar joyas y escoger telas para sus vestidos o al templo para ir a rezar. Esta nueva experiencia era resentida por su delicado cuerpo, quedándose más y más atrás, quejándose menos hasta desfallecer.

Un seco golpe anunció su caída, sacudiendo el suelo seguido de un sutil quejido parecido al ronroneo de un pequeño felino.

Entonces, Itzcoatl y Mazatzin reconocieron la impactante belleza de su acompañante; de larga cabellera azabache, nariz respingada, labios tersos y suave piel canela, su cuerpo bien formado de vientre delgado, rebosantes senos y prominentes caderas, cubierto por pequeñas gotas de sudor reflejando los rayos del sol, exaltando su torneada figura tras ropas hechas jirones apenas cubriéndola.

«Es Xochiquetzal», llegaron a compararla con la diosa de la belleza.

Le removieron las sandalias y le untaron algunas hierbas en los pies intentando calmarle el dolor, turnándose luego para cargarla.

Axochitl despertó sobre la espalda de Itzcoatl, pero no dijo nada y se limitó a acurrucarse sobre el ganapán, quien por igual guardó silencio, soportando el peso de la joven a su espalda.

—Princesa, estuvo en Oaxtepec no hace muchos días, ¿cierto? —comentó Mazatzin después de un tiempo—. No puedo entender cómo logramos alcanzarla, si llevamos dos lunas de haber salido.

La culpa de pronto la invadió, lamentándose por la muerte de sus soldados, por todo lo que ocasionó. Siendo un espectáculo desgarrador.

Del poco tiempo de conocerla, mostrando siempre un carácter altivo y caprichoso, les sorprendió escucharla llorar con tanto sentimiento, sin dejar de compadecerse de ella, considerándola dulce y hermosa.

Como lo es el viento, el cual cada día sopla diferente hacia muchas direcciones, impredecible, de igual forma eran las emociones viviendo dentro de Axochitl, cambiando sin advertencia; adoptando una forma crucial en la realeza llena de superioridad, de altivez natural; antes de transformarse en una dulce mujer, de gran belleza y ternura infinita, capaz de ablandar un corazón de piedra.

Continuaron por aquel camino de tierra y piedras flanqueado por la flora, custodiado por aves volando sobre el follaje. Acompañados de la suave brisa, del verde opaco de los árboles y las perfumadas flores de los prados, comenzando a apreciar su paseo por la naturaleza lejos de muros de piedra, sin obligaciones, cual bestias, libres y contentas.

Gracias a su personalidad animosa, Mazatzin congenió de inmediato con la princesa, teniendo ambos una vida muy similar, comparando sus condiciones y estilos de vida. Reían juntos en el camino respecto a las etiquetas de su clase, sobre sus absurdas reglas de conducta, apariencia y sobre todo, del amor. Más de las veces le elogiaba el noble su belleza a lo cual ella se sonrojaba, sonriendo con vergüenza, apartándolo con carisma arrastrando en ello un sutil ademan que podría ser interpretado como invitación a continuar cortejándola.

Intercambiaban miradas fugaces, entendiéndose a la perfección.

—¿Qué crees que estás haciendo? —le preguntó Itzcoatl a Mazatzin cuando, separados de la princesa, pudo hablarle con franqueza.

—¿De qué me hablas?

—No sé si lo recuerdas, pero ella es una princesa. No puedes estar insinuándotele. Te conozco muy bien, puedo ver tus intenciones.

—¿Cuidado yo? Debes ver primero tu actitud, amigo. Tú no le has mostrado el respeto que se merece, mira como la has tratado. En cuanto a cortejarla, yo soy un noble y tengo la libertad de hacerlo, en cambio, tú solo eres un plebeyo —terminó de decir Mazatzin, apresurando el paso para alcanzar a la princesa, fingiendo, o quizás sin importarle aquella breve discusión.

El comentario, sin embargo, atravesó el alma del plebeyo, pues eran iguales entre ellos, al menos eso creía. Eran parias, relegados del resto, pero ahora, Mazatzin se aprovechaba de su ascendencia para acercarse a la princesa y de paso insultaba a Itzcoatl.

Al anochecer, Tlahuizcalpantecuhtli, el señor de la estrella del alba hacía su aparición siendo la primera estrella en el cielo, compartiendo lugar con Mixcoatl, dios de la vía láctea, adornando las paredes celestes con su mágica belleza.

Encendieron una fogata para calentarse, y a consecuencia de la invisible y siempre amenazante presencia de los salvajes, mantenían sus armas de cerca, habiendo conservado algunas armas de los soldados: escudos, lanzas y dardos.

—Debería tener armas para poder protegerme —dijo Axochitl.

—No es cuestión de tener el arma, es necesario también saber cómo usarla —espetó Itzcoatl con un tono burlón.

La princesa se estremeció inflando sus mejillas mirándolo con ojos asesinos, cerrando sus puños deseando darle un puñetazo.

—¡Yo sé bien usar las armas! Mi padre el rey y el capitán Zantlalotl me enseñaron a pelear desde muy niña.

—¿Es eso verdad? —exclamó Mazatzin sorprendido—. No lo creo posible, un rey adiestrando a una de sus hijas en las armas.

—Puedes creer o no lo que tú quieras.

Dicho eso reveló su navaja escondida entre sus ropas para ser capaz de dar un golpe sigiloso e inesperado, tal como hizo con el chichimeca, como le enseñó el capitán Zantlalotl:

«No es siempre la fuerza la solución —le dijo una vez—, en algunas ocasiones, la astucia supera la naturaleza». Y si una mujer habría de pelear tendría que hacer uso de ésta y sobreponer su falta de fuerza.

La esplendida cuchilla de obsidiana se encontraba muy filosa y bien trabajada. El mango hecho de hueso pulido lucia limpio, liso, diseñado ergonómicamente para acomodarse perfectamente en la mano de quien lo usara. La hoja de quince centímetros de largo se mostraba feroz, sin duda eficiente y mortal.

Además del *macuahuitl* (espada), estas dagas eran de las favoritas de los guerreros y se podían librar cientos de batallas con ella.

—La lleva consigo, pero ¿sabrá cómo usarla? —exclamó Itzcoatl escéptico de las declaraciones de la princesa.

—No solo el cuchillo, también la espada y la lanza. Si no te causa miedo, te lo puedo demostrar —respondió Axochitl soberbia.

Se burlaba de él desafiándolo a duelo.

—Está fuera de sus cabales. Debe saber que soy un diestro guerrero, y si usted no me cree, pregunte a Mazatzin.

—Itzcoatl es un hábil guerrero, no creo conveniente que por ocio o la razón que quiera, se exponga a ser lastimada —confirmó el otro.

—Ya lo escuchó, desista de una buena vez.

—Entonces sí tienes miedo —dijo la princesa Axochitl sonriendo, ignorando el consejo de Mazatzin—. Si tienes miedo de perder contra una mujer puedes decírmelo, no le diré a nadie, lo juro.

Un arrebato impulsó a Itzcoatl a coger una lanza y la princesa le sonrió contenta, levantando la otra de inmediato. Ambos se alejaron de la fogata unos pasos y se colocaron en posición de combate. Mazatzin, sin palabras al ver tal escena, quiso convencerlos de desistir, pero la curiosidad le ganó, el morbo lo controló, quería verla pelear, estaba aburrido y aquel era un espectáculo que pocos podrían presenciar en toda su vida: una princesa se enfrentaba a un plebeyo.

La princesa lanzó rápidas y firmes estocadas, rodeando con gracia a Itzcoatl tras cada golpe, dando vueltas agitando la lanza mientras era seguida por su sedoso cabello como un abanico brillante imitando sus movimientos. Con habilidad, mantenía su distancia interponiendo la longitud de la lanza entre ella y su rival, amenazándolo con cortarlo con las filosas navajas engarzadas en la punta de diamante de la lanza, y con golpearlo con el macizo mástil.

Itzcoatl, entre tanto, maravillado, se limitó a esquivar sus embates todavía sorprendido por su destreza, pero tras un ligero corte justo en su mejilla derecha, provocado por Axochitl en un descuido suyo, logró sobreponerse y contraatacó, haciendo girar su lanza frente a él o sobre su cabeza, acortando la distancia, eludiendo los embistes de ella.

Similar a una danza marcial como la simulada en ceremonias, sus cuerpos bailaban a la luz de la fogata con el crujido de la madera siendo consumida por el fuego, saltando y girando sobre sí, riendo ante cada acierto o error, disfrutando del combate alegórico entre los dos.

Mazatzin admiró el espectáculo por un tiempo, pero al poco perdió el interés, quedándose dormido arrullado por los danzantes.

En un ataque frontal, sus lanzas se cruzaron, así como la mirada de ambos, por descuido o acierto, la tierra les jugó una broma haciéndolos perder el equilibrio y la princesa retrocedió, resistiendo la fuerza del mancebo empujándola hasta tropezarse con una piedra, yéndose atrás cayendo ambos en el suelo, hecho imperceptible a los soñolientos oídos de Mazatzin. Quedó Itzcoatl sobre la princesa, de frente con la mirada fija a los ojos de ella y viceversa. Sus corazones latían con agresividad. No se podían mover, no querían hacerlo.

Extenuados por la actividad, trataban de reponer su aliento y por largo tiempo permanecieron tendidos en el suelo.

—¿Está bien, princesa? —preguntó Itzcoatl rompiendo el silencio devorándolo por dentro.

—Estoy bien —contestó Axochitl apartando la mirada, admirando los colores rojizos, naranjas y azules impalpables de la fogata.

Suspiró mientras observaba las flamas danzando frente a ella, así como su propia imaginación.

—Disculpe mi torpeza, princesa…

—No me llames así… —murmuró ella.

Itzcoatl trató de adivinar sus pensamientos, interrogándola con la mirada que ella evitaba permaneciendo bajo su cuerpo. Pensaba en lo hermosa que era, lo tierna que se veía en su falsa inocencia.

—¿Y cómo debería llamarle entonces?

—Axochi… —se interrumpió ella y guardó silencio, reflexionando una idea. Luego, susurró con delicadeza—. Llámame Axo.[7]

Para cuando el sol se elevaba por encima de los montes, seguían dormidos frente a la fogata aspirando las últimas bocanadas antes de consumirse, con la fumarola volando por el aire siguiendo la brisa. El cansancio gobernó su voluntad y en sus sueños, Itzcoatl y Axochitl revivieron la noche anterior en la que compartieron más que golpes e insultos. Ahora, compartían un secreto, aún confuso, sin embargo, lo mantendrían a salvo del olvido dentro de sus almas.

La luz de Tonatiuh los despertó y se sacudieron el cansancio con la brillosa mañana. Disipado el sueño, continuaron. Mazatzin permanecía cerca de la princesa y ella no lo alejaba, gustaba de su compañía, sus bromas, su forma de pensar. Itzcoatl se mantenía distante, luciendo su semblante taciturno y poco expresivo, como siempre; les seguía, como un guardián acompañando a sus amos, así se sentía. En ocasiones creía ver a la princesa mirarle de reojo para luego regresar a la plática con Mazatzin. Sonreía, susurraba sin decirle palabra. Itzcoatl comenzó a imaginarse infinidad de posibilidades, reviviendo otra vez esa noche con detalle, tratando de traer de vuelta a sus recuerdos con la mayor precisión posible, asegurándose de que fuese real.

---

7 En nahuatl, Axochitl se pronuncia como «A-sho-chi-tl» literal, acortando su nombre, la princesa buscaba pronunciar su nombre simplemente como «Asho».

Se repetía continuamente: «Axo».

Un sonido familiar lo distrajo, percatándose de la existencia de algo o alguien cerca de ellos, transformándose conforme se acercaban en flautas silbando, tambores retumbando y voces murmurando pasando la colina, escuchándose más claras al irse acercando.

Se apresuraron jubilosos al estar seguros de lo que se encontraba adelante. Cuando el sol estaba a punto de ser engullido por la tierra, aun reflejando débiles rayos anaranjados sometidos por la oscuridad, vieron en el horizonte muy cerca de ellos el levantar de un pueblo a las orillas de un inmenso lago. Nunca antes se alegraron tanto de ver esas paredes de piedra formando calles, las plazas concurridas y templos custodiados. No sabían dónde estaban, pero veían un fin a su recorrido. Habían llegado, no a la capital mexica pero no les importaba, de nueva cuenta saludaban a la humanidad. Por fin, civilización.

Capítulo IV

Donde duerme el Jaguar

asaron la noche en aquel poblado pareciéndoles una especie de fantasía. Alejados de la tierra y del frio, protegidos de la intemperie, pudieron por fin dormir tranquilamente, alegrándose no solo por haber dejado el bosque atrás con sus peligros, también porque su destino ya estaba cada vez más cerca.

Inclusive la princesa Axochitl, acostumbrada a dormir sobre suaves colchonetas de algodón, llegó a apreciar las delgadas esteras de maguey donde los plebeyos pasaban las noches, cubiertos por una manta al ras del suelo, siendo mucho mejor que dormir en la tierra fría y húmeda, con el viento golpeando y los insectos trepando sobre ella.

Hospedados con una humilde familia de pescadores se deleitaron de las maravillas de la vida civilizada; comida caliente, un techo y además un baño. La familia les aceptó sin recelo a cambio de los pocos bienes salvados de la caravana, sus armas —excepto sus espadas— y joyas, las cuales Axochitl entregó a pesar de los ruegos de sus acompañantes.

—Tendré más en Tenochtitlan —dijo, tranquilizándolos. Sus anillos, pulseras y collares cayeron en las manos de los pescadores, pareciendo haber encontrado un tesoro de cantidades infinitas, que para la princesa eran solo adornos sin otro valor excepto el de vestirla.

Al amanecer se preparó el *temazcalli* (baño de vapor) para que tanto hombres como mujeres juntos, se asearan antes de iniciar las labores. Ahí, al interior del cuarto de barro representando la casa de la diosa Toci, la madre de los dioses, se limpiaba el cuerpo y se purificaba el espíritu. Conectados entre sí, eran imposibles de separar; ambos debían cuidarse a la par.

Envueltos por una nube de vapor condensada, desnudos, Itzcoatl y Mazatzin se asearon junto a los hombres y mujeres de la familia, sin levantar sus miradas, incómodos ante extraños, quienes los ignoraban. De pronto, su atención se enfocó en la entrada, cuando la princesa Axochitl cruzó la estrecha puerta despojada de sus ropas.

Aún entre el espeso vapor se podía discernir su esbelta figura y sus generosos atributos, y todas las miradas se enfocaron en su desnudez, hacia la infinidad de marcas alojadas en ella haciéndole resaltar donde fuera, sobre todo entre plebeyos. Expuesto su cuerpo, su alta alcurnia se reflejaba en sus pinturas carnales. Minuciosos tatuajes simbolizaban sus atributos: fertilidad, sumisión, educación, pureza. Su ombligo tenía pintados alrededor cuatro triángulos asemejando rayos solares hacia los cuatro puntos cardinales; y en la parte baja de su espalda tenía figuras asemejando dos caracoles entrelazados, una mitad sol y otra mitad luna, convergiendo rayos y olas por los astros retratados; apreciándose en su brazo derecho grecas pintadas vistiendo su desnudez, dirigiendo la atención a su hombro adornado por una compleja espiral rodeada de pequeños círculos. Ella los sentía una extensión de sí misma, marcas genuinas de su linaje.

Lo sagrado del ritual del baño corría peligro, desembocando en un mero espectáculo. Difícilmente podían dejar de verla, especialmente los varones, aunque las mujeres tampoco pudieron resistirse a admirarla, dedicándole miradas fugaces y envidiosas. La princesa logró disfrutar de la ocasión ignorando esas miradas. Sentada en uno de los banquillos, con la tibieza del vapor envolviéndola y la fresca espuma de la planta de *amolli* sobre su piel, recordó sus excepcionales baños con masajes, hierbas aromatizantes y dulces cantos de sus doncellas. Solo que éste era un baño típico de plebeyos, sin perfumes ni atenciones, libre de esencias aromáticas, solo era vapor y jabón.

Después de asearse vistieron sus nuevas ropas, obsequiadas por la familia; a Axochitl le dieron un vestido blanco de maguey, cubriéndola del cuello hasta sus muslos escondiendo su silueta, con el particular cuello en «v» con una figura rectangular roja en la apertura; a ellos les dieron pañetes sencillos de color pajizo. A Itzcoatl no le desagradó la vestimenta al estar acostumbrado a ella, en cambio, Mazatzin resintió la tela rasposa en su cintura, pero más que nada poco elegante, vistiendo aparte su *tilmahtli* (manta) de algodón de color verde con la cual partió de Oaxtepec, atada a su hombro derecho escondiendo sus humildes trusas, creyéndose ver todavía digno e importante.

Tezompa, como se llamaba aquel pueblo, descansaba a las orillas de lago de Chalco, uno de tantos de la cuenca del Anahuac, confluyendo al norte con los de Zumpango y Xaltocan, en el centro con el de México y la laguna de Texcoco, y al sur con el de Xochimilco.

Francamente despreocupados anduvieron toda la tarde recorriendo el pueblo acaparando la atención de la gente, pues un extranjero no era difícil de reconocer. Su notable presencia pronto fue desplazada por la llegada de cientos de soldados de Tenochtitlan. Una escena inolvidable siendo su primera vez en ver a los guerreros jaguar y los señores águila, la elite mexica. Llegaron a la plaza orgullosos con sus trajes similares a la piel de los poderosos felinos y a las plumas de las majestuosas aves, sus cascos de madera con las fauces abiertas dejaban entrever tras ellas la ferocidad de los combatientes engullendo sus rostros, usando golas con piedras incrustadas protegiendo sus pechos y cuellos, con elegantes tocados de plumas adheridos a los cascos y estandartes a sus espaldas. Su sola presencia en el campo de batalla era muchas veces la causa misma de la rendición de sus enemigos.

A pesar de recobrar su intención por llegar a su destino, poco fueron de ayuda los habitantes de Tezompa, que al escuchar el nombre de la capital mexica evitaban responderles. En adición, la presencia de las tropas mexicas en su plaza causaba ansiedad, conociéndolos bien como sus enemigos a pesar de aquellos tiempos de paz forzada.

Tezompa era parte de la confederación de los reinos de Chalco, y se vivía por esos tiempos una especie de paz armada entre los ambiciosos mexicas y los obstinados chalcas, quienes se negaban a formar parte del imperio y seguían luchando por su libertad. Por ello, soldados chalcas llegaron a la plaza custodiando los movimientos de sus invitados. Tenía Tenochtitlan la hospitalidad de Chalco, pero no su confianza.

—Si van a Tenochtitlan será mejor hablar con los soldados, quizá los puedan llevar —dijo un viejo sentado bajo un pórtico de la plaza, tras haber escuchado su conversación.

—¿Por qué nadie nos dirige la palabra? —le preguntó Mazatzin.

—Porque somos enemigos de Tenochtitlan, por supuesto.

—¿Y por qué les dejan estar aquí? —cuestionaron extrañados.

—Por esta nefasta sequía. Esos hombres se dirigen hacia las guerras sagradas, y por eso les dejamos estar. Si ellos pueden devolvernos las lluvias, mejor les dejamos hacer.

—¿Cuáles guerras sagradas? —preguntó Axochitl.

—Las Guerras Floridas, por supuesto.

Itzcoatl se exaltó tanto al ser mencionadas aquellas que su emoción no pasó desapercibida.

Ante la amenaza de la Gran Sequía azolando todas las tierras, bajo el consejo de los sabios y sacerdotes urgiendo a actuar contra el desastre, los reinos de Tenochtitlan, Texcoco y Tlacopan junto a los reinos de Texcalla[8], Huexotzingo, Chalollan y Atlixco, resolvieron celebrar una serie de batallas rituales con el único fin de hacerse de prisioneros para sacrificar, intentando recuperar el favor de los dioses ofreciéndoles el liquido precioso y las flores sagradas: sangre y corazones humanos.

Estas batallas fueron llamadas *Xochiyaoyotl*, mejor conocidas como: Guerras Floridas.

Muchos plebeyos peleaban en ellas en busca de honor y gloria, y en algunos casos, para alcanzar la nobleza. Quizás era un deseo vano, pero uno muy bien guardado que pronto afloraría en Itzcoatl.

Siguiendo el consejo del anciano, buscaron al guerrero mexica de mayor rango. El capitán no fue difícil de localizar. Era alto y ancho, vistiendo un *tlahuiztli* (traje) de pies a cuello color verde, cargando una enorme sombrilla adornada por plumas y cintas a su espalda.

—¿A Tenochtitlan? —expresó asombrado el capitán Ceyaotl ante su ignorancia. Intentó explicarles la manera más sencilla de llegar, pero la incertidumbre en sus rostros era evidente. Ningún pueblo, ciudad, lago o cerro les era familiar—. Mi compañía partirá mañana a la batalla, pero estaremos de regreso en tan solo dos jornadas y de aquí, directo a Tenochtitlan. Los puedo escoltar —ofreció el capitán.

—¿Harían eso por nosotros? —exclamó la princesa evidentemente emocionada, saltando de felicidad.

—Por una mujer tan bella como usted, lo que sea.

Mazatzin se mostró ofendido, pues aunque no tuviera algún derecho sobre ella, tan descarada coquetería frente a él era casi un insulto.

—¿Cuándo parten a la batalla? —prosiguió Itzcoatl más interesado sobre la Guerra Florida que en llegar a Tenochtitlan.

—Al anochecer. Nos hacen falta hombres para combatir a los fieros texcaltecas, tú pareces cumplir con nuestros requisitos —dijo a la ligera el capitán, fingiendo no darse cuenta de la emoción del joven.

---

8 Hoy Tlaxcala, el nombre de la ciudad sufrió diversos cambios, derivando de Tlaxcallan «el lugar de las Tortillas», sin embargo, su nombre original era: Texcalla o «el Lugar de los Riscos».

Dicho esto se retiró a preparar a sus tropas, alejándose seguro, sin miedo, aquella era su vida y nada se interponía entre él y su labor.

—Debo participar en ella —dijo de pronto Itzcoatl.

No supo con certeza si informó a sus compañeros o si se afirmó de su intención, pero su deseo fue escuchado y la princesa Axochitl como Mazatzin quedaron pasmados por la repentina declaración del plebeyo, con tanta firmeza siendo imposible tomarla por broma. Cuestionaron su intención y el plebeyo solo agitó la cabeza negando haber dicho algo, poniendo nerviosos a sus acompañantes.

Por la noche, las ansias de Itzcoatl aumentaron, tendido entre los hombres del humilde hogar no lograba conciliar el sueño. Fue entonces cuando escuchó la voz del capitán dando órdenes, el murmullo de los soldados, el crujir de las maderas de escudos y las lanzas. Un caracol de sonido bélico resonó secundado por tambores marcando un ritmo pesado llamando a las armas.

Se levantó andando en las puntas de sus pies, cogiendo su espada corta con sigilo. Apenas dio un paso afuera cuando lo detuvo una voz.

—En verdad piensas ir y dejarme solo, a pesar de todo… —susurró Mazatzin, aún acostado—. Irás a pelear, irás a morir sin decir nada.

Al otro lado del patio, la figura de la princesa posaba en la oscuridad sobre la puerta de su cuarto. Adivinando sus pensamientos, lo esperaba para cuando decidiera partir.

Itzcoatl percibió su mirada tenue, compasiva. Sus bellos ojos negros brillaban desde las sombras. La vio acercarse a él dando pasos cortos, vacilantes, cruzando el patio interior hasta llegar a su lado.

—¿Y si mueres peleando? —agregó la princesa cuando llegó cerca de él, agravada, cual si fuera la intención del mancebo lastimarle—. No puedes colarte a las filas de un batallón, no eres siquiera soldado. Te matarían si llegan a descubrirte.

—No eres digno de las Guerras Floridas, lo único que ganarás será deshonor y vergüenza si te descubren —le advirtió Mazatzin saliendo de su habitación.

En silencio, Itzcoatl soportó toda excusa, insulto, agravio, consejo o petición de ellos. Con temple firme se rehusó a caer en la provocación. Los cuestionamientos y reproches no cesaban por parte de los nobles. Sus opiniones sonaban a órdenes, mandatos hechos a un esclavo por lo que fue sencillo ignorarlos.

—Las Guerras Floridas son obligación de todo hombre. Yo puedo ayudar contra esta sequía, a salvar a Oaxtepec del hambre, del calor y de sus enemigos. Si con mi victoria puedo regresarles las lluvias debo intentarlo, si de otra forma mi sangre devuelve al imperio el favor de Tlaloc, con gusto ofreceré la mía. Este es mi deber. Además, soy solo un plebeyo —dijo con tono despreciativo—. Es lo único que puedo hacer. No me necesitan en Tenochtitlan, sino ahí, en la batalla.

Los tambores resonaban al fondo advirtiendo la partida.

—No lo hagas, no sabes pelear este tipo de batallas —argumentó la princesa sin poder decirlo convencida, sabiéndose derrotada después de escuchar las razones del plebeyo.

Mazatzin volvió enfurecido a la habitación, recostándose sobre su estera, sabiendo que no lo haría cambiar de parecer. Itzcoatl también se alejó, abandonó la estancia en dirección hacia donde retumbaban los tambores, pero antes la princesa le tomó del brazo con una firmeza y suavidad innatas de una mujer, obligándolo a desviar su mirada del campo de batalla hacia ella.

—Regresarás, ¿verdad, Itzcoatl? Prométeme que regresarás.

Itzcoatl se estremeció. Sintió transitar por su cuerpo y alma un deseo de quedarse tan poderoso como lo era su deseo de partir. Casi sucumbe a su hermosura, a esos profundos ojos negros y a esos dulces labios pronunciando su nombre.

—Princesa… Axo, lo prometo —respondió aún indeciso, sin estar seguro de poder llamarla de esa forma, como le solicitó. Nunca había sentido tanto nerviosismo como ante los ojos de ella.

Itzcoatl se marchó sin voltear atrás, perdiéndose su figura dentro de la oscuridad de la noche tras el umbral. La imagen de Axochitl para él, en cambio, no desapareció, permaneció en su memoria.

La plaza central estaba ocupada por los mexicas. El batallón para la Guerra Florida reunía doscientos guerreros, entre ellos se apreciaban los jóvenes novatos, rapados con excepción de un mechón en su nuca; los soldados regulares, con armaduras de maguey y sus pañetes; y los de alto rango, con sus vistosos trajes, tocados de plumas e insignias. Empezaron a dirigirse a la salida con paso firme siguiendo a sus líderes de escuadrón alzando la vista hacia los estandartes que los portadores llevaban orgullosos a sus espaldas.

En sigilo, una sombra les siguió, oculta tras la maleza, intentando no ser sorprendido o de lo contrario nunca vería el campo de las flores. Con cuidado los perseguía al acecho de sus sueños.

La compañía se detuvo en la llanura de Acatzingo.

Al caer la noche se levantó el campamento a los pies del cerro para reponerse y prepararse. Se dedicaron oraciones y rezos a Tezcatlipoca, omnipotente señor de los gobernantes, hechiceros y guerreros; dios de la noche, la muerte, la discordia, el conflicto, la tentación y el cambio; daba y quitaba riquezas, protector de los esclavos y de los jóvenes; era el llamado Guerrero del Norte. Se cuidaban de la ira del muy temido y respetado dios Oscuro, pues tenía poca paciencia.

Fue una noche fría para Itzcoatl, extrañando a sus padres, a Itzel y a Mazatzin, pero sobre todo a Axochitl. Sentía perderse durante su viaje a la capital, su esencia de campesino caía rendida ante su insensato afán de ser un guerrero, interponiéndose ante sus anhelos las palabras de Mazatzin: «solo eres un plebeyo». Era una herida abierta, imposible de cerrar, y al recordar su condición, sufría.

De esa manera, sus pensamientos divagaron largo rato sin un hilo a seguir hasta quedar completamente dormido.

«Despierta».

En sueños, Itzcoatl escuchó una voz llamándolo, pero se rehusó a obedecer, quería descansar, pero aquella voz insistió.

—¡Despierta he dicho! —lo sacudieron.

Se levantó de golpe con el corazón en la garganta, aturdido, y vio ante él a un viejo guerrero en cuclillas.

—Con que eras tú quien nos seguía —dijo el soldado sin tomar en cuenta su asombro ni su espanto.

—Yo solo quiero pelear, debo hacerlo. Mi pueblo muere de hambre por la sequía… —respondió Itzcoatl, excusándose.

—Y traes tu propia arma. Ven, te ayudaré, pero mejor te movemos de aquí antes que te vean. Sígueme.

El mancebo obedeció, sabiéndose en problemas. Con temor a ser llamado espía o traidor, siguió al soldado hasta el campamento donde ya se preparaban los soldados. El frío de la madrugada despabilaba los sentidos; ayudando a los guerreros a concentrarse. Caminando por las tiendas, Itzcoatl advirtió las miradas de todos los guerreros sobre él. No pasaría desapercibido pues las bandas del batallón estaban formadas por miembros de un mismo barrio y todos en ellas se conocían.

—¡Eh, Noxochi!, ¿quién es ese contigo? —preguntaron al hombre acompañando a Itzcoatl.

—Mi sobrino. Ha venido a pelear —respondió.

Itzcoatl seguía reparando en el guerrero entretanto; de prominente mentón y ojos entrecerrados, un tanto risueño y despreocupado.

—¿Es tu primera vez en campaña? Tu expresión... es parecida a la de los novatos. Si quieres pelear no le diré a nadie, pero creo es mejor te informes de esta clase de guerras —advirtió el guerrero a Itzcoatl.

«¿En qué podría ser diferente esta guerra a otras?», pensó.

—No eres de Tenochtitlan, ¿verdad? Lo sé por tu corte de cabello, si fueras de la capital no podrías andar así hasta haber capturado a un guerrero. Y no andarías escabulléndote en un batallón.

—¿Capturarlo?

—¡No sabes siquiera eso! —exclamó el hombre, riéndose—. Yo soy Noxochicoztli, tu maestro en las Guerras Floridas.

Las Guerras Floridas estaban enfocadas a la captura de prisioneros vivos, no muertos o mutilados, para ser sacrificados. La dificultad de capturar a un hombre vivo sobrepasaba la habilidad de los guerreros; entrenados para matar, debían aprender a controlar su fuerza, adaptarse al terreno y dominar al oponente, lastimarlo sin matarlo ni herirlo de gravedad. Pocos eran capaces de lograrlo, y tal era la dificultad que se recompensaba la hazaña con los rangos de guerrero jaguar y de señor águila, dependiendo del número de prisioneros.

Por esa razón ellos eran la élite militar: los Guerreros del Sol.

No existía derrota ni consecuencias ulteriores en el combate, solo se trataba de una transacción de prisioneros con honor. El caer muerto en el campo de batalla era considerado un privilegio, pero morir en los templos, uno aún mayor.

—Debo advertirte —agregó Noxochicoztli—, en estas batallas estás completamente solo. Está prohibido asistir a un compañero.

—¡Eso no tiene sentido, así no se puede ganar! —dijo Itzcoatl.

—Ya te lo dije muchas veces, no se trata de vencer. Concéntrate en tu rival y ni siquiera se te ocurra ayudar a otro o pensarán que tratas de robarte su prisionero. Recuérdalo.

Noxochicoztli logró filtrar a Itzcoatl en las tropas, manteniéndolo bajo su cargo, consiguiéndole además un escudo de caña y fibras de maguey. Itzcoatl marchó rodeado por feroces guerreros, de altos rangos presumiendo armaduras de cuerpo completo con sólidos colores azules, verdes, rojos o amarillos, y en el caso de los guerreros jaguar y águila, similares a la piel de los animales; con el privilegio de ir al frente y poder asestar los primeros golpes. Al centro se agrupaban los soldados regulares, con él entre ellos, ansiando hacerse de prisioneros y batir sus marcas. Atrás, los novatos esperaban inquietos; algunos seguían a otro guerrero de mayor rango sin despegarse de él, cargando su escudo para asistirle; otros en cambio iban en grupo con otros novatos para intentar hacerse de un prisionero entre ellos. Y, por último, iban los jóvenes aun estudiando, presenciando su primer combate para aprender, sin tener permitido participar en la batalla, todavía.

—Esta es tu oportunidad, muestra de lo que eres capaz —le dijo Noxochicoztli, pero Itzcoatl no supo responderle; solo podía pensar en donde se encontraba y lo que estaba por suceder.

—La batalla por las Flores Sangrientas está a punto de comenzar… —murmuró Itzcoatl.

De un momento a otro, la batalla comenzó. El grave sonido de los caracoles soplando se apoderó del viento y el retumbar de los tambores estremecieron la tierra, y al grito de ataque del capitán Ceyaotl desde atrás de las filas, se desató el caos. Cada hombre echó a andar en una carrera desesperada a través del campo de batalla. Itzcoatl, cegado por la emoción, envuelto en el fervor bélico-religioso de los hombres a su lado, les siguió sin pensarlo, apenas vislumbrando al otro lado de la llanura los soldados enemigos acercándose furiosos, agitándose sobre sus cabezas sus estandartes con formas de aves, resaltando los trajes amarillos de los guerreros élites texcaltecas.

En medio del campo, cientos de hombres se estrellaron, partiéndose la tierra a sus pies mientras los verdes pastos se impregnaban del color rojizo de la sangre humana.

Entre la pelea, Itzcoatl se perdió en el ánimo bélico soltando golpes desesperados, dominado por el frenesí mató a cuanto rival se enfrentó, olvidándose de capturarlos. De esa manera recorrió la llanura hasta sus orillas, en donde encontró a su maestro Noxochicoztli, combatiendo contra un enemigo más rápido, más fuerte y más joven, perdiendo la batalla con cada golpe propinado por su rival, viéndose superado hasta caer finalmente derrotado. Jóvenes llegaron corriendo para atarlo y llevárselo a su campamento, y éste no forcejó ni trató de evitarlo.

—Padre mío —dijo Noxochicoztli, dirigiéndose a los dioses, dueños de su suerte, a quienes se les encomendaría su corazón.

—Hijo mío —contestó el texcalteca posando su mano en el vencido.

Una forma digna de perder, que Itzcoatl no logró comprender.

Un impulso natural lo llevó a tratar de salvar al hombre, acercándose rápidamente con su espada en alto.

—¡Itzcoatl, no! —gritó Noxochicoztli al ver llegar a su aprendiz con intención de rescatarlo—. Así debe ser, debo ir con ellos, los dioses me llaman —dijo, deteniendo la carrera de su pupilo.

Los texcaltecas se apresuraron a llevárselo a su campamento. Y al desaparecer Noxochicoztli detrás de las líneas enemigas, quedó Itzcoatl frente a su vencedor. Envueltos en una colosal batalla, era inevitable su enfrentamiento. El texcalteca tomó una lanza y la arrojó con furia hacia Itzcoatl, quien logró bloquearla con su escudo, arrancando una sonrisa de satisfacción en su nuevo oponente.

Al morir en las Guerras Floridas, cada hombre sin excepción, fuera noble o plebeyo, descansaría en el Tonatiuhichan: la «Casa del Sol»[9]. Y no solo ellos eran dichosos, también sus enemigos muertos en batalla o en sacrificio eran honrados ahí, protegidos por Teoyaomiqui, el dios de los enemigos muertos. No existía razón para temerle a la muerte; una vida llena de felicidad y delicias los esperaban del otro lado y si acaso regresaban victoriosos, una vida llena de riquezas y alabanzas seria su recompensa en la tierra. Los mexicas y sus enemigos contemplaban la muerte y la vida sin comparación.

Ajenos al miedo natural a la muerte, indiferentes a los instintos más arraigados en cada ser, de preservación y de supervivencia, contrarios a la naturaleza, Itzcoatl como su oponente se lanzaron a un frenético combate sin intención de rendirse. Las espadas asestaron peligrosos golpes sobre sus escudos, crujiendo a cada choque, mientras las filosas navajas de obsidiana a sus bordes se desprendían, volando por los aires o quedando incrustadas en el escudo del contrario.

Tanto fue el castigo para las maderas que de un momento a otro se resquebrajaron sus espadas. Extenuados, dejaron caer sus armas ahora ya inútiles. Las circunstancias los obligaron a combatir a puño limpio. La ansiedad comenzaba a dominarlos, lanzando puñetazos olvidándose de sus entrenamientos, perdiéndose en una lucha encarnizada, lejos de ser elegante o concienzuda.

Cuando estaban al borde de su resistencia, a lo lejos avistaron una espada clavada en la tierra, con el mango apuntando al cielo y todas las navajas en sus bordes intactas, llamando a ser empuñada.

Como si se hubieran leído el pensamiento, ambos se abalanzaron por el arma lista para blandirse. El texcalteca fue más rápido y cogió la

---

9 En la mitología mexica, aparte de los trece cielos y los nueve infiernos, existían también los denominados «paraísos». Eran cuatro en total; uno de ellos era el Tonatiuhichan o «Casa del Sol», en donde Huitzilopochtli moraba.

espada, pero Itzcoatl saltó sobre él, tumbándolo hacia unos matorrales a su espalda creciendo justo al borde de la llanura, enviándolos por una empinada caída varios metros abajo.

Rodaron por la hondonada esquivando árboles y rocas en su camino sin modo de detenerse. Impotentes, observaron su descenso. Donde terminaba el declive salieron volando por los aires cual muñecos de papel, aterrizando con estrepitoso golpe en el suelo, levantando una densa nube de polvo quedando ambos inconscientes al instante.

Prisioneros se acumulaban en ambos bandos. Sacerdotes texcaltecas y mexicas contabilizaban a los próximos a sacrificar a Huitzilopochtli y Camaxtli[10]. Se preparaban para dar fin a la contienda.

Caracoles marinos bellamente pulidos fueron entonados, anunciando el final de la Guerra Florida. Soldados heridos y cansados arrastraron los pies de vuelta advirtiendo del otro lado a sus rivales de igual forma. Recordaron a los cautivos deseándoles una muerte honorable. Otros volvían satisfechos de su actuación, uno o dos prisioneros significaban recompensas y mayor reconocimiento.

—¿Cuántos prisioneros van, *tlamacazqui*? —le preguntó el capitán Ceyaotl impaciente a un sacerdote, haciendo cuentas todavía.

—Cincuenta, capitán. En buen estado también —respondió alegre el sacerdote—. Algunos excelentes guerreros, lo suficiente para entretener al emperador. Los juegos lo reanimaran y seguramente usted será bien recibido en la capital.

El capitán soltó su estandarte para moverse mejor dejando un peso gigantesco en el suelo de lo cual a pesar de ello peleaba tan bien como cualquier otro. Caminó entre sus tropas saludando o haciéndoles señas de respeto a los sobrevivientes, en especial a los que lograron hacerse de prisioneros. Otros eran atendidos por los médicos, pelearían en un futuro y se lavarían la vergüenza de caer en batalla sin ser apresados. Los novatos al capturar un prisionero en equipo no se hicieron esperar y cortaron su coleta con autorización de sus maestros.

Los caracoles sonaron nuevamente, era hora de regresar a casa y de contar sus premios. El campamento fue levantado rápidamente y los prisioneros fueron amarrados de sus manos y atados sus cuellos a un tronco por encima de sus hombros para evitar que se escaparan. No era normal, pero algunos hombres le daban cabida al miedo y le obedecían por encima de la razón y el orgullo.

---

10 Camaxtli era el principal dios texcalteca, conocido entre los mexicas como Mixcoatl.

La princesa Axochitl apenas pudo dormir, ocupándose en pedir a los dioses proteger al plebeyo. Plegarias interminables murmuró a través de la oscuridad desde su cuarto. Mazatzin durmió plácidamente, él no sufriría por nadie, ya se había decidido; si Itzcoatl encontraba la muerte que así fuera. Despotricó contra él, no debido a su bienestar, sino por el posible disgusto que experimentaría por su insensatez.

«¿Qué será de mí si él muere? Tendré que informarles a sus padres y a Itzel. No quiero tener que darle la noticia», pensó Mazatzin.

Los cantos de las aves anunciaron el amanecer, sus elegantes vuelos en el inmenso cielo seguían patrones a la vista irregulares, cantando, aleteando delicadamente frente a las corrientes de aire ayudando su vuelo, asaltando las calles buscando migajas. Axochitl apenas comió ese día, y toda la tarde anduvo con el ánimo decaído, los nervios le impedían disfrutar del momento, solo deseaba ver a su compañero de regreso. Apunto de dormir nuevamente, esa noche escucharon a los tambores mexicas acercándose.

—¡Ya regresaron! —exclamó Axochitl.

Se levantó de la estera, vistió su vestido y salió al encuentro de los valerosos soldados. Para su sorpresa, encontró a Mazatzin en el patio esperándola, recargado en la entrada.

Los cantos resonaban y las danzas comenzaban intoxicadas por el alcohol. La música entretenía a los soldados en su fiesta improvisada, prostitutas se acercaron al festejo vestidas con sus mejores ropas; las más llamativas y exóticas que poseían, cubriendo solo lo necesario para llamar la atención sin dar un espectáculo gratis, mascando *tzictl* (chicle) castañeando los dientes llamando a sus presas, atrayéndolos con sus ojos enmarcados, sus carnosos labios y despampanantes figuras, pues no cualquier mujer podía entregarse a la profesión, solamente las de gran belleza, buena apariencia y grandiosa personalidad, para cumplir con tan compleja misión de hacer gozar a los hombres, y ¿por qué no?, a ellas también en el proceso. Su goce no era negado.

Mazatzin y Axochitl no lograron encontrar a su compañero. Temían que estuviera bebiendo también, y si era así, se asegurarían de que no cometiera alguna insensatez. Axochitl embistió las tropas buscando a Itzcoatl, y Mazatzin le seguía con dificultad entorpeciendo la fiesta. Al fondo vieron la sombrilla del capitán, redonda, verde, adornada con círculos dorados y plumas de guacamaya, tiras verdes meciéndose de las orillas y unas más largas en la parte de atrás.

En la plaza, los soldados veían a Axochitl con emoción llamándola a festejar con ellos sin inhibición. Mazatzin, nervioso, se cercioraba que nadie intentara algo en contra de la bella princesa, pero Axochitl no hacía caso a nada de eso, no le interesaba o no se daba cuenta, seguía de frente hacia el capitán, creyendo que podría ayudarla.

—¡Ah, si es usted! —exclamó el capitán Ceyaotl, esbozando una sonrisa al ver a la hermosa muchacha, desapareciendo al ver llegar a Mazatzin—. Nos iremos al amanecer, no se tarden.

—No es eso, capitán —corrigió Axochitl—. No encontramos a nuestro amigo, partió ayer siguiendo su camino, ¿no sabe dónde puede estar? Estoy segura que estuvo en la batalla.

Le tomó al capitán unos instantes recordarlo, intentando mantenerse sobrio a pesar del ambiente y sobre todo del *octli* (mezcal), que poco a poco lo embriagaba. La música y la alegría le hacían olvidarse de la campaña. Su repentino silencio y su lúgubre expresión sacudieron de un golpe el optimismo de Axochitl. El capitán recordó al joven y su semblante lo denunció mucho antes de responder.

—Lo lamento… fui yo quien lo orilló a semejante faena.

Axochitl se sintió desfallecer, oprimiéndose su pecho al creer a su joven amigo muerto. Mazatzin la sostuvo para no dejarla caer.

—¿Está seguro? Quizás este herido —sugirió Mazatzin.

—El campo fue limpiado, los heridos atendidos y los muertos han recibido honores… el muchacho no estaba entre ellos. No está muerto, eso se los aseguro.

—¿Qué quiere decir? —preguntó Mazatzin, ignorante de las formas de las Guerras Floridas.

—Me refiero a que lo han capturado. Debieron hacerlo prisionero para llevarlo a Texcalla. Despreocupen, morirá sacrificado en nombre de Camaxtli, con muchos honores.

Los intentos del capitán por consolarlos no fueron de gran ayuda. Regresaron a sus habitaciones sin querer escuchar las melodías a sus espaldas y las carcajadas de los soldados.

En el umbral de la habitación donde las mujeres dormían, Axochitl abrazó a Mazatzin con fuerza, agradeciéndole por quedarse con ella y pidiéndole a murmullos que no la abandonara jamás. El muchacho a su vez lo prometió sin pronunciar palabra. Un silencio aterrador envolvía el lugar, y permanecieron abrazados sin saber por qué sentían tanta soledad, intentando superarla con ayuda del otro, pero no serviría, el momento no era el adecuado y se soltaron.

Axochitl penetró la densa oscuridad de su habitación, parecida a una cueva inmensa sin final, fría, húmeda, desconocida, como un portal conectando directamente al mundo inerte del Mictlan.

Itzcoatl despertó en medio del bosque junto a otros hombres, todos sentados con sus manos a la espalda, amarrados, siendo custodiados por algunos soldados al parecer, comiendo a lo lejos.

—Por fin has despertado, aztecatl —le habló un hombre frente a él, por igual amarrado, a quien reconoció como su último rival.

—¡Eres tú! No me digas así, yo soy mexica.

—Muy bien, mexicatl. No tenemos tiempo. Yo soy Popocatepetl, y si quieres salvarte, debes escucharme con atención —dijo el guerrero, su anterior enemigo.

—Fuimos capturados, está prohibido escapar... —respondió Itzcoatl sin saber todavía lo que pasaba.

—Nada de eso, nos capturaron a traición estos huexotzingas cuando yacíamos inconscientes. Mis dioses no perdonarán un insulto así y los tuyos tampoco. Nos harán sacrificar sin merecerlo. Debemos lograr que nos envíen con los nuestros.

Popocatepetl le aseguró a Itzcoatl que se salvarían si eran llevados a sus respectivas ciudades, en donde podrían advertir del engaño de sus captores y su falta de honor.

—Olvida tu nombre y adopta el mío como propio, por un momento no recuerdes a tus dioses y nombra a los míos. Hazles creer que tienes sangre de Texcalla en tus venas. Haz esto y nos salvaremos. Yo haré mi parte también, no podrán reconocernos y se limitarán a creernos.

Los huexotzingas, gente del poderoso reino de Huexotzingo, eran enemigos de ambas naciones, mexicas y texcaltecas, pero con la Gran Sequía se unieron para celebrar las Guerras Floridas, aunque aquellos hombres no eran lo más notable de su nación. Eran mercenarios que acechaban los campos de batalla sagrados para capturar heridos y así venderlos a los reinos contrarios. Con tanta demanda de sangre para alimentar a los dioses, aquel negocio remuneraba de manera excesiva, aunque también era muy arriesgado si los descubrían.

Al poco tiempo llegaron otros mercenarios, llevando prisioneros amarrados y con collares de madera en sus cuellos.

—Eh, ustedes —les llamó uno de los mercenarios—. ¿Cuál de los dos es el de Texcalla? —preguntó, acercándose.

Se miraron, conspirando en silencio para salvarse. Tal como le dijo Popocatepetl, tendrían mejores oportunidades de vivir si eran llevados a sus respectivos reinos con sus hermanos.

—No te atrevas a confundirme con los cobardes texcaltecas —gritó Popocatepetl—. Nosotros los mexicas somos gente de valor, se nota en nuestra piel a diferencia de ustedes, sucio huexotzinga.

—Estúpido aztecatl, si no estuviera atado te mataría. ¡Lo juro por Camaxtli! —agregó Itzcoatl, sellando el engaño.

El mercenario pateó a ambos en sus quijadas para callarlos, contento por su aparente superioridad, confiado en que cada cual era de donde proclamaban ser y no al revés, separándolos en grupos.

Vendían a ambos lados, a Tenochtitlan y a Texcalla, un plan trazado con extremo cuidado para protegerse de ser delatados. Los mercenarios se separaron, dirigiéndose unos al este con Popocatepetl, perdiéndose a sus espaldas, los otros se dirigieron al oeste, llevando al grupo donde Itzcoatl estaba.

—¿Adónde nos llevan? —murmuró Itzcoatl a otro prisionero.

—A Tenochtitlan.

«Popocatepetl acertó, se creyeron nuestro engaño», pensó.

Una pizca de esperanza descansaba en su pecho al saber su destino, seguro que sus hermanos mexicas le creerían.

Texcalla quedaba atrás, Tenochtitlan al frente.

Axochitl despertó empapada de las lágrimas que derramó durante la noche, entonces brilló la esperanza en sus ojos al recordar las palabras del capitán Ceyaotl: «No está muerto».

Poco sabía acerca de las Guerras Floridas, pero si el sacrificio debía ser en Texcalla, existía una posibilidad que el joven se salvara, todo dependía de si ella llegaba a la capital a tiempo antes de los sacrificios.

—¡Mazatl, vamos! —gritó la princesa al verlo—. Debemos darnos prisa, es menester que lleguemos a Tenochtitlan.

—Sí, lo sé. Eso hemos intentado hacer.

—Para salvar a Itzcoatl, tonto. Yo puedo evitar el sacrificio, bueno, no personalmente, no entenderías. Vístete pronto.

La princesa hablaba apresurada y él sin comprender nada de lo que decía, se apuraba de cualquier manera. Alcanzaron a los soldados en la plaza, acercándose al capitán ansiosos por iniciar la marcha cuanto antes, insistiendo Axochitl en que podía salvar al plebeyo.

—¿Salvarlo? Imposible —aseguró Ceyaotl—. Solo hay una forma de lograrlo y es poco probable que pueda conseguirlo.

—Capitán, no tiene idea de quién soy —exclamó Axochitl con una sonrisa superior, con su mirada fija en el capitán sin temor, conociendo su autoridad sobre él, segura de poseer un poder extraordinario. Se guardaba celosamente un importante secreto.

«¿Quién se cree esta muchacha?», pensó el capitán Ceyaotl.

Conocía una forma de liberar a un hombre del sacrificio, pero la idea era tan absurda e imposible que no tenía caso mencionarla o podría tirar de golpe la ilusión de la hermosa joven. Por el gusto de verla contenta se contuvo de decir nada.

Durante el viaje, no desaprovechó momento alguno el capitán para acercarse a Axochitl. De plebeyo con padre alfarero, ahora un noble militar, contaba con respeto, tierras y buena posición entre la corte. Poseía un rostro varonil, era de cuerpo grande y musculoso, además de gozar de una personalidad agradable. Si actuaba bien podría hacerse de una nueva esposa. Era Axochitl entonces un gran prospecto, uno que jamás se le volvería a presentar, debía aprovechar. Su único rival a su pensar era Mazatzin y también el joven caído en la Guerra Florida, pero para él, aquel estaba más que muerto... Plebeya se le figuraba al buen soldado la casta de Axochitl, aunque le dijeran princesa los otros dos no significaba que lo fuera, pues qué clase de princesa sería viajando sobre las plantas de sus pies, con vestido de maguey, poco arreglada y una pobre escolta de dos hombres, ahora, sin uno de ellos. Bella y de clase baja, el capitán Ceyaotl podría convencerla de ser su esposa...

Con paso ligero la tropa abandonó Tezompa bordeando las orillas de los lagos, acortando camino para llegar pronto a petición de Axochitl. Atravesaron los territorios xochimilcas y llegaron a tierras tepanecas, siendo recibidos en Coyohuacan con mucha alegría.

Mazatzin observó emocionado las numerosas ciudades fundadas en el lago, superando por mucho a Oaxtepec. Su pequeño pueblo perdido en el bosque ya no significaba nada ante la grandeza del imperio. Pero nunca nada podría igualarse a lo que apreciarían cuando llegaran a la laguna, ante el espectáculo de lo que sería Mexico-Tenochtitlan.

—Tengo curiosidad, ¿qué asunto los trae a la capital? Es decir, antes del asunto de su compañero —preguntó el capitán Ceyaotl.

—Mi padre me envió —explicó Axochitl, escueta.

—¿Su padre...? —titubeó el capitán—. ¿De dónde son ustedes?

—Yo de Oaxtepec, la princesa de Cuauhnahuac —dijo Mazatzin.

—¡Tlahuicas! —exclamó sorprendido el capitán, desquebrajándose su semblante al ir conectando los finos hilos de su memoria—. P-pero, ¿desde hace cuánto tiempo debieron estar en Tenochtitlan?

—Hace muchas lunas, temo he perdido la cuenta. Mi caravana fue atacada por salvajes cuando me dirigía a Tenochtitlan. Mazatl e Itzcoatl me rescataron —explicó Axochitl.

Ambos vieron a Ceyaotl desfallecer, desmoronándose su porte. El miedo se leía en su rostro, pero la razón no era clara para Mazatzin.

—¡Su Alteza! —exclamó Ceyaotl, reconociendo por primera vez en Axochitl su condición de realeza—. Debe disculparme...

—No tiene por qué disculparse, mi apariencia actual no revela con exactitud mi posición o rango, capitán —respondió Axochitl, tratando con ingenio igualar la humildad—. Nos lleva a nuestro destino, con eso me basta.

Mazatzin escuchó atento el cambio de tono del capitán, que parecía ahora un sirviente, y el tono de Axochitl cambió también, volviendo a su actitud soberbia, mostrando cierta superioridad innata en ella, esa altanería de la nobleza que él conocía pues también la practicaba.

Como era de esperarse, Mazatzin supo leer las indirectas del soldado hacia la princesa cuando le cortejaba, pretendiéndola. No obstante, aún no podía entender la actitud del capitán Ceyaotl cuando le nombraron Cuauhnahuac, o su preocupación por no saber que la muchacha era en realidad de la realeza. Mazatzin, convencido de creer aquello un error normal, sabía que debía de haber algo en medio: «¿Qué esconde detrás del terror que refleja?», interrogaba esas señales que tenía al frente.

Una caravana de muy distinta índole se acercaba por los territorios colhuas, bajo el dominio de Tenochtitlan.

Llegaron al reino de Ixtapalapan, al sur de la capital, subiendo el famoso «Cerro de la Estrella», a doscientos metros sobre el nivel del lago, encumbrado con un magnifico basamento que era observatorio y templo a la par, y desde donde uno de los mercenarios gritó animado, apuntando hacia la laguna:

—¡Eh, miren! Ahí está nuestra recompensa.

Mercenarios, prisioneros y pueblerinos rondando por aquel lugar voltearon al instante, admirando a lo lejos, más allá de Ixtapalapan, bajando la colina, pasando tierra firme y cruzando las claras aguas del lago, a la capital del Imperio mexica en todo su esplendor.

Sin importar cuantas veces uno visitara la capital imperial, aquella ciudad-isla seguía asombrando a sus espectadores.

Bajando la colina se apreciaba la majestuosidad de la ciudad, tanto artística, arquitectónica e ingeniera como espiritual. Lucía esplendorosa flotando como por obra de un encantamiento sobre las aguas cristalinas de la laguna, sobresaliendo cientos de templos, torres y palacios entre las copas de frondosos árboles creciendo alrededor, con bellas flores azules, amarillas y blancas en su follaje. En el centro, completamente diferente a la ciudad, ajeno a todo lo humano, encerrado tras una espesa cortina de piedra custodiada por los dioses, se encontraba el Centro Ceremonial, el Recinto Sagrado, albergando los máximos monumentos de la ciudad y del imperio, resplandeciendo sus blancos templos ante los rayos del sol, como parte de un ensueño: era Mexico[11], «el lugar en el ombligo de la luna», deslumbrando el panorama.

Hermosa, fina, estática, magnifica e inmortal. Ahí estaba, su destino final, la grandiosa ciudad de Mexico-Tenochtitlan.

---

11 Algunos llaman al Centro Ceremonial (donde estaban los edificios más importantes) como México; el resto de la ciudad con las casas y palacios era considerada Tenochtitlan. La palabra México proviene de tres vocablos del nahuatl: *meztli*, que significa luna; *xictli*, refriéndose al ombligo o un centro; y *co*, indicando un lugar.

Capítulo V

Sangre por los Dioses

Las tropas militares bajo el mando del capitán Ceyaotl llegaron al reino de Coyohuacan, dirigiéndose desde aquel a la capital, atravesando el lago por un camino hecho de tablones, piedra, arcilla, argamasa y pilotes de madera clavados en el fondo, sosteniendo el paso a metro y medio sobre el nivel del agua; confluyendo con la principal calzada al sur, llevando hacia el mismísimo centro de la capital.

El camino se interrumpía de trecho en trecho por puentes de madera removibles; conectando por medio de diferentes bifurcaciones con los reinos de Coyohuacan y Huitzilopochco por un lado, y con los reinos de Mexicaltzingo e Ixtapalapan por el otro, así como con los pueblos de Tepetlatzingo, Ahuehuetlan, Ticomac y Acachinanco asentados en islas alrededor; era custodiado por numerosas torres construidas a lo largo, siendo la más importante de ellas el Fuerte de Xoloc: una imponente fortificación cercada por anchos muros y dos altas torres con el pretil almenado flanqueando la calzada, protegiendo la entrada a la ciudad.

Fue un largo trayecto de hasta ocho kilómetros lleno de sorpresas, avanzando rodeados de agua junto a cientos de canoas navegando en el lago a sus costados y decenas de personas transitando la amplia avenida de quince metros de ancho, siendo que veinte hombres podían caminar por ella hombro con hombro sin dificultad.

Al irse acercando, la enorme ciudad, limpia y armoniosa, relucía con magnificencia. La capital era sin duda una maravilla.

Con vergüenza, la princesa no pudo evitar comparar su reino con el mexica. Cuauhnahuac no se le igualaba, por mucho, a la impresionante metrópoli, superando inclusive a cualquier otra en el mundo.

Los jóvenes quedaron abrumados por la inmensidad de la ciudad, extendiéndose sobre las aguas dividida en cuatro distritos; al noroeste Cuepopan, «donde se abren las Flores»; al suroeste Moyotlan, «el lugar de los Mosquitos»; al noreste Atzacoalco, «la casa de las Garzas»; y al sureste Teopan Zoquiapan, «el barrio del Templo», fragmentado cada distrito en numerosos barrios, con sus propias plazas y mercados, sus templos particulares, escuelas y edificios de gobierno, convergiendo todos en la plaza mayor y en el Centro Ceremonial.

Mazatzin no pudo evitar notar las similitudes que compartía aquella metrópoli con su propia ciudad, mientras Axochitl admiró con recelo su magnificencia; la traza de sus calles, el volumen de sus construcciones y los minuciosos detalles de sus templos.

Avanzando por la calzada, apreciaron en la periferia una infinidad de sembradíos flotando cerca de las casas de los plebeyos, hechas de adobe con techos planos rodeadas de hermosos jardines a la sombra de tupidos árboles sobresaliendo entre ellas. Al irse acercando apreciaron enormes palacios y bellas mansiones bordeando el camino, creciendo en tamaño como en lujo, agrupándose los más importantes a las afueras del Centro Ceremonial, protegido por el famoso *coatepantlli* o «muro de serpientes»; muralla de seis metros de alto adornada con cabezas de serpientes labradas en la piedra, exhibiendo cuatro grandes portales al norte, sur, este y oeste desde donde partían las calzadas principales, resguardando en su interior los templos más importantes del reino.

Pero conforme la emoción y la sorpresa cedieron su lugar a la calma, observaron la urbe muy diferente, en particular a la gente viviendo en ella. La Gran Sequia persistía y con tantas bocas para alimentar; en la ciudad se sufría gravemente.

Podían reconocerlo; el esplendor de Tenochtitlan contrastaba con los famélicos semblantes de los tenochcas. Mazatzin, al ver tal estado en la gente, comenzó a dudar del éxito de su misión, pues si ellos mismos se encontraban en tales condiciones, ¡la capital!, entonces, ¿qué sería de Oaxtepec?, ¿cómo podrían librarlos del hambre y de sus enemigos si la capital sufría igual o peor la hambruna?

La formación se rompió, permitiendo a los soldados sin prisioneros regresar a sus hogares, mientras aquellos que capturaron prisioneros, fueron a entregarlos a los sacerdotes. El capitán, Mazatzin y Axochitl, cruzaron la puerta sur de Tezcoquiahuac hacia la plaza mayor, limitada al oriente por el recinto donde sesionaba el Concejo de Sabios de la capital, a unos pasos del Centro Ceremonial que permanecía cerrado.

—Henos aquí, en Mexico-Tenochtitlan —exclamó el capitán feliz y orgulloso de su ciudad.

—Capitán, indíqueme pronto el camino hacia el palacio del rey —solicitó Axochitl dejando pasmado a Mazatzin.

«¿Por qué rayos necesita ver al rey?», se preguntó él.

—También requiero audiencia con el *Tlatocan* —agregó, volteando a ver a Mazatzin regalándole una tierna sonrisa.

—Me temo que Su Alteza tendrá que posponer sus propósitos a la mañana siguiente —indicó Ceyaotl.

—¿A qué se refiere, capitán? Me es urgente, usted lo sabe.

El capitán Ceyaotl no podía sino advertirle sobre la situación: las puertas del palacio se encontraban cerradas mientras el rey visitaba sus casas de Chapultepec; por el otro lado, el Concejo de Sabios solamente se reunía cada quince días, encontrándose vacío en esos momentos.

—¿En Chapultepec? —exclamó ella, furiosa.

—No desespere, princesa. Mañana se celebrarán las fiestas y ambos, rey y Concejo, estarán a su disposición.

Sus planes sufrían retrasos imprevistos, pareciéndole como si aún no hubieran llegado a la capital y siguieran vagando tratando de descifrar el camino correcto a tomar.

—¿Y qué se supone que haga hasta entonces? ¿Sentarme en la calle y esperar a que amanezca? —reclamó la princesa Axochitl.

—Su Alteza es bienvenida en mi hogar mientras tanto —sugirió el capitán Ceyaotl con cautela, aún nervioso por su previo atrevimiento hacia ella, intentando recobrar su afecto.

—No tenemos otra opción, princesa —advirtió Mazatzin.

Sin otro lugar donde alojarse, a pesar de la reticencia de Axochitl, aceptaron la invitación del capitán Ceyaotl.

—¡Magnifico! —exclamó el capitán, gustoso por recibir a la bella princesa en su casa, junto a su celoso acompañante, dirigiéndose a su villa, todavía bastante alejada del centro de la ciudad.

*****

Los prisioneros traídos por los mercenarios fueron vendidos a los sacerdotes de Tenochtitlan. La reciente demanda de sacrificios hacía de sus fechorías un buen negocio, aprovechándose de las necesidades de la gente. Luego fueron escoltados al *malcalli*[12], un lugar frío y silencioso

12 Existían diversas clases de prisiones; el *malcalli*, para prisioneros de guerra; el *petelcalli*, para faltas menores; y el *teilpiloyan*, para ladrones y asesinos.

custodiado por guardias y la figura del dios Teoyaomiqui en la entrada. Esperarían en las celdas de anchos maderos y pisos de piedra antes de ser sacrificados.

Un aire funesto invadió la prisión, pero el sueño y cansancio vencían cualquier adversidad. Los cautivos se echaron al piso sucumbiendo al hechizo de la noche, soñando algunos con la libertad, otros con el «más allá». Itzcoatl pensaba en su pueblo, y con la mirada furtiva del dios solar juzgando. Durante la noche soñó con espectros amenazantes, la oscuridad le sirvió para recordar sus obligaciones con su familia y con su gente; después de mucho tiempo, la imagen de sus padres y de Itzel reaparecía. Temblaba ante la posibilidad de encontrar a su familia muerta debido a su arriesgada aventura en busca de su propio honor y gloria. Reconocía lo trivial de pelear por honor cuando en efecto lo perdió muchas lunas atrás al fallarle a los suyos.

Sudores nocturnos le asaltaron, la culpa lo consumió, gritando en sus sueños pidiendo perdón, suplicando redención, asustando al resto de los prisioneros quienes se alejaron de aquel extraño.

Al amanecer, las primeras comidas del día fueron excepcionales; les sirvieron carne de venado y cerdo de la más exquisita, un caldo con garbanzos, cilantro y cebolla, acompañados por tortillas y tamales además de diversas frutas, y para rematar, la afanada bebida del *octli* (mezcal), embriagante, adormecedora y refrescante también. Por igual, se les permitió fumar tabaco y peyote, para sedarlos en realidad y no tanto para su disfrute, evitándose así los guardias cualquier intento de escape, además, les evitaría sentir dolor futuro. Alucinarían durante el proceso como si estuvieran en un sueño, y al despertar no volverían a dormir jamás. La mayoría de los cautivos, resignados, tomaron lo que se les daba sin dudarlo. Itzcoatl, al contrario, rechazó cada una de las atenciones, provocando la desconfianza de sus custodios.

Cinco sacerdotisas penetraron la prisión la segunda noche seguidas por el sacerdote de la prisión; guardia, confesor y en ocasiones, hasta verdugo. Venían a preparar a los prisioneros antes de la ceremonia para marcarlos con pinturas. Apaciguados por las bebidas, la comida y por el peyote y el tabaco, se dejaron arrastrar a cualquier ritual, dispuestos a lo que fuera, marionetas sin fuerza de voluntad obedecían sin chistar, hasta llegar el turno de Itzcoatl, que se hacía llamar mexica.

El sacerdote le llamó con tono desagradable al verlo en sus cinco sentidos y las sacerdotisas se alistaron para llevarlo a uno de los cuartos contiguos y teñir su cuerpo con pintura.

Los custodios se mantenían atentos al prisionero, sabiendo que no estaba ebrio ni drogado, en caso que mostrara resistencia.

—Su Eminencia, comete un grave error —exclamó Itzcoatl con toda la tranquilidad que pudo conservar.

—¡Silencio! —gritó el malhumorado sacerdote—. No puede ser que un guerrero se atreva a ofender a los dioses. Tenga valor.

—Los huexotzingas que los trajeron mencionaron algo sobre este en especial, Eminencia —exclamó un guardia—. Dijeron que su nombre es Popocatepetl, pero éste dice ser mexica.

El sacerdote se acercó a Itzcoatl, examinándolo minuciosamente después de escuchar al guardia. Revisó con cautela al prisionero dando vueltas como un cazador estudiando a su presa.

—Al principio le vi tierno, pero si es quien dicen, podría ser útil. Dígame, ¿quiere pelear por su honor? —se dirigió a Itzcoatl.

—Por supuesto —respondió él sin saber a qué se refería.

—Mucho me alegro de oírle hablar así, muestra hombría, es mucho mejor que reclamar su libertad con mentiras, ¿o no? Bien, prepárenlo, servirá de espectáculo para Su Majestad Moctezuma…

—Pronto terminará la vida llena de penurias y dolor, gozarás sin contención —le susurró una de las muchachas para aplacar las ansias del condenado, llevándolo a un cuarto contiguo.

Ahí se encontraba un hombre viejo de carnes blandas, huesudo y de larga cabellera blanca. Vestía una manta blanca con bordes rojos hasta los tobillos, junto a muchos utensilios. Tendieron a Itzcoatl en una losa de piedra, quedando a su merced. Con gran calma, el viejo comenzó a cortar su piel con pincel y navaja, trazando un símbolo en su cuerpo, llenando la herida de tierra, marcando al guerrero, dispuesto a morir para entretenimiento del emperador.

Al amanecer, el capitán Ceyaotl salió a atender asuntos urgentes con la promesa de volver con nuevas ropas para ambos, sin embargo, ellos no quisieron esperarlo y abandonaron su hogar, librándose de la actitud servicial del buen capitán y de su compañía.

Mazatzin estaba decidido en ir al *Tlatocan* para dar fin a su misión, pues la angustia por el futuro de su pueblo se acrecentaba a cada paso, aunada a la desgarradora fortuna de Itzcoatl frente al sacrificio en las tierras extrañas de Texcalla. Debía hacer algo, fuera por Itzcoatl o por Oaxtepec, pero no podía perder a ambos.

—Olvida al Concejo de Sabios, no te ha de ayudar. El rey podrá hacerlo fácilmente —le dijo Axochitl con aquel semblante seguro y autoritario propio de ella, ansiosa por demostrarle su poder e influencia.

Su insistencia en ver al rey de Tenochtitlan lindaba con la terquedad y Mazatzin no quiso postergar otro día la urgente ayuda.

El *Tlatocan* o «el Lugar donde se Habla», mejor conocido como el Concejo de Sabios, era el máximo órgano de gobierno de la ciudad, presidido por el rey e integrado por un cuerpo de senadores divididos en dos grupos: por un lado los *tetecuhtin* o altos dignatarios; tanto del orden militar, administrativo y judicial como religioso, y por el otro los *achcacauhtin* o funcionarios menores; como los alcaldes de los cuatro distritos, los jefes de los veinte barrios —elegidos por su gente, siendo asistidos por los Concejos de Ancianos—, los capitanes distinguidos y los viejos guerreros retirados.

La enorme estructura levantándose al este limitando la plaza mayor, celaba dentro de sus muros las responsabilidades de cientos de hombres controlando la ciudad y el imperio.

Para el momento en que Mazatzin y Axochitl llegaron a la plaza, la fila de los grandes señores se dejaba ver desfilando por la explanada, yendo sobre sus asientos llevados por sus sirvientes, cubiertos por telas para no ser molestados por la luz. El ánimo se perdía al verlos pasar. Entre la gente se murmuraba acerca de su eficacia para remediar la Gran Sequía. La aparente tranquilidad era un disfraz, la gente estaba enfadada, pero más que nada, hambrienta. Solo ante una persona la gente callaba, reverenciando el paso del primer ministro de la ciudad, conocido como *cihuacoatl*, causando miedo y admiración a la par.

Con aplomo, los integrantes del Concejo de Sabios penetraron en el vasto complejo dispuestos a deliberar, decidir y demandar. La reunión, usualmente dirigida por el rey, era presidida por el *cihuacoatl*, puesto que el rey se encontraba indispuesto en esos momentos, encargándose el primer ministro de mantener el orden durante su ausencia. Sereno e inexorable, trató los asuntos más urgentes durante la sesión, pasando después a recibir a la gente pidiendo audiencia, siendo la oportunidad que Axochitl y Mazatzin tanto esperaron.

Tras una larga fila de quejosos, finalmente llegó su turno de pasar, y en aquel momento, un nerviosismo reemplazo el hasta entonces temple sereno del noble, sin estar seguro de tener la autoridad para posar frente a los grandes señores de la capital y pedirles su ayuda. Sin la princesa, quien tuvo que esperar afuera, su confianza se esfumó.

El Concejo sesionaba dentro de un enorme salón rectangular, con sus integrantes sentados en sus taburetes a los costados de la entrada, aguardando serios e imponentes, causando impresión al campesino. Y al fondo, sobre una plataforma elevada se encontraban cuatro asientos, dos reservados para el rey y el primer ministro, bajo las figuras de los dioses Huitzilopochtli y Coatlicue hondeando en majestuosas banderas que dejaron a Mazatzin sin palabras. Ahí mismo se celebraba también la Asamblea Superior cada ochenta días, en la cual participaban todos los reyes de la Triple Alianza para atender los asuntos del imperio, mientras el Concejo de Sabios trataba únicamente los problemas de la capital, sin necesitar la presencia de los demás monarcas.

—Antes que nada —intervino el *Cihuacoatl* cuando fue el turno de Mazatzin—, si es su intención cuestionarnos sobre la Gran Sequía, puede retirarse. Tenemos mucho de eso y estamos hartos.

El hombre poseía una mirada fría y penetrante, su rostro alargado y su pose intimidante le otorgaban un aspecto superior, y peligroso.

—No se trata de eso, Excelencia —respondió Mazatzin, temeroso—. Soy de otros lares, olvidados por Tenochtitlan…

—Un provinciano… interesante. Bien, le escuchamos.

Con calma, después de un buen respiro y al escuchar el tono suave del *cihuacoatl*, pudo contar su historia. Nadie interrumpió su discurso, le dejaron hablar, por eso no pudo evitar decir más de la cuenta por su nerviosismo, siéndole imposible concentrarse en un tema refiriendo el ataque, los días perdidos, la princesa rescatada, las Guerras Floridas, su compañero capturado, la llegada a la ciudad y su asombro, finalmente para terminar en aquello que iba a solicitar: ayuda.

Murmullos se escucharon, comentando la extraña anécdota. Solo el *cihuacoatl* se mantuvo sereno, meditando cada palabra sin quitarle la mirada de encima, inquietando al noble campirano.

—Investigaremos el asunto —respondió el *Cihuacoatl* secamente.

Mazatzin agradeció hincándose ante el Concejo y salió de prisa, a punto de desmayarse ante esa autoridad avasallante.

Al atardecer, la población abandonó sus labores para dirigirse al Centro Ceremonial, entrando por las puertas de Acatliyacapan al norte, la de Tezcoquiahuac al sur y la de Cuauhquihuac al oeste, junto a los asientos y literas de los nobles, cediendo el paso a los guerreros con admiración, dirigiéndose todos al Templo Mayor.

El *huey tlatoani* fue visto por primera vez en la ciudad desde hacía mucho tiempo, avanzando por la calzada oeste desde Chapultepec en su lujoso asiento real de toldo carmesí e hilos dorados, llevado sobre los hombros de cuatro nobles, regresando para presenciar las ceremonias después de su retiro espiritual, bastante decaído todavía.

Rumores contaban sobre un desamor y por ello su apatía, pero estos no eran creíbles pues tenía nueve esposas y muchas concubinas.[13]

El monarca portaba la *xiuhuitzolli*; corona de turquesa, y un tocado de brillantes plumas de quetzal abriéndose cual abanico arriba y a los lados, además del prestigioso *xiuhtilmahtli*; manto entretejido azul y blanco de los reyes, sobre una túnica roja de bordes dorados ajustado con una cadena de plata a la cadera, botines de cuero a las pantorrillas, aderezado de pulseras de oro, brazaletes de turquesa y una pechera de plata con el sol labrado en el centro.

Cautivando la mirada de su pueblo a su paso, rodeado de su corte, cruzó a pie la plaza del recinto sagrado hasta llegar a los pies del muy afamado Templo Mayor; una imponente y espectacular estructura de treinta metros de alto, compuesto por cuatro plataformas escalonadas atiborradas de braseros humeantes. Presumía una doble escalinata con vista al poniente y cabezas de serpientes al inicio de las alfardas; siendo interrumpida por el «Altar de las Ranas» —símbolos del agua— a su izquierda y por la «Piedra Lunar» a la derecha, yaciendo a sus anchas, acostado dentro de un enorme disco pétreo el cuerpo desmembrado de la diosa Coyolxauhqui, tallado en un magnífico bajorrelieve teñido con vibrantes colores. En su base se abría una pequeña plazuela; flanqueada por dos cámaras sacerdotales protegidas por gigantescas serpientes de cuerpo ondulante en cada extremo, mientras la cima lucía una amplia terraza coronada por dos bellos altares; uno azul al norte, consagrado a Tlaloc, dios de la lluvia, con enormes braseros de piedra tallados con el rostro del dios en ellos: resaltando su sombrero ancho, sus «anteojos» redondos y afilados colmillos torcidos; el otro rojo, al sur, dedicado a Huitzilopochtli, dios del sol; exhibiendo bellos braseros adornados por un moño rojo labrado al frente —símbolo solar—.[14]

---

13 En general, la poligamia estaba prohibida. Únicamente los reyes tenían permitido desposar numerosas esposas, principalmente por motivos políticos, mientras que los nobles solo podían casarse una vez, pero podían tener cuantas concubinas pudieran mantener, al igual que el rey. La gente común no contaba con estas libertades; si acaso engañaban a su pareja, podían ser castigados.

14 La descripción anterior está detallada en relación a la fase IV de las siete fases que tuvo la construcción del Templo Mayor en Tenochtitlan, datada en los años 1440-1469, años en los que se encuentra ambientada esta historia.

El *huey tlatoani* subió a la cima asistido por sus nobles, aguardando en silencio sentando sobre su asiento de tule entretejido en la plazuela abierta frente a los altares. No como antaño, cuando gustaba saludar a la gente y animarlos, recitando palabras de consuelo ante la desdicha consumiéndolos. Era acompañado por el *cihuacoatl* y sus principales consejeros, en espera de los *teopixque* o «Guardas de los Dioses», los máximos representantes de la religión mexica, mientras por debajo de las empinadas escalinatas, a los pies del templo, ya se comenzaba a aglomerar la gente, escuchándose el rumor en toda la ciudad, ansiando con ahínco el inicio del ritual.

Finalmente abandonaron sus altares los sumos sacerdotes del reino; el *Tlaloc-Tlamacazqui*, Sacerdote de la Lluvia, encargado del culto a Tlaloc; y el *Totec-Tlamacazqui*, Sacerdote del Sol, encargado del culto a Huitzilopochtli, vistiendo elegantes y bellas mantas de cuerpo entero, azules y rojas respectivamente, poco adornados, lo suficiente para ser reconocidos, con las insignias de los dioses a los que servían bordadas en sus prendas; escogidos ambos no por su linaje, sino por sus virtudes; siendo humildes y pacíficos, no livianos, rigurosos en sus quehaceres, celosos de las buenas costumbres, considerados, amorosos y devotos, compasivos, misericordiosos y temerosos de los dioses. Hombres de alta moral, iguales tanto en estado como en honor. Iban escoltados por los *tlenamacazque* o «sacerdotes de Fuego», teñidos sus cuerpos con betún negro, vistiendo blancos pañetes, llevando los cabellos largos por debajo de la cintura, sucios y enmarañados.

Entrando por la puerta este de Huitznahuac, sin noción de en dónde se encontraban, siendo escoltados por soldados y sacerdotes debido a su indisposición tanto física como mental, los prisioneros de las guerras floridas marchaban a su muerte, sin darse cuenta que pronto su sangre seria derramada en favor de los dioses.

Casi treinta hombres estaban a punto de morir en el altar, la gran mayoría de ellos iban desorientados, completamente drogados y ebrios, mientras que el grupo de Itzcoatl marchaba atrás en plena conciencia de sí, avanzando confiados, grabados sus cuerpos por igual, contentos por morir. Los primeros subieron por escaleras de madera a las espaldas del Templo Mayor. Itzcoatl y su grupo permanecieron abajo, permitiéndole apreciar por primera vez el Centro Ceremonial, desfalleciendo su alma al apreciar los impactantes templos enjoyados con sus hermosos domos de colores, resplandeciendo en todo su esplendor, recubiertos por un enlucido blanco impecable ante el sol.

Axochitl y Mazatzin por vez primera en su vida serían testigos del espectáculo que eran los sacrificios celebrados en la gran Tenochtitlan. Para estos, la presencia del rey era obligatoria, y para la princesa, una oportunidad de lograr su objetivo. Caracoles resonaron al unísono. Apretujados debajo del templo, observaron los sacrificios dedicados a los dos dioses principales del reino.

Los prisioneros avanzaron lentamente bajo el efecto de las drogas, con sus cuerpos enteros teñidos de azul y rojo, apenas distinguiendo los alaridos implorando por sangre para satisfacer a sus dioses.

Los de rojo fueron sacrificados sobre el *techcatl*; piedra cilíndrica fincada al piso sobre un tajón de tezontle, con llamativas e intrincadas figuras labradas, clamando por corazones, ubicada frente al altar de Huitzilopochtli, mientras los de azul fueron sacrificados sobre el *chac mool*; escultura con forma humana recostada, cargando una bandeja en sus manos en espera de ofrendas, localizado frente al altar de Tlaloc. Uno por uno, fueron presentados al público para su última actuación en la tierra. Los sacerdotes de Fuego se encargaban de colocarlos sobre las piedras boca arriba, sosteniendo sus brazos y piernas, permitiendo a los pontífices del sol y la lluvia terminar el trabajo. Fueron sus vientres abiertos y sus corazones arrancados, para luego ser decapitados.

Fue tan rápida y eficaz la matanza.

Demostrando amplia destreza, los sumos sacerdotes removieron los corazones aún palpitantes de los prisioneros, lanzándolos a las flamas encendidas afuera de los altares, ofreciéndoselos a los dioses antes de que fueran los cuerpos arrojados por las altas escalinatas seguidos por sus cabezas cercenadas, tronándose sus huesos y desgarrándose su piel en cada escalón que bajaban, quedando plasmada su sangre en la blanca escalinata tiñéndola de rojo, pintándose un camino ensangrentado como un río, lentamente escurriendo cuesta abajo donde soldados esperaban las cabezas para colocarlas en el *tzompantli*, el muro de cráneos donde se exhibían empalizados en honor a los muertos, a quienes dieron su vida por los dioses, a los mártires de sangre.

Treinta hombres sufrieron el mismo destino aquel día. Axochitl no pudo soportar más y desvió la mirada. La ceremonia no le provocaba terror, era saber que alguien allegado a ella podría estar en esa situación a cientos de kilómetros de distancia.

—¿Sufrirá Itzcoatl de esta forma? —murmuró Mazatzin pensando lo mismo, sin darse cuenta de haber sido escuchado por la princesa.

Axochitl alzó la mirada, reflejando sus ojos la profunda tristeza que sintió al escucharle, transformándose de repente en ira.

—¡Calla, Mazatl, no digas eso! ¡No lo vuelvas a decir! Está vivo y lo rescataremos —dijo con la mirada apasionada.

Los sumos sacerdotes se dejaron caer en sus asientos al terminar su tarea, exhaustos de tan dura faena; el líquido precioso escurría y las flores sagradas ardían en las inclementes flamas de los braseros en los altares, devoradas por las voraces fauces de los dioses.

Diez hombres marcados con diferentes tatuajes encarnados en sus cuerpos tal como el de Itzcoatl tendrían otro final, del cual poco y a su vez mucho tendría que ver con ellos. En el templo dedicado a Tonatiuh, el sol, esperaron a enfrentar su suerte, permaneciendo cerrado para los plebeyos quienes regresaron a sus labores. Únicamente la nobleza tuvo acceso, donde asombrosos juegos se llevarían a cabo.

Los dignatarios y *pipiltin*[15], cruzaron la plaza hacia el templo del Sol en la esquina suroeste; rodeado por muros y recámaras por los cuatro lados, compuesto por cuatro cuerpos escalonados, con una escalinata y la fachada hacia el este, coronado por el altar a Tonatiuh.

En los cuartos frente al templo se situó al rey junto a sus consejeros: el Gran Prefecto, el Mayordomo Real, los cuatro generales del ejército; entre ellos su medio hermano Zacatzin, rey de Huitzilopochco, el Gran Sacerdote, el Secretario Real, y sus dos hijos; los príncipes Iquehuac y Machimale. Sentado a su derecha, estático e inexpresivo, se encontraba el primer ministro Tlacaelel, escoltado por sus propios consejeros: el Tesorero Real, el Jefe de Funcionarios, los cuatro jueces del Tribunal Superior, así como el Gran Árbitro, además de sus dos hijos mayores; los príncipes Cacama y Tlilpotonqui.

El resto de la nobleza se ubicó en los otros cuartos o en el patio, con su mirada fija a un enorme montículo levantándose a unos pasos del templo, donde una piedra de varios palmos de diámetro y otros de alto, con un horado vertical en el centro se acostaba a sus anchas, grabadas en su superficie convexa figuras de guerreros contando su historia, su vida y su muerte, y encima, exhibía la imagen del sol en bajorrelieve.

No cambió sin embargo la actitud del rey Moctezuma; se notaba a leguas su displicencia, poniendo nerviosos a todos los presentes.

---

15 Otro estrato de la nobleza eran los *pipiltin* (singular; *pilli*): hijos de reyes y dignatarios, además de guerreros recompensados con la nobleza. Su posición era heredada de sus padres, excepto en el caso de algunos militares, que ganaron su posición por sus logros. Este concepto es similar al de los hidalgos españoles: los «hijos de algo, de alguien».

Al ver la reunión de nobles, la princesa Axochitl animó a Mazatzin a ayudarle a conseguir audiencia con el monarca. Ingenuo, le siguió el juego. Fueron con actitud altanera pretendiendo, irónicamente, ser lo que eran en realidad, de la nobleza. Sus ropas en cambio, no reflejaban su alta alcurnia como sus toscos modales para con la servidumbre, y a empujones fueron sacados por los guardias del recinto de oídos sordos, incapaces de escuchar razones.

—Déjelo ya, princesa. Es imposible pasar, solo a los nobles les está permitida la entrada y ninguno de los dos lo parecemos.

—Eso no importa, ¡soy una princesa!, mis ropas no me hacen parte de la realeza, sino mi sangre, y ningún soldado de casta baja me privara de mis deseos. ¿Me escuchaste?

Desde varios días atrás, Mazatzin ya no había vuelto a ver aquella faceta de la princesa, consentida y caprichosa, quejándose e insultando a sus inferiores, a quien le negara sus deseos o se le pusiera en frente. Su personalidad cambiaba como el viento, asunto al que tendría que acostumbrarse si permanecería en su presencia.

Con la furia al roce de piel, la princesa Axochitl se encaminó de vuelta a la entrada del templo solar resuelta a tomar revancha. Mazatzin trató de detenerla, pero alguna velocidad extraña le daba a la princesa el presumir de su posición.

—¡Deténgase, mujer! —le gritó uno de los guardias—. Esta área no permite plebeyos.

—Yo soy de la realeza —respondió enfurecida.

—Más bien esclava —dijo el soldado.

El resto de los guardias soltaron a carcajadas. En efecto iban sucios, descuidados y con ropas de muy baja calidad. No había forma que la nobleza vistiera así ni en sus más remotas pesadillas.

—¡Una esclava muy bien hecha! —exclamó otro riendo, obligando al resto a contemplar la belleza de la muchacha.

—¿Quién es tu amo tan afortunado? ¿Dónde te encontró?

No paraban de reír los guardias insistiendo en sus bromas.

—Quizás nos la pueda prestar un rato. ¡Se la cuidaremos bien!

La princesa se convirtió en la comidilla de los guardias y con cada comentario, con cada palabra que salía de la boca de aquellos hombres ignorantes e inferiores, su ira aumentaba. Mazatzin solo pudo mostrar su descontento ante las ofensas dirigidas a su acompañante, consciente de su impotencia en el momento, pero Axochitl no resistió, morada de la ira reprimida, atacó a los hombres con firmeza amenazante.

—Mi amo es tu gran señor, rey y soberano, patético plebeyo —gritó Axochitl, acercándose peligrosamente al primer soldado que encontró, sorprendiéndolo con su afrenta—. Soy la princesa de Cuauhnahuac. Ahora, escoria, déjanos pasar si no quieres morir desollado.

Todos se transformaron en fantasmas, sin expresión, aterrorizados.

—Son una vergüenza, insultando a la realeza. No tienen idea de los horrores que he vivido. Me encargaré que sus familias mueran por sus ofensas, les haré quemar vivos o morir flechados.

—¡Nuestras familias no!

—Esperen a que el emperador se entere cómo fui tratada por sus incompetentes guardias. Dudo que tome a la ligera ofensa tan grave como llamar esclava a una hija de reyes. ¡Déjenos pasar!

Los guardias obedecieron al instante retirándose de los portales. Con altivez, la princesa atravesó los pilares sin quitar la mirada fulminante del soldado que la insultó. Gozaba del miedo que era capaz de producir, sentía placer al desquitarse, dándoles el susto de su vida.

La turba de los funcionarios, nobles, militares y sacerdotes aullaba como bestias ante los juegos llevándose a cabo en el interior del recinto solar. Iniciaba el Sacrificio Gladiatorio.

Los juegos gladiatorios eran un excelente entretenimiento para la gente de Tenochtitlan, sobre todo para las clases altas, quienes eran algo más que meros espectadores de los encuentros, apostando entre ellos tremendas sumas de semillas de cacao, mantas, tocados, joyas y otros valiosos objetos de orfebrería o pedrería.

Con entusiasmo, el elegante público aplaudió ante la aparición de las dos Órdenes de mayor prestigio; los guerreros Jaguar y los señores Águila, con quienes se enfrentarían los prisioneros, armados con solo una macana adornada por plumas en lugar de navajas. Las apuestas se hicieron eligiendo a los vencedores, si sería un águila o un jaguar.

Los guerreros texcaltecas combatían con valor, subiendo uno nuevo al montículo al caer el anterior, donde ataban una pierna a una soga del agujero central de la piedra, impidiéndoles moverse con facilidad. Los combates eran cortos pero repletos de emoción y suspenso, cada golpe era seguido de expresiones de admiración por parte del público, y ante los errores se gritaban abucheos en su contra. Alrededor del patio, los señores Águila y los guerreros Jaguar esperaban turno. Al cansarse uno o al ser vencido, otro estaba listo a tomar su lugar. Cuatro debían ser derrotados, si llegaba a ocurrir semejante situación, un quinto subía para evitar la victoria del prisionero y darle muerte.

Algunos prisioneros lograban vencer al primer guerrero, que al ser derrotado, avergonzado, no regresaba al escenario. Desgraciadamente, el siguiente encuentro terminaba mal; un nuevo rival subía, dándole paso a la derrota del cautivo, exhausto y adolorido.

«¿Alguien habrá logrado salir vivo?», se preguntó Itzcoatl al ver su turno llegar, cuando el último gladiador cayó muerto, contrayéndose su corazón al verse ante semejante reto.

—Muchacho, es tu turno —gritó un soldado, despertándolo de su ensueño, permitiendo ver cuando el último prisionero, ensangrentado, era arrastrado fuera del escenario, el *temalacatl.*[16]

Lo empujaron sin aviso, apartándolo de las sombras que le cubrían, hasta entonces oculto dentro de las estancias del templo, exhibiéndolo ante la nobleza frente a los escalones del círculo gladiatorio donde su oponente lo esperaba.

El público vitoreaba a los guerreros Águila o Jaguar, cobrando sus apuestas. Se animaba a los gladiadores para dar un buen combate e irse con honor, pero a pesar de sus intentos, Moctezuma permanecía serio e indiferente, cuando aquellos combates le eran de mucha diversión.

—Este hombre fue señalado por el sacerdote de la cárcel —le dijo al rey su mayordomo. Un hombre de setenta años de edad, cuerpo macizo, escasa cabellera gris y semblante furioso, llamado Cuauhnochtli.

El monarca no se inmutó por el comentario, escuchaba con aparente atención cada dato de los combatientes proporcionado.

—De acuerdo a quienes lo trajeron, es Popocatepetl —prosiguió el mayordomo, sin fijarse en la apatía de su señor.

—¿El campeón de Texcalla? —cuestionó el rey Moctezuma.

—¡Esto sí es sorpresa! Hubiera preferido que un mexica capturara a Popocatepetl y no un huexotzinga —exclamó el medio hermano del rey, el general Zacatzin, admirado por la noticia.

—También dicen que desde su llegada afirma ser mexicatl... y no texcalteca —advirtió el mayordomo Cuauhnochtli atrayendo la mirada consternada del rey Moctezuma sin darse cuenta de ello.

---

16 El *temalacatl* era una enorme piedra de basalto circular de varios metros de diámetro y otros tantos de ancho, esculpida encima un sol azteca, y en los bordes, figuras de guerreros representando batallas, tenía un orificio vertical en el centro donde salía una soga para atar a los prisioneros del Sacrificio Gladiatorio. De estas piedras, pues existieron muchas, la más importante es llamada: «Piedra de Tizoc».

—¿Por qué habría de decir eso? —volteó Moctezuma sorprendido hacia su mayordomo—. Ningún hombre, mexica o texcalteca, chalca u otomí, negaría su sangre.

Cuauhnochtli se encogió de hombros, dando a entender que no se había preguntado tal cuestión, tomándolo solo como un rumor.

—Quizás porque sea en verdad… mexicatl —afirmó secamente el *Cihuacoatl* Tlacaelel, interrumpiendo su conversación.

Al darse cuenta de tener la atención de todos, prosiguió:

—Tú lo has dicho, ningún hombre sería capaz de negar su sangre.

Moctezuma sonrió y regresó su mirada al escenario ante el nuevo enigma de la identidad del prisionero. En ese momento, la figura de aquel se reveló ante los espectadores.

Un gesto de decepción cubrió las gradas, viéndolo demasiado joven como para dar un buen espectáculo, abucheándolo.

—¡Si es un mancebo! Vaya final que tendremos —exclamó bastante desilusionado el Jefe de los Funcionarios—. Seguro morirá rápido.

Itzcoatl aún sentía en carne viva el tatuaje impuesto sobre su piel con cuchillo y cizaña. La escarificación teñida con pintura azul en su parte derecha del cuerpo creando grecas y bajorrelieves representaba su lugar en el combate, remarcado por un círculo en su hombro con una línea viajando hasta su puño, revelando otras marcas impuestas en su costado derecho y en su pectoral.

—Dígame, ¿apostaría a ello? —preguntó el rey al funcionario.

—Su Majestad Moctezuma, por supuesto, pero nadie se atrevería a apostarle al pobre muchacho —contestó el hombre.

Moctezuma sonrió, volteando al prisionero.

—Apostemos entonces, señor. Le voy al prisionero, digamos, unas cuarenta mantas *cuauchtli*[17] —propuso Moctezuma.

La apuesta atrajo la atención de los presentes por su confianza ante el prisionero o por su intención de perder deliberadamente.

—¡Su Majestad! No lo haga, se lo ruego.

—Vamos, hombre, arriésguese, diviértase, ¿no es a lo que me han arrastrado a estos juegos? Estoy aquí, mejor será disfrutarlo.

Subió el prisionero al montículo armado únicamente con su macana emplumada. En la cima, su rival lo esperaba ataviado con el traje entero de plumas de águila y su casco con forma de la majestuosa ave.

---

17 Los mexicas no hacían uso de monedas; además del uso de las semillas de cacao, las mantas llamadas «*cuauchtli*» tenían un valor intercambiable enorme, usual entre la nobleza.

Mazatzin y Axochitl se abrieron paso entre la gente con dificultad. El bullicio era impresionante, e inmensamente raro para ser provocado por los miembros de la nobleza, a quienes se les consideraba serenos y sensatos. Relegados al fondo, con las gradas repletas, Axochitl buscaba con insistencia la mirada del rey al otro lado del patio, apartado por la lucha, resguardado por una decena de soldados. Por evitar otra escena decidió esperar al final para tampoco interrumpir su diversión.

—No podrá ganar, ¡es imposible! Me parece lo van a sacrificar ahí, con la espada y no con el cuchillo —comentó Mazatzin al percatarse del espectáculo llevándose a cabo.

—Allá está el *huey tlatoani*, ¡mira! —exclamó Axochitl, ignorando el escenario y al joven, señalando con el dedo indiscreta hacia el otro lado del campo, estirándose lo más que podía por sobre las cabezas de los nobles, apartando las plumas de guacamaya, tucán y quetzal de sus tocados obstaculizando su visión.

El noble de Oaxtepec pudo admirar el porte de su rey, su grandeza de emperador, amo y señor de todas las tierras. Personalidad que nunca en su corta vida hubiera imaginado poder siquiera ver.

Del otro lado, el rey mantenía su mirada fija sobre los combates del último prisionero desde la primera batalla. Seguía victorioso aquel mancebo, y el monarca perdió su apatía, intentando acercarse para ver mejor el espectáculo, cosa que alegró mucho a los organizadores de los juegos. Moctezuma se inclinaba sobre el asiento de tule prácticamente cayéndose de éste, apenas en la orilla siguiendo a la pelea con los ojos bien abiertos y sus puños cerrados, muy atento, reaccionando a cada golpe que recibían sus hombres, asimilando los macanazos propinados por el último gladiador de los juegos.

El segundo rival, un guerrero Jaguar, fue expulsado de la arena de una certera patada; el tercero, un señor Águila, quedó con los dedos destrozados después de una serie de golpes a su mano; y el cuarto, otro guerrero Jaguar, ya se tambaleaba.

El *Cihuacoatl* quedó satisfecho por el repentino cambio de humor del monarca; de su aparente apatía y tristeza, ahora se sumergía en los juegos gladiatorios con emoción al ver tantas derrotas de sus soldados —uno creería se pudiera enfadar, pero, por el contrario, un guerrero, fuera mexica o texcalteca, era siempre digno de admirar.

Atento al cambio de humor del monarca, el *Cihuacoatl* Tlacaelel sonreía orgulloso, su método para devolverle a su hermano su antiguo humor relajado y animoso había resultado, pero ¡qué cerca estuvo de no lograrlo! Menos interesado en el combate, Tlacaelel, a quien poco le gustaban de los combates, esperó paciente el final de los juegos. Otros asuntos más importantes que el sacrificio de un prisionero o la propia felicidad del rey, lo preocupaban y apuraban.

Pero el pueblo necesitaba a su monarca contento, necesitaba de sus palabras de aliento, de saberlo seguro y confiado en el porvenir, dando esperanzas de un nuevo año y el fin de la Gran Sequía.

«Ya está contento, ¡bien!, ahora a ocuparnos de este mal que nos aqueja», se dijo el *Cihuacoatl* Tlacaelel entre dientes.

Durante sus consideraciones, su atención cambió repentinamente cuando divisó una pareja de jóvenes que destacaban del resto por su apariencia humilde y delatora, ¿plebeyos?

De pronto, la memoria del hombre acudió a su ayuda, y recordó en uno de los plebeyos al joven del *Tlatocan* y sobre todo su anécdota: acerca de los chichimecas, su ciudad, una princesa…

—Huihtonal —llamó Tlacaelel al Tesorero Real y mayordomo. Un viejo encorvado y lento pero ágil de mente, en ocasiones.

El anciano se acercó apenas siendo capaz de doblarse a lado de su amo para escucharle.

—Esa pareja de allá, por las gradas, ahí cerca del templo de Nuestro Señor Tonatiuh, detrás de todos los demás…

Con la vista, el *Cihuacoatl* indicó discretamente a los jóvenes para su sirviente, quien no lograba ubicar a la gente referida por su amo. La poca paciencia del primer ministro se terminaba.

—Esos dos plebeyos, anciano inútil —terminó diciendo.

El viejo asintió con un gesto corto, acostumbrado a la desesperación de su amo, así como su amo a la lentitud de su sirviente. El anciano los veía, claramente intrigado por su presencia.

—Al terminar los juegos tome unos hombres y deténganlos, luego llévelos ante Moctezuma… Pero no le diga nada a nadie… será nuestro secreto. Una sorpresa para el emperador.

—¿M-mi señor? —tartamudeó Huihtonal.

—Por los dioses, anciano. Solo haga lo que se le manda.

El tesorero asintió, regresando a su puesto detrás del primer ministro codeándose con el mayordomo del rey.

El *Cihuacoatl* Tlacaelel no apartaba su mirada de los jóvenes. Era difícil imaginar cómo lograron entrar al recinto, burlando a la guardia apostada en las únicas entradas. Pero si resultaban ser quienes él creía, sería una noticia impactante.

—¿Otro rival? —exclamó Mazatzin, sorprendido e indignado a su vez—. Pues ¿con cuántos guerreros es que debe de pelear el desdichado para probar su valía? Vencer tres rivales me parece suficiente, ¿no lo cree, princesa?

Axochitl, sin gusto por los combates, la sangre o la violencia, apartó la mirada de la pelea desde el primer momento, más preocupada por el monarca, atenta a cuando se dispusiera a partir y pudiera interceptarlo. Al escuchar el comentario de Mazatzin, advirtiendo su indignación volteó hacia el combate, entonces observó al guerrero peleando sobre el basamento, pareciéndosele a alguien que ella estaba segura de conocer; por su peinado con la coleta atada hacia arriba, la bandana roja en su frente y los largos cabellos de su nuca tocando sus hombros. Se fijó después en su postura encorvada, así como en su forma de sostener el arma, también vio el tatuaje en su pectoral y en su brazo despistándola por un instante de sus descubrimientos.

De pronto, el guerrero alzó la mirada al cielo en busca de salvación o de perdón tal vez, revelándole a ella su perfil juvenil y soldadesco, tan bello y varonil como le pareció desde que aquella noche frente a la fogata quedaron tendidos uno encima del otro.

Insegura de sus ojos, creyendo ver un espejismo, la princesa avanzó hacia el escenario empujando a la gente y Mazatzin la persiguió.

Conforme la princesa avanzaba, temía ser engañada por su propia imaginación, evitando emocionarse. Mazatzin no tardó en alcanzarla, intentando cuestionarla con la mirada que no parecía notar. Finalmente estaba tan cerca que no hubo confusión ni duda. La princesa confirmó sus sospechas y no se preocupó por ocultar su emoción.

—¡Es Itzcoatl! —gritó. Tomó a Mazatzin del brazo señalando hacia el montículo, zarandeando al despistado, dando pequeños brincos de emoción para poder ver sobre la gente y sus tocados de plumas—. El que está peleando, es él… ¡El prisionero!

—No puede ser, está vivo —murmuró Mazatzin cuando reconoció al gladiador.

El guerrero Jaguar embistió con furia a su debilitado rival, quería terminar rápido la contienda por miedo a ser vencido también. Blandía su espada con fuerza, su victoria era prácticamente inevitable. Avanzó sin cautela presionando, amenazando. La multitud enloqueció al iniciar la pelea. Aullidos estallaron cuando el prisionero en un afán de salvarse saltaba de un lado a otro, rodando por el piso estorbado por la gruesa cuerda que lo ataba a la piedra. Tomó su efímera espada desorientando a su rival golpeándolo repetidas veces en el rostro por la ranura de su casco, dejando al público estupefacto. Fue una sorpresa ver al cautivo esquivar con engañosa facilidad las embestidas sin sufrir golpe alguno del *macuahuitl* (espada regular) de su enemigo.

Axochitl, aferrada al brazo de Mazatzin, gritaba también vitoreando al prisionero como cualquier otro espectador, estremeciéndose con cada golpe que Itzcoatl le propinaba al guerrero Jaguar. Su arma, aunque inofensiva, lograba debilitar a su rival.

El monarca se puso de pie al ver la última victoria del prisionero; cuatro guerreros fueron derrotados por aquel mancebo, amarrado y con una macana adornada por plumas en lugar de navajas. El último rival cayó rendido de rodillas, imposibilitado para continuar la lucha.

Itzcoatl seguía de pie apenas apoyándose en su macana. Al frente, subiendo lentamente por los escalones apareció su nuevo contrincante: un hombre musculoso, ancho de espaldas y alto como una montaña, sin un uniforme que lo distinguiera. Su expresión reflejaba disgusto, como si hubiera sido despertado de un largo sueño para pelear con un niño. Sus duras facciones le propinaban un aspecto feroz e intimidante. En su brazo derecho llevaba su escudo con plumas y en el izquierdo cargaba una larga espada. Sus pasos pesados y sonoros, buscaban intimidar.

La alegría y la admiración terminaron cuando Mazatzin y la princesa dieron cuenta del nuevo adversario. Recobraron la preocupación por su compañero otra vez en peligro.

—Debemos detenerlo o Itzcoatl morirá —dijo Axochitl angustiada. Conocía las desventajas a las que se enfrentaba.

Capaz de blandir su *macuahuitl* con la zurda, aquellos guerreros eran prácticamente invencibles, pues su modo de combate confundía al resto de sus oponentes incapaces de defenderse del truco, habilidad que les hacía temidos y respetados.

Al intentar acercarse a la arena para ayudar al cautivo, Mazatzin le tomó del brazo a la princesa, impidiéndoselo.

—¿Qué haces? Mazatl, déjame ir.

Donde ella veía muerte, él podía ver, en los ojos del prisionero sobre la piedra, su emoción, blandiendo su macana disfrutando del momento, consciente de sus victorias.

—Itzcoatl no piensa en la muerte como usted lo hace. Mírelo, hasta parece estar contento —explicó Mazatzin. Ella dejó de forcejear.

—Es un necio y lo sabes —apenas pudo musitar ella.

El quinto guerrero miró riendo a su adversario, de pronto arrojó su escudo señalando al prisionero con su espada, atacándolo sin piedad. Itzcoatl esquivó su primer golpe rodando por el suelo, propinándole un severo garrotazo al guerrero en su costado izquierdo, desprotegido, quien quiso atacar de nuevo enfurecido, pero Itzcoatl fue más rápido, alejándose pronto para saltar, propinándole un macanazo en su rostro haciéndole sangrar por su nariz, aturdiéndolo unos momentos.

La técnica del guerrero no funcionaba contra el joven plebeyo. El guerrero seguía intentando alcanzarlo e Itzcoatl seguía esquivando sus ataques, aferrándose a la vida, huyendo de la espada de su contrincante cortando el aire con sus navajas en busca de su sangre. El público se sorprendía con cada golpe, ¡cuánta energía quedaba en ese pobre! Aún saltaba, corría, rodaba, pero no peleaba más. Ya no podía propinar otro golpe. Su macana todavía intacta, permanecía entre sus dedos, tomada con fuerza cual si estuviera al borde de un barranco. Por un momento, su velocidad disminuyó y su enemigo ganó terreno. El potente brazo del quinto guerrero logró tomar a Itzcoatl del cuello, levantándolo al aire con facilidad, azotándolo con crueldad contra el suelo haciendo retumbar la piedra.

Desde el suelo, Itzcoatl percibió su mirada asesina, listo a matarlo. Aún no estaba preparado; aún tenía fuerzas y le golpeó un dedo del pie izquierdo al imponente hombre con el mango de su macana, haciéndolo retroceder y ceder sus intenciones. Como pudo, Itzcoatl se levantó para seguir enfrentando la imparable furia del guerrero, esquivando un golpe dirigido hacia su vientre saltando hacia atrás, escapando de otro golpe yendo sobre su cuello agachándose de inmediato, pero la pesada y larga espada del guerrero entonces cayó en vertical sobre Itzcoatl, quien no pudo reaccionar a tiempo, levantando su macana instintivamente para detener el golpe, siendo partida en dos al instante.

—¡Mazatl, haz algo! —clamó Axochitl desesperada.

Mazatzin, sin pensarlo dos veces se lanzó hacia el escenario con el miedo devorándolo, arrebatándole la espada a un guerrero apostado cerca. Al avanzar vio a su amigo caer y su macana volar destrozada. Había perdido y en poco tiempo las filosas navajas cortarían su piel en ofrenda a los dioses… Inevitablemente moría sacrificado.

Moctezuma, emocionado, se levantó de su asiento al ver al cautivo caer ante el quinto guerrero, solo para dirigir su atención hacia donde un grito resonó por el recinto acaparando las miradas.

—¡A mí, guerrero! —gritó Mazatzin, envalentonado, subiendo al montículo desarmando al hombre de un golpe, colocándose por delante de Itzcoatl, entre él y el quinto guerrero, protegiendo al caído.

No se hizo esperar el asombro cuando el arma del guerrero zurdo voló en el aire evitándole dar el golpe final al prisionero en el suelo. Las expresiones de espanto inundaron el recinto.

El *Huey Tlatoani* alzó ambos brazos al aire a la orilla del palco con autoridad. La gente guardó silencio absoluto, esperando sus palabras desviando su mirada del escenario. Itzcoatl permaneció tirado en el suelo desconcertado, mirando de reojo a Mazatzin.

El monarca realizó un pequeño gesto de admiración y respeto hacia los guerreros, y la gente comenzó a aplaudir al escenario.

—Esto nunca antes había sucedido —murmuró Moctezuma.

—Déjalos ir… a ambos —intervino Tlacaelel rápidamente.

Moctezuma Ilhuicamina entonces pronunció:

—Texcalteca… Guerrero —recapacitó, considerando entonces la posibilidad de que fuera en realidad, mexica—. Nos ha demostrado ser como pocos, excepcional en el combate. Mis guerreros han caído bajo un oponente digno. Aquí el valor es apreciado y se recompensa por igual. En estos juegos su papel ha fungido una parte importante, por ello, he determinado que no ha de combatir más y que su vida sea de nueva cuenta suya y de ningún otro. Puede retirarse con orgullo, ha sobrevivido al Sacrifico Gladiatorio.

Aunque confundidos por la decisión del soberano, el público no se atrevió a protestar, unos sonreían al saber perdonado a tan excepcional guerrero, otros quedaron decepcionados por haber sido privados del desenlace, otros tantos veían extrañados a aquel que había salido al rescate del condenado. ¿Era valor o locura?

Cesó el combate por completo. En el palco del monarca, en cambio, parecía haber confusión, en especial por parte de su mayordomo.

—Mi señor, ese hombre debe morir, también aquel que interfirió. Son las reglas. O muere sobre la piedra o en el altar —le dijo.

Moctezuma, al volver a su asiento, volteó a ver a Cuauhnochtli con sorpresa, ignorando sus comentarios.

—Su Majestad, los dioses no aceptarán este resultado, la ciudad en estos momentos necesita… —insistió el mayordomo Cuauhnochtli, cuando de pronto fue interrumpido por su amo.

El monarca lo tomó de sus prendas jalándolo hacia su persona, muy cerca para que pudiera escuchar con claridad sus palabras.

—¿Crees que el imperio puede deshacerse de hombres como ellos? Si es en realidad, como dice ser, mexicatl, un prodigio de su nivel no puede ser desperdiciado.

La mirada fija del monarca se sembró sobre el rostro azorado de su mayordomo.

—No sabemos si es verdad —insistió de todas formas.

—Hemos de averiguarlo, querido Cuauhnochtli. Tráelos ante mí, es mi deseo hablar con ambos —ordenó Moctezuma.

La multitud se retiró satisfecha. Los señores comentaron entre sí las peleas, las mujeres acaloradas agitaban sus abanicos de plumas riendo entre ellas, mientras los sirvientes ya preparaban sus transportes.

Todavía encima de la tarima, petrificados, mirándose el uno al otro sin poder actuar, Itzcoatl y Mazatzin esperaban alguna señal para poder moverse. Axochitl tuvo que ir por ellos devolviéndoles su movilidad, abrazando con emoción al recién liberado prisionero, como al héroe que lo salvó de la muerte, llevándoselos fuera del templo solar.

Antes de salir, un sacerdote le hizo entrega a Itzcoatl de un broche de turquesa con la forma de un colibrí, así, podrían reconocerlo como un sobreviviente del Sacrifico Gladiatorio.

Reanimados, se abrazaron los tres, sin entender plenamente lo que había sucedido o que habrían de hacer después, curiosos por saber cada uno de la aventura que vivieron para llegar a Tenochtitlan.

Su alegre reencuentro, sin embargo, fue suspendido cuando al salir del templo fueron rodeados por un grupo de soldados cerrándoles el paso, liderados por un hombre de semblante furioso. Ni un segundo pasó cuando otro grupo de soldados dirigidos por un viejo encorvado llegó por la retaguardia, sorprendiendo a los primeros.

—Pero ¿qué hace usted aquí, señor Huihtonal? —preguntó el líder del primer grupo de soldados al anciano.

—Estimado Cuauhnochtli, tenemos órdenes de llevar a esta mujer con el emperador. Órdenes del *cihuacoatl* —respondió el viejo.

Itzcoatl, Mazatzin y Axochitl, aprisionados en medio de soldados de aspecto poco amigable, amenazándolos con sus lanzas como si fueran alguna especie de criminales, permanecieron en silencio.

—Bueno, si los tres tienen que ver a Moctezuma, que así sea, ¿de acuerdo, señor Huihtonal? —pronunció Cuauhnochtli convencido de su razonamiento—. Vengan conmigo —ordenó a los jóvenes.

A las afueras del Centro Ceremonial se encontraba el palacio real, hecho con piedra de *tezontle*, protegido por enormes muros estucados aderezados por una cenefa multicolor: azul, amarilla y roja alrededor. Presumía tres notables niveles con ventanales forrados de coloridas cortinas y amplias azoteas almenadas con cornisas de oro rebosantes de plantas y flores, cayendo sobre un frontón sostenido por dos pilastras ostentando el escudo del rey: un águila flanqueada por dos jaguares, esculpidos en mármol. Las puertas de madera tallada se abrieron ante los jóvenes descubriendo al interior un patio amplio y llano, rodeado por numerosas habitaciones.

Avanzaron dudosos, cruzando extensos pasillos exhibiendo en sus paredes de estuco coloridos murales, representando figuras de dioses, retratos de reyes, ancestrales batallas y hechos mitológicos, posando magnificas esculturas de piedra de trecho en trecho con finos detalles, iluminadas por teas en los nichos, bajo los techos tapizados de telas de algodón proveyéndole de un toque mágico al lugar.

Guiados por los mayordomos del *huey tlatoani* y del *cihuacoatl*, atravesaron extensos jardines que no pudieron dejar de admirar, viendo en ellos bellas flores y diversos árboles despidiendo un aroma diferente cada uno y manantiales donde llegaban las aves para refrescarse con millares de peces de muy diversos colores. Gloriosas fuentes de piedra resaltaban en el follaje con el aspecto de serpientes, coyotes, águilas y jaguares. Los baños de agua dulce y las huertas, rodeadas de hierbas aromáticas, prometían tranquilidad.

Al llegar a la Cámara de Recepción, en donde el monarca recibía a embajadores, viajeros y funcionarios, los dos mayordomos intentaron ponerse de acuerdo en su proceder. Huihtonal, considerando su misión completada, se retiró, dejándole la carga a Cuauhnochtli. Estando frente a la sala de recepción con sus hermosos marcos de piedra tallada, los jóvenes no pudieron evitar asomarse al interior; amplio, con los muros tapizados por figurillas de águilas y soles plasmados y lozas de mármol pulido con intrincados diseños geométricos. El camino hacia el trono estaba marcado por una extensa alfombra roja bordada con hilos de oro desde la entrada hasta el trono. Atiborrada de influyentes personajes, la sala poseía esa vibración particular de las cortes, en donde las intrigas y envidias convergían cerca del poder.

Entrando a la cámara, cientos de miradas cortesanas cayeron sobre ellos, revelando el desprecio que tenía la alta sociedad por los de clase baja, observando el paso de Cuauhnochtli y sus custodiados.

Sentado cómodamente en un asiento de tule tejido, bajo el elaborado dosel adornado por una guardamalleta de diseños extravagantes, sobre una plataforma de piedra elevada, el amo y señor de todas las tierras esperaba. Detrás de él, un mosaico de coloridas plumas e hilos de oro cubría sus espaldas, mientras hermosos braseros de plata alumbraban a sus lados y apenas visible, una pequeña puerta se asomaba detrás del trono por la cual el rey entraba y salía de la Cámara de Recepción.

Llegados a él, los jóvenes, temerosos con la mirada baja se hincaron, pronunciando palabras de respeto inteligibles al monarca.

—Señor, mi señor, mi gran señor —exclamó Cuauhnochtli cuando terminaron de murmurar, acercándose al trono—. Traigo ante usted, como ordenó, al guerrero del Sacrifico Gladiatorio... y al hombre que intervino, conforme a su requerimiento. Por igual, a petición del gran *cihuacoatl* le traemos esta mujer... Los tres se conocen, o eso dicen.

Sin esperar la indicación, la princesa Axochitl abandonó su posición sumisa, levantándose con gracia, sacudiendo sus ropas, arreglando su peinado, dando su mejor sonrisa, asegurándose de estar presentable.

—Gran rey de Tenochtitlan, cuanto gusto me da verlo, finalmente he llegado a la tierra de las flores del tular, su humilde sirvienta... —dijo Axochitl con dificultad—. Mi señor, tiene a sus pies a la princesa de Cuauhnahuac —saludó, ofreciéndole una profunda reverencia.

Su desenvoltura y presunción no pasó desapercibida por la corte. Su tono soberbio reflejaba una autoridad intrínseca en su estirpe, a la vez que la rebeldía propia de su personalidad.

Sus compañeros se limitaron a verla por el rabillo del ojo, todavía arrodillados sin levantar la mirada, estupefactos.

El monarca se inclinó sobre su trono asegurándose de ser quien él creía que era aquella hermosa plebeya que hablaba tan bien y con tanta seguridad, sin permiso de hacerlo. En un impulso, la princesa corrió hacia el rey, tomando desprevenido a los guardias, forzando al monarca a levantarse, y en un instante se encontraron frente a frente en la cima de la plataforma de piedra ante el asiento real, abrazados.

—¿Eso se puede hacer? —preguntó Itzcoatl a su compañero.

Mazatzin, arqueando las cejas con sincera angustia, encogiéndose de hombros, se limitó a responder:

—No lo sé.

Capítulo VI

La Máscara de Turquesa

as figuras del rey y de la princesa se apoderaron de la atención de todos los presentes dentro de la Cámara de Recepción. Al tenerla cerca, Moctezuma no fue capaz de contenerse y abrazó a la princesa con emoción, concentrados ambos en el momento, en ellos mismos, ignorando al mundo entero esperando a sus pies.

—Princesa Chichimecacihuatzin...[18] —susurró Moctezuma.

Las voces de los nobles, sirvientes y militares, luego de recobrar el aliento, comenzaron a comentar en murmullos.

Itzcoatl y Mazatzin seguían hincados.

Moctezuma Ilhuicamina abandonó su papel de soberano, distante e indiferente, transformándose en un hombre afectuoso y preocupado.

—¡Estás viva, estás viva! —exclamó Moctezuma—. Encontraron la caravana, tu escolta, ellos... La litera estaba destrozada, tú no estabas en ella ni en ningún otro lado.

—Fuimos atacados, logré salvarme... —respondió Axochitl y luego, meditando su respuesta, prosiguió—: me salvaron. Estos dos hombres conmigo me han traído a vuestra ciudad, mi señor, sana y salva.

Mazatzin reconoció por fin los motivos por los cuales el capitán y los guardias del templo del Sol reaccionaron de esa manera temerosa al dar con su identidad, siendo tan cercana al monarca.

Los dos jóvenes se levantaron al saberse nombrados por Axochitl, señalándolos al dirigir su mirada hacia ellos, sonriendo.

---

18 La princesa Chichimecacihuatzin fue hija del rey Cuauhtototzin de Cuauhnahuac, a su vez hermano de la princesa Miahuaxochitl, madre de Moctezuma Ilhuicamina.

Un terrible pensamiento cruzó la mente de ambos muchachos. Sin poder escuchar comenzaron a imaginar el relato de Axochitl. ¿Qué le podría decir al rey? Mazatzin recordó sus intentos de seducirla pues no fue discreto al respecto, y el monarca no habría de tomarlo a la ligera; podría estar en graves problemas como claramente reflejó el capitán Ceyaotl al descubrir la verdadera identidad de ella. Por el otro lado, Itzcoatl pensaba en su forma de tratarla al principio, hostil y ofensivo, creyéndose continuar en el combate gladiatorio, pero ahora con menos posibilidades de sobrevivir.

La conversación entre Axochitl y Moctezuma se detuvo y de pronto el rey dirigió su mirada confusa sobre ellos. Ambos se miraron a la par deseando nunca haber conocido a la hermosa princesa.

Dando pasos largos agitando su capa, el rey bajó de la plataforma con aire amenazante. A pesar de su edad, Moctezuma mantenía una apariencia fuerte, atlética y ágil. Era en esos tiempos un soldado mucho más valioso que en su juventud.

El miedo invadió a los muchachos al ver al monarca acercándose a ellos, seguido por la princesa Axochitl, todavía sonriendo.

—No saben lo agradecido que estoy con ustedes, no creo que sepan lo valiosa que ha sido su participación, para con el imperio, conmigo y, sobre todo, para con la princesa —comentó Moctezuma.

Ambos se miraron extrañados por su actitud. Ya no les pareció tan amenazador el emperador.

—Tú… tú eres el guerrero del Sacrificio Gladiatorio —afirmó el rey al ver a Itzcoatl—. Mandé traerte y vienes con la princesa.

Se hizo notable en la expresión del emperador su confusión, aún no podía entender de qué forma un escolta de la princesa llegó a la ciudad en condición de prisionero. Escucharon a aquel poderoso e intocable hombre reírse, una risa grave que resonaba en el silencio del salón, un sonido peculiar similar al rugido de un feroz jaguar. La nariguera de turquesa en forma de mariposa colgando de su nariz temblaba, como su dije de oro incrustado debajo de su labio inferior.

—Resultó ser a fin de cuentas mexicatl.

Una persona muy diferente era el rey de cerca. Itzcoatl lo recordaba distante e indiferente de cuando volteaba a verlo durante sus combates. No parecía asombrarse por nada o nadie, como si el mundo entero fuera insignificante para su posición.

Moctezuma pareció querer abrazarlos a ambos a la vez, su tamaño no se lo impedía, limitándose solo a palmear sus hombros.

—Cuauhnochtli, dales habitaciones y ropas nuevas. Vayan con él y descansen, muchachos —ordenó Moctezuma—. Mañana será un nuevo día. Tenemos mucho que hablar.

Fueron llevados a otra sección del complejo, exhibiendo la riqueza de la casa por medio de pinturas y murales cobrando vida al admirarlos, esculturas labradas resguardaban los corredores, paneles de oro macizo y mosaicos de plumas adornaban las paredes con prismas rectangulares haciendo de pilares sosteniendo la estructura, alumbrado el recinto por domos y ventanales.

El palacio real estaba conformado por diferentes casas dividendo las actividades del interior: la de gobierno, que constaba de la cámara de recepción, la de reuniones y el almacén de tributos; la judicial, formada por el *tlacxitlan*, el *teccalli* y el *tecpilcalli* (tribunales superior, civil y militar); la militar, con el *cuauhcalli* «Casa de las Águilas», donde se reunía el Consejo de Guerra y la prisión; además del *coacalli* «Casa de Huéspedes», el *mixcoacalli* «Casa de la Danza y la Música» y otras tantas más que parecía ser en realidad una pequeña ciudad.

Los guardias les llevaron por distintos caminos, separándolos de Axochitl sin previo aviso, enviándolos a ellos a la Casa de Huéspedes donde se les dieron cuartos contiguos en la segunda planta. Los amplios aposentos deslumbraron sus miradas. Muebles de madera aromatizada, teas colgando bellamente confeccionadas, colchones suntuosos, esteras alfombrando los pisos, finas mantas colgando del techo y mosaicos de plumas decorando los cuartos. Grandes ventanales daban a las terrazas engalanadas con bellos jardines colgando, con la vista directo hacia el recinto sagrado para ser admirado en su totalidad; durante el día ante los rayos del sol, brillando como una perla lustrosa; por la noche ante el fuego intenso de los braseros, otorgándole una apariencia dorada.

Durmieron plácidamente bajo suaves sábanas blancas impregnadas con perfumes exquisitos y cómodos colchones de algodón, recordando Mazatzin su mansión, mientras Itzcoatl comenzaba a creerse noble al poder disfrutar aquellos lujos.

Al despertar les fueron entregados nuevos atuendos a vestir a cada uno. A Itzcoatl se le entregó una capa de algodón azul con delgadas líneas blancas formando rombos bordados sobre la tela, tan suave que parecía acariciar su piel, acostumbrada a la rasposa fibra de maguey, además de un pañete blanco bordado con franjas azules paralelas en las puntas y sandalias de cuero. A Mazatzin se le obsequió una capa verde adornada con broches de oro en forma de caracol, junto a un pañete anaranjado bordado con círculos blancos y sandalias de cuero hasta sus talones, exhibiendo ambos sus torsos desnudos bien ejercitados.

Ropas apropiadas para andar en el palacio.

Al abandonar sus habitaciones fueron guiados por un sirviente a una recámara dando hacia un bello jardín. Ahí, una mesa baja de madera y de muchos palmos de largo, cubierta por manteles de colores y rodeada por asientos de cuero forrado, estaba siendo preparada.

—Disfrutarán de los alimentos con el rey —les dijo el sirviente en secreto, generando en ellos un sentimiento de complicidad y amistad con el *huey tlatoani*, el «Reverendo Orador».

—Y con la princesa Axochitl Chichimecacihuatzin —agregó.

—¿Chichimecacihuatzin? —preguntó Itzcoatl, confundido.

—Ese es su nombre —aclaró el sirviente antes de retirarse.

El rey Moctezuma apareció rodeado por sus guardias, además de su mayordomo Cuauhnochtli, siempre de cerca. Tomó asiento en la mesa ignorando a los jóvenes, llegando sirvientes y doncellas para atenderle, sirviéndole una bebida o prendiendo un cigarro, dispuestos a abanicarlo o prender una hoguera ya tuviera frío o calor. Moctezuma bebió de una fina copa de plata el exquisito *chocolatl*, bebida de cacao preferida por la nobleza debido a su extravagancia y delicioso sabor proveniente de Tierra Caliente. Vestía sencillo, sin ningún adorno, usando una túnica roja cubriendo su cuerpo de cuello a muslos sin mangas, ostentando un cinturón de piel de venado y sandalias de cuero. Sin la corona encima.

Todavía inseguros por la extraña familiaridad con la que los recibía el soberano, ocupando la cabecera de la mesa, Itzcoatl y Mazatzin se sentaron con reserva a su derecha, mientras cuatro doncellas llegaron con un *xical* (vasija) lleno de agua, ofreciéndola al rey para lavarse las manos antes de comer, pasando después a sus invitados.

—La princesa viene en camino —dijo Moctezuma, interpretando equivocadamente su nerviosismo por preocupación, intentando calmar sus ansias—. Ustedes saben cuánto tardan arreglándose las mujeres, con perfumes de Coatlichan, sus tocados directos de Amantlan, collares con flores de Xochimilco, adornos y vestidos, joyas y sus accesorios... Me parecen bastante exagerados, en especial si tenemos aquí gente que hace lo mismo y mejor.

Ambos sonrieron dándose cuenta que efectivamente a aquel hombre no le gustaba usar tanto accesorio en su andar.

—No sabría decirle, Su Majestad. La conocimos entre la tierra y el lodo, alborotada y con las ropas sucias. Debo confesar que no parecía de ninguna forma, bajo esas circunstancias, de la realeza —contestó Mazatzin, contento por romper el silencio.

El monarca sonrió, alzando la mirada como soñando, intentando imaginarla. La conversación tomó un breve descanso al aparecerse un heraldo anunciando a la princesa.

Con una entrada triunfal y gloriosa invadió el comedor rodeada de doncellas, cruzando el umbral con paso firme y seductor.

A sus ojos se les mostraba Axochitl, magistral.

Lucía su maravillosa figura con cada paso que daba, contoneando su curvilíneo cuerpo dejando boquiabiertos a los tres hombres. Su oscura y larga cabellera, brillante y sedosa se mecía al moverse, con dos largos mechones enmarcando su agraciado rostro, adornada su frente por una diadema frontal plateada con una brillante gema roja combinando con sus aretes plateados. Llevaba un ajustado vestido blanco impecable, con figuras de flores y estrellas bordadas con hilo de oro, dejando sus hombros descubiertos y los tatuajes dibujados en su piel, mientras sus rebosantes pechos se asomaban por un pronunciado escote, adornados con collares de oro deslizándose entre ellos; el singular atavío resaltaba sus amplias caderas y reducida cintura, además de sus firmes nalgas sobresaliendo de la tela al andar, presumiendo sus torneadas piernas cubiertas de los tobillos hasta las pantorrillas por unas bellas sandalias aderezadas con flores y listones que le llevaban como si fuera una diosa en ascenso, repicando los collares de oro y las pulseras de bronce con su grácil e inolvidable andar, seduciendo al aire mismo, obligando a todos admirarla. Sus profundos ojos negros brillaban como obsidiana; y su tímida sonrisa transmitía una perfecta inocencia.

Pronto les sirvieron numerosos manjares, mientras músicos al fondo suavizaban el ambiente entreteniendo a los comensales. Sin ninguna interrupción o inhibición, los cuatro conversaron sobre temas carentes de importancia: los alimentos, las aves o los jardines. Las delicias de la cocina mexica aplacaban el hambre e incrementaban a la vez el apetito. Una infinidad de platillos fueron presentados para su deleite: hechos de faisanes, guajolotes y patos; venados, liebres, zorros y cerdos, inclusive hasta los pelones perros *xoloitzcuintle* y reptiles.

Probaron de cada platillo sin reserva.

Hubo exquisitas ensaladas de verduras cocidas, hervidas o al vapor; tomates asados con pimienta, calabazas, frijoles y chiles, dándole un sabor especial a los guisados. Hasta insectos les fueron dados a probar, como *azcamolli* (huevos de hormigas). Frutas dulces y jugosas llegaron sobre enormes canastas para elegir, bebieron refrescantes jugos y otros elixires. Indecisos, probaron de lo que más les era apetecible, mientras doncellas seguían ofreciéndoles tortillas calientes recién hechas para comer. Panecillos de miel con ají llegaron al final del banquete y los tres tuvieron oportunidad de probar *chocolatl*. Satisfechos, incapaces de probar otro bocado, permanecieron sentados ante la enorme mesa baja, descansando, sintiéndose felices y plenos.

—¿De dónde vienen? —interrogó Moctezuma a los dos muchachos después de un tiempo reflexionando—. No son tenochcas y tampoco de Cuauhnahuac, o Axochitl lo habría comentado antes.

—Somos de Oaxtepec, Su Majestad —respondieron.

Por unos momentos, el rey se quedó pensando, intentando dar con aquel pueblo; deambulando en sus recuerdos, por donde estuvo antes y después de volverse rey.

—¡Oaxtepec! Un maravilloso campo con excelente clima y hartas flores. De cuando conquistamos Cuauhnahuac... —guardó silencio de pronto, volteando a ver a la princesa.

—No debe preocuparse por mí, Majestad, mucho tiempo ha pasado desde la rivalidad entre nuestros pueblos. Ahora somos felizmente parte del imperio —dijo Axochitl, entendiendo la razón de su silencio.

—Son tlahuicas, o por lo menos una parte. Mestizos... —continuó Moctezuma, bastante aliviado.

Ambos, Itzcoatl y Mazatzin, se sintieron avergonzados.

—No deben bajar la mirada, si yo también soy de dos sangres. Mi madre fue la princesa tlahuica Miauxochitl. La unión de los pueblos, escúchenme, es la clave del avance. ¿Qué hubiera sido de nosotros sin los antiguos toltecas? ¿Qué sería de hoy, si Xolotl y sus chichimecas no hubieran llegado? Juntos somos más fuertes. Tenochcas, texcocanos y tlacotepanecas creamos este imperio, la Triple Alianza, y esperamos que otros más se nos unan como hoy los tlahuicas son nuestros aliados. Nunca sientan vergüenza por sus raíces, pues sin ellas caeríamos como un árbol lo haría sin ellas, como un templo se derrumbaría sin tener sus cimientos. Recuérdenlo —advirtió Moctezuma.

—Hoy en día no creo que permanezca tan hermoso nuestro pueblo, Su Majestad —suspiró Itzcoatl con nostalgia.

—¿A qué te refieres, muchacho? —cuestionó Moctezuma.

—Es la razón por la que hemos venido, Su Majestad.

Mazatzin intentó persuadirlo de callar, tratando de explicarle que el asunto ya fue hablado en el *Tlatocan*. Itzcoatl no hizo caso y comentó la desgracia de los suyos ante la amenaza chichimeca. Moctezuma posó su pesada mano sobre su hombro con cierta empatía, arrojándole una mirada empática y una sonrisa sutil.

—Yo me encargo.

En ese momento se dieron cuenta de la suerte que tuvieron al haber conocido a Axochitl, no solo por su excelente compañía sino por lo que les retribuyó en su misión.

El banquete finalizó, los alimentos restantes fueron retirados y los guardias rodearon al monarca, alejándose del salón seguido por todos sus consejeros reuniéndose a las afueras del comedor.

Pasaron varios días viviendo a expensas del palacio, hasta llegarse a acostumbrar a las actividades llevadas a cabo dentro de aquel vasto y complejo recinto. Nunca cesaba el murmullo, las discusiones o intrigas, constante era la actividad de funcionarios, jefes militares y, sobre todo, de los sirvientes. No les faltaba nada y tenían a su alcance lo mejor que el mundo podía ofrecer. Pero la realidad fuera de los muros contrastaba sobremanera con la suya.

Cual plaga, se extendía la Gran Sequía por el Anahuac. Otro trágico año terminaba y las criaturas de la laguna comenzaron a desaparecer, ¿acaso ya no había peces, renacuajos, ajolotes, ranas, camarones de agua dulce o moscas acuáticas para comer? ¿En verdad los carrizos se quedaron deshabitados?

El discurso que Moctezuma dio a sus súbditos en aquellos difíciles tiempos dejó perplejos a los recientes huéspedes, cuando le habló a su pueblo instándole actuar contra su orgullo en pos de la supervivencia:

«Hermanos nuestros, hijos nuestros, nos consta que esta temeraria hambre es general, no solo en Tenochtitlan se sufre, todo el Anahuac se encuentra en malestar, la gran sequía se propaga hasta los valles del sur engullendo nuestro mundo por completo. No son nuestros enemigos o los vencidos quienes nos lo provocan, no hay de quien quejarnos, que es el cielo y la tierra, los aires, las lluvias y ríos que están al mando de los dioses; pues consolaos y conformaos. Si no se tiene para sustentar a tantos hijos, hijas, nietos y nietas, han de entregarlos a extraños, con el maíz que les den podrán estar comiendo y bebiendo contentos mientras ustedes toleran su hambre…»

Muchos se vendieron así mismos o a sus hijos como esclavos a los mercaderes para tener que comer. Y los que no podían venderse ni huir, morían irremediablemente. Cada vez había más esclavos, inclusive la nobleza menguaba, dejando de visitar el palacio, acudiendo en su lugar a las casas de quienes los mantenían, la creciente burguesía del valle del Anahuac: los mercaderes.

—¡Cuánta humillación hemos soportado estos años! —comentó el *Tecuhtlamacazqui* o Gran Sacerdote, al presentarse ante la princesa, y junto a ella los dos mancebos—. ¡Cuánta vergüenza!

—Jamás me entregaría en esclavitud —exclamó Mazatzin ofendido por la idea de gente libre y honesta, pero, sobre todo, de la nobleza, rebajada a la servidumbre.

—En estos tiempos nos sobra el orgullo y nos falta el maíz. Pero confiamos en que pronto termine —agregó el Gran Sacerdote, lanzando una mirada fugaz a Axochitl que ella reconoció, desviando su mirada huyendo de las intenciones del sacerdote.

Para hacerle frente a los Tiempos Duros, como se les conoció a esos nefastos largos años, sacerdotes, hechiceros y adivinos se reunieron de urgencia buscando una solución a las desgracias azotando el mundo; así nacieron las Guerras Floridas, con la finalidad de nutrir la tierra con la sangre de los hombres y alimentar a los dioses con los corazones de los más valientes y esforzados guerreros, intentando colmar su ira, pero nada había cambiado todavía.

Una última pieza faltaba para asegurar el favor de los dioses: la joya más hermosa del mundo.

Ese era el secreto mejor guardado de Axochitl.

Buenos augurios envolvieron la figura de Axochitl al nacer bajo los signos de la luna y la lluvia. Por ello, su padre le tenía especial cariño y preferencia sobre sus demás hermanas, educándola en las artes de la guerra, de las ciencias y de la administración, deseando que un día ella pudiera tomar su lugar y volverse soberana de Cuauhnahuac. Pero sus sueños se esfumaron cuando a sus dieciocho años llegó a su corte un enviado de Tenochtitlan.

La belleza, inteligencia y simpatía de la princesa la condenaron a ser elegida como la solución de los problemas del hombre con los dioses.

Conforme el tiempo transcurrió, Axochitl perdió su sosiego, siendo incapaz de conciliar el sueño, dándole por deambular en los corredores a altas horas de la noche, llorando en privado, hasta que encontró un hombro compasivo en Itzcoatl.

Desde sus tiernos doce años ya se hablaba en las cortes tlahuicas de la impactante hermosura de Axochitl. Reyes y príncipes solicitaron su mano en matrimonio, pero a ninguno se le dio la infanta, primeramente, por su edad, por otra parte, por la renuencia de su padre a separarse de ella. Era su tesoro intocable, su niñita, al menos eso creía.

La joya del mundo, el regalo que los dioses tenían para los hombres, la pieza faltante en la fórmula mágica de los sacerdotes para recuperar el favor de los dioses era aquella jovencita, así lo habían decidido. El matrimonio era imperioso; para Moctezuma como remedio mágico y para Tlacaelel como una herramienta de control de los tlahuicas.

Recargándose sobre un balcón, Axochitl cuestionaba su destino sin obtener respuesta ni de los astros, ni de los dioses.

—¿Por qué debes casarte con él? ¿Tu opinión no cuenta acaso? —reclamó Itzcoatl al enterarse.

—Muchas cosas son diferentes entre nosotros. Como princesa tengo obligaciones, deberes inquebrantables, debo de obedecer la voluntad de mi padre. Y si es verdad lo que dicen, si puedo detener el sufrimiento de la gente, lo haré sin dudarlo, sea con mi boda o con mi muerte.

Las razones de Axochitl eran las mismas de él cuando partió a las Guerras Floridas, un sacrificio que ambos estaban dispuestos a realizar. Uno por gusto y la otra por obligación.

—¿Lo amas? —preguntó Itzcoatl devastado.

Se arrepintió mil veces por hacer esa pregunta, como si la respuesta, cualquiera que fuera ésta, pudiera cambiar la situación.

—Me casaré con Moctezuma. No hay nada más por hacer.

Permanecieron largo rato en silencio, asimilando la situación. Los dos desconsolados por la misma desgracia.

Las noticias viajaron rápido hasta llegar a los reinos más alejados del imperio, informando acerca de la llegada de la princesa tlahuica a la capital y la organización de una fiesta en su honor, a la cual los dos mancebos fueron invitados. Era un motivo para celebrar, también un suceso bien planeado y muy ansiado por la alta esfera sacerdotal.

Desde temprano, sirvientes y esclavos se apresuraron en adornar el palacio y principalmente, la Cámara de Reuniones, casi tres veces más grande que la Cámara de Recepción. Se prepararon para tal ocasión papeles brillantes, arreglos florales y banderillas, listos para recibir a las grandes personalidades del imperio: los *tlatoque* (reyes), siendo los dos más importantes los de Texcoco y Tlacopan; los *tetecuhtin* (altos dignatarios); y los *pipiltin* (nobles), además de los líderes religiosos y los jefes militares. Era una fiesta privada, sin participación del pueblo, que tendría oportunidad de festejar en días posteriores.

Al saberse de la aflicción del emperador al creerla muerta, se llegó a pensar que podría existir cierto cariño entre ambos. Aquel matrimonio, aunque tenía un propósito político y religioso, todavía no sabía que tan importante era para Moctezuma; unir al reino de Cuauhnahuac y hacer felices a los dioses, quizás no eran sus únicos deseos.

Entre música, danzas, alimentos y juegos, se disfrutó de la velada a lo grande. La aristocracia del imperio deslumbró a los de Oaxtepec. Mazatzin, a pesar de su nobleza, nunca lució como aquellos hombres, ni siquiera en su hogar, su riqueza no tenía comparación.

Los reyes se pavoneaban con hermosos tocados de plumas cayendo por su espalda, envueltos en vistosas capas de algodón, adornados por cientos de joyas y accesorios. Sus esposas iban muy engalanadas, con vestidos solemnes pero alegres, coloridos collares de flores, anillos y pulseras de jade y cuarzo, pintándose las uñas de llamativos colores entre rosas, verdes y morados, además de traer los dientes entintados de colores rosas o azules, un atractivo muy solicitado por los hombres. La celebración les permitió lucir sus ajuares, compitiendo con la belleza hasta el momento mítica de la famosa princesa de Cuauhnahuac.

Tanta riqueza cubrió el recinto, que la sencillez de las pocas ropas y los cuerpos morenos de la servidumbre se notaba con facilidad.

La nobleza local aprovechó ese momento para olvidar sus penas y presumir su riqueza, mientras tanto morían de hambre, saciándola a expensas del emperador.

Extrañados por tan majestuosa reunión, Itzcoatl y Mazatzin no se despegaron de la plataforma donde el rey y su futura esposa recibieron a sus invitados; Moctezuma sobre su trono de piedra tallada, cubierto por bellas telas de explosivos colores y finos almohadones, disfrutando de la velada; en cuanto Axochitl, sobre un taburete de madera con las figuras de la luna y del agua forjadas en plata, resignada, veía ir y venir las diversas personalidades del imperio.

—Me parece, querido hermano, que estos hombres vienen a ver a tu prometida y no a ti —le susurró el general Zacatzin a Moctezuma con usual malicia cuando se presentó, siendo rey de Huitzilopochco.

Al presentarse ante Axochitl, se notaba en la mirada de los hombres su admiración al encontrarse con tan hermosa joven, y sus mujeres por consiguiente se enojaban. Ella se convirtió en el centro de atención, siendo admirada por los hombres y envidiada por las mujeres.

—Ilhuicamina, gran fiesta —exclamó un hombre de avanzada edad irrumpiendo en la sala, exhibiendo una corona de oro pulido y la túnica purpura de la realeza tepaneca, siendo reverenciado a su paso.

—Totoquihuatzin —recibió Moctezuma al rey de Tlacopan con un fuerte abrazo. Uno de los tres miembros de la Triple Alianza, antiguo aliado y viejo amigo de Moctezuma—. El motivo es especial... como puedes ver. Me alegra que hayas venido.

—No me lo perdería —exclamó el rey Totoquihuatzin dirigiéndose luego a Axochitl—. Es usted una verdadera joya, princesa. No solo en Tenochtitlan se le admira, también en Tlacopan contemplan y alaban su hermosura —dijo, hincándose ante ella, besando la mano de la joven.

—Le agradezco, Su Majestad —dijo Axochitl, ruborizada.

Risas y conversaciones amenas saturaban el lugar, los danzantes y los músicos a la par de acróbatas y bufones seguían entreteniendo a los invitados evidentemente satisfechos, pero uno en particular, desde un rincón del salón, observaba con desdén a Moctezuma, reclamando por el reconocimiento que él mismo no recibía.

El rey Cuauhtlatoa de Tlatelolco desde años envidiaba la fortuna de los reyes de la Triple Alianza, en especial la de Moctezuma.

Sin poder guardar más su indignación se volteó hacia su ministro Cipactli —llamado así por su extrema fealdad, equiparable al monstruo mítico habitando las ancestrales profundidades del mundo antiguo—, únicamente para expresarle su descontento.

—¿Acaso no combatí también en la guerra contra Azcapotzalco? ¿No ayude yo en la batalla decisiva? —dijo el rey Cuauhtlatoa.

Tlatelolco no poseía un nombramiento en la Triple Alianza, existía independiente pero el rey se sentía como vasallo en la corte tenochca, cuando Tlatelolco era igual o inclusive más rica que Tenochtitlan.

De mano a la expansión tenochca aumentaban las rutas mercantiles, de las cuales Tlatelolco gozaba de su dominio absoluto, sin tener que preocuparse por la competencia pues los tenochcas se encargarían de eliminarla. De esa manera, cada reino conquistado significaba tanto nuevos tributos para los feroces tenochcas como nuevas rutas para los hábiles tlatelolcas. El comercio era su principal actividad y el mercado de Tlatelolco no tenía equivalente, otorgando al rey Cuauhtlatoa y a los gremios de mercaderes un gran poder. No obstante, las vastas riquezas que poseían no eran suficientes para colmar su ambición.

En ese preciso momento, la presencia de un hombre rondando por los pasillos, cuidándose de no ser visto, llamó su atención.

—¡Ea, Tleyotol! —le gritó el rey Cuauhtlatoa al reconocerlo.

Era el mercader que visitaba Oaxtepec, y a su vez, era el *Acxoteca* o Mercader-General del gremio de los *pochteca*. Cercano al *tlatoani* de Tlatelolco, como al *cihuacoatl* tenochca.

Sabiéndose advertido, sereno, el sigiloso mercader se acercó al rey Cuauhtlatoa haciéndole una reverencia.

—¡Ah!, ¿ves esto? Esto quiero, algo de respeto. Dime, Cipactli, ¿quién más se digna a hacerme reverencia? ¡Nadie! Pero eso cambiará. Tlatelolco se levantará, ¡saldrá de las sombras!

—Y el gremio de mercaderes estará ahí para apoyarle, mi gran señor —agregó Tleyotol, intentando no ser olvidado.

—Sí, sí, ustedes comerciantes harán mucho por mí, como yo haré por ustedes. Dime, Tleyotol, ¿qué hace aquí un *pochteca*?

—Obligaciones, Su Majestad —respondió Tleyotol ignorando tanta queja de su soberano (al encontrarse Pochtlan dentro de los territorios de Tlatelolco)—. Me ha solicitado Su Excelencia Tlacaelel.

La animosidad del rey Cuauhtlatoa desapareció de repente y su semblante se oscureció al escuchar aquel nombre.

—Tlacaelel —murmuró—. Algo habremos de hacer con él...

—No preocupéis de más —interrumpió Tleyotol las consideraciones del rey tlatelolca—. Yo me encargaré del afamado *cihuacoatl*.

Su confianza asombró al rey Cuauhtlatoa, en especial por hablar así sobre aquel hombre, tan a la ligera.

—Bien, bien. ¡Excelente! Entonces sigue tu camino, amigo mío, no te vayan a sacar a patadas por ser de tan baja categoría. Algo que nunca ocurriría si yo mandara sobre esta tierra.

Y era en realidad, que fuera por su apoyo o por convicción propia, el rey Cuauhtlatoa peleaba por los comerciantes. Mientras les protegiera, ellos le ayudarían. Podían ver sus ambiciones alcanzadas, siempre y cuando la sequía persistiera. Tlatelolco, provisto por los mercaderes se encontraba en mejor condición que el resto del Anahuac, e incluso, de más allá.

Tenían las riquezas, la fuerza y también la astucia necesarias para convertirse en la principal potencia del Anahuac.

Mientras tanto, Tleyotol observaba entretenido la ostentosidad con la que se movía la nobleza tenochca, aquellos que tenían tan poco y debían tanto a los mercaderes. Se divertía al verlos fingir opulencia, a todos conocía y todos le conocían, y aunque a disgusto, lo saludaban. Y ante tantos nobles, dos figuras destacaron a su vista, sorprendiéndolo.

—Su Majestad, ¿quiénes son esos? —preguntó Tleyotol, señalando con la mirada hacia el fondo advirtiendo a los dos jóvenes detrás de la pareja real; uno alto, delgado y con porte señorial; y el otro bajo, pero fornido, de mirada esquiva con apariencia humilde.

—Las nuevas mascotas de Moctezuma —alegó el rey Cuauhtlatoa con repulsa—. Desde que su princesa mágica apareció, le ha asignado dos guardias para cuidarla, grandes guerreros y muy feroces, dicen.

Tleyotol meditó unos momentos, estudiando a ambos, ni uno ni el otro parecían ser lo que eran; ni el noble parecía serlo vistiendo tan humilde, ni el plebeyo parecía serlo vistiendo tan llamativo.

—Les conozco —dijo Tleyotol entre dientes.

—¿En verdad? Parece imposible pensar al gran Mercader-General codeándose con comunes —cuestionó el rey Cuauhtlatoa.

—En mis rutas comerciales se encuentra su pueblo. He entablado cierta amistad con el plebeyo...

—Eso puede servirnos en algún futuro cercano —exclamó el rey de Tlatelolco, creyéndose un gran estratega al fijarse en ello.

El mercader asintió casi imperceptible, despidiéndose luego con suma reverencia, abandonando el salón.

El mayordomo Cuauhnochtli entró apurado, esquivando nobles con erráticos movimientos hasta alcanzar a Moctezuma.

—Ha llegado finalmente. Sin anunciarse claro está, exigiendo verla de inmediato, además —reclamó Cuauhnochtli, susurrándole al rey.

Absorto por sus deberes, fungiendo como el prefecto de la ciudad encargado de recaudar impuestos, administrar las tierras y supervisar las construcciones, como mayordomo vigilaba los servicios del palacio, y una visita imprevista siempre era señal de problemas.

—Han venido a verte, princesa —informó Moctezuma a Axochitl, inclinándose hacia ella—. Tu padre ha llegado a Tenochtitlan.

Con la fiesta en auge, la princesa abandonó el salón en busca de su padre. Mucho debía ser explicado. Las noticias de su muerte se habían esparcido con peligrosa rapidez y poca discreción, hasta llegar a los oídos del viejo rey. El paisaje plasmado por los mensajeros donde se representaban a los soldados desangrados y desmembrados a un lado de la litera de la princesa, destrozada y vacía, ocasionaron en el viejo rey

Cuauhtototzin una profunda depresión, llevándolo a la cama por días. En Cuauhnahuac se guardó luto y numerosas expediciones salieron en busca de ella, pero los esfuerzos en conjunto de tlahuicas y mexicas por dar con su paradero fallaron. Ya había perdido las esperanzas el viejo rey cuando nuevas noticias llegaron a sus oídos:

«La princesa está en Tenochtitlan… Mi señor, alégrese y dé gracias a los dioses, su hija, nuestra amada princesa, está viva».

Fuera de la Cámara de Reuniones, libre de la mirada de la gente y el recato obligado, en un arranque de emoción Axochitl salió al encuentro de su padre, corriendo emocionada, apenas siendo alcanzada por sus doncellas, sirvientes y sus dos guardianes que a la orden de Moctezuma la siguieron. En una de las tantas salas del palacio se dio el reencuentro entre padre e hija. El rey Cuauhtototzin por poco derramó lágrimas al ver a su hija y no pudo evitar culparse, cuando ella le advirtió del viaje sin los guerreros mexicas y él la ignoró obstinado en su orgullo. A su avanzada edad, el sentimiento ganaba con facilidad.

Axochitl apenas pudo contener el llanto de su padre como el propio al oírlo disculparse.

—En verdad es maravillosa Tenochtitlan —cambió de tema el viejo rey al ver a su hija con las lágrimas a punto de escapar.

—Es magnífica. Estoy contenta de estar con el emperador.

—¿Estás contenta de casarte con él? Es un joven fuerte y vigoroso, ¿no es verdad? Serás feliz aquí. Te lo aseguro.

Comentó el rey Cuauhtototzin divirtiendo a su hija al llamar «joven» a Moctezuma, cuando éste rondaba ya los cincuenta años. La avanzada edad de su padre le impedía ver la vejez en otros.

Los invitados desalojaron el palacio eventualmente al caer la noche, cansados y embriagados, satisfechos y exaltados. El rey Cuauhtototzin a pesar de la insistencia de su hija dejó Tenochtitlan esa misma noche, siéndole imposible verla casarse. El palacio quedó prácticamente vacío y el contraste fue enorme después de tener sus salones atiborrados de invitados. La Cámara de Reuniones quedó desolada, permaneciendo en ella únicamente la princesa, los dos mancebos y el emperador.

—No se retiren aún, algo debo de compartirles —indicó Moctezuma a los muchachos—. A petición de la princesa, he organizado el envío de una guarnición a Oaxtepec para ayudarlos. Despreocúpense, jóvenes amigos, su pueblo estará bien, ya me he asegurado.

De inmediato se hincaron tratando de aplacar el llanto agradeciendo al emperador por su auxilio.

—Mucho han hecho por Tenochtitlan, y por mí, al haber salvado la vida de la princesa Axochitl. Y en pago a sus heroicas acciones, solo puedo ofrecerles esta ciudad y esta casa, donde vivirán y fungirán como guardias personales de la princesa —ofreció Moctezuma.

—No entiendo, mi señor —intervino Axochitl, desconcertada.

—Los dioses los escogieron para salvarte, ¿no lo ven? —se dirigió Moctezuma a los mancebos—. Los escogieron para proteger su pueblo, salvar a la princesa, combatir en las Guerras Floridas y sobrevivir los juegos gladiatorios.

Moctezuma estaba convencido, no podía ser coincidencia. Si acaso la fortuna existía, esos dos gozaban de ella y no quería deshacerse de ellos, prefiriéndolos cerca. Quizás así las lluvias regresarían.

—Pero debemos regresar, nuestras familias nos esperan… yo, debo regresar —exclamó Itzcoatl.

La amabilidad del emperador pareció esfumarse. Sin decir palabra, dirigió su mirada dura e implacable hacia el plebeyo, exigiendo que reconsiderara y obedeciera su mandato o enfrentara las consecuencias, acostumbrado a ser complacido sin duda.

—Hermano, calma tu furia y despeja tus molestias, déjalo ir de una buena vez —resonó una voz al fondo del salón, interviniendo.

Su dueño, lenta y pausadamente se acercó por las sombras como al acecho, vistiendo una llamativa capa blanca bordada con la figura del dios Quetzalcoatl en hilo negro, dejando entrever su brazo izquierdo el cual con gracia portaba un báculo de madera negra y punta de plata, haciéndolo repicar con cada golpe en el duro mármol del salón.

—Tlacaelel, no pierdes la costumbre de interrumpirme —se burló Moctezuma—. Te esperábamos en la fiesta, la cual muy amablemente organizaste para la princesa.

—Asuntos del reino, hermano. No pude sino hacerme cargo.

—Bien, quizás deberías volver a ocuparte de ellos, pues éste asunto no es de tu incumbencia —reclamó Moctezuma.

—Vamos, Moctezuma, dales oportunidad de elegir lo mejor para ellos. Se lo merecen —exclamó el *Cihuacoatl* Tlacaelel.

El *cihuacoatl* o «mujer-serpiente», Tlacaelel, era la representación misma del poder y de la complejidad del gobierno. Se fusionaban en su cargo los dones de ambos seres, tanto enigmáticos como peligrosos. Era un hombre de tremenda importancia y fama, a quien todos sin falta le debían respeto y admiración, así como miedo y sumisión. Su vasta influencia recorría cada camino, canal, vereda o calzada del imperio, desde el emperador hasta las clases más bajas, quienes le admiraban como un gran señor y prácticamente como un dios. Un rey sin corona que se complacía con manejar todo desde las sombras. Su intelecto y astucia no tenían comparación. A ocultas voces, se le consideraba la mano detrás del trono por sus detractores. No solo su reputación le otorgaba el debido respeto, su apariencia entera demandaba sumisión; de rostro alargado y sombrío, ojos pequeños y penetrantes, delgado y muy alto. Vestía con elegancia y opulencia, sin exagerar sus adornos. Su experiencia trascendía generaciones y naciones, el mito de su vasto poder sobrepasaba la imaginación como solo un rumor.

Gracias a su intervención, Moctezuma desistió. Itzcoatl, libre de su insistencia y con el apoyo del *cihuacoatl*, recuperó su calma, aunque al tener de cerca a aquel hombre guardó precaución.

Axochitl se alejó con Moctezuma, no porque le fuera ordenado sino porque ese hombre, Tlacaelel, no le daba confianza. Mientras tanto, los muchachos le acompañaron hacia un patio fuera de la sala.

—Los recuerdo... sí: del *Tlatocan* y del Sacrificio Gladiatorio, ¿no es así? —reflexionó sin mirarlos—. Mazatl, ese es su nombre, ¿cierto? Y tú, plebeyo, di el tuyo —ordenó Tlacaelel.

—Itzcoatl —contestó secamente, profundamente ofendido.

Tlacaelel hizo una pausa en su caminata apenas mirando de reojo al plebeyo, volviendo su mirada al abismo de su mente.

—Igual al antecesor de Moctezuma. Tu nombre promete grandezas, seguro te lo han dicho —murmuró Tlacaelel, reconociendo en el rostro del joven la existencia de previos comentarios al respecto, y entonces prosiguió—: El *Tlatoani* Itzcoatzin logró mucho durante su reinado, pero su fama le excede en sus capacidades. Era valiente, sí. Inteligente, quizás. Pero no hubiera podido hacer nada por sí solo, nadie podría hacerlo jamás. Pero no intentes ser como él, no le funcionó hasta mi llegada... ¡Qué hubiera sido de nuestro reino si no! En fin...

Infinidad de ideas transitaban constantemente por la inquieta mente del misterioso hombre, retumbando en sus oídos, golpeando con fuerza sus sentidos, exigiendo, demandando ser obedecidas.

Tlacaelel sufría en realidad, atosigado tenazmente por sus propios pensamientos, por sus sueños y ambiciones, esos demonios inquietos llamándolo a actuar en pos de sus creencias.

—Si se quedan aquí en Tenochtitlan podrán encontrar gloria, honor y riquezas. En su pueblo no encontrarán más que mediocridad, pero quizás ahí radique la felicidad. En verdad no importa a donde vayan, mientras se mantengan firmes a sus deseos. Con su vida sabrán ustedes lo mejor por hacer, solo así cuando sea el final de sus días sabrán bien que no se han equivocado, pues lo que han elegido habrá sido por su propia decisión, no por órdenes de algún otro. Veo en ustedes un futuro sin paralelo, quedará en ustedes si habrán de abrazarlo o si huirán de él, esperando a que los alcance —dijo Tlacaelel.

El hombre se retiró sin avisar, había cruzado demasiadas palabras con aquellos insignificantes personajes, debía volver a sus importantes labores. Se perdió tras las sombras dejando pasmados a los muchachos. Tendrían que elegir su destino, sin presiones más que las propias.

—Regresemos a Oaxtepec —sugirió Itzcoatl a Mazatzin.

—Yo no pienso regresar.

El humo del incienso viciaba el aire del Tribunal Superior, donde Tlacaelel realizaba sus reuniones, usuales en su naturaleza esquiva.

El mercader Tleyotol notablemente fastidiado por la espera, ladeó su cabeza en señal de protesta al ver llegar a Tlacaelel quien, con un ligero ademán de su mano, desinteresado por las molestias del otro, calmó las ansias del hombre.

Desde los primeros años del imperio, inclusive antes de su creación, Tlacaelel ya contaba con un cuerpo de espías a su servicio. Nada le era oculto, y entre sus mejores espías se encontraban los *nahualoztomeca* o «mercaderes disfrazados», de quienes Tleyotol era capitán: el *acxoteca* o mercader-general. Los mercantes al servicio de Tleyotol informaban a Tlacaelel respecto a cualquier rebelión, revuelta o descontento. En sus viajes se inmiscuían en la política de los reinos o pueblos que visitaban, conociendo el sentir de sus habitantes. Más de las veces se hacían pasar por pobladores, hábiles en aprender diferentes lenguas y costumbres, pasando desapercibidos. Y cuando eran descubiertos, estos mercaderes no eran menos diestros en las armas que cualquier soldado profesional.

—Bien, *Acxoteca* Tleyotol, ¿qué tienes para mí?

Informó Tleyotol en dónde sus *oztomecas* vieron descontento.

—Y en la ciudad, ¿no se dice nada en Tenochtitlan? —preguntó el *Cihuacoatl* sin quitar su mirada inquisitiva sobre Tleyotol.

El mercader se tambaleó, pero luego recobró su calma esperando que Tlacaelel no hubiera notado su repentino azoramiento.

—Nada, Su Excelencia. La gente está ansiosa por las nupcias de su hermano, es decir, del emperador.

Tlacaelel permaneció sentado en un asiento destinado a los escribas que llevaban el registro de los juicios, las sentencias y absoluciones, pensando en un sinfín de asuntos y situaciones.

—Mi señor, sobre aquellos... —agregó Tleyotol preocupado por el silencio, pretendiendo cambiar de tema lo antes posible.

—Los guardianes de la princesa... me imagino.

«¿Cómo es posible que supiera? ¿Sabe leer mentes?», se preguntó Tleyotol, obligado a ratificar. No pudo esta vez ocultar su asombro.

—Nos ayudarán en nuestros planes, haremos buen uso de ellos en su momento —declaró Tlacaelel despreocupado.

«Exactamente lo que piensa hacer el rey Cuauhtlatoa. Estos hombres son más parecidos de lo que jamás llegarían a aceptar», pensó Tleyotol.

—Les conozco, Su Excelencia... en especial al plebeyo.

—Quien lo fuera a pensar... —profirió Tlacaelel, retirándose de la sala.

Tleyotol se quedó absorto, sintiendo que fue sometido a un juicio sin dictarle la sentencia. Se encontraba en medio de dos poderes superiores al suyo, sin embargo, era necesario para ambos.

Todavía indeciso, Itzcoatl se preparó para su regreso, no sin antes visitar, con un permiso especial del emperador, la construcción más impresionante de Tenochtitlan: el Templo Mayor.

Escoltado por cuatro sacerdotes, subió las empinadas escalinatas hasta la cima, donde colosales braseros exhalaban espesas fumarolas elevándose hasta el cielo, mientras al fondo de la enorme plaza abierta, se levantaban, majestuosas, las casas del Sol y de la Lluvia. Los altares, ni uno más magnifico que el otro, exigían reverencia.

Se dirigió al altar del sur; de domo rojo, adornado por calaveras y con soles enérgicos en las cornisas. Al traspasar el umbral, cubierto por cortinas de piedras preciosas, telas e hilos de plata, se encontró con una amplia sala con diversas recámaras a sus costados, todas alumbradas por flameantes antorchas colgando en los muros. Itzcoatl entonces pudo apreciar al fondo, una efigie iluminada por una tea a sus pies hecha de piedra hermosamente labrada, pintada con colores vibrantes, opacados por las tinieblas del ambiente. Sobre un altar repleto de ofrendas, se alzaba la magnífica figura del gran dios del Sol y de la Guerra.

Era una bella obra de arte inmortalizada en la piedra. La imagen del temido dios Huitzilopochtli poseyó su mirada al ser su primera vez en ver escultura tan magna y tan fastuosa. Ningún detalle se perdía en las dimensiones del monolito del tamaño de dos hombres. Iba pintado su cuerpo entero de azul, en la cabeza portaba la corona dorada de colibrí y un gran tocado de plumas de quetzal cayendo a su espalda, portando una rodela de pedrería emplumada y tres dardos con su brazo izquierdo, blandiendo con la diestra la famosa *xiuhcoatl* o «serpiente de fuego»; su arma celestial hecha de turquesa. Su cuerpo iba ceñido de culebras doradas, ataviado con brazaletes y pulseras ornamentadas y una fina capa carmesí. Demostrando su superioridad, posaba el dios solar.

Cuando Itzcoatl elevó su mirada, observó el rostro del dios cubierto con una máscara compuesta por cientos de fragmentos de turquesa de diversos tonos azulados, poderosa e impactante. Detrás de ésta, sus ojos asomaban avasallantes, demandando su obediencia y sus vidas, para alimentarse y poder combatir contra la oscuridad, concediéndole al mundo y a los hombres un nuevo día. Itzcoatl entonces imaginó al dios devorando el corazón de la princesa Axochitl con delicia, entregándola a su representante en la tierra, Moctezuma Ilhuicamina.

Entregado a la espiritualidad del recinto de Huitzilopochtli, cayó de rodillas a sus pies alzando los brazos en plegaria, tomando una navaja de obsidiana cortándose la palma de su mano izquierda, vertiendo su sangre en el altar sellando su pacto con lo divino. El dios permaneció en silencio, mirando con intensidad a tan insignificante criatura ante su figura, obligándole, incitándolo a ofrecer su vida por completo.

Itzcoatl descendió del templo con desgana, dejando gotas de sangre imperceptibles en las escalinatas, siendo absorbidas por la cal. Debajo le esperaba una caravana de aspecto familiar, conformada por cientos de soldados y cargadores. Dos hombres dirigían el conjunto, uno serio ofreciéndole una reverencia, el otro alegre extendiéndole los brazos.

Su rostro expresó su asombro al verlos juntos, esperándolo a él, que no era nadie. Eran Tleyotol y Ceyaotl, comerciante y militar.

—Fui solicitado expresamente por Su Alteza Axochitl para ir en pos de Oaxtepec. Y una vez supo el gentilhombre Tleyotol sobre ti, quiso venir y ayudarnos —explicó Ceyaotl la presencia del mercader.

—¿Qué más podía hacer sino ayudar? —contestó el otro.

—Señor Tleyotol, le agradezco mucho —murmuró Itzcoatl.

—Aportando numerosos soldados —agregó el capitán Ceyaotl—. Mercenarios en realidad, pero no debemos ser remilgosos. Vamos, que debemos alcanzar tu pueblo para ayudarles en su adversidad.

Itzcoatl les agradeció su presencia e iniciaron el viaje.

Avanzó con el corazón apesadumbrado, considerando lo que dejaba atrás en la capital, recapacitando lo que le aguardaba al frente, en su tierra. No sabía si era nostalgia, miedo o emoción lo que sentía respecto a su regreso. Y durante todo el camino no pudo olvidar las razones de Mazatzin para no volver con él.

Decidió quedarse para convertirse en guardia imperial. Un noble campesino, recompensado con nobleza militar, ¿qué más podría pedir?

Itzcoatl no quería partir, pero tenía una obligación con su pueblo, sus padres e Itzel. En realidad, existía otra razón para su renuencia a quedarse. Sabía bien por qué no quería permanecer en Tenochtitlan, en especial cuando se efectuaría la boda entre la princesa y el emperador. Se negaba rotundamente a ser testigo de su unión, prefería huir de ese inexplicable sufrimiento que lo acechaba.

Antes de partir se despidió de Axochitl rápidamente temiendo que le detuviera su paso y le obligara a quedarse.

—¿Después volverás? —insistió ella.

Se negó a responder. «¿Regresar a qué?», se dijo para sí.

—No será la última vez que nos veamos —prosiguió ella—. Ve con tu familia y asegúrate de su bienestar, nos volveremos a ver, yo lo sé.

Aceptó su partida y lo abrazó, despidiéndose por fin.

—Sin importar dónde estés, tú serás siempre mi guardián.

—Y tú, Axo… siempre serás mi princesa.

Sus miradas se cruzaron, apreciando Axochitl en los ojos del joven el intenso cariño que le tenía, el cual desconocía o prefería ignorar. Ocultó su rostro, sonriendo disimuladamente, pasando inadvertida.

Mazatzin y Axochitl lo vieron alejarse desde uno de los balcones del palacio, hasta que estuvo demasiado lejos para verlo, perdiéndose en el horizonte entre las calles de la gran ciudad.

Moctezuma únicamente le recordó su obligación para con el imperio antes de su partida, seguro de su regreso a la capital. De alguna forma podía descifrar fácilmente su verdadera ambición; sus sueños eran los de todo guerrero, como lo era el monarca. El muchacho estaba en busca de la fama y la gloria… y también, del amor.

La caravana cruzó los amplios campos del valle del sur, mientras el *pochteca* Tleyotol seguía haciendo cuentas y el capitán Ceyaotl silbaba contentó. Itzcoatl entre tanto, soñaba despierto. Nadie en Oaxtepec le creería que conoció al *huey tlatoani*, al *cihuacoatl* o a la princesa del agua… a quien solo él podía llamar Axo.

Capítulo VII

Princesa del Agua

atorce lunas seguidas, la ciudad de Oaxtepec sufrió el constante asedio de los bárbaros, sin otro propósito más que el de aniquilarlos. Los pobladores soportaron con valor mientras aguardaban algún milagro que los librara del aprieto, entre tanto, se tenían a ellos mismos para procurar su porvenir. Los dioses no intervenían, el imperio no les ayudaba y sus enviados no regresaban. Estaban solos.

Oaxtepec se reducía a escombros, cenizas y llanto. La devastadora fuerza chichimeca arrasó con secciones enteras obligando a la gente atrincherase en la plaza y en los edificios aledaños; el templo principal, los colegios de nobles y plebeyos, la sala del Concejo de Ancianos y el palacio del gobernador. Desde ahí, los valientes hombres y jóvenes defendieron lo que quedaba por ser defendido: sus vidas.

El veterano Zentli, impotente debido a su pierna herida, fue obligado a permanecer encerrado dentro de un colegio con mujeres, ancianos y niños, esperando el desenlace de la situación cualquiera que este fuera, sin evitar quejarse, mientras su esposa Quetzalli intentaba calmar sus ansias guerreras. Poco conocía su verdadera naturaleza. El guerrero prefería estar muerto a no hacer nada.

No era su marido con lo único que la pobre mujer tuvo que lidiar. Quetzalli sufría al ver su maltrecha ciudad, con las calles manchadas de sangre y adornadas por cadáveres, pensando a la vez en su hijo, perdido en el bosque o peor, en manos del enemigo. Su inevitable condición de madre le obligaba a preocuparse, tratando de ocultar su incertidumbre ante su nuera, pero Itzel ya se imaginaba lo peor; sus pensamientos la atormentaban más que la realidad.

Itzcoatl, antes de partir, les comentó a sus padres de su intención de pedir la mano de Itzel, por lo que Zentli y Quetzalli la trataron desde entonces como una hija. De igual forma, Itzel le contó a sus padres y éstos, fascinados, ya la veían en un futuro no muy lejano, casada y con hijos, es decir, nietos. No todo era tristeza, existían razones para vivir.

La boda entre los dos muchachos era ya un hecho que se tenía por consumado, si acaso sobrevivían. Algunos desdeñosos afirmaron que se casaron en secreto. Otros esparcieron rumores sobre ella esperando un bebé. Era un pasatiempo malsano, pero servía de distracción frente a la tragedia. De cualquier forma, Quetzalli se encargó de callar los nefastos rumores antes del regreso de su hijo.

Todos los hombres vigilaban día y noche sin descanso, pues, aunque era por las noches cuando los salvajes atacaban; como si fuera un juego iban aullando como bestias en la oscuridad antes de embestirlos, en Oaxtepec estaban seguros que cuando menos lo esperaran, las hordas chichimecas atacarían una mañana.

Aquella noche fría sin estrellas, desde el templo principal, el edificio más alto, los vigías percibieron un movimiento aterrador con dirección a su poblado, acercándose por el noreste, avanzando en la oscuridad cientos de hombres.

Los soldados de Oaxtepec pronto tomaron sus posiciones defensivas y en los refugios mujeres y ancianos comenzaron a rezar ahogando sus gritos de terror bajo los llamados a combatir.

—Los dioses nos tengan clemencia... —murmuraron.

Los invasores encendieron antorchas ahuyentando a la oscuridad, marchando cual espectros flameados acechando a los pobres mortales. Cruzaron la ciudad con sigilo dirigiéndose hacia la plaza, donde los guerreros de Oaxtepec, al ver a sus enemigos cerca de su barricada, soltaron un grito de guerra revelando su posición a punto de rociarlos con una lluvia de proyectiles. El grito de combate se apagó al instante de tocar el aire percatándose de su error...

—¡Estamos salvados! El imperio ha llegado —gritaron.

La huella de la inminente destrucción del pueblo quedó oculta ante el espíritu llevadero de los pobladores de Oaxtepec, cuando las tropas de Tenochtitlan llegaron aquella noche turbulenta. La gente salió a las calles a recibir a sus salvadores, quedando perplejos al reconocer a quien venía al frente de tan cuantioso batallón. En medio del mercader Tleyotol y del capitán Ceyaotl, con ropas a usanza de la nobleza, porte varonil y aire desafiante, Itzcoatl regresó para salvarlos.

Quetzalli lo abrazó derramando lágrimas agradeciendo a los dioses, Zentli por otro lado se limitó a palmear su espalda, orgulloso.

El tiempo en que la ciudad cayó ante los chichimecas en solo un día fue reconquistada, y desde su llegada, ningún otro ataque se recibió, permitiendo a la vida retomar su curso natural.

—¿Es todo? No hicimos este viaje solo para esto. Vamos, yo vengo para cortar cabezas —expresó el capitán Ceyaotl, decepcionado.

—Serán salvajes, pero no son estúpidos, capitán. Reconocen nuestra superioridad —argumentó el mercader Tleyotol.

—Poco importa, ¡les daré caza para evitar otro desastre igual!

Ansioso por guerrear, el capitán despachó a sus tropas y por un mes dieron caza a los chichimecas con ayuda de los ciudadanos, destacando la participación de Itzcoatl. Pero la cacería no podía durar por siempre y después de un mes de aprecio y admiración por sus hazañas y valor, éstas eventualmente llegaron a su fin, quedando Itzcoatl a merced de la brutal indiferencia de sus paisanos.

Tal como las nubes siguen flotando y el río mantiene su flujo hacia el lago; cuando la cacería terminó, el reconocimiento cesó.

Después de la despedida de las tropas tenochcas, los pobladores de Oaxtepec pronto se olvidaron del joven plebeyo.

Todo había sido tan solo una efímera muestra de admiración.

Al despedir al militar y al comerciante, Itzcoatl se encaminó hacia la plaza, cabizbajo y pensativo. Ahí encontró a Itzel, esperándolo. Ella se le acercó con pasos endebles y los labios temblorosos, e Itzcoatl vio en su sonrisa una alegría que se le antojó falsa.

No la había visto ni se había acordado de ella desde su llegada.

—Has regresado. Al fin —exclamó ella llenándolo de besos.

Con apatía, Itzcoatl correspondió los besos de la muchacha. Creía fingido su entusiasmo, cuando era él quien fingía recibirlos con agrado, y con mucho esfuerzo pudo expresar una falsa emoción, pasando por los oídos de ella como sincera.

—Itzel, cuánto tiempo… Me da gusto verte —dijo escuetamente.

Si acaso Itzel estuviera menos emocionada, quizás se hubiera dado cuenta de la apatía de aquel de quien ella seguía enamorada.

Aquel corto tiempo separados, en cada uno de ellos se manifestaron cambios radicales; Itzel, todavía inocente y animosa, se convirtió en un manojo de nervios buscando constantemente atención; Itzcoatl guardó su actitud serena, pero se volvió orgulloso, creyendo que merecía algo mejor, considerando el reencuentro como una desgracia.

A su regreso, Itzcoatl resintió la falta de memoria del pueblo ante él y Mazatzin, dándose cuenta de lo invisibles que eran para tan pequeña ciudad, a diferencia de Tenochtitlan donde eran más que advertidos… eran admirados.

—¿Dónde está Mazatzin? —preguntó Itzel, temiendo lo peor al no verlo con él, obligada a preguntarle—. ¿Está muerto?

—¿Muerto? —respondió Itzcoatl enfurecido—. No, está muy vivo me temo, en Tenochtitlan. Será más feliz allá, estoy seguro —dijo, más para sí que para Itzel, provocando en él un sentimiento desgarrador; no supo si era arrepentimiento o desprecio.

—Debe regresar… sus padres… ellos murieron durante el ataque, se rehusaron a dejar su casa y… —repuso Itzel.

Itzcoatl sopesó la noticia, y tras un momento, decidió ignorarla. Era mejor dejar a Mazatzin en paz, no debía de enterarse todavía.

—En estos momentos debemos pensar en nosotros. Soy un hombre. Nada me impedirá cumplir mi palabra —declaró Itzcoatl de pronto.

—No tienes que…

—Tonterías, solo a ti te quiero… no hay nadie más.

Le hablaba a alguien ajeno, no era Itzel quien se encontraba frente a él; no le importaba. En su mente existía esa única solución para aliviar su dolor; que era continuar como si nada hubiera pasado.

Debía de olvidarse de la capital, de Mazatzin y de Axochitl, del *huey tlatoani* y del *cihuacoatl*, ninguno de ellos ya era parte de su mundo. Aprendería a sobrellevar su existencia como indicaba su sangre y su linaje, como un plebeyo.

—Vamos a casarnos.

Tenochtitlan estaba en vísperas de celebraciones, prometiendo ser éstas espectaculares, conmemorando tres importantes eventos: la cuarta ampliación del Templo Mayor; el Fuego Nuevo, el cual ocurría cada cincuenta y dos años, indicando el término de un ciclo y el inicio de uno nuevo; y naturalmente, las nupcias del rey de Tenochtitlan con la princesa de Cuauhnahuac.

Después de ser Axochitl presentada a la alta sociedad del Anahuac, era hora de que los comunes la conocieran, a su futura reina y posible solución a sus desgracias. Por esa razón, la princesa emprendió una gira anunciando las buenas nuevas: las lluvias regresarían, los dioses les perdonarían y, por ende, recuperarían sus vidas.

Alegre y encantadora, adoptando su mejor semblante explotando su belleza, la princesa Axochitl deambuló por la laguna llevada a cuestas sobre una litera con ornamentos de plata, cubierta por bellas plumas y revoltosas cortinas entre almohadones, usando reveladores y seductores vestidos maravillando a la población. Magnifica procesión seguía la suntuosa caravana custodiada por una infinidad de soldados, doncellas, sirvientes, músicos y acróbatas, dando un asombroso espectáculo a las mentes sencillas de los plebeyos, pareciéndoles ella un ser mágico, magistral, místico y hermoso. Se acercaban para ver a la «Princesa del Agua», quien los saludaba, entregada por completo a la veneración y a la adulación, conquistada por las ovaciones y los aplausos de los miles y miles de hambrientos, mientras muy dentro temía por su vida.

—Es asombroso, princesa. Esta gente la ama. Resultó ser usted toda una celebridad y no nos había dicho nada de nada —reclamó Mazatzin, su guardia personal, siempre cerca de ella.

—Solo me aman por desesperación, se les acabaron las soluciones para traer las lluvias. Veremos si me siguen amando cuando descubran que no puedo ayudarles… —respondió Axochitl preocupada.

—Despreocúpese, todo saldrá bien, y en caso que no lo fuera yo la protegeré con mi vida.

—Por eso te aprecio tanto, querido Mazatzin, tú que me conociste cuando no era nada ni nadie y decidiste quedarte a mi lado. Si acaso los dioses no te pagan tu bondad, seguro yo lo haré.

En tanto la fama de Axochitl aumentó, también la de su guardián, considerándolo un héroe después de conocer su aventura; enfrentando a los salvajes, combatiendo en las Guerras Floridas, sobreviviendo al Sacrificio Gladiatorio, rescatando a la princesa —era difícil saber cuál de los dos desconocidos era cada quien y con uno de ellos lejos, sus logros se le atribuyeron fácilmente a quien tenían cerca—, y Mazatzin lo disfrutó plenamente.

La caravana recorrió la cuenca, dejando de un lado las tierras de Acolhuacan, al este del lago. El resto la pudo apreciar a todo color. Saliendo de Tenochtitlan inició en Ixtapalapan rodeando la península de Culhuacan, visitando los territorios de Xochimilco, adentrándose al Tepanecapan desde Coyohuacan a Ecatepec, volviendo a la capital por la calzada de Tenayuca finalizando su recorrido en Tlatelolco, donde se detuvieron por un momento para visitar su famosísimo mercado.

Mazatzin recorrió la inmensa plaza, atestada por miles de personas, asombrado por la gran cantidad de productos que se vendían en los diversos puestos, agrupados con mucho orden cada tipo de mercadería en lugares señalados. De un lado se vendía oro, plata, plomo, latón, cobre, estaño, piedras preciosas, huesos, plumas y mantas; del otro, piedra labrada y por labrar, adobes, ladrillos, madera; hasta vestiduras como sandalias, taparrabos, vestidos y accesorios de piel de conejo o venado; en otra sección había maíz, frijol, legumbres, chile, cebolla y hierbas y frutas; además de armas, vasijas, artesanías y esclavos a muy altos precios, unos andaban libres, otros iban con pesados collares de madera en sus cuellos para evitar su huida. Campesinos y artesanos se encargaban de llevar sus productos para venderlos, los *tlanquixtiana* (mayoristas) hacían de intermediarios de quienes no supieran del oficio mientras los *tlanamacani* (vendedores locales) atendían a su clientela en puestos debajo de los numerosos portales alrededor, disfrutando de las mejores ubicaciones: boticarios, cocineras y barberos. Toda clase de negocios tenían lugar dentro del gran mercado de Tlatelolco.

Mazatzin, entre el gentío y la cuantiosa actividad fue en busca de algún obsequio para la princesa Axochitl, intentando, sin perder los ánimos, encontrar algo digno de ella.

—Tú eres el guardián de la Princesa del Agua —comentó una mujer cuando examinaba un estante de pedrería a las orillas de la explanada.

Extrañado, volvió su mirada a esa mujer, poseedora de una dulce y seductora voz. La encontró recargada sobre un pilar del mercado, sin mostrar ningún embarazo al dirigirse al noble.

—Me doy cuenta por tus ropas e insignias. Te he visto por ahí, acompañando a la princesa —agregó ella, sonriendo.

Le tomó unos segundos adivinar su profesión; vestía un diminuto vestido, resaltando sus piernas, sus hombros y escote; en su rostro se notaba el exceso de maquillaje, y los ajuares del oficio, colgando una cadena de cobre de su nariz a sus oídos; delatada por los símbolos del amor tatuados sobre su piel y su peinado con una coleta alzada cayendo de lado por su hombro izquierdo, con mechones enmarcado su rostro.

—Eres *auyanime*[19]. Tus ropas también te delatan —dijo él.

Ella sonrió complacida, acercándose a Mazatzin, posando sus labios en su oído y con voz cautivadora le susurró:

—Apuntas muy alto. Vi como miras a la Princesa del Agua. Mejor ven a la Casa del Placer y pregunta por Quiahuitl, lo disfrutarás.

---

19 «Alegradora». Éstas mujeres estaban encargadas de satisfacer a los soldados solteros o en campaña, siendo la prostitución una profesión permitida y muy respetada.

Sin darle oportunidad de replicar se alejó, no sin antes dejarle en las manos un pequeño broche con la forma de una mariposa color rosa. El noble, admiró su andar, embelesado por su despampanante figura, hasta perderla de vista, desviando su mirada hacia el broche en sus manos.

De vuelta en el palacio, la princesa Axochitl caminaba con desgana por los pasillos de la Casa de las Doncellas, donde las mujeres del rey vivían; las ocho reinas y casi veinte concubinas, quienes la odiaban por su belleza, su juventud y su próximo matrimonio con Moctezuma.

La única amistad con la que contaba Axochitl en el palacio, aunque no la mejor amiga, era la princesa Maquitzin, esposa del intimidante *cihuacoatl* Tlacaelel, siendo sus visitas al palacio una grata sorpresa para Axochitl. A los treinta y cinco años, la princesa Maquitzin se comportaba como una niña pequeña, bastante coqueta e impertinente, voluntariosa e insistente, lo que la hacía muy divertida.

—No dejes que te vean temerosa esas horribles reinas brujas o te comerán viva —dijo la princesa Maquitzin a Axochitl al verla regresar a sus aposentos con tanto disgusto—. ¿Lista para la boda?

—Ya quisiera —contestó Axochitl. Le era imposible concebir su boda como un suceso alegre.

—Tienes suerte, dicen que es un gran amante. Habrá de creerles a las concubinas. Luego tú me dirás la verdad —dijo guiñándole el ojo.

Axochitl enrojeció al pensarse con Moctezuma. Se notó su turbación y vergüenza por pensar en el acto sexual. Forzada a casarse con un hombre mayor a quien desconocía por completo, pensar en el sexo le causaba espanto, y en el amor, decepción.

—Maquitzin, ¿Moctezuma me amará? —preguntó angustiada.

—No lo sé. Solo a una mujer ha amado, nunca fue reina, ni siquiera su esposa, de hecho, no era de la nobleza ¡te imaginas!, y además de todo era ciega, pero Moctezuma la amó hasta la muerte.

Axochitl suspiró, tratando de imaginarse cómo sería el amar.

Antes de iniciar los preparativos para la boda, Itzcoatl requería del permiso de sus superiores para casarse y dejar el colegio, por lo que el director de la Casa de los Jóvenes fue invitado a su casa a sabiendas del motivo. Zentli lo recibió con alegría y Quetzalli preparó un riquísimo platillo con carne de jabalí, tomates asados, tortillas bañadas en salsa verde y agua de melón. Después de comer, los hombres fumaron del *acayetl* (pipa) para pasar inmediatamente al meollo del asunto.

—Señor —exclamó Zentli—; no reciba pena por Itzcoatl, quien se quiere apartar de su casa y de sus compañeros. Quiere tomar mujer; y como es costumbre, déjele hacer y déjele ir.

—Y, ¿está listo, joven? —se dirigió el director a Itzcoatl—. No es fácil ni libre de sufrimiento el matrimonio. Ahora puede querer a esta moza, esperando ser feliz, pero no se comprometa si es así. No piense en la felicidad sino en la amargura, cuando lo haga y pretenda todavía vivir con ella, entonces sabrá que ella es la indicada.

—Tengo la certeza de ser ella mi único amor —exclamó Itzcoatl.

—Oídas sus razones, puedo hablar por aquellos con quienes su hijo se ha criado, y como han decidido casarle y que se aparte de ellos; pues hágase su voluntad —accedió el director.

Acudieron después con el adivino para asegurar el porvenir de las nupcias, recibiendo su venia. El cortejo apropiado podía comenzar.

Las *cihuatlanque*, ancianas de la familia de Itzcoatl pronto visitaron el barrio donde residía la moza deseada por su nieto, para anunciarles a los padres de ella su intención. Bellos discursos pronunciaron, dando razones de sobra para la unión de las dos familias.

—No sabemos por qué se engaña ese mozo que la pretende, si ella no es nada, ni bonita; pero como insiste en este negocio han de saber que esta niña tiene tíos y tías y parientes y juntos hemos de decidir por ella —respondieron los padres, atormentando a Itzel por su repentina negativa a casarla.

Al regreso de las abuelas, francamente deshechas por la caminata, le dieron al novio noticia de lo sucedido.

—Es muy moza y no está en edad, además, no es digna.

—¿Dijeron que no? —exclamó Itzcoatl ofendido—. ¿Es muy joven? ¿Que no es digna? —guardó silencio considerando la idea... quizá sea verdad, pensó—. Como sea, eso lo decidiré yo.

—¿Acaso deseas que tu futura esposa parezca una molestia a sus padres? —advirtieron las ancianas—. Preguntaremos de nuevo, hijo.

Achacosas de las rodillas, recorrieron el mismo camino nuevamente para pedir la mano de la moza, resaltando los atributos y virtudes tanto del novio como de la que pretendía para su esposa.

—Mi preciosa pluma de quetzal, mi joya de jade —entonces le dijo su madre a Itzel—. Han pedido tu mano en matrimonio para unirte con un joven de buen hogar e intachable conducta, pero ¿acaso tú lo has de querer igual, como él te quiere a ti?

Itzel comprendió el significado del ritual y la primera negativa.

—Le quiero, madre. Lo amo con toda mi alma y corazón.

—Hija mía, has dejado de ser moza y ya eres una mujer. Pobrecita, mira que ya te has de apartar de tus padres. Hija mía, deseamos que seas bien aventurada y próspera ya casada.

Las ancianas regresaron y al dar la declaración de amor de la niña y el permiso de sus padres inmediatamente se organizó la fiesta. La boda fue anunciada a los cuatro vientos sin omisión.

Por la noche, en el observatorio que mandó construir en lo alto del palacio, Moctezuma seguía realizando mediciones respecto a los astros, intentando adivinar su suerte con ellos; luchando constantemente en su ser el raciocinio y el misticismo, acudiendo a ambos en momentos de necesidad; Tlacaelel, a diferencia suya, no podía siquiera concebir la idea de fuerzas mágicas o sobrenaturales actuando sobre el mundo.

Tlacaelel se presentó en el observatorio sin aviso, sonsacando a su hermano de su trance, como frecuentemente hacía, interrumpiéndolo, contrariándolo y hasta manipulándolo. A Moctezuma no le importaba, reconocía su inteligencia muy superior, pues las batallas de Tlacaelel se libraban en el campo de la mente, no en el de las armas.

—Nuevamente buscando respuestas en las estrellas cuando sabemos bien que no nos hablan —advirtió Tlacaelel, mofándose.

—No hablan, pero nos pueden decir mucho si sabemos leerlas. Veo en ellas un futuro incierto... Debe funcionar esta boda, deben volver las lluvias. Pero si no lo hacen, Tlacaelel, ¿qué haremos?

—No podemos saber cuándo regresarán o si el pueblo ha de resistir, sin embargo, debemos proceder con las nupcias. Ante las calamidades ningún dios nos ayudará. Ahora, con la princesa a nuestra merced, ya hemos asegurado el vasallaje de sus tlahuicas y su tributo, eso ayudará otro tanto para soportar la sequía.

—Y el guardián, ¿es necesario mantenerlo? Aquí está a salvo.

Tlacaelel posó su liviana mano sobre el hombro de su hermano con sincera simpatía, indicándole su error al considerarla a salvo.

—Como tú, Moctezuma, hay muchos supersticiosos. Cegados por las palabras de los sacerdotes, creen que ella nos traerá las lluvias. Por eso debemos fingir que nos importa y la necesitamos proteger. Así, los que lucran con la sequía podrían buscar impedirlo e intentar matarla, exponiéndose. Ella es solo un utensilio para calmar a la masa y darle esperanza. Es carnada —explicó Tlacaelel fríamente.

«Bien, nos dará tiempo para el regreso de las lluvias, pero en cambio si llega a ser atacada por impedir éstas, nos dará la excusa perfecta para acabar con nuestros enemigos. Solo debo de esperar a que actúen con imprudencia», pensó Tlacaelel.

—El joven causó muy buena impresión, su valentía hará creíble su misión y nuestra intención. Necesitamos tiempo para que llueva. ¿No es acaso un buen precio a pagar, poseer una esposa joven y hermosa, a cambio de un poco de tiempo? —agregó Tlacaelel.

—Hablando sobre tiempo, ellos pasan demasiado juntos —expuso Moctezuma, mostrándose celoso ante el guardián de su prometida.

La luna había llegado al cenit en ese momento y su luz penetró por un pequeño orificio en el techo del observatorio, expandiéndose en su interior alumbrando el aposento por completo. Espectáculo que seguía maravillando al monarca, sintiéndose bendecido, cual si fuera dirigido aquel evento únicamente para él. El rostro alargado de Tlacaelel se vio invadido por la luz y las sombras, dándole un aspecto siniestro.

—Ya me he ocupado. El muchacho tendrá su distracción.

Cerca de celebrarse la anhelada boda, toda Mexico-Tenochtitlan se animaba ante las posibilidades mágicas del casamiento, aumentando la presión en la joven novia, concediéndosele enormes obligaciones; darle nuevos hijos al monarca, la sumisión de los tlahuicas y traer de vuelta las necesarias lluvias.

Mazatzin la admiraba inquieta, mordiéndose sus pequeños dedos sin saber dónde fijar la mirada, nerviosa ante la víspera de las nupcias, esperando a los sirvientes llegar con bocadillos de amaranto con miel y calientes tazas de *chocolatl* de cena.

—Princesa, dígame qué aflige su calma —inquirió Mazatzin.

Axochitl ordenó salir a sus sirvientes y damas de compañía para asegurar su confidencialidad con el guardián, a quien podía expresarle sus más íntimos sentimientos con plena libertad.

—Es esta boda, esta fiesta, lo que representan. Mi querido Mazatl, temo por mi seguridad. Si la sequía continúa después de la ceremonia, ¿qué podrán ser capaces de hacerme —prosiguió Axochitl—, cuando no tengan lo que quieren de mí…?

—Yo le protegeré, nadie le hará daño jamás, no lo permitiré. No importa si sea Moctezuma o un ejército entero, ya me cueste cien vidas o mil fatídicas muertes.

Axochitl le tomó de las manos agradecida, besándole la frente, luego la mejilla, y antes de soltarle, le dio un beso en sus labios, pasmando a Mazatzin. Se levantó Axochitl de pronto, recobrando el ánimo al haber impresionado al joven por el descarado y dulce beso propinado.

—Mira, Mazatl, este vestido fue confeccionado en Culhuacan, para la fiesta después de la boda… —comentó Axochitl a la ligera.

Giró en torno del joven noble mostrándole el conjunto de color azul brillante, constituido en dos piezas; un *quechquemitl*, camisa en forma romboidal diseñada para hacer lucir su vientre; y un *cueitl*, falda larga con abertura en la pierna derecha bordada con fibras doradas.

—Veamos cómo me queda —añadió, dándole la espalda.

Mazatzin permaneció en silencio, sin atrever a moverse, respirar o parpadear, viendo maravillado cómo Axochitl se despojaba de su ropa revelando su silueta bajo la tela, deleitándose con su maravillosa figura mientras la luz de las teas y las sombras jugaban a su alrededor. Un instante duró el espectáculo, cuando ella comenzó a probarse el vestido, y no con menor emoción la vio ocultar sus bondades.

Era un nuevo año, los días nefastos pasaron y el Fuego Nuevo fue encendido en el Cerro de la Estrella como cada cincuenta y dos años.

Al día siguiente, miles de flores llegaron de Xochimilco adornando las calzadas y calles creando una extensa alfombra multicolor hasta las puertas del palacio, donde la boda se llevaría a cabo.

Moctezuma vistió su corona azul turquesa, una túnica azul marino de bordes dorados y una capa roja con entretejido de piel de conejo, con botines altos de cuero. Axochitl lucía un humilde vestido blanco, impecable, con delicados bordados hechos con hilo de oro, portando una corona de flores azules. Frente al trono vacío, se arrodillaron ante el Gran Sacerdote dentro de la Cámara de Recepción, acompañados por la corte. Frente a frente, sobre taburetes de oro se miraron, cómplices del juego de la vida, de una apuesta a los dioses.

En ese mismo instante, por los verdes campos de Oaxtepec, en las calles, un desfile con música y danzas seguía a una muchachita llevada sobre una litera en hombros hacia el barrio vecino, acompañada por sus padres, tíos, primos y abuelos. El novio, rodeado de sus familiares con antorchas y banderillas, la recibió a la entrada de su hogar, cargando un sahumador aderezado con copal, con el cual se ahumaron mutuamente, cruzando sus miradas, arrancándoles a ambos una sonrisa; tanto de felicidad como de resignación. Tomados de las manos entraron a la sala en donde una hoguera humeaba al frente de una estera.

Itzel se presentó ataviada con un vestido blanco bordado con flores, collares y pulseras de semillas, mientras Itzcoatl vestía el pañete blanco de franjas azules y la capa azul que trajo de la capital, además de su broche de colibrí del combate gladiatorio. Ante el sacerdote del barrio, en medio de ambos, se arrodillaron uno frente al otro.

El discurso del sacerdote acerca del amor, el matrimonio y la vida, llenó la sala de sonrisas y encanto, antes de atar con delicadeza la ropa de los prometidos, representando su unión, completa devoción, cariño y amor. Itzcoatl intentó fingir felicidad, sin evitar ver tan diferente a la muchacha frente a él, muy diferente a Axochitl.

La pareja imperial, con sus ropas atadas, luego se dieron de comer el uno al otro, entonces el Gran Sacerdote comenzó a rezar.

—Dios bello Xochipilli, diosa adorada Xochiquetzal, pareja del amor y la belleza, les pedimos cuiden a este hombre y esta mujer en su aventura iniciada. Imploramos su protección, procúrenlos, pues hoy se unen por la eternidad en sagrado matrimonio.

A unos pasos de la pareja, Mazatzin contemplaba el ritual un tanto extrañado, con el capitán Ceyaotl a un lado, fascinado.

—Es curioso —exclamó risueño el capitán—. Probablemente se esté casando en este momento su amigo en Oaxtepec.

Mazatzin se volteó con las cejas alzadas y la boca abierta.

—Sí, con una linda muchachita, plebeya. Menuda y flacucha, pero de lindo rostro. ¡Por eso quería regresar con tanta prisa!

Levantándose con las ropas atadas, tomados de las manos, los recién casados fueron felicitados entre gritos y aplausos.

Los invitados se retiraron a sus hogares dejando a los recién casados consumar el rito del matrimonio tal como estaba escrito en los libros, y por cuatro noches, la pareja permaneció encerrada en una habitación, entregados a la penitencia, sin tocarse, en oración y en ayuno.

Al quinto día, la fórmula mágica entraba en acción.

Los dioses fueron honrados, era la hora del placer mortal...

Sucumbiendo a sus apetitos sexuales, se despojaron de sus ropas, gozando de sus cuerpos. La escarificación en la piel de Itzcoatl fue explorada por los dedos de Itzel, recorriendo aquellas marcas, sin saber su significado o la razón de su presencia, ni cuando se lo hizo o quien se atrevió a marcarlo. Itzcoatl se rehusó a contarle, enojándose a su vez ante la ignorancia de Itzel al respecto.

Sin embargo, pronto se olvidó de sus consideraciones, sucumbiendo a sus apetitos sexuales. Una vez libres de la prohibición, el deseo les impulsó a actuar, entregándose la pareja con una pasión desenfrenada.

Tras besos y caricias, la pareja se conoció en su más íntima reserva, poniendo a prueba la reputación que a ambos les precedía; Moctezuma como un gran amante y Axochitl como la joya más bella y exquisita del mundo. El rey quedó maravillado con su joven esposa, así como la princesa se sorprendió cuanto podía gozar con su marido, pues a pesar de su edad, era vigoroso como un muchacho, pero gentil y sabio como un anciano, dominando sobre el lecho conyugal.

Las caricias después se tornaron violentas, poseyéndose en éxtasis.

La solución de los sacerdotes para traer las lluvias no podía fallar.

Mazatzin se volvió un remejo de nervios, recordando a Axochitl desnuda ante él tan cerca como para devorarla. Inquieto, se imaginaba también su noche de nupcias, deseando que jamás fuera consumado el matrimonio. Resignado a que tendría que ser así, sin nada que pudiera hacer al respecto, se alejó del palacio.

Deambulando por las estrechas calles de la ciudad, confundido por sus recién descubiertos sentimientos al imaginar a la princesa con otro hombre, siguió sin rumbo hasta el barrio de Tlapallan, deteniéndose frente a una enorme casa con las diosas del amor y de la sexualidad, Xochiquetzal y Tlazolteotl, erigidas en la entrada. Dirigió su mirada al broche de mariposa rosa en su mano y penetró el umbral de marco rojo, buscando en su interior alguna especie de paz, de distracción para alejar sus demonios de su mente.

Desde un cuarto del *auyanicalli* «Casa del Placer», con vista hacia el Centro Ceremonial, Mazatzin observaba reflexivo el Templo Mayor, elevándose varios metros al cielo. Detrás de él, sobre el lecho, desnuda, bajo sábanas transparentes, se encontraba la mujer que conoció en el mercado de Tlatelolco, una prostituta de nombre Quiahuitl, jugando con sus cabellos, esperando a su amante.

—¿No deberías estar con ella, Mazatzin? —le preguntó Quiahuitl un tanto risueña, confiada en la respuesta del joven.

—No ha dado cuenta de mi ausencia, no sabe que no estoy yo ahí para ella, nadie lo sabe…

—Yo sabría si no estuvieras aquí. Ven, amor mío, que tengo frio y necesito de tu calor nuevamente.

Mazatzin dio media vuelta, apreciando la seductora sonrisa de esa enigmática mujer, regresando al lecho removiendo las sábanas, besando y manoseando su increíble cuerpo poseyéndola como lo hizo por cuatro noches seguidas, deleitándose con la suavidad de su piel, el olor de sus cabellos y la técnica de las «alegradoras», dedicadas a la felicidad de los guerreros solteros, de sus necesidades y gustos, representando la dualidad entre pureza y vicio, el amor y la pasión. Respetadas y bien posicionadas, gozaban de muchos beneficios y privilegios.

—Eres tan hermosa... —dijo Mazatzin tras terminar.

Embriagado de placer, atrapado por su bello rostro y despampanante cuerpo, del cual gozó como nunca antes imaginó que pudiera gozar, Mazatzin seguía negándose a apartarse de su lado.

—¿Volveré a verte, Quiah? —fue así como la apodó.

Ella sonrió, mirándolo fijo sin titubear, confiada en su poder.

—No me iré a ningún lado.

Al amanecer, miles de hombres y mujeres del gremio de barrenderos desde muy temprano salieron a las calles a barrer. Ahora le tocaba al populacho celebrar la boda tan ansiada. La gente se dirigió al Centro Ceremonial para escuchar el anuncio de la consumación de la boda. En la plaza del recinto aguardaron la llegada de la pareja real. Había que entretener al pueblo, distraerlo de sus penurias fuera con bailes, música, comida, juegos de pelota, obras de teatro y acrobacias.

La caravana imperial con el emperador y su nueva reina se dirigió al Centro Ceremonial. Cientos de personas intimidaron a Axochitl con su instigadora presencia. Arrebatada de la seguridad del lecho, caminó con Moctezuma hacia el Templo Mayor. Tenochtitlan se llenaba de música y alegría, acompañando al rey y la reina.

Axochitl apareció vistiendo el vestido azul agua que presumió a su guardián antes de la boda; hecho de algodón con bordados dorados, complementado por la belleza de su ocupante presumiendo las piedras del matrimonio incrustadas la víspera en su cuerpo; pequeñas piezas de jade sobre su nariz y en su mentón, aumentando su belleza indicando su dignidad, una señal de su posición como mujer y reina, encadenándola a su esposo, dueño de su voluntad y supuestamente, de su corazón. El rey, no menos suntuoso, exhibía su corona de turquesa exaltada por su maravilloso tocado de plumas de quetzal, su manto entretejido de azul y blanco, un vistoso pectoral de plata, además de brazaletes de pedrería en sus brazos y muñecas, la nariguera de oro con forma de mariposa, orejeras de bronce y el rostro pintado con líneas horizontales negras.

En Oaxtepec, al término de los cinco días volvió la gente para la fiesta. Ya fue suficiente de rituales sobrios y aburridos, era momento de disfrutar. Rápidamente, la exquisita y escasa comida minuciosamente preparada por las mujeres de las dos familias fue devorada, algunos ya sufrían el efecto del mezcal servido. Efusivas fiestas dieron inicio con la participación del que quisiera unírseles. Una gran fogata brillaba en medio de la calle por la tarde alrededor de la cual se pusieron a bailar. Tambores y flautas dulces inundaron el lugar. Itzcoatl e Itzel se unieron al baile ceremonial, atraídos por las risas y la alegría, entregándose a los placeres, al compás de la música, acercándose y alejándose el uno del otro, en el baile… y en la vida.

Por igual, en Tenochtitlan se entregaron a la música y a las danzas preparadas por las escuelas para exponerlas a sus soberanos. Protegidos bajo un dosel blanco en la plazuela baja del Templo Mayor, admiraron la celebración junto a la segunda pareja más importante de la ciudad, disfrutando de la conmemoración.

—¿Te diviertes, hermanita? —le preguntó la princesa Maquitzin a Axochitl, honestamente fascinada, dada a la alegría.

—Mucho. Es sorprendente lo que se puede lograr en Tenochtitlan. Tanto amor y tanta devoción, mucha alegría tiene todavía el Pueblo del Sol… a pesar de sus condiciones.

—Cientos de maravillas tiene la capital para brindarnos, nunca he pasado un día de aburrimiento. Y mi esposo todo lo tiene para nunca negarme nada, tu esposo no es diferente. En Chalco no teníamos nada igual —agregó la princesa Maquitzin, recordando su señorío, siendo la hija del difunto rey Quetzalmazatzin de Chalco-Amecamecan.

Un nuevo grupo de danza se presentó ante los soberanos, subiendo el danzante principal al montículo construido frente al Templo Mayor, exhibiendo una piedra circular encima, muy similar a la del Sacrificio Gladiatorio. Axochitl comenzó a aplaudir siguiendo el ritmo de los tambores, de las sonajas de barro, las trompetas, las flautas y los discos metálicos, fusionándose para crear hermosos sonidos espirituales.

Los danzantes, portando capullos secos de mariposas atados a sus tobillos les hacían sonar al saltar. Se animaban al escucharla aplaudir, siguiéndole en su dicha; no por su boda, sino por el alegre ambiente envolviendo la ciudad, provocándole levantarse y bailar.

—¿Adónde crees que vas? —replicó Moctezuma nervioso al ver a su recién esposa abandonar su asiento.

—A bailar, Su Majestad. Si usted me lo permite —dijo Axochitl.

Se veía en su rostro una autentica felicidad, brillando sus bellos ojos negros de alegría, con una amplia sonrisa que no oscilaba.

—Ve, haz lo que quieras —contestó Tlacaelel interviniendo en la conversación de su hermano, como solía hacer—. Hace tiempo que no teníamos una reina tan joven y animosa —le explicó a Moctezuma una vez que Axochitl corrió al escenario.

Sin una pizca de vergüenza se lanzó al baile provocando en la gente emoción, profiriendo su amor hacia su reina mientras se contoneaba en lo alto del montículo, sumergida en la música, perdida en la melodía, sacudiendo las caderas y elevando sus brazos al cielo.

Cual bailarina profesional sacudía sus caderas con ritmo exquisito, dando vueltas apoderándose del escenario. Alzaba su falda exponiendo sus torneadas piernas para poder moverse mejor o para agacharse, con los brazos al cielo avivando la fiesta con maravillosa sensualidad. Su sedosa cabellera le seguía al girar, mientras sus pies parecían flotar, meneando con delicia su trasero, sacudiendo sus exuberantes pechos, perdiéndose en una dimensión ajena al mundo terrenal.

Mazatzin, embelesado, la contempló desde su puesto.

Los casi 300,000 habitantes de Tenochtitlan se dejaron llevar por las melodías del recinto sagrado y por primera vez, en mucho tiempo, se olvidaron del hambre. Eran todavía capaces de cantar, de bailar.

Provenientes del oeste, de pronto aparecieron espesas nubes negras cubriendo el valle, mientras tanto Axochitl seguía perdida en su danza. Truenos retumbaron en las bóvedas celestes llamando la atención de la gente. El viento arreció. Las aguas se turbaron. El cielo se oscureció y la gente, asombrada, levantó la mirada para ser testigos del milagro. Nadie dejo de bailar, nadie dejó de cantar, manteniéndose al margen de la sorpresa, celebrando sin abandonar a la reina en su desenfreno.

Diminutas gotas cristalinas comenzaron a descender formando una suave llovizna. El anhelado vino de la tierra les era devuelto.

Moctezuma Ilhuicamina, completamente atónito, se levantó de su asiento sin apartar la vista del cielo nublado, alzando el rostro con los ojos cerrados, disfrutando la maravillosa substancia líquida fluir por su rostro. Las lluvias regresaban, las profecías se cumplieron, el imperio estaba a salvo.

Volteó hacia Tlacaelel interrogándolo con su mirada, encontrándolo tranquilo en su asiento, sorbiendo de una copa de plata.

—Debía llover en algún momento… —declaró Tlacaelel al percibir a su hermano, mirándolo pasmado.

Después de cuatro años de continua sequía, de inmisericorde calor, hambre y sufrimiento, el año Macuilli Calli o «cinco-casa», en 1455, pequeñas gotas tibias comenzaron a caer de los cielos humedeciendo las calles, las plazas y los templos, alimentando sembradíos y llenando los pozos, devolviéndole su vida a la humanidad. Ya fuera coincidencia o intervención divina, aquel día los cielos rompieron su promesa de contener sus aguas. La Gran Sequía había terminado. Las refrescantes lluvias regresaron para quedarse.

En el Centro Ceremonial se continuaba bailando y cantando, seguían celebrando completamente empapados, llorando de alegría. El Anahuac renacía, el Imperio mexica despertaba de su largo letargo recobrando su fuerza y su poder en el mundo, y en especial sobre sus vasallos.

El mundo alzaba su rostro a los cielos sintiendo las gotas frías en su piel, empapando sus cabelleras, humedeciendo sus ropas, hidratando su ser, satisfaciendo sus almas, volteando después a donde Moctezuma se encontraba, pero pronto desviaron sus miradas rápidamente del rey, no era él quien les interesaba, por lo menos no en ese preciso momento, sino alguien más…

Voltearon hacia el montículo donde Axochitl continuaba bailando, sacudiéndose el agua con deliciosos movimientos permitiendo entrever sus bondades por sus vestimentas traslúcidas pegadas a su cuerpo por la lluvia, invocando con su danza mágica, como les parecía, las lluvias que gozaban en esos precisos instantes. Bailaba y reía, dando vueltas en la plataforma con los brazos extendidos y la vista al cielo, admirando los débiles rayos del sol atravesando las nubes iluminando su figura, creando un hermoso arcoíris en el firmamento. Se encontraba en trance, olvidándose de todo, con solo un objetivo, un único propósito: bailar.

La mujer rescatada de la muerte, escogida por los sacerdotes para ser su reina, en la mente de los tenochcas abandonaba su forma humana transformándose en un ser espiritual, mágico y poderoso. Axochitl se convertía en una divinidad.

Capítulo VIII

La Sombra del Jaguar

Como si se hubiese acertado en la solución correcta, el año nuevo comenzó con muy generosas y abundantes lluvias, regando los plantíos, favoreciendo la cosecha y reabasteciendo los graneros. Los soldados volvieron a guerrear, los campesinos a sembrar, las mujeres a cocinar, los nobles a dialogar y los sacerdotes a ayunar por voluntad.

Para nunca ser olvidados esos aciagos largos años que se vivieron, Moctezuma mandó a tallar la «Piedra del Hambre», y la colocó en la plaza del recinto sagrado, donde todos pudieran verla.

Entre tanto, Axochitl reflexionaba sobre su inesperada participación divina, viéndose investida de poderes mágicos y un lazo espiritual con los dioses en un parpadear. Le era imposible considerarse la causa de las lluvias pues se sabía mortal, aunque le agradaba la idea.

—¿En verdad los dioses me eligieron para salvar al imperio?

—Es imposible saber, nuestro entendimiento es limitado y por ello inútiles nuestros esfuerzos para comprenderlos —dijo Mazatzin.

—Es una enorme coincidencia, sin embargo —argumentó Axochitl.

—No importa en realidad, lo que es claro es que el pueblo la ama y los dioses, a nuestro entender, le tienen por especial.

Sonrieron. El futuro era incierto pero el presente les era de agrado y por el momento no debían preocuparse.

El invierno se terminó y los fríos se alejaron de la cuenca para dar paso a una tibieza encantadora: la primavera. Tenía lugar en la segunda veintena del año la fiesta de *Tlacaxipehualiztli* o «desollamiento de los Hombres», dedicada al dios rojo Xipe-Totec, recibiendo con ella a la primavera y el renacer de las flores.

Axochitl asistió a la ceremonia, sin pasar una sola sin su presencia, obligatoria para el porvenir de los rituales y también para el contento del emperador, quien disfrutaba de la compañía de su esposa.

Las tierras colhuas al mando de Tenochtitlan escucharon el llamado del emperador, acudiendo a la capital buscando pasar un buen rato. Los reinos de Texcoco y Tlacopan organizaron sus propias fiestas en sus tierras. Los primeros sin sacrificios y los otros sin tanto gasto.

Cientos de actividades se llevaron a cabo en el Centro Ceremonial; danzas y cantos, competencias de tiro de flechas, partidos de juegos de pelota y combates gladiatorios. A los mercaderes les dejaron instalar sus puestos, aunque no fueran días de mercado y el bosquecillo donde el emperador y la nobleza cazaba, en el recinto sagrado, fue abierto para el público como lugar de recreo, mientras la plaza del recinto poco a poco se iba colmando de visitantes.

Prisioneros fueron escoltados al templo de Xipe-Totec, dios de la primavera, «Nuestro Señor Desollado», para la culminación del ritual celebrando el clima cálido de la temporada. Sus corazones rápidamente fueron extraídos de sus cuerpos y ofrendados al dios para después ser desollados por los *xipeme* —sacerdotes de Xipe—, quienes removieron la piel de los muertos con increíble habilidad.

Axochitl quedó impactada al ver como los cuerpos eran separados de su funda carnal de los pies hasta la cabeza, atestiguando la forma del ser humano por debajo de aquella capa cobriza que los cubría, incapaz de desviar la mirada, aunque le provocara espanto.

—La piel separada representa la tierra muerta, y dentro de un mes los *xipeme* se librarán de ella —comentó Moctezuma a su esposa—, simbolizando el paso de invierno a primavera, cuando una piel nueva, fresca y frondosa, nace. Como las hojas vuelven a crecer y el valle a florecer, la vida continua también, permitiendo la siembra y cosecha. Es un sangriento inicio para una época tan fascinante, lo admito.

Desollados, después fueron desmembrados y arrojados de la cima, conforme los *xipeme* se vestían con la piel separada de sus víctimas, descendiendo cubiertos por los «ropajes de oro» danzando alegremente haciendo sonar sus sonajas amarradas en brazos y piernas, tocando a la gente reunida a las afueras de los salones del templo en la frente con un hueso teñido de oro, enfocándose especialmente en aquellos que se presentaban enfermos, procurándoles su pronta recuperación.

El *quacuilli* —similar a obispo—, encargado del culto a Xipe-Totec, entonó un hermoso canto para finalizar la ceremonia:

Tú, bebedor nocturno
¿Por qué te haces de rogar?
Ponte tu disfraz,
ponte tu ropaje de oro.
Oh, mi dios, tu agua de piedras preciosas
ha descendido;
se ha transformado en quetzal
el alto ciprés;
la serpiente de fuego se ha transformado
en serpiente de quetzal.
Me ha dejado libre la serpiente de fuego.
Quizá desaparezca,
quizá desaparezca y me destruya yo,
la tierna planta de maíz.
Semejante a una piedra preciosa
verde es mi corazón;
pero todavía veré el oro
y me regocijaré si ha madurado,
si ha nacido el caudillo de la guerra.
Oh dios mío, haz que por lo menos
fructifiquen en abundancia
algunas plantas de maíz;
tu devoto dirige las miradas hacia tu montaña.
Hacia ti;
me regocijaré si algo madura primero,
si puedo decir,
que ha nacido el caudillo de la guerra.[20]

La felicidad experimentada en el valle, gracias a las lluvias, no era general; unos pocos lamentaban y no solo eso, se enfurecían con el exceso de cosechas y el almacenamiento de los alimentos. Los que se beneficiaron tanto tiempo con el hambre y se hicieron inmensamente ricos a expensas del desconsuelo ahora sufrían de avaricia, pero sobre todo de rencor. Tlacaelel aplicó importantes reformas cambiando no solo los aspectos religiosos y sociales del reino, también económicos; implantando fuertes medidas para regular el mercado, los precios de los productos y controlar a sus mayores beneficiados: los *pochteca*. Por otro lado, Moctezuma no desconoció su obligación para con su pueblo y se propuso pagar todas las deudas de cada uno de sus ciudadanos, en especial aquellas de los nobles, librándolos de la esclavitud y de su

20 Canto en honor a Xipe-Totec, conocido como *Yoalli Tlauana* [Bebedor nocturno].

vergüenza. Mientras el pueblo volvía a amar a su rey, un odio insólito crecía entre los comerciantes al verse despojados de sus encumbrados esclavos, viéndose nuevamente por debajo de la aristocracia mexica. La indignación no tardó en manifestarse respecto a las nuevas reformas y el *pochtecatecuhtli* «señor de los *Pochteca*» Nanahuatzin, se presentó ante el emperador con el afán de disuadirlo de su actuar.

El rey y su Estado Mayor rodearon al mercader sin causar una pizca de temor. Los grandes generales mexicas no eran capaces de intimidar al comerciante tlatelolca, y una acalorada discusión hubo entre los dos hombres, que, aunque no pareciera, poseían un poder similar.

—¿Y qué hay sobre la deuda de los nobles? No pueden dejar de lado sus obligaciones sin antes liquidarlas. ¡Es inadmisible!

—Ya he dicho con anterioridad, el Estado saldará las cuentas de los lores y nobles, como también de los plebeyos —dijo Moctezuma.

—¿Es acaso una broma? Las deudas de aquellos señores no son del Estado —exclamó furioso el *Pochtecatecuhtli*. Rondando los cincuenta años, de rostro achatado y nariz torcida. Su astucia era equiparable a la de Tlacaelel y sus anchos hombros a los de Moctezuma.

—Amigo Nanahuatzin —dijo Moctezuma, conciliador—, entiendo a la perfección tus objeciones, pero mi decisión está hecha.

—¡Sea así! Si el Estado intervendrá en los asuntos de los *pochteca*, nosotros haremos igual, Su Majestad —amenazó sabiéndose intocable, saliendo del salón enfurecido por no haber logrado su propósito.

—¡Bah! No te agobies. El barrio de Pochtlan no es tan poderoso como ellos dicen —exclamó el general Zacatzin, despreocupado.

—¿Barrio, dices? Hermano, me pareciera ser un reino en realidad, con sus leyes, soldados y fiestas. Nadie puede llevar el comercio sin su permiso y pasan su oficio cual sangre real pasa por nuestras venas, por herencia —explicó Moctezuma.

—Debería complacerlos el hecho de serles pagadas tantas deudas —comentó ingenuo el príncipe Iquehuac, asistiendo a la junta. El hijo de Moctezuma si bien era valiente, no era muy brillante.

—Fallas en apreciar el panorama completo, sobrino —dijo Tlacaelel enseguida—. Riquezas tienen. Lo que quieren es poder. Si tienen a la nobleza como sus esclavos, ¿qué no podrían hacer? El gremio de los comerciantes controla a Tlatelolco y el rey Cuauhtlatoa obedece cual cachorro a Nanahuatzin, lo protege.

El poder de los mercaderes había crecido durante la Gran Sequía y con el regreso de las lluvias tan pronto fue posible se les fue arrebatado.

Y no solo se les despojó de sus esclavos aristócratas, también se les impuso normas que entorpecían sus prácticas abusivas, impidiendo los excesivos costos y mañas que utilizaban. Aunado a esto, a su vez les fue prohibido lucir dentro de la capital los ostentosos atuendos que ellos mismos traían de tierras lejanas.

—He pagado con todo lo que tengo para que mi pueblo viva libre y dignamente, como conquistadores y no como conquistados —replicó Moctezuma, intentando excusarse inútilmente.

—Son ambiciosos —agregó el general Coatlecoatl, un viejo militar y tío del rey—. Mucho pueden hacer y me temo muy pronto sufriremos las consecuencias. Ya verán, sobrinos, pronto conoceremos la respuesta de Pochtlan a nuestras reformas.

*****

Al norte de Tenochtitlan, en tierras del reino de Tlatelolco, el barrio de Pochtlan gobernaba a los demás barrios comerciales de Tlatelolco como al resto en el Anahuac, que eran tantos y poderosos, y también, al reino en sí. El comercio era fundamental para la ciudad de Tlatelolco y aquel que controlaba el mercado, controlaba al reino, y al rey.

Ante las reformas de Tlacaelel, los *pochtecatlatoque*; líderes de los diferentes gremios comerciantes de Tlatelolco, Tenochtitlan, Texcoco, Azcapotzalco, Coatlichan, Cuauhtitlan, Xochimilco, Huitzilopochco y Huexotla, se reunieron para discutir los recientes cambios respecto a sus negocios. Estos hombres, demasiados viejos para viajar, ahora se dedicaban exclusivamente a administrar sus empresas.

—Estimados socios, agradezco su pronta presencia en estos difíciles momentos que atraviesa nuestra profesión. A todos nos han afectado las llamadas «reformas» de Tlacaelel. Estas solo son el principio del fin de nuestra carrera, viéndose nuestros derechos agraviados y nuestro trabajo denigrado. Medidas debemos tomar contra esta opresión.

—Pero, ¿qué se puede hacer? —exclamó el señor del gremio de Cuauhtitlan—. Sus ejércitos son numerosos, tienen influyentes aliados, el apoyo de la gente y muchas riquezas. ¿Cómo podríamos dañarlos?

—¿Dañarlos? —expresó divertido Nanahuatzin.

—No pretendemos lastimarlos, sino exterminarlos —intervino un hombre apareciendo en el umbral de la habitación, apenas llegando a la urgente reunión de su gente.

Con toda confianza avanzó hacia el señor de Pochtlan, de quien era yerno, capitán y su principal consejero, posicionándose a su lado.

—No sabes de qué hablas, Tleyotol —reclamaron los señores.

—Mis colegas, esto es solo el principio del fin. ¿Creen que los reyes de Tenochtitlan se detendrán con estas restricciones? No. Continuarán ofendiéndonos, obstaculizando nuestro progreso. Algo debemos hacer antes de que nuestros derechos sean violados en su totalidad y nos sea arrebatada nuestra independencia.

Tleyotol, abanderaba la causa de su suegro Nanahuatzin. Su apoyo era necesario, siendo él quien controlaba a las tropas de mercenarios al servicio de los comerciantes.

El viejo Nanahuatzin saltó nuevamente al centro del escenario al sentirse olvidado, buscando nuevamente ser el foco de atención. Con su porte militar y fuertes alaridos recobró la atención llamando a los suyos a la guerra contra Tenochtitlan:

—No estamos solos en esta empresa, el rey Cuauhtlatoa nos apoya y juntos acabaremos con los ejércitos tenochcas, nos haremos de sus aliados y pondremos al pueblo en su contra. Hermanos, no quedaremos sin pelear. ¡Tenochtitlan pagará por sus ofensas! ¿Están conmigo?

Convencidos, enfurecidos por el actuar de Tenochtitlan, los líderes del gremio aceptaron su propuesta. ¡Los *pochteca* irían a la guerra!

Mercaderes de diversas clases ofrecieron su servicio a Pochtlan y a su líder: los *pochtecatlatoque* (líderes de gremio), los *nahualoztomeca* (mercaderes disfrazados), los *teucnehnenqueh* (señores viajeros), los *pochtecatlailotac* (árbitros de mercado), de todos los reinos y barrios de Tlatelolco, se unían en contra de la opresión.

Superada la Gran Sequía, los mexicas se arrojaron impetuosos sobre tierras más fértiles para asegurar la obtención de nuevos tributos. Ya fueran manufacturados; como indumentarias militares, mosaicos de piedras preciosas, artículos de oro, plata y cobre, sartas, vasijas y telas, que llenaron los almacenes, o de materia prima; como el cacao, frijol, chile, maíz, maderos, cal, oro en polvo y plumas también.

Moctezuma Ilhuicamina se centró entonces en el único y por demás rival más débil que tenía el imperio. Al norte los reinos otomíes habían sido vencidos y más allá se encontraba el desierto. Al sur los tlahuicas ya se habían doblegado ante el imperio. Al oeste el imponente imperio tarasco representaba un feroz oponente. Y al este se encontraban los poderosos reinos montañeses: Huexotzingo, Texcalla, Cholollan y Atlixco. Entonces, el único camino seguro a tomar era al noreste, en donde las tierras huaxtecas rebosaban de frondosas oportunidades.

Pronto se dio a conocer la suerte de algunos mercaderes asesinados en la ciudad de Tuxpan, usual pretexto para la expansión. Para vengar a los suyos se arrojaron sedientos de sangre a la Huaxteca, al mando del capitán-general de Tenochtitlan y rey de Huitzilopochco, Zacatzin.

Con la caída de Tuxpan y Xiuhcoac en la Huaxteca, animado por la fácil victoria, el general Zacatzin continuó avanzando y con cada paso del ejército otros reinos se rindieron ante él, algunos incluso sin pelear, llevando la expansión hasta Totonicapan[21], en el Golfo.

Una vez que los reinos totonacas de Cuautochco y Cuetlaxtan que se sometieron al imperio, finalmente las rutas comerciales de las costas quedaron bajo el control de Tenochtitlan, y los territorios montañeses quedaron rodeados, ocasionando fuertes enfrentamientos de mexicas con montañeses, principalmente entre Tenochtitlan y Texcalla.

*****

Después de su boda, la vida de Itzcoatl dio un giro inesperado muy por debajo de sus expectativas; Tenochtitlan le había mostrado una vida repleta de lujos, comodidades y reconocimiento, no solo existente sino alcanzable… pero eso había desaparecido. ¡Cuánto perdió! Y culpaba a Itzel por ello, hasta llegar a sentir rencor hacia ella, apartándose por completo. Tanto tiempo pasaron sin compartir el lecho que Itzel temió un divorcio, cuando su familia por el contrario le pedía dejarlo, pero ella se rehusó, persiguiendo incansablemente al joven de quien se había enamorado en el pasado, oculto en el hombre con quien se casó.

Itzcoatl pasaba la mayor parte del tiempo soñando despierto, con la Guerra Florida y el Sacrificio Gladiatorio, conservando la esperanza de blandir una vez más un *macuahuitl*, empuñando por el momento la coa para el sembradío. Su ánimo fue decayendo y la ausencia de Mazatzin y Axochitl se hizo sentir con mayor fuerza. Itzel no podía reemplazar ni al noble ni a la princesa, de quien había escuchado poco por algunos comentarios de Itzcoatl que en ocasiones se le escapaban de su boca, cuando su aventura acudía a su memoria.

Por aquellos meses, a la amargura de Itzcoatl se le sumó la suerte de sus padres, cuando una enfermedad acaeció sobre su padre Zentli y a pesar de las advertencias de los médicos por un contagio, Quetzalli insistió en quedarse con él.

—Madre, deja a los médicos su cuidado —insistió Itzcoatl.

—No puedo, yo lo amo y no me apartare de él ni un instante.

---

21 Por Totonicapan fue como los mexicas conocieron las tierras de los pueblos totonacas.

Quetzalli no tardó en enfermarse, sufriendo sin menor intensidad los mismos síntomas de su marido. Largo y penoso fue el sufrimiento de ambos. Al poco tiempo murieron y fueron enterrados lejos del pueblo, pintadas sus frentes de azul, cubiertos con semillas de amaranto y con papeles sagrados, junto con ramas verdes en sus manos para indicar al dios Tlaloc del verdor que dominaba en la tierra, siendo él quien los había reclamado a su paraíso del Tlalocan.[22]

Sus muertes provocaron en Itzcoatl una profunda depresión, quien cayó en un estado de apatía, olvidándose de sus obligaciones para con su mujer, su hogar, su barrio y con él.

Desde entonces, la única persona con quien se sentía a gusto era con el *pochteca* Tleyotol. Con él se enteraba de lo acontecido en la capital, informándose sobre Axochitl y Mazatzin. Y el mercader relataba todo, en especial sobre aquello que lo apasionaba. No dudó en avisarle sobre los enfrentamientos que se llevaban contra los montañeses.

—La guerra está sobre nosotros, joven, y puede ser tu oportunidad para escapar de esta vida tediosa. Los asuntos con Texcalla no van bien, seguro habrá conflicto...

—Esta guerra... ¿cuándo será? ¿Cómo sabe que la habrá?

—Lo sé, porque nosotros la habremos de ocasionar —exclamó el mercader, confiado—. Los comerciantes de Texcalla andan libremente por nuestras rutas, ¿qué derecho tienen? Nuestro gremio ha decidido prohibirles el comercio por la costa y si esto continúa, pronto ambos reinos entraran en batalla.

—Pero ¿por qué lo hacen? —preguntó Itzcoatl, ingenuo.

—¡Ah! Tenemos nuestras razones. Pero eso no es lo importante, no para ti al menos. Estamos en guerra, necesitamos soldados y tú podrías ser uno de ellos. Ven conmigo, muchacho. Nosotros también somos, para bien o mal, soldados. O bien, quédate con tus sembradíos si eso te hace feliz.

A la siguiente visita del mercader, Itzcoatl aceptó formar parte de su tropa como mercenario. ¡Cuánto había cambiado! A pesar de ello, a los ojos de Itzel seguía siendo el de antes.

Muchos viajes realizaron Itzcoatl y su patrón, visitando diversos pueblos: mixtecos, matlalzincas, chontales y zapotecos, desconocidos

---

22 El Tlalocan era el paraíso donde reinaba el dios Tlaloc. Era conocido como un lugar de abundancia, verdor y asombrosa florescencia, donde nacían los ríos y los manantiales. Aquí iban aquellos muertos ahogados, fulminados por un rayo, o por alguna enfermedad relacionada con el agua como lepra, gota y tuberculosis.

para Itzcoatl. En su mente comenzaba a convertirse en un hombre de mundo y Tleyotol no podía estar más que complacido con su nuevo sirviente; obediente y valiente, además de ingenuo. Le pagaba menos que a cualquier otro y estaba feliz de ello.

«Su recompensa es salir a estirar las piernas», decía Tleyotol cuando le preguntaban por los honorarios del feroz guerrero a su mando.

Itzcoatl descubrió otro lado del mercader. Tleyotol hablaba más de diez lenguas, mezclándolas al hablar con sus colegas para despistar a los curiosos y, además, era hábil con las armas, pareciéndole ser un guerrero digno de formar parte de la Orden del Jaguar.

Rumores comenzaron a esparcirse acerca de los conflictos entre las tierras recién adquiridas por el imperio mexica y Texcalla. Atropellos, robos e inclusive asesinatos se perpetraron en contra de los mercaderes texcaltecas en las rutas del Golfo y la culpa recayó sobre el imperio. Moctezuma negó tajantemente su participación y el tiempo fue pasando y el asunto encrudeciendo, sin llegar a una solución.

Diariamente tenían lugar confrontaciones entre comerciantes de las dos naciones, convirtiéndose el comercio en un asunto de guerra. La república de Texcalla respondió a las hostilidades y ordenó impedir el paso de los «señores viajeros» parte de la Triple Alianza a las costas totonacas, pretendiendo enseñarles una lección. Entonces, los *pochteca* fueron los quejosos, a quienes se les impedía negociar.

Los maltratos no cesaron y los gremios mercaderes se prepararon para la confrontación. Poco faltaba para que sus reinos también.

Finalmente, embajadores de la República de Texcalla llegaron a los salones de Tenochtitlan. La Cámara de Recepción, atestada a diario por reportes de robos y asesinatos en las costas, recibió por última vez a los emisarios texcaltecas.

Moctezuma, reunido con su Estado Mayor recibió con disgusto a los embajadores, entre ellos príncipes y nobles, muy jóvenes e inexpertos, soberbios y prepotentes, como cualquier otro de su estirpe, quienes no dudaron en expresarse libremente.

—¿Acaso se ha olvidado la amistad entre nuestros pueblos? Se ha puesto en evidencia sobre los sucesos en las rutas comerciales de las costas sin ninguna acción de su parte. ¿Por qué causa es nuestra gente maltratada? —exclamó uno de los embajadores.

Jóvenes y carentes de tacto, hablaban con fervor y altivez.

—Gran Moctezuma, no está en su derecho prohibir el comercio a los nuestros. ¿Qué diría el rey de Texcoco si llegara a enterarse? —declaró el embajador, obteniendo del emperador una mueca—. Demandamos el libre paso a las anchas aguas, a las tierras de arena y ricos frutos… Ahora, ¿qué nos responde, príncipe de Tenochtitlan?

El embajador sonreía victorioso, tomando por equivocado aquella expresión de Moctezuma como espanto, en lugar de disgusto.

—¿Cómo se atreve a hablar así? —exclamó indignado el príncipe Iquehuac, asistiendo al encuentro. Moctezuma lo calmó con anticipo, conociendo la naturaleza explosiva de su hijo.

—¿Quién ha dicho alguna vez que la intención de Tenochtitlan es ofender o lastimaros? Por el contrario, son ustedes quienes han llegado a mi palacio con ofensas —dijo Moctezuma.

Esta respuesta exaltó al joven embajador, más acostumbrado a la guerra que a la diplomacia.

—Sin previo aviso han llegado, exigiendo y demandando. No han hecho muestra de respeto llegando con las manos vacías sin presentes para sus anfitriones. En su lugar, traen la boca llena de suciedad —agregó Moctezuma—. Les he recibido por respeto y solo obtuve de su parte insultos. ¿Acaso así tratan los asuntos en Texcalla?

Atrás, Tlacaelel le seguía con la mirada. Permaneció quieto viendo crecer la furia del guerrero sin intentar calmarlo.

—¡Ofensas las suyas, príncipe mexica! ¡Es su gente la que…!

—¡Suficiente! Aquellas tierras nos pertenecen por derecho, son fruto de nuestros esfuerzos. Si han de andar por ellas, pagaran por el derecho como todos los demás lo hacen, ¡o de lo contrario mejor permanezcan encerrados en su muralla como lo han hecho desde tiempos antiguos! Retírense y dejen de molestarnos con su grosera presencia —contestó Moctezuma, colérico, dejándose llevar por sus emociones, exigiendo por demás algo impensable.

—Por mucho tiempo hemos recorrido las rutas comerciales de la costa, mucho antes de la fundación de Tenochtitlan. ¿Cómo se atreve a impedir el paso hacia esas tierras transitadas por nuestro pueblo desde tiempos lejanos? —gritó ofendido el embajador de la república dando algunos pasos al frente, amenazador.

Los guardias reaccionaron abalanzándose sobre los embajadores.

—Y nunca han hecho nada por conquistarlas, emisario —intervino Tlacaelel, deteniéndolos. Su mirada intimidaba más que los gritos de Moctezuma, más que su espada.

Se levantó de su asiento acercándose a los embajadores con un paso ligero, rodeando a los enviados texcaltecas.

—Sea por pereza o incompetencia, Texcalla permanece inmóvil e indiferente a sus alrededores. No han tenido la presteza o quizá falten de ambición o fuerza para hacer sus propias conquistas. Tal no es el caso de Tenochtitlan, como sabrán. Si Texcalla quiere recuperar sus rutas, la única forma será por combate...

—Hermano... —balbuceó Moctezuma.

Tlacaelel solo tuvo que lanzarle una mirada para hacerlo callar, se notaban en sus ojos el transitar de sus intrigas.

—Así sea su voluntad —espetó el embajador, altivo, y por dentro, bastante asustado—. Tributo significa vasallaje y nosotros nunca lo aceptaremos. A ningún rey ni príncipe alguno se someterá el gran reino de Texcalla, porque siempre habremos de ser sin amo y antes hemos de morir peleando por conservar nuestra libertad.

Los embajadores se marcharon de inmediato sin evitar preocuparse por el motivo de su misión. No fue para iniciar una guerra, no obstante, era exactamente lo que habían logrado.

—¡Bien! No resultó del todo aburrida esta reunión —exclamó de pronto el general Zacatzin, divertido por lo sucedido.

Por miedo ante las amenazas de Tenochtitlan o como represalias, previniendo una invasión, los reinos montañeses de la actual Puebla; Huexotzingo, Chollollan y Atlixco, liderados por Texcalla, conformaron la llamada «Liga Montañesa». Esta fuerza se dedicó a entorpecer las campañas mexicas en las zonas aledañas, aliándose a los reinos débiles próximos a ser invadidos, protegiéndolos y animándolos a resistir la imposición imperial, proveyéndoles de soldados y recursos.

Desde las sombras, la guerra iniciaba. Lentamente, cual jaguar en busca de su presa, avanzando con pasos ligeros oculto tras la yerba, se preparaba para atacar.

Moctezuma convocó con prontitud a su Consejo de Guerra. Con el capitán-general Zacatzin apagando las rebeliones asistido por su tío, el general Coatlecoatl, los otros principales generales; el teniente-general Ayauhtli y el general Tlacahuepan, los capitanes de los barrios todavía en la ciudad y otros renombrados jefes de guerra, activos y retirados, estudiaron las posibles consecuencias si los rumores eran ciertos, si la Liga Montañesa y en especial Texcalla, aliada de Tenochtitlan, asistía a los enemigos del imperio. Ya los reinos de Ahuilizapan y Cuetlachtlan se habían rebelado por culpa de las intrigas de la famosa Liga. Con el apoyo de los montañeses, los pequeños señoríos creían ser capaces de liberarse del yugo imperial.

Como si la naturaleza del hombre fuera el hacer la guerra, se estaba por provocar una larga enemistad de casi cien años.

Mazatzin, al ser nombrado, tras casi un año de servicio, como Jefe de la Guardia Real, asistía a todos los Consejos de Guerra dentro del *cuauhcalli* «Casa de las Águilas», donde se celebraban las reuniones militares, siendo testigo de la tensión prevaleciendo en su interior pues ninguno de los capitanes se atrevía a opinar sobre tan delicado tema. Solo Tlacaelel fue quien alzó la voz. Recitó un largo discurso sobre el valor y el orgullo mexica, se encargó de convencer o, mejor dicho, a manipular a los generales y capitanes para decidirse por el conflicto armado. Explotó todas sus debilidades, golpeándolos donde les dolía, en su hombría y su honor, incitando a su gente con relativa facilidad.

Ante las preparaciones beligerantes, cierta nostalgia acaeció sobre Mazatzin, recordando a Itzcoatl y esa pasión bélica suya, su ánimo combativo, contagiándose de esa emoción absurda como él la creía.

Con tanta alteración en la ciudad, Axochitl buscó enterarse acerca de la futura batalla, cuestionando los motivos ulteriores que promovieron el conflicto siendo ambos reinos muy antiguos aliados.

—Mazatl, ¿habrá guerra contra Texcalla? ¿Son ciertos los rumores? Tú has estado en la sala de guerra, tú debes saber algo.

El noble desvió la mirada, obligándose a guardar silencio.

—¿Cuándo partirán las tropas? —preguntó entonces Axochitl.

Conocía a Mazatzin. Aunque él quisiera no podía ocultarle nada, su mirada lo delataba, y viéndose descubierto, no tuvo más remedio que responder con la verdad.

—Al terminar la recolección de las cosechas.

—Pero aún no ha sido aceptada por la Asamblea Superior. ¿Acaso aceptarán los reyes de la alianza? Texcalla ayudó mucho en la Guerra Tepaneca. Y está Texcoco…

Nadie lo sabía, pero una guerra por mucho más importante que la de la Huaxteca estaba a punto de comenzar y debido a la propia naturaleza del conflicto, faltaba el consentimiento de la Asamblea Superior.

—El rey Moctezuma está confiado en que lo harán. ¿Cómo podrían negarse? Los preparativos se están llevando a cabo mientras hablamos. Los soldados desesperan por partir, ansían combatir.

Debajo de su hermosura, Axochitl ocultaba una virtud digna de una reina y de una mujer, siendo capaz de adivinar fácilmente cualquier pensamiento de los hombres. Sonrió afectiva.

—¿Y tú también? —adivinó sus pensamientos al escuchar el timbre afanoso del guardián al pronunciar su informe.

La vergüenza se dejó ver en el rostro de Mazatzin, sabiéndose a final de cuentas no muy diferente a su amigo de Oaxtepec. También quería pelear. Axochitl sabía que ningún hombre mexica podría evitar buscar gloria en las batallas. Se acercó tomándolo de los hombros, mirándolo fijamente con sus ojos negros soñadores, rodeando su cuello con sus brazos, haciéndole entender que comprendía sus aspiraciones.

—Puedo ayudarte.

El *Nauhpohualtlatoli* o Asamblea Superior se reunió de inmediato ante el inminente conflicto producido tanto por la expansión arbitraria de los tenochcas como por el recelo e intransigencia texcalteca. Como cada ochenta días, deliberaron sobre los asuntos de la alianza. Presidía Moctezuma con Tlacaelel, junto a los reyes de Texcoco y Tlacopan. Esta ocasión solo asistió el rey Totoquihuatzin de Tlacopan, ocupado el rey de Texcoco en una campaña contra huaxtecas y totonacas.

Los reyes de la Triple Alianza acudieron. Catorce eran los reinos acolhuas subordinados de Texcoco; Huexotla, Coatlichan, Tepechpan, Chimalhuacan, Chiconauhtlan, Tollanzingo, Teotihuacan, Tezoyocan, Cuauhchinanco, Xicotepec, Acolma, Chiauhtlan, Otompa y Pauhtlan. Siete los reinos tepanecas bajo el mando de Tlacopan; Azcapotzalco, Coyohuacan, Cuauhtitlan, Tepotzotlan, Toltitlan, Apaxco y Xilotepec. Y nueve los reinos colhuas controlados por Tenochtitlan; Tenayuca, Mixquic, Ecatepec, Xochimilco, Cuitlahuac, Culhuacan, Ixtapalapan, Mexicaltzingo y Huitzilopochco.

De inmediato se expusieron las pruebas de la traición de Texcalla, ayudando a sus enemigos, incitándolos a pelear y levantarse contra la Triple Alianza, contraviniendo los intereses del imperio. Y si acaso eso no era traición, entonces ¿qué lo era? La indignación fue en aumento en la sala tras cada nueva evidencia que se fue exponiendo.

Y el principal partidario de Moctezuma y Tlacaelel, irónicamente, fue el rey Cuauhtlatoa de Tlatelolco —participando como miembro de la Triple Alianza, pero independiente de los tres reyes—, impulsando el conflicto armado provocado por Tlacaelel, exigiendo venganza.

Moctezuma reconoció de inmediato la mano de Nanahuatzin detrás del ánimo del rey Cuauhtlatoa, bien sabía de las represalias del gremio. Ahora sabía quiénes eran los culpables de la guerra. La libertad de la aristocracia se pagaría con mantas y sangre.

Mientras tanto, el *tlatoani* de Ixtapalapan se declaró contra la Liga, y siendo uno de los *nauhtecuhtzin* «cuatro señores», junto a Culhuacan, Mexicaltzingo y Huitzilopochco, los principales reinos colhuas, se le escuchó con atención; el respetable hijo del difunto *Tlatoani* Itzcoatzin y primo de Moctezuma era una pieza clave para lograr la participación de los demás *nauhtecuhtzin*. Muchos otros reyes despotricaron por igual, bravos e indignados, a sabiendas cada uno de ellos del propósito de la asamblea. Se respiraba tensión en el ambiente, esperando al final de cada intervención cuando declararan la guerra expresamente. Unos pocos pedían calma, como el *tlatoani* de Mexicaltzingo, de conocida neutralidad, mientras los reyes acolhuas no se atrevieron a pronunciar una palabra ni a favor ni en contra, no sin el consentimiento del rey de Texcoco, asistiendo solo para hacer mero acto de presencia.

—Es una difícil situación —intervino Tlacaelel—. Texcalla nos fue de ayuda en el pasado, pero ahora nos hacen frente. ¿Acaso nos creen débiles? Debemos demostrarles lo contrario. Es menester embestir a los montañeses. La maquinaria militar permaneció aletargada por mucho tiempo, permitiendo que se confiaran, ¿acaso antaño se aventuraban a reclamarnos o exigirnos? Ahora, vienen con pretensiones de mandar sobre nuestras tierras. La Liga Montañesa no puede existir.

Los señores de la asamblea asintieron, conscientes de la amenaza que la confederación representaba. Por separado, cada nación implicaba un enemigo considerable, y unidas serían peor.

—Señores, consientan con nuestro actuar. La Liga Montañesa se acabará si golpeamos a su líder: Texcalla. Huexotzingo y Chalollan los abandonarán en cuanto nos vean avanzar. Si los dejamos existir, en cambio, podrían ser ellos quienes vengan a conquistarnos —insistió.

Los reyes se dedicaron a discutir por largas horas los pormenores, las recompensas y posibles repercusiones, sin evitar pensar en una sola persona: el rey Nezahualcoyotl de Texcoco.

Se encontraba demasiado lejos para asistir al encuentro, ¿qué diría acerca de aquel asunto el rey texcocano, el sabio del imperio? Eran los texcaltecas sus más allegados aliados, a ellos les debía la recuperación de su reino, su libertad y su vida. Un conflicto contra Texcalla podría repercutir en lo más interno de la Triple Alianza.

—Los reinos acolhuas se abstendrán de dar su opinión sin nuestro señor presente —anunció el rey de Coatlichan, elegido para representar a los acolhuas por ser sobrino de Moctezuma.

—Se respetará la decisión de los reyes acolhuas... y bien ¿qué dicen pues, los tepanecas? —preguntó Moctezuma ocultando su disgusto por la abstinencia acolhua.

—Tlacopan y sus reinos dan su consentimiento. Tenochtitlan tiene nuestra bendición para ir a la guerra —declaró el rey Totoquihuatzin, no sin antes deslindarse de posibles repercusiones—, pero sin nuestros guerreros —era valiente, pero en especial precavido.

Moctezuma no necesitaba más, podía actuar con libertad al tener el voto tepaneca a favor de su propuesta y el apoyo de la mayoría de los reinos colhuas. Aquella guerra era completamente legal.

—Sea así, Totoquihuatzin. Los colhuas recibirán toda la gloria, no necesitamos a los tepanecas o a los acolhuas en todo caso —advirtió el emperador, dirigiéndose a los reyes acolhuas.

La guerra fue aprobada con poca oposición, pero mucha omisión. No existía vuelta atrás, fue declarado el fin de la paz.

*****

—¿Estás seguro de querer esto, Tlacaelel? —preguntó Moctezuma a su hermano al quedar a solas en la sala—. Esta guerra... hemos sido manipulados. Quizás sería mejor no ceder a sus provocaciones.

—Imposible, seria visto como una cobardía. Yo sé quién provocó el conflicto, querido hermano. Despreocúpate, yo me encargo.

—¿Y qué hay de Nezahualcoyotl? Podríamos enfurecerlo, no estará de acuerdo. Los de Texcalla son sus más viejos aliados.

—Hablaré con él en cuanto regrese, nos buscará. Esta guerra es un juego de Nanahuatzin y Cuauhtlatoa, el cual jugaremos con astucia. Destruiremos la «Liga» y les mostraremos a Pochtlan y a Tlatelolco lo inútil de sus provocaciones.

—Esta guerra nos es imposible de ganar, así logremos conquistar a la república, Nezahualcoyotl no lo aceptará.

—No los conquistaremos, si eso es lo que te preocupa. Mis planes sobrepasan por mucho la conquista, querido Moctezuma. Debemos mantener la prohibición del comercio a cualquier costo, eventualmente Texcalla se verá obligada a comerciar con nosotros. Con éste bloqueo económico les tendremos comiendo de nuestras manos, acabando con la Liga Montañesa sin oponernos, dividiendo a los montañeses y su frágil confederación para siempre —concluyó triunfante Tlacaelel.

A finales de otoño, completada la recolección de las cosechas, la temporada de guerra iniciaba y Axochitl buscó activamente la forma de cumplir la promesa que le hizo a su guardián, aprovechando además satisfacer sus propios caprichos. La reina estaba confiada de lograr convencer a su esposo a que consintiera a sus peticiones utilizando sus encantos, y gracias a la ayuda de la princesa Maquitzin pudo encontrar un breve momento para hablar a solas con Moctezuma al respecto.

Lo encontró visitando el zoológico de la ciudad, conformado por la Casa de las Fieras y la Casa de las Aves, recreándose la pupila desde miradores bellamente labrados, fascinado por las bestias en su interior, desde mamíferos; coyotes, lobos, zorros, leones de montaña, jaguares y gatos de diversas razas, hasta diferentes tipos de reptiles y anfibios; serpientes e iguanas, además de cientos de aves pequeñas; tórtolas, codornices, golondrinas, faisanes y colibríes. En los estanques de aguas cristalinas, variadas aves acuáticas se enjuagaban como patos y garzas, y en otra sección se tenía en cautiverio aquellas de rapiña, más grandes y mucho más peligrosas, encerradas en jaulas de madera, teniendo una gran variedad; desde águilas reales, halcones, zopilotes, búhos y hasta gavilanes, entre otras especies. Por último, se tenía un cuidado especial para aquellas destinadas para la elaboración del arte plumario, como quetzales, papagayos, guacamayas, tucanes, pericos, cardenales, entre otros. Trescientas personas mantenían el lugar, procurando simular las condiciones de vida de los animales y un ambiente propicio para cada uno, colmándolos de cuidados y atenciones.

Se hallaba Moctezuma meditando un sin fin de situaciones para su reino e imperio, y mucho más importante, para su gente. Axochitl le vio a lo lejos, completamente abstraído en sus reflexiones y por poco abdicó de su intención. Fuerte, robusto, de mirada fija y penetrante, inteligente y poderoso, a pesar de ello aquel hombre también podía ser amable y sensible. Esa máscara guerrera de los mexicas que les hacía creer a todos los demás pueblos que eran hombres rudos e insensibles, empeñados en sus conquistas y sedientos de sangre, no era sino una pequeña parte de su ser. Axochitl, viendo a Moctezuma acariciando los pétalos de las flores, oliendo su perfume, disfrutando del tenue sonido del agua transparente corriendo por los riachuelos formándose en los jardines, descubrió otro aspecto de su persona.

—Axochitl, me has descubierto —exclamó Moctezuma cuando se percató de su presencia.

—No era mi intención interrumpirle… necesitaba hablar con usted. Pronto irá a la guerra —señaló Axochitl inocentemente—. Escuché sobre su decisión de dirigir personalmente a las tropas. Tengo algo que pedirle, mi señor, debe cumplírmelo —dijo ella, lanzando una mirada conmovedora sobre su esposo, brillando con inexplicable habilidad sus ojos negros—. Lléveme con usted. Siempre he sentido curiosidad por la actividad de los hombres, por el arte de la guerra.

El hombre soltó una fuerte carcajada al pensar en una reina yendo a la batalla, siendo una idea completamente absurda para él.

—La guerra no es para las mujeres, esposa mía. No te preocupes por mí, que sabré regresar a casa sano y salvo.

Entonces Axochitl se rio también, sonriendo condescendiente. Su doble personalidad salía a relucir ante los comentarios indulgentes o denigrantes, mostrándose antipática, soberbia, déspota y agresiva.

—No me preocupo por usted, Supremo Comandante. Usted puede ir y jugar al soldado cuanto le plazca. Lo que quiero es ver la guerra y no desistiré de mí parecer.

Moctezuma no supo que responder, quedando estupefacto ante ella. Habiéndolo tomado desprevenido, Axochitl obtuvo ventaja.

—Serviría de motivación para los soldados si va con ellos la Hija de los Dioses, la Princesa del Agua —prosiguió Axochitl, exhibiendo su idea a su esposo—. Haga los arreglos que sean necesarios, mi señor. No hace falta estar cerca del peligro, solo quiero ver las batallas que libre Su Majestad, a quien tantos honores dan por ello. Quizás, si los dioses quieren, mi presencia ayude.

Moctezuma le miró pensativo, admirando su fuerte personalidad, y esos bellos ojos que lucían diferentes, se le apetecían combatientes y valientes, dignos de una reina tenochca.

—Tengo otra petición… Mazatl debe venir con nosotros.

«¿Otra petición? Me pareció ser una orden», pensó Moctezuma con cierta alegría, atraído por aquella forma única y especial de ser de ella, desafiante y vigorosa.

Moctezuma sonrió satisfecho, abrazando con ternura genuina a la joven, descubriendo un nuevo amor por ella. Los deseos de Axochitl serían concedidos, viajaría a la guerra y Mazatzin podría asistir y pelear si era su deseo. Cual hierba seca sucumbe ante las llamas del fuego, el emperador claudicó a los deseos de su joven esposa.

Pronto, el *cihuacoatl* anunció la guerra, y por cinco días seguidos los heraldos se encargaron de esparcir las noticias por todos los barrios.

En los colegios comenzaba la organización para asistir a la guerra: Un *tepochtlato* (maestro) tomaba a su cargo a los iyac (novatos), para instruirlos en las batallas, sin pelear; un *tiachcauh* (líder de jóvenes) escoltaba a cinco muchachos para capturar un prisionero entre ellos, y los jóvenes nobles servían de escuderos de guerreros profesionales. La base del ejército consistía en grupos de cinco guerreros, integrados por los *tepochyaqui*: recién salidos del colegio y sin prisioneros propios; los *yaoquizque*: con un prisionero, vistiendo una manta anaranjada con diseño de un alacrán; los *cuextecatl*: con dos prisioneros, vistiendo sombreros puntiagudos y trajes rojos de cuerpo entero; y los *papalotl*: con tres prisioneros, portando un estandarte de mariposa y armadura de maguey hasta sus muslos, al mando de un *tequihuah* (veterano): con cuatro prisioneros, creando después escuadrones de veinte hombres dirigidos por un *tiacauh* o «valiente»: guerreros que se destacaron por sus hazañas durante las batallas, con rangos superiores al resto pero sin llegar todavía a pisar los más altos pendones en el ejército.

Muchos de ellos no disfrutaban ningún beneficio por ir a guerrear, pero estaban dispuestos y entrenados para hacerlo, algunos deseando no morir, otros deseando destacarse.

La elite militar posteriormente se unía a las tropas, resaltando por sus bellos uniformes de colores e ilustres insignias en sus cuerpos. No podían faltar a la guerra las cuatro casas militares de mayor prestigio; los *cuachicque* o «Guerreros Rapados», también llamados «Príncipes Guerreros»: valientes miembros de la alta nobleza que actuaban como grupo de choque, juraban jamás retroceder, luchando en parejas; los *otomitin* o «Guerreros Otomí»: plebeyos equiparados con aquella feroz tribu; los *oceloyotin* o «Guerreros Jaguar»: intrépidos plebeyos que alcanzaron la nobleza mediante logros militares; y los *cuauhtetecuhtin* o «Señores Águila»: sabios, virtuosos y mortales nobles, elevados por sus hazañas. Todos guerreros por excelencia.

Los escuadrones formaban bandas por cada barrio de la ciudad, compuestas cada una por doscientos, cuatrocientos y hasta ochocientos guerreros, portando sus estandartes particulares, siendo dirigidos por un *cuauhtlatoh* (capitán), sobresaliendo de estos los hijos de Moctezuma: los príncipes Machimale e Iquehuac, de los barrios de Huecaman y Huitznahuac respectivamente, además de su primo, el hijo de Tlacaelel, el príncipe Cacama, capitán del barrio de Tocuillan, uniéndose a los otros capitanes de los demás barrios y a los condestables, entre ellos el capitán Ceyaotl, promovido por sus servicios pasados.

Cuatro compañías de ocho mil soldados se creaban a partir de las bandas, comandadas por los generales: el *Tlacatecatl* «el que manda a los Hombres» Zacatzin, capitán-general; el *Tlacochcalcatl* «de la casa de los Dardos» Ayauhtli, teniente-general; el *Tlillancalqui* «de la casa de la Negrura» Coatlecoatl, general de brigada; y el *Ezhuahuacatl* «el derramador de Sangre» Tlacahuepan, general de división. Y al frente de hasta treinta y dos mil soldados entre nobles y plebeyos, guerreros y sacerdotes, veteranos y novatos, se encontraba el general en jefe de la capital y supremo comandante del imperio, el *Tlacatecuhtli* o «señor de los Hombres», Moctezuma Ilhuicamina.

A las afueras de la ciudad esperaban las tropas de los demás reinos colhuas; Culhuacan, Ixtapalapan, Xochimilco, Tenayuca, Cuitlahuac, Huitzilopochco, Mexicaltzingo, Mixquic y Ecatepec, al mando de los *Yaotecuhtin* o «señores de guerra». Diversas lealtades conformaban el ejército colhua, reuniendo hasta noventa mil soldados, saliendo los mexicas a su encuentro cantando el himno de la capital:

Orgullosa de sí misma
se levanta la ciudad de Mexico-Tenochtitlan.
Aquí nadie teme la muerte en la guerra.
Esta es nuestra gloria.
Este es tu mandato.
¡Oh, Dador de la vida!
Tenedlo presente, oh príncipes,
no lo olvidéis...
¡... con nuestras flechas,
con nuestros escudos,
está existiendo la ciudad de
Mexico-Tenochtitlan!

Moctezuma abandonó el lecho y el cuerpo curvilíneo de Axochitl, durmiendo apacible envuelta en delgadas sábanas de fino hilo de pluma después de una noche de pasión, dirigiéndose a la armería del palacio donde sería asistido por sus sirvientes para vestir sus prendas militares, ostentando además de gran riqueza, una belleza y lujo único.

Vistió un jubón color azul, guarnecido con cintas de plata cruzadas, formando cuadros con círculos de plata al centro; y una armadura de algodón entretejido teñida de dorado, forrada con placas metálicas en su pecho; además de los brazaletes *matemecatl* engarzados de oro, las pulseras *matzopeztli* con pedrería de turquesa, los botines *cozehuatl* con láminas de oro de espinilleras y su collar de oro llamado *cozcapetlatl*. Encima del exquisito atavío, envolvió su cuerpo con una capa carmesí con bordados dorados, bellamente elaborada de algodón y atada a su hombro por un broche de oro con piedra de cuarzo púrpura, adornado con plumas rojas de cardenal alrededor. Iba presumiendo, incrustada en su labio inferior, la esmeralda engarzada en oro llamada *tentetl*, además de los pendientes *nacochtli* de bronce con listones rojos cayendo sobre sus hombros, la nariguera *yacaxihuitl* de turquesa con forma de flecha y la ilustre *xiuhuitzolli* o corona de turquesa, símbolo de su poder militar, entre otras insignias de su alto rango.

Portaba un estandarte con un sol en la punta revestido por banderas rojas con líneas blancas horizontales, un escudo tapizado con plumas azules y rodelas de oro, y su espada tarasca hecha de bronce; un regalo del imperio Tarasco, por lo cual los purépechas eran muy temidos.

Accediendo a sus peticiones, a la reina se le preparó para el viaje al igual que a sus sirvientes, doncellas y en especial a su guardián quien, preocupado por su seguridad, intentó persuadirla sin lograrlo.

—Mazatl, no lo hice solo por ti. Moctezuma habría aceptado llevarte si así se lo hubiera pedido, pero ¿qué tiene de emocionante quedarse aquí completamente sola? Es cierto, la princesa Maquitzin hace buena compañía, pero no quiero tener que soportar a las otras reinas. Son unas mujeres despreciables. Mientras ustedes pelean, yo estaría encerrada con ellas, ¡no, gracias! Prefiero derramar sangre —le dijo Axochitl.

Mazatzin lució un traje militar hecho específicamente para él; una armadura de algodón teñida de verde simulando escamas y un casco de madera y tejidos de cuero con forma de una serpiente, distinguiéndole del resto, además de un faldón de cuero con franjas naranjas y blancas.

La reina Axochitl se presentó igualmente ataviada para la ocasión; con un tocado de plumas de pavo real y quetzal alzándose desde su nuca, formando una especie de halo plumario y un hermoso vestido de encajes dorados, abandonando el azul de la lluvia, exhibiendo el rojo de la sangre, sirviendo a Huitzilopochtli en su esplendor.

Tlacaelel observó la partida del ejército en el Templo Mayor, fijando su atención en la reina, capaz de convencer a Moctezuma de llevarla a la guerra, siendo para el monarca una actividad casi sagrada.

—Vaya que es astuta esta mujer, como para convencerte de llevarla a Texcalla —señaló Tlacaelel—. ¿No estarás enamorado, cierto?

—Me recuerda mucho a Citlalli —respondió Moctezuma.

—¿La médica ciega? Por los dioses hermano, olvídala de una buena vez, ¡está muerta!

Tlacaelel siempre desdeñó cualquier sentimiento o emoción, se creía superior a ello, pero Moctezuma siempre tuvo tendencia a enamorarse, cosa que le molestaba a su medio hermano.

—Deberías incluir a su guardián en tu campaña —agregó.

—Mazatl vendrá con nosotros —respondió pronto Moctezuma.

Tlacaelel hizo una pausa, reclamándole con la mirada.

—Me refiero a su otro guardián, ¿lo recuerdas? Hará falta en esta guerra contra Texcalla... Te seguirá a donde sea.

En el fuerte de Xoloc, donde entroncaba la calzada de Iztapalapan con la de Coyohuacan, la guardia imperial se desvió a Coyohuacan, sorprendiendo a Mazatzin y Axochitl, creyendo que la dejarían en otra ciudad para evitarle asistir a la guerra. El monarca no reaccionó ante su sorpresa, su atención se posó en cambio sobre el soldado de la reina:

—Mazatl, ¿le gustaría volver a Oaxtepec? Iremos a darle una visita a su paisano, quizá quiera venir con nosotros, ¿usted qué piensa?

Mazatzin sintió un terrible torbellino de emociones; una mezcla de sentimientos inversos siendo incapaz de decidirse por cual preferir. Por un tiempo creyó que nunca volvería a su pueblo y ahora de pronto se dirigía a Oaxtepec, sin poder hacer nada al respecto. De alguna forma no le importó, volvería a ver a Itzcoatl, a Itzel y a sus padres, ostentaría su rango ante sus viejos conocidos con poca humildad, la cual nunca tuvo el más rico de Oaxtepec. Axochitl, por otro lado, se emocionó, sin embargo, no dijo palabra alguna, simplemente sonrió. Después de casi un año volvería a ver a Itzcoatl. La idea era de su agrado.

Los asientos del rey y la reina de Tenochtitlan brillaban al andar, la plata y el oro resplandecían con el sol al llegar a la pequeña ciudad de Oaxtepec, anunciándose con gran esplendor, apareciendo detrás de las colinas la caravana imperial.

«¡Es el emperador! ¡Tienen que verlo!», gritó la gente.

La majestuosidad del *huey tlatoani* no tenía comparación, y en aquel pueblo sus riquezas y presencia aumentaban ante la vista de tan simples personas. Pronto salió el señor de Oaxtepec con cuantiosos regalos para su soberano; tocados de plumas, vasijas de cerámica, suaves telas. Moctezuma lo ignoró, molesto debido a su exagerado servilismo.

Rondó por las calles guiado por Mazatzin, con la guardia imperial cuidándolos. Axochitl veía con nuevos ojos aquel pueblo. Una buena vida prometía aquel lugar, rodeado de una belleza natural sin par.

Como magnetizados, el poblado entero persiguió la caravana del emperador, pensando que las historias de Itzcoatl, hasta entonces casi imposibles de creer, eran verdad: conocieron al emperador, salvaron a la reina y combatieron en las Guerras Floridas.

La caravana llegó a la humilde vivienda del conocido guerrero con la ayuda de Mazatzin, y ésta reflejaba sincera pobreza ante los niveles más altos del imperio, quienes no pudieron evitar mostrar su desprecio desviando la mirada.

—¡Itzcoatl! —gritó un heraldo del rey—. ¡Guerrero del Sacrificio Gladiatorio, guardián de la Princesa del Agua! Salga de inmediato, el amo y señor de las tierras lo espera a sus puertas.

«Título extravagante para un campesino», pensaron los del pueblo al escucharlo, en especial para uno tan malo.

El viento soplaba con inseguridad, reverenciando al emperador con una ligera brisa evitando arrugar sus prendas o desarreglar su tocado. Moctezuma descendió de su asiento, dirigiéndose a la humilde casa cuando Itzcoatl e Itzel salieron presurosos al llamado, arrodillándose en su marchito jardín con cara de espanto.

La visita inesperada del rey ocasionó mucha vergüenza a la pareja, pero desapareció en Itzcoatl al ver nuevamente a su fiel amigo de la infancia, quien escoltó al monarca dentro de su vivienda, dejando a la reina esperar afuera, impaciente.

Itzcoatl y Mazatzin se saludaron afectuosamente tomándose de los brazos, logrando sacar al plebeyo de su usual apatía, devolviéndole los ánimos de antaño, aunque la cercana presencia de Axochitl tan bella como siempre, acrecentaba su nerviosismo.

—¿Y quién es esta linda muchacha estática a su lado? Juraría es una especie de estatua si acaso no le viera temblar a ratos —le preguntó Moctezuma una vez en su hogar, confuso por la figura de Itzel.

—Su Majestad, quiero presentarle a mi esposa Itzel.

—Es graciosa. Me gusta su mujer, de buenos rasgos, aunque pocas curvas. Podría ser una buena doncella de la reina.

Itzel retomó la vergüenza al no saber si aquel fue cumplido u ofensa e Itzcoatl perdió el aliento al imaginarla cerca de Axochitl, pero antes de poder objetar fue interrumpido.

La visita real no se alargó más de la cuenta, Moctezuma propuso sin faramalla su voluntad para llevarlo a la guerra. Luego de ello regresó a su asiento real a esperar la resolución del plebeyo, de quien sabía de antemano aceptaría; fuera porque así lo predijo Tlacaelel o porque le habría de obligar a acompañarlos.

—No puedes ir, ¡no! —exclamó Itzel, asustada.

—No puede negarse —intervino Mazatzin—. Venimos hasta aquí solo por él. ¿Sabes acaso el honor que representa, la ofensa si se niega?

—¡No me importa! Las guerras son peligrosas.

Una vez su amado se alejó de ella y sufrió por eso, su ausencia y su regreso por igual.

—Si ya eres mercenario del aquel comerciante, ¿no es suficiente?

—¡Silencio, Itzel! —gritó Itzcoatl al ser revelado su secreto.

—¿Mercenario, Itzcoatl? —cuestionó Mazatzin.

—Iré a la guerra, nada puedes hacer o decir para evitarlo. Soy un hombre, soy *mexicatl*, es mi deber —declaró Itzcoatl, convencido.

Abrumada por sus absurdos deseos por derramar sangre, Itzel cedió a su decisión, reclamándose su impotencia para persuadir a su marido. Llorando, le abrazó con fuerza tratando de imprimir la sensación de su figura en su memoria para recordarlo, deseando también que él no la olvidara, propinándole un dulce beso en sus labios. Itzcoatl por otro lado, la besó con desagrado. El cariño apócrifo manifestado a su esposa perdía habilidad con Axochitl tan cerca.

—Ya, Itzel. Enjuaga tus lágrimas, volveré contigo.

—No debemos hacerles esperar —apuró Mazatzin.

Axochitl intentó ocultar su alegría al contemplar a sus guardianes acercándose lentamente desde aquella pobre choza de Oaxtepec.

Recostada en su litera, flanqueada por ambos, no podía borrar una sonrisa en sus labios, se encontraba feliz y plena. Reunidos de nuevo y más felices que nunca, los tres se sintieron renovados, incursionando en un nuevo viaje, o quizás el mismo, que aun no terminaba.

A la primera oportunidad, Itzcoatl no dudó en admirar la belleza de Axochitl, frunciendo el ceño después al descubrirla viajando con ellos hacia la guerra. Ella sonrió satisfecha por la impresión que causaba su mera presencia, al saberse el centro de atención.

—Voy a ver la guerra. Quizás no pueda participar, pero eso no me impide observar los rituales de los hombres. Algo aprenderé de sus prácticas barbáricas —explicó Axochitl por su cuenta.

«Es la misma de siempre», pensó.

Itzcoatl estaba contento, volvía a ser el de antes cuando estuvo en Tenochtitlan, o quizás el de antes de ser enviado a la capital.

«Este es el hombre a quien ama Itzel», se dijo, extrañándose de sus pensamientos. «¿Será el mismo que la amaba antes?».

—Cuéntame algo, Itzcoatl. Tendrás buenas anécdotas que contar. Anda, pongámonos al corriente —dijo Axochitl animada.

—No sé si sea de su interés. La vida de la gente común es justo eso, común. No es digna de relatar. Yo preferiría no decir nada.

Axochitl prosiguió a ponerlo al corriente de lo suyo, pasando a hacer plática baladí relatando todas sus experiencias en la capital e Itzcoatl escuchó con atención, considerándose excluido de aquellas anécdotas cuando Mazatzin era parte de ellas. Reconoció su error al marcharse.

—Dime, esa muchacha que salió contigo, ¿quién era? —preguntó la reina desbordando curiosidad por la vida de su guardián perdido.

—Dile, o yo le diré sobre Itzel —lo amenazó Mazatzin, juguetón, obligándolo a ceder a las intenciones de Axochitl.

—Ella era… es mi esposa —respondió nervioso y avergonzado.

—¿¡Tu esposa!? ¿Cuándo te casaste?

—¿Qué tiene de especial? Tú también te casaste.

Axochitl desvió la mirada resintiendo el reclamo. ¿Acaso ella pidió casarse? ¿Tuvo opción? No. Aun así, era capaz de reprocharle.

La guardia imperial logró alcanzar al resto de las tropas por el paso de la Sierra Nevada en medio de los volcanes, imponentes y blancos custodiando el camino cual soldados gigantes. Cientos de miles de hombres cruzaban la blanca nieve deslumbrante. Como un sueño, un paraíso sin manchas, la blancura de la nieve reflejaba los rayos del sol asemejando cristales y su frío despertaba a los hombres reponiendo sus energías, mientras la brisa fresca los animaba.

Itzcoatl mientras tanto admiraba la marcha del ejército; las distintas bandas, escuadrones y compañías. La tierra temblaba, el Pueblo del Sol se movilizaba para conquistar, como un arcoíris deslizándose por la tierra sobresaliendo los atavíos de los guerreros, con brillantes colores amarillos, rojos, azules, verdes, blancos, negros o con pieles de jaguar o plumas de águila, y los capitanes con sus cascos con forma de coyotes, lobos, serpientes, águilas y jaguares.

A pesar de la abrumadora fuerza a su disposición, Axochitl comenzó a arrepentirse de su decisión. Inmiscuirse en una guerra no era algo sensato, pues no existía certeza de una victoria.

Todos se detuvieron y Moctezuma comenzó a tocar su tambor de oro anunciando finalmente la llegada a las tierras enemigas. Estaban frente a Texcalla.

—¿Qué pasará ahora? —preguntó Axochitl.

—La guerra —contestó Mazatzin con emoción, contemplando el cielo azul ligeramente aborregado cubriendo la planicie.

Pudieron apreciar de cerca la República de Texcalla, protegida por su imponente muralla de hasta seis metros de alto, cubriendo cientos de kilómetros de largo confinando las tierras texcaltecas; esperando con aplomo la llegada de quien se atreviera a desafiarla.

Capítulo IX

Dioses de la Guerra

l este del valle del Anahuac, pasando los volcanes de la Sierra Nevada, rodeada por su muralla, protegida, vigilante y libre, se situaba la República de Texcalla, «el lugar de los Riscos», conformada por los señoríos de Tepeticpac, Ocotelolco, Quiahuixtlan y Tizatlan.

Eran los cuatro un mismo pueblo: texcaltecas.

Muchos años atrás, parte de las siete tribus nahuas que invadieron el altiplano y el valle de Puebla, los texcaltecas, guiados por Camaxtli su dios tutelar, emprendieron un viaje en busca de su tierra prometida.

No fue sin derramamiento de sangre que la consiguieron.

Los olmecas-xicalancas sufrieron primero la llegada de los hijos de Camaxtli, quienes asesinaron sin compasión a aquel que se interpusiera entre ellos y su destino. De esa manera, Cacaxtla, la capital del reino olmeca-xicalanca, Texoloc, Mixco, Xiloxochitla y Xocoyucan fueron arrebatadas de las manos de sus legítimos dueños tras una encarnizada guerra, consolidando los texcaltecas su poder, fundando después sus cuatro reinos, impulsando un nuevo orden: la república.

Ante su rápida expansión, los señoríos vecinos de la región temieron convertirse en tributarios de Texcalla, generando una cruel enemistad entre la naciente república y los reinos de Chalollan, ancestral centro religioso y Huexotzingo, la mayor potencia del este y posteriormente el rival más grande de Texcalla, antes del conflicto con Tenochtitlan. La República de Texcalla, después de lograr grandes victorias, viéndose acechada constantemente por sus vecinos, se encerró tras una cortina de piedra y argamasa impenetrable… En defensiva, nunca en ofensiva.

Un nuevo enemigo pondría a prueba su fama.

Viendo con recelo la expansión mexica engullendo los territorios al norte, sur, este y oeste de Texcalla, quedando completamente rodeados y temerosos por ser dominados, rehusaron pagar al imperio mexica por el derecho al comercio con las costas totonacas y rechazaron aceptar la supremacía de Tenochtitlan. Sufrirían las consecuencias. Ahora, los dos pueblos se veían enfrentados en un conflicto sin sentido, motivado por deseos vanos y ambiciones superficiales, marcando la vida de hombres y mujeres, reyes y plebeyos, repercutiendo en los tiempos venideros, dividiendo al mundo nahuatl por completo.

Transitando las calles del reino de Ocotelolco, iba un hombre con la mirada fija al frente, ignorando las alabanzas proferidas a su persona por la gente en el camino, depositando en él sus esperanzas.

—Popocatepetl, ¿estás listo para ir a la guerra? —preguntaron sus compañeros de armas al verlo pasar—. Vas para el lado contrario.

—Debo ir a Quiahuixtlan antes de partir.

—Olvida eso, es imposible razonar con el rey Cohuatzin. Tenemos hermosas y buenas mujeres también en Ocotelolco.

—Mientras tanto mi corazón siga latiendo dentro de mi pecho, a ninguna otra mujer amaré jamás. Si me es negado su amor, prefiero morir a vivir sin ella —respondió Popocateptl.

—¡Bah! Está enamorado, ha perdido la razón.

A pesar de ser requerida su presencia por el rey Tlacomihuatzin de Ocotelolco en las deliberaciones en Tizatlan, donde el Senado de la República compuesto hasta por doscientos hombres, decidiría respecto a la inminente guerra, otros asuntos de mayor importancia ocupaban su mente. Otro destino lo llamaba antes de acatar las órdenes de su rey.

A sus veintisiete años, Popocatepetl gozaba de gran popularidad, conocido por toda la república, y por sus enemigos, debido a su valor en la guerra, su extraordinaria habilidad de combate e inquebrantable voluntad, otorgándole además de fama y de gloria, cientos de lujos y riquezas, un palacio y el ilustre rango de «Campeón de Texcalla».

Reverenciado por la plebe, alabado por los militares y respetado por la nobleza, era despreciado por un solo hombre. Sus orígenes humildes no habían impedido su ascenso a través de la guerra, sin embargo, a pesar de todos sus esfuerzos, sus deseos más anhelados eran prohibidos con tajante franqueza. Pero aquellos tiempos catastróficos equivalían para él una oportunidad de conseguir la única joya negada a su persona, la más bella mujer de Texcalla y del mundo; una princesa, una diosa, la hija del anciano rey Cohuatzin de Quiahuixtlan.

«No importa cuánto se disfrace de noble, no podrá abandonar su condición de plebeyo. Un hombre así no es digno de mi hija», decía el rey Cohuatzin cuando cuestionaban su rechazo. Su necedad crecía de mano a su senilidad.

Ignorando todo consejo, Popocatepetl siguió el curso de su plan, ideado desde la llegada de las noticias de la invasión, invocando a las fuerzas militares para defender sus tierras. Marchó hacia donde vivía su amada, enclaustrada en el palacio de su testarudo padre.

La guerra aún no llegaba, pero ya sentía en el aire el pánico a flor de piel. En su camino podía reconocer la preocupación entre los suyos, pero en su interior no cabía nada más que la imagen de su amada, solo ella importaba, solo por ella perdía el sueño. Ante el inminente peligro debía ver a la dueña de su voluntad y confesarle su amor, asegurarle su eterno cariño y devoción, por si no regresaba.

Nombrado guardián personal del rey de Ocotelolco, acompañó a su rey a donde éste fuera, protegiéndolo —tampoco faltaban las intrigas en los reinos texcaltecas; las ansias por el poder siempre han sido y serán motivo de vilezas, engaños, traiciones y asesinatos—. De esta manera, asistió a cada ceremonia o asamblea a la que su rey fuera, y así fue que, durante la coronación de Xayacamalchan el Joven como el nuevo rey de Tizatlan, irremediablemente le arrebataron del pecho de Popocatepetl, su corazón.

Aquel entonces, extenuado tras la larga ceremonia, Popocatepetl se alejó, recorriendo el palacio hasta llegar a una esplendorosa sala con pisos de mosaicos de porcelana, muros adornados por paneles de oro y numerosos pilares de madera de pino sosteniendo sus techos forrados de telas. Bajo los efectos de la música tranquilizadora sonando al fondo admiró el lugar, cruzándose con su destino en ese preciso instante, cuando apareció ante él una hermosa joven de larga y lacia cabellera, suave piel canela, de ojos negros, rosados labios y vehemente mirada desconcertante, capturando la atención del guerrero, ataviada con un deslumbrante vestido dorado ceñido a su cuerpo. A su vez, ella quedó prendada del semblante tan varonil de aquel hombre, su cuerpo curtido y robusto, rostro alargado y largos cabellos. Quedaron cautivados y sus vidas comenzaron a cobrar sentido hasta aquel inmortal fragmento de tiempo cuando sus miradas se cruzaron por vez primera.

De pronto, voces ininteligibles la llamaron.

—¡No se vaya! —le gritó Popocatepetl al percatar su intención de irse—. Su nombre, se lo suplico —apenas pudo musitar después de un tiempo en silencio, mientras ella se quedó de pie, sorprendida.

—Dime el tuyo y te diré el mío —respondió ella, sonrojándose por su atrevimiento con un completo desconocido.

—Puede llamarme suyo, si así lo desea. Mi voluntad le pertenece desde hoy, puede estar segura ¡oh!, maravillosa reina.

La princesa sonrió moviendo su dedo en señal de negativa con una graciosa mirada. Dio la vuelta lista para partir, no sin antes mirarlo de nuevo con el rabillo del ojo, mordiéndose el labio inferior.

—¿Acaso eres real o una aparición, eres reina o diosa? Debo saber, ¿tiene otro nombre la belleza? —insistió Popocatepetl.

—Ni diosa, ni reina. Solo una princesa solitaria.

Se decidió, sería ella la única capaz de habitar su corazón.

«Jamás podrá estar sola nuevamente, pues mi alma estará con usted por la eternidad», recitó el alma enamorada del guerrero.

—Dígame su nombre, gentil señor —ordenó ella.

—Popocatepetl, Su Alteza —respondió arrodillándose ante ella.

Murmuró ella su nombre mordiendo sus labios, cautivándole con la mirada, derritiendo su voluntad.

—Su nombre princesa, se le suplico, o me obligará a perecer en el mismo instante en cuanto se marche.

«Jamás le dejaría morir, o ¿en quién podría soñar en volver a ver?», se dijo a ella misma, enamorada de sus sutiles amenazas.

—Puede llamarme su esclava —sonrió tímidamente—. Le suplico devolverme mi libertad al encontrarnos de nuevo en el otro mundo, si los dioses no desean nuestra dicha.

Las voces llamándola al fondo insistían en apartarla de él.

—Hasta la próxima ocasión, espero con ansias el reencuentro, mi señor —dijo, abandonando al hombre de quien jamás podría olvidarse, no mientras su corazón continuara palpitando.

—¡La encontraré! Oh, dueña mía. Ni los dioses podrán alejarme de usted —gritó al verla desaparecer por el umbral.

Sin descanso buscó a la hermosa muchacha con quien cruzó apenas unas palabras, aunque su mirada le dijo más de lo que cualquier lengua pudiera traducir. Preguntó por ella a cada sirviente, guardia, noble e inclusive a los reyes, pero nadie conocía a una diosa caminando entre ellos. Cuando estuvo por perder las esperanzas, el recién coronado rey Xayacamalchan el Joven, le rescató de su abismo.

—La más hermosa princesa del mundo, dices —meditó el rey ante las románticas alabanzas del guerrero—. Si bien, solo hay una princesa que coincida con sus descripciones, campeón.

—¿La conoce, sabe usted de quien hablo, Su Majestad?

—¡Por supuesto! Debe ser la princesa Iztaccihuatl.

El rey Xayacamalchan tuvo intenciones de casarse con la princesa y solo así pudo saber de quien hablaba, hechizado también por la belleza de la muchacha. Pero al saber del interés del guerrero por ella, de su pasión sincera, decidió olvidar sus deseos triviales anteponiendo los de su hermano en armas, pues habiendo combatido en numerosas batallas, Popocatepetl y Xayacamalchan habían formando una fuerte amistad entre las sangrientas bisagras de la guerra.

—¿La ama? ¿Acaso la conoce? —le preguntó el rey.

—La amo al igual que las flores aman al sol, pero no la conozco —afirmó, apenándose después por su arrebato—. Mi alma por otro lado, ha quedado prendida a ella y se rehúsa a dejarla.

—Venga, guerrero. No me atreveré a interponerme entre sus deseos, ella es la hija del rey de Quiahuixtlan, pero le advierto, su padre es una persona difícil, si no imposible.

*****

Mucha gente se encontraba en el mercado, apresurada en comprar la mayor cantidad de alimentos para soportar la guerra y la consecuente escasez. Popocatepetl acechaba a su amada escondido tras los estantes. Únicamente en esos lugares le podía ver y hablar pues su padre nunca le permitió visitarla. Esos impedimentos solo acrecentaron su amor, y su ingenio, para burlar los obstáculos puestos en su contra.

Escoltada por doncellas, sirvientes y guardias, de vez en cuando le era permitido a la princesa visitar los templos o ir al mercado, asistir a las celebraciones o llevar comida a los más necesitados.

Admirándola desde la clandestinidad, Popocatepetl no podía evitar amar a la hermosa muchacha de tan gentil corazón, esperándola por días aguardando el momento para acercarse y hablarle, antes de crear rutinas bien planeadas, cambiándolas luego para evitar sospechas.

—¡Princesa mía! —llamó a su amada detrás de un estante de frutas pretendiendo atenderlo, visitándola muchas veces disfrazado fuera de vendedor, de boticario o de sacerdote, ¡gran herejía, útil al amor!

La princesa Iztaccihuatl saltó de la emoción al verlo, fingiendo con extrema dificultad no conocerle hasta estar segura de no ser vista por sus escoltas, pretendiendo comprar frutas del estante.

—Tanto tiempo sin escuchar tu voz o apreciar tu belleza me es un suplicio espiritual —profirió él al estar cerca de Iztaccihuatl.

—Mi valiente soldado. ¿Por qué has tardado tanto en venir a mí? Muero lentamente sin ti. La guerra se acerca, ¿irás a ella?

Por mucho tiempo fueron estos lugares su paraíso irreal, su oasis de pasión donde su amor idílico prevalecía entre susurros.

—Ese es el menor de mis males. Más la promesa de besar tus dulces labios me haría vencer a cualquier enemigo. Tu padre me ha prohibido verte, aún rehúsa aceptarme, insiste en interponerse entre nosotros. Pero la vida nos sonríe, todo será diferente. Tengo un plan.

La sorpresa se posesionó de la joven, mordiéndose su labio inferior como usualmente hacía al escucharle hablar sobre su unión.

—¿Y qué esperas? Atormentas mi alma dando largas. Anda, dime «Campeón de Texcalla», a quien yo me atrevo a llamar mío, dime tus planes para librarnos de esta pena amarga —apuró Iztaccihuatl.

—Es esta guerra, mi hermosa princesa. Ven nuestra derrota un final seguro, pero no será así. Yo me encargaré de salvar nuestras tierras, pero con una condición. Los reyes, si logro tal hazaña, han aceptado interceder por nosotros con su padre. Estaremos juntos, lo prometo.

—Cómo podrían unos cuantos hombres cambiar nuestro destino, creado en las manos y mentes de los dioses, llevándote lejos de mis brazos, poniendo en peligro tu existencia y la mía por igual, pues sin ti juro que moriría sin uso de arma o sustancia fatal.

—No atormentes tu tranquilidad acerca de mi bienestar, amor mío. Saldré victorioso pues tengo un honesto motivo para ganar, por mucho más poderoso que cualquier ejército oscuro, divino o mortal. En cuanto a tu padre… sabrá de mi valía. Quedará pactado frente a los principales señores del reino, tu padre accederá sin resistencia a mi propuesta o de otra forma estaría arriesgando su orgullo. Cuando gane la guerra ¡oh, vida mía!, nos permitirá unirnos en matrimonio.

Cristalinas lágrimas en el nombre de la felicidad y del amor fueron derramadas por Iztaccihuatl, abrazando al soldado como se abrazaría a la vida misma.

—Debo irme, las armas me llaman —titubeó Popocatepetl por unos instantes, temeroso de pronunciar sus pensamientos, pero en su corazón estaba seguro de ser ella su amor por la eternidad. Estaban casados en sus almas y no había vuelta atrás—. Antes tengo un favor que pedirte Iztaccihuatl, el cual nunca podré pagar ni con cien mil muertes o vidas juntas ofrendadas.

—Tus deseos siempre tendrán mi mayor devoción, Popocatepetl. No temas compartir conmigo tus anhelos.

—¡Mi diosa! Tus palabras revivirían a los mismos muertos si fuera tu intención. Derrotarías a Moctezuma con tu voz, dulce como el canto del cenzontle. Te suplico dejarme besar tus dulces labios sabiendo que es por ti por quien peleo, para vencer a quien osa profanar nuestra tierra intentando separarnos.

La princesa Iztaccihuatl se abalanzó sobre su amado, besándolo libre de vergüenza y con incontrolable pasión. Ningún otro hombre besaría sus labios ni podría tocar su piel.

«¿Por qué no besarlo entonces? Estoy casada con él aquí y ahora, lo sé en mi corazón, no es un crimen expresar nuestro amor», se dijo a sí misma, excusando su conducta.

Sus labios se tocaron mientras ella, prendida del guerrero en el aire, se dejó llevar por la emoción. El beso fue semejante a un largo sueño, profundo e intenso del cual nunca despertarían, ni cuando la nieve les cubriera y los dioses en los cielos les lloraran. Por toda la eternidad su amor sería recordado, perduraría en el corazón de la historia misma, forjando su inmortal leyenda.

Los embajadores mexicas se presentaron ante los reyes texcaltecas demandando su sometimiento, amenazando con las calamidades que vivirían si se llegara a la confrontación, pero estos se negaron. Después acudieron a los salones de guerra dirigiéndose a los guerreros, quienes sufrirían primero, advirtiéndoles de su poder, pero los jefes de guerra rehusaron doblegarse. Por último, acudieron a la gente, sembrando el miedo en sus corazones, poniéndolos en contra de quienes arriesgaban sus vidas tan solo por su orgullo, pero también los rechazaron.

No querían la guerra, tampoco el vasallaje.

Ante la presencia del imperio, el senado de la República se reunió en Tizatlan para decidir su proceder ante las hostilidades. Cada uno de los reyes, con sus capitanes, consejeros y nobles de confianza, acudieron al encuentro; de Ocotelolco, el rey Tlacomihuatzin; de Quiahuixtlan, el rey Cohuatzin; de Tepeticpac, el rey Teixtlacohuatzin; y de Tizatlan, el rey Xayacamalchan. Esa tarde calurosa aumentaba su ímpetu bélico, pero aun así, el senado no tenía todavía una respuesta; si dar homenaje al imperio o desistir en el comercio; aceptar la guerra o doblegarse.

No querían guerra, temían perderla.

—Señores —anunció el rey de Tepeticpac—, esta es la amenaza más grande que ha tenido nuestra nación. Cerniéndose sobre nosotros, el imperio mexica está en busca de nuestras tierras, de nuestra libertad. Nos amenazan con guerra pretendiendo cobrarse una ofensa que no ha sido nuestra.

—No les dejaremos intimidarnos, si quieren guerra la tendrán. Se darán cuenta del verdadero poder de la República de Texcalla —gritó el rey Xayacamalchan de Tizatlan.

—Pero la liga se ha desintegrado, esos cobardes de Huexotzingo y Chalollan nos han abandonado. ¿Cómo haremos frente a los mexicas sin su ayuda? —advirtió el rey de Ocotelolco.

—Huexotzingo y Chalollan temerán nuestra fuerza al repeler las tropas imperiales. ¡Tenemos a Popocatepetl de nuestro lado! ¿Quién nos vencerá con él en el campo de batalla? —intervino de nueva cuenta Xayacamalchan, señalando al guerrero a unos pasos de él, con la mente perdida en un mundo de ensueños y deseos, ambos negados.

Al escuchar pronunciar su nombre, pronto abandonó los recónditos laberintos de su perturbada alma y su maltrecho corazón, volviendo al mundo de la guerra y la sangre, menos tormentoso para su alma.

—Texcalla jamás caerá. Yo protegeré nuestras tierras así deba morir cien veces… —exclamó Popocatepetl sin ánimos, vagando todavía en los páramos ambiguos de su desesperanza amorosa.

Y a pesar de ello, su declaración fue tomada cual grito de guerra.

—¡Por la República! —gritaron los demás miembros.

Contemplando en completo silencio, Popocatepetl estaba esperando el momento justo para hablar de nueva cuenta, pero no sobre la guerra. En pocas ocasiones podía estar cerca del rey Cohuatzin… Si se atrevía a combatir a cientos de enemigos, a luchar contra un ejército entero, no tendría miedo de encarar a su mayor enemigo y futuro suegro.

Se llevó a cabo el recuento de la votación a favor o en contra de la guerra. Uno por uno, los reyes dictaron su decisión, confirmada por sus vasallos, quienes, por miedo a ser tachados de cobardes, prefirieron a pesar de su opinión personal, votar por pelear.

Decididos por la guerra, y el senado eligió al rey Tlacomihuatzin de Ocotelolco como Comandante Supremo.

—¡Por Camaxtli, venceremos! —gritó Popocatepetl desatando una ola de gritos y alabanzas. Ese era el guerrero que conocían, aunque eran otros asuntos los que lo entusiasmaban—. Su Majestad Cohuatzin, unas palabras… —solicitó al soberano, suspendiendo el regodeo.

Los demás monarcas, previamente informados de su intención, ya se encontraban a la espera de su intervención, y expectantes escucharon su proseguir, para apoyarlo tal como se lo prometieron.

—Tengo una propuesta a su persona y es menester la diga aquí, y ahora… antes de ir a la guerra. Le pido escucharme.

Acampando a las afueras de la famosísima muralla que protegía y encerraba a Texcalla, el ejército mexica-colhua preparaba sus efectos para dar inicio a las hostilidades.

—Los dioses les tengan en estima y cuidado. Habrán de morir los elegidos y los menos preparados. Sepan, reyes de Texcalla, la guerra está a sus puertas —cantó el príncipe Iquehuac antes de retirarse de la corte texcalteca, enviado como embajador.

En los territorios huexotzingas, las tropas maniobraban libremente buscando una forma de destruir o atravesar la cortina de piedra de seis metros de alto y varios kilómetros de extensión, hecha de calicanto y betún. El rey de Huexotzingo se había unido a ellos e inclusive envió soldados para apoyar. La peligrosa Liga Montañesa se había disuelto, creada bajo etéreas alianzas, disimulando antiguos rencores entre los reinos conformándola.

Ante Moctezuma se presentó su Estado Mayor: el capitán-general Zacatzin, con su rostro pintado rojinegro, vistiendo una armadura con placas blancas y un faldón de tiras de cuero azul con franjas doradas, portando el estandarte de «corona reticulada» dorada, con púas rojas sobresaliendo de ella; el teniente-general Ayauhtli, presumiendo su traje blanco de cuerpo entero con una flecha roja en el pecho y franjas en brazos y piernas del mismo color, además de su casco de calavera adornado por una melena en la nuca de plumas multicolor, portando un estandarte formado por tres cetros coronados con plumas de quetzal y banderillas blancas; el general de división Tlacahuepan, por su parte, iba ataviado con un traje blanco con franjas negras en brazos, piernas y pecho, y un sombrero achatado adornado con plumas azuladas; y el general de brigada Coatlecoatl, usando un traje grisáceo y casco con la forma de un ser espectral con ojos grandes y desorbitados, adornado por una espesa melena negra y un largo cuerno en la frente, llevando un amplio estandarte en forma de «cresta», junto a los generales colhuas de Culhuacan, Huitzilopochco, Ixtapalapan, Mexicaltzingo, Ecatepec, Mixquic y Tlatelolco.

La carpa imperial, excepcionalmente confeccionada para simular un pequeño palacio de tela en lugar de piedra, se atiborró de los esforzados guerreros que fueron a apoyar la guerra. La reina y sus dos guardianes asistieron también, experimentando cierta tensión hacia sus personas, en particular ella, solicitando los jefes militares su retirada del Consejo de Guerra, pero Moctezuma se negó, alabando las virtudes de Axochitl en su lugar, sonrojándose ella ante el cumplido.

—Señores, la guerra es lo único que nos atañe —intervino el general Moquihuix de Tlatelolco—, les pido concentrarse en los enemigos y no en la mujer de su comandante. Tenemos una gran muralla que pasar.

Ésta, consistía en dos anchos muros separados por un angosto paso, así, aunque fuera rebasada la primera pared, se verían detenidos por la segunda, permitiendo a los defensores acribillar a los enemigos desde el otro lado, cuando estuvieran en medio de ambas.

—Habrá que tirarlas —exclamó Moctezuma—. Pero nos llevará un tiempo, ¿cuándo podrán los ingenieros llevar a cabo esta acción?

—Su Majestad —contestó el príncipe Cacama, hijo de Tlacaelel—, mi padre previno la situación antes de nuestra partida. No fui enterado hasta hace poco y le ruego disculparme por cualquier inconveniente... pero los ingenieros ya están trabajando.

El Consejo quedó perplejo. Todos sus ingenios militares unidos no pudieron superar los del primer ministro, tan lejos de ellos.

—Sería un magnifico general Tlacaelel, si acaso viniera a la guerra con nosotros —dijo Tlacahuepan, asombrado por su otro sobrino—. Y yo me pregunto, ¿por qué nunca viene a las campañas?

—Tlacaelel hace su parte y le estamos agradecidos, pero él no es un guerrero como nosotros —dijo Moctezuma enfadado—. En ocasiones, esta es la única forma para él de estar involucrado...

Moctezuma odiaba esa manera de actuar de su hermano, en especial cuando se trataba de asuntos bélicos, haciéndole ver como un inútil.

Para evitar que fueran escuchadas las herramientas de los ingenieros bajo la tierra, alarmando a los defensores de la muralla, las tropas se prepararon para la ofensiva; los enemigos solo escucharían sus cantos marciales y no el golpeteo subterráneo. Dividieron sus fuerzas evitando estancamientos, rodeando la república y obligando a los texcaltecas a separarse y menguar sus defensas, formándose tres diferentes frentes; uno al norte, comandado por el capitán-general Zacatzin; otro al sur, bajo el cargo del teniente-general Ayauhtli; y el último por el oeste, la avanzada principal, dirigida por el general en jefe Moctezuma.

Fuera escalando, tirándola o destrozando las puertas, rebasarían la grandiosa muralla.

Previo a las hostilidades, los sacerdotes acompañando al ejército se ocuparon de dirigir las oraciones y organizar las ceremonias, tanto a Huitzilopochtli, el Guerrero del Sur, Dios del Sol y de la Guerra, como a Tezcatlipoca, el Guerrero del Norte, el Dios Oscuro. Se les hizo ofrendas con figurillas de pasta de semillas molidas sobre un armazón de madera asemejándose a los ídolos, pintándolos y vistiéndolos con su parafernalia divina. Y por la noche, se organizaron bailes alrededor de los ídolos, que pesar de los materiales con que fueron confeccionados, no carecían de magnificencia.

Al amanecer, las tropas se desplegaron, amenazando la integridad de la muralla, posicionándose a lo largo del campo; al frente se colocaron los más valientes y esforzados, haciendo alarde de sus llamativos trajes de algodón; al centro los guerreros promedio, usando las armaduras blancas hechas de maguey; y al fondo, la gran mayoría del ejército, hombres sin ningún tipo de protección excepto sus ropas, junto con los arqueros y honderos cargando sus municiones.

En lo alto de la muralla, los arqueros texcaltecas se presentaron con arco en mano y las aljabas llenas, pintados sus ojos a manera de antifaz negro, usando sombreros hechos de plumas blancas y largos jubones de algodón, seguidos por la infantería, pintados sus rostros con líneas rojas verticales, vistiendo chalecos de algodón, armados con lanzas y mazos. Los capitanes, iban con trajes completos amarillos llevando estandartes de culebrina de plumas sobre un pendón, mientras los guerreros élites cargaban garzas blancas a sus espaldas, todos con la particular trenza blanquiroja en la frente, signo de su tribu. Entre ellos, refugiados de diversas tribus reforzaban sus mesnadas protegiendo sus tierras.

Llegado el momento, Moctezuma tocó su tambor dorado desde la retaguardia ordenando el ataque. Los estandartes se agitaron, las bandas se movilizaron, silbatos y caracoles resonaron y los soldados golpearon sus escudos gritando insultos atravesando la llanura. Después se hizo el silencio, y solo se escuchó la voz de ataque.

Itzcoatl y Mazatzin, al lado de miles de guerreros corrieron hacia las densas murallas, llevando alzados sus escudos de madera emplumados, protegiéndose de los arqueros texcaltecas que se ensañaban con ellos rociándolos con sus proyectiles mientras se iban acercando. Quedaron atrapados en medio de una enorme masa de hombres, esperando a que las escaleras fueran colocadas para sobrepasar la muralla, construidas con la madera de bosques cercanos. Entre tanto, desde abajo seguían hostigando a los texcaltecas con sus lanza-dardos, resguardándose tras sus rodelas después de cada ronda de disparos.

Muchos guerreros ya combatían asiduamente sobre la muralla, pero eran rechazados por los texcaltecas, matándolos al subir y arrojando sus cuerpos, mientras otros seguían escalando. Fuerzas se concentraron en las diversas puertas a lo largo del muro intentando derribarlas, mas sus esfuerzos fueron en vano pues se apuntalaron con anchos maderos del otro lado. Flechas y piedras continuamente cruzaban el cielo de un lado al otro, causando numerosas bajas. Enfrentamientos se dieron en lo alto del muro, apreciándose cientos de colores danzando en la forma de estandartes y banderas cual fiesta multicolor, hondeando sus listones y plumas por el aire, mientras sus portadores combatían cruentamente, aferrándose con todas sus fuerzas a la vida.

La ofensiva mexica-colhua, después de mucho esfuerzo y tiempo, logró resistir hasta ver caer la muralla gracias a los túneles cavados, permitiendo cruzarlas y diezmar las defensas enemigas, haciéndose del control del armazón con sonoros alaridos de victoria.

Ya nadie podía detenerlos, ninguna fuerza era capaz de contener la furia azteca sobre los «Riscos».

Al caer la muralla, Axochitl vio en la expresión de Moctezuma un mohín de remordimiento por no haber combatido aquel día para dirigir a sus tropas. Se asemejaba tanto a Itzcoatl al hablar sobre la guerra. Mucho tenían en común esos dos, rey y plebeyo.

El campamento se movilizó y al escuchar las victorias en los frentes norte y sur por igual, no se dudó en pisar suelo texcalteca. Los pueblos más cercanos fueron tomados sirviendo de base, tomando sus reservas de agua y de comida, y objetos de valor como botines de guerra.

A diferencia de las tensiones en Texcalla, en Tenochtitlan se vivía en aparente paz, gobernada tras la ausencia del rey, por el verdadero libertador mexica y arquitecto del imperio: el *Cihuacoatl* Tlacaelel.

Solo otra figura era igual de importante que él.

Al este del lago crecía el imperio acolhua, gobernado por el llamado «rey-poeta»: el rey de Texcoco, Acolmiztli Nezahualcoyotl. Artista, poeta, arquitecto e ingeniero, además de un gran guerrero. Si existía en el mundo algún reino al que los mexicas podrían temer como su rival, ese era sin duda Texcoco.

Debido al conflicto con Texcalla, el rey-poeta regresó apurado de su campaña en tierras totonacas, viéndose su majestuosa barcaza navegar por el lago hasta encallar en el embarcadero de tetamazolco, siendo recibido por la princesa Macuilxochitzin, hija de Tlacaelel.

—No se le puede sorprender a Tlacaelel —dijo Nezahualcoyotl.

—Su Majestad, mi padre no planeó nada de esto, solo se anticipó a los hechos —respondió la princesa Macuilxochitzin.

Tlacaelel tenía quince hijos, cinco con la princesa Maquitzin y diez de diversas concubinas, a quienes poco veía y poco le importaban.

Solo cuatro de sus hijos le eran especiales: las princesas Tollintzin y Macuilxochitzin, y los príncipes Cacama y Tlilpotonqui. Eran ellos sus favoritos, especialmente por serle útiles y obedientes.

—No debe preocuparse, princesa, vengo como un amigo. Dígame, ¿cómo va su poesía? He escuchado muchos elogios de sus obras, pero no tengo ningún trabajo suyo todavía —exclamó Nezahualcoyotl.

—Se las haré llegar cuanto antes, Majestad.

La afición del rey Nezahualcoyotl por la poesía era la mejor forma de contentarlo y de distraerlo. Tlacaelel, enviando a su hija, poeta por igual, intentó calmar los ánimos del texcocano.

Recorriendo la ciudad, dirigiéndose a la mansión del *cihuacoatl* en el distrito de Atzacoalco, la gente se detenía a saludarlo, alabando su persona, siendo amado por los tenochcas. Al llegar, el monarca se abrió paso por la casa hacia la habitación donde lo esperaba su viejo amigo.

—Nezahualcoyotl, que grato es volver a verte —exclamó animosa la princesa Maquitzin al verlo entrar, mientras su esposo permanecía de espaldas contemplando el ventanal de la recámara.

La princesa, carismática, cumplía su parte para apaciguar al poeta, quien perdió sus bríos deteniéndose a saludarla educadamente.

—Ah, Maquitzin, el placer es mío —respondió Nezahualcoyotl.

—No te disgustes con Tlacaeleltzin, siempre ha tenido una forma de ser muy peculiar —comentó Maquitzin antes de retirarse.

—Estoy consciente de tu confusión —comentó Tlacaelel, girando hacia su invitado cuando salió su esposa—. Texcalla no caerá, ellos nos ayudaron en el pasado y honraremos sus acciones, simplemente les daremos un escarmiento.[23]

---

23 Durante sus primeros años en el Anahuac, el pueblo mexica se encontraba dominado por el reino tepaneca de Azcapotzalco. Para liberarse del yugo y vencer a sus amos, la llamada Triple Alianza fue conformada, sin embargo, tuvieron la necesidad de recurrir a otros reinos, siendo asistidos por Texcalla y Huexotzingo, principalmente.

—¿Esperas vasallaje? ¿Acaso estás dispuesto a dejarles comerciar? Si te llegas a equivocar… —consideró Nezahualcoyotl con los brazos cruzados, censurando las acciones de Tlacaelel con la mirada.

Solo Nezahualcoyotl podía inquirir algo semejante. En veinte años, Tlacaelel nunca se había equivocado, cada estratagema era llevada a cabo a la perfección. Todo decreto del anterior rey Itzcoatzin y de su hermano había pasado por su aprobación previa, por lo que entre sus opositores se le consideraba como «la mano detrás del trono», y a los reyes tenochcas las marionetas de su ambición.

—Nos obligaron a usar la fuerza al demandarnos una solución a un asunto ajeno al imperio. Si acaso cedíamos, nuestras tierras, las tuyas y de Tlacopan, hubieran peligrado… Piénsalo, era necesario.

Nezahualcoyotl desvió la mirada confirmando el hecho. Sabía bien que cualquier señal de debilidad podría poner a los pueblos subyugados en su contra, que no eran pocos o débiles, si lucharan unidos.

—He ideado una solución perfecta para tal ocasión, mi gente está lista para hacérsela saber a los reyes de la República.

—No veo forma alguna para que accedan a una resolución propuesta por tu mano —replicó ingenuo el rey de Texcoco.

—Oh, nunca sabrán que ha sido mía —señaló Tlacaelel, girando hacia el ventanal, saboreando la victoria—. Ellos lo pensarán por si solos, o al menos eso creerán.

Las defensas republicanas finalmente habían llegado a sus fronteras y parecían interminables, engrosando del diario sus filas obstaculizando el avance imperial, cambiando la zona de combate hacia los verdosos llanos bajos, empapándose de sangre.

Para asombro de los invadidos, se podía encontrar en el frente del ejército enemigo, de cuando en cuando, la figura de un hombre sin otro parecido en el mundo. Mientras los monarcas texcaltecas se ocultaban en sus ciudades, o como el general texcalteca en la retaguardia, el *huey tlatoani* y *tlacatecuhtli*, rey y general en jefe de los mexicas, peleaba hombro a hombro con sus soldados, portando un llamativo casco de águila de oro adornado por una borla de tela azul en la frente y plumas de quetzal en la nuca, con la capa carmesí atada a su hombro, protegido por su armadura dorada. Moctezuma se abalanzaba sin miedo hacia la muerte, peleando de una manera sobresaliente, venciendo con relativa facilidad a sus adversarios.

Y cerca del emperador, en un puesto de gran prestigio, combatían enérgicos sus guerreros de Oaxtepec, apoyándose entre sí, dando un espectáculo para recordar con sus estilos totalmente novedosos.

Mientras, en la retaguardia, el hastío y el aburrimiento azolaban el animoso espíritu de la reina Axochitl, desengañándose de la guerra que le parecía tan emocionante, claro, si acaso ella combatiera, pero como mera espectadora le parecía bastante lenta y tediosa, además de cruel y sangrienta. En la carpa imperial poco tenía en que ocupar su tiempo, pues no tenía con quien hablar mientras sus guardianes combatían, y cuando debían de moverse las tropas, solo empeoraba su humor. Sin embargo, pretendía estar a gusto para no ser sermoneada por quienes le aseguraron que, en efecto, la guerra no sería de su agrado.

No veía el momento de regresar a las comodidades de la paz.

—No desesperes, querida Axochitl —le dijo Moctezuma—. Pronto tomaremos una ciudad digna de nuestras figuras.

El emperador la invitó a presenciar una nueva contienda, una de las más importantes que se habrían de librar, y emocionada, ella asistió al espectáculo, pues eso era para ella la guerra.

Al frente se levantaba el bastión principal de la frontera texcalteca al este, la famosa ciudad de Cacaxtla. Construida en un cerro les otorgaba a sus defensores la ventaja del terreno alto, y sus niveles guarnecidos de torrecillas y almenas le hacían casi inexpugnable.

Axochitl observó los combates con interés, sin llegar a comprender lo que había sucedido hasta su desenlace. Al amanecer se atacaba y al anochecer se descansaba. Nueve días persistió la incipiente resistencia y el tenaz sitio de la ciudadela, hasta que el general Moquihuix y sus tropas tlatelolcas, infiltrándose al interior por la noche a pesar de las órdenes de Moctezuma, abrieron las puertas permitiendo el paso a los suyos, logrando su posterior victoria. Pero la guerra aún continuaba.

Las fuerzas imperiales avanzaban; por el norte desde la ciudad de Xocoyucan, tomada por el capitán-general Zacatzin; por el sur desde Tepeyanco, bajo el mando del teniente-general Ayauhtli, y por el centro en Cacaxtla, regida por Moctezuma.

Mientras tanto en el pueblo de Tepeyanco, Mazatzin cumplía sus deberes al ser nombrado mensajero imperial, uno de los cargos más elevados, reservado solo para los señores águila por la importancia de su tarea. Su cercanía al monarca le había provisto de privilegios, así como de responsabilidades que no siempre disfrutaba ni merecía, pero no podía rechazar.

Cruzando el campamento, esforzándose por ignorar los malos ojos con los que le veían el resto de su grupo envidiando el favoritismo del rey por aquel individuo, se concentraba en las bellas «alegradoras», desenvolviéndose con gracia entre los cansados soldados alrededor de débiles fogatas, buscando calor ante el frío montañés. Viajaban con el contingente para entretenerlos durante sus largas estadías lejos de sus casas, evitando que las mujeres del pueblo enemigo fueran agredidas. Mazatzin buscaba en sus rostros el de Quiah, deseando disfrutar una noche de pasión con ella.

Quizás así le sería más fácil soportar la guerra. Olvidarse por unos momentos de la pesadumbre que provocaba, del dolor y del hartazgo.

Llegando a la residencia del antiguo gobernador de la ciudad donde el teniente-general celebraba su consejo asistido por otros generales, Mazatzin presentó sus credenciales, solicitando ver al señor Ayauhtli para entregarle las órdenes del general en jefe.

Un guerrero con una venda en la cabeza ensangrentada lo llevó a su despacho, donde le miraron extrañados esperando a otro en su lugar.

—¿Es nuevo en su cargo? —preguntó el señor Ayauhtli al saludarlo. Llevaba su traje de batalla; el uniforme de *tzitzimitl* (espectro), con una flecha roja en el pecho y las calcetas y mangas rayadas. Sobre la mesa baja, Mazatzin pudo apreciar el casco con forma de calavera.

—Mi antecesor murió, yo soy un mero reemplazo.

—En ocasiones, es mejor rechazar un cargo cuando no se merece —pronunció un hombre sentado en el suelo, un sacerdote militar, echando bocanadas de humo de su pipa sin apartar su mirada del joven.

—Yo no me atrevería a contradecir órdenes. Si tiene una queja, le informaré al emperador su descontento —replicó Mazatzin, retirando con desdén su mirada de aquel sujeto.

El hombre, mal encarado, guardó silencio, sabiéndose derrotado.

—Limpien sus asperezas —intervino el señor Ayauhtli, solicitando a Mazatzin su informe, quien lo entregó rápidamente, queriendo huir de esas miradas cuanto antes.

Salió molesto de la residencia, caminando taciturno considerando su puesto un error. Ofuscado por sus ideas sin fijarse en el camino, se topó por accidente con los voluptuosos senos de una mujer.

—Sabía que vendrías, dulce Mazatzin —exclamó una voz seductora, forzándole a levantar la mirada para contemplarla, encontrándose con Quiah, vistiendo ropas muy ceñidas y reveladoras, como si fuera a una Guerra Florida, para conquistar los corazones de los hombres.

En Cacaxtla, Itzcoatl no lucía como su compañero un nuevo cargo, pero a él no le molestaba, de esa manera no tenía ninguna obligación más que acompañar a la reina desde que cayó Cacaxtla sin efectuarse ningún otro enfrentamiento, permitiéndoles descansar.

—¿Cuánto tiempo estaremos aquí? —reclamó Axochitl—. En estas horribles montañas inhóspitas, ¿para qué las queremos?

—Hablas como una verdadera mexica, Axo.

—¿Cómo soportas todo esto, Itzcoatl?

—Esta es nuestra vida. Venimos por honor y gloria. Cuando muera, espero sea peleando o en sacrificio sobre algún templo.

—¿Cómo? ¿Por qué? Sería terrible morir de esa forma... tan brutal. No entiendo cómo puedes aspirar a un final así.

—¡Oh, Axo! Olvidas el paraíso que nos espera a los guerreros al morir, el Tonatiuhichan. Es un magnifico lugar donde uno revive sus mejores batallas por la eternidad, combatiendo junto al Sol cada día al salir, ¡imagina! —exclamó Itzcoatl con emoción y la mirada perdida por el séptimo cielo, donde se decía rondaba el astro—. Cuatro años después, uno regresa en forma de colibrí para disfrutar de la tierra y de las flores. ¿Acaso no vale la pena morir por una dicha así?

Dominada por la emoción de su guardián, Axochitl le propinó un beso con cariño en la mejilla, despertándolo de su fantasía.

—Eres un verdadero guerrero. Alabo tu espíritu tan valiente —dijo Axochitl, escapando de la mirada aturdida de su guardián.

La campaña tuvo serios reveses, se retrocedía constantemente, y en el norte se sufrieron terribles bajas e inquietantes derrotas.

Mazatzin, a sabiendas de lo inapropiado que era, pero indiferente a las opiniones de los demás, decidió llevarse consigo a Quiah por sus recorridos. Disfrutaba de su compañía y con su nuevo cargo le era fácil pagar los servicios de la bella mujer; mantas, oro, plumas o cacao eran gratamente intercambiados por el simple gusto de pasar un tiempo con ella. Durmiendo por las noches abrazado a su cuerpo tibio y sensual, la guerra dejo de serle un fastidio. Nada podría parecerle mal estando con Quiah, aunque tuviera que pagar por el privilegio.

Su tranquilidad llegó a su fin cuando en el cielo despejado se alzó una columna de humo rojo. El general Ayauhtli, apresurado, fue a la habitación de Mazatzin, quien ocupado entre los senos de Quiah no se había percatado. El general los interrumpió y con sobresalto descubrió al mensajero con aquella mujer, desnudos en pleno acto.

Seguido por el fastidioso sacerdote-militar y otros guerreros de alto rango, todos mostraron su disgusto.

—Señor Mazatzin, urgentes asuntos le atañen. El emperador pide su presencia en el campamento. Se ha perdido Xocoyucan.

Con calma, Mazatzin vistió sus atuendos mirando hacia el ventanal asombrado por la llamativa fumarola rojiza sobrevolando la tierra, alejándolo de Quiah, llamándolo a la guerra.

—No sabía que entre sus obligaciones estuviera el pasar las noches con prostitutas —comentó el sacerdote-militar cuando cruzó frente a él al salir de la habitación.

—¿Es acaso un crimen, Su Excelencia? —respondió Mazatzin.

—Debería estar más preocupado por la guerra, señor mensajero, en lugar de entretenerse con las nalgas de esa mujer.

—Su Excelencia, no he tomado ningún voto de castidad, no como usted. Quizás si le ocasiona tanto conflicto ver a una mujer desnuda, debería haberlo pensado mejor, antes de prometer el celibato. Yo por mi parte, disfrutaré en exceso de los encantos femeninos.

Mazatzin abandonó sus aposentos tras el general Ayauhtli, mientras el sacerdote se quedó mirando con desprecio a Quiah, desnuda sobre la estera, exhibiéndose, mandándole un beso descaradamente.

El noble fue obligado a dejar a Quiah en Tepeyanco, volviendo a la ciudad de Cacaxtla para asistir al Consejo de Guerra junto a Itzcoatl, que, aunque no fue del agrado de nadie, al menos no asistió la reina.

Se había perdido una ciudad clave en el norte, las tropas parecían sucumbir al pánico pues peleaba por el enemigo un soldado invencible. Le costaba trabajo a Moctezuma admitir la realidad, pero un hombre era capaz de amedrentar a sus guerreros.

—Hemos escuchado rumores al respecto, Su Majestad, sobre este… guerrero —expresó su tío, el general Tlacahuepan.

Nadie los creyó ciertos hasta ese momento. Era llamado el azote de Huexotzingo, el héroe de las Guerras Floridas, el famoso «Campeón de Texcalla». Los mexicas lo llamaban: «el Guerrero de la Montaña». Su presencia animaba a los suyos y sus armas destruían a sus enemigos.

—Popocatepetl… —agregó el general Coatlecoatl, invocándolo.

Aquel nombre repicó en los oídos de Itzcoatl, transportándolo por un momento a la llanura de Acatzingo… No podía ser coincidencia.

—¿Popocatepetl? —gritó Itzcoatl al recordarlo, sobresaltando a los miembros del Consejo.

—¿Le conoces? —lo interrogó Moctezuma.

Itzcoatl relató su historia sin saber si le creerían. Para su fortuna, el capitán Ceyaotl fue testigo de ello y confirmó su historia, mirándolo con complicidad, de quien se creía su amigo, o por lo menos, de quien ahora lo era pues sin él su historia hubiera sido un tanto inverosímil.

El Consejo de Guerra quedó boquiabierto y Moctezuma recordó el consejo que le dio Tlacaelel, acerca de aquel guerrero del Sacrificio Gladiatorio, asombrado por cómo pudo conocer su extraña historia.

Tlacaelel se había dedicado a investigar cómo un mexica pudo llegar a la ciudad en condición de prisionero. Apresó a los mercenarios que lo llevaron y averiguó sobre el hombre vendido en Texcalla como mexica, llegando a conocer su identidad.

—Enviaremos refuerzos al norte, es necesario recuperar ese punto. Es crucial —espetó Moctezuma después de un tiempo.

—Padre —intervino el príncipe Iquehuac—, mis hombres podrán hacer la diferencia y darle vuelta a la situación.

—Se olvidan de Popocatepetl. Debemos hacer algo con él o seguirá sembrando el pánico —insistió el general Tlacahuepan.

—Acabaremos con él —respondió Moctezuma—. Mazatl, irás con mi hijo, y con un grupo especial a tu cargo le darás caza, ya sea en los campos o poblados, bosques o ríos, no importa… Itzcoatl te ayudará —agregó, dirigiéndose al plebeyo—. Podrás reconocerlo, ¿cierto?

Mazatzin volteó de inmediato hacia Itzcoatl, lanzándole una mirada severa y angustiante mientras el otro asentía con la cabeza.

El Consejo de Guerra se disolvió y sus miembros regresaron a sus labores, permaneciendo el príncipe Iquehuac solo con su padre.

—Y bien, ¿qué es lo que necesitas decir sin que nuestros generales y capitanes se enteren? —le preguntó Moctezuma a su hijo.

—Es acerca de mi tío Zacatzin. Me han llegado informes sobre sus actividades en Xocoyucan. El capitán-general ha perdido a propósito la ciudad. Mis agentes me lo hicieron saber, así como también aquellos de mi tío Tlacaelel, de quien siempre se puede confiar.

Moctezuma recibió la noticia como si fuera una daga en su pecho. Se tiró sobre su asiento de mimbre apesadumbrado, reflexionando. No eran secretas las ambiciones de Zacatzin de algún día portar la corona, pero era imposible creer que podría traicionarlo, no después de tanto tiempo, e Iquehuac se arriesgaba por tan solo insinuarlo.

—Ve hijo, asiste a tu tío y lleva a tu primo Cacama, primero has de confirmar los rumores y si acaso fueran ciertos —miró a su hijo con complicidad—, esperemos mi hermano no salga ileso de la contienda.

Moctezuma ya tenía en mente a su reemplazo; deseando el puesto para su primogénito. El príncipe Iquehuac a su vez lo ansiaba, quería el puesto de capitán-general y no le faltaba mucho para asirlo.

De inmediato partieron los refuerzos a Xocoyucan, con el príncipe Iquehuac al mando de ochocientos hombres, sumándoseles las fuerzas de su primo Cacama de otros seiscientos guerreros, uniéndose a las tropas del capitán-general Zacatzin.

Durante los siguientes combates, Mazatzin e Itzcoatl se dedicaron a darle caza al famoso «Guerrero de la Montaña» apoyados por un grupo de guerreros otomíes, caracterizados por sus trajes verdes, collares de conchas marinas y peinados de hongo. Sin embargo, les fue imposible ubicarlo, pues no tenía una posición fija; atacaba por los flancos o al centro, al frente o en la retaguardia, sumándose a las dificultades del caos reinante durante las constantes retiradas ordenadas por el general Zacatzin, regresando al campamento sin nada más que desaliento.

Axochitl ya les había advertido sobre aquella causa perdida antes de partir, pues no quería ver a sus guardianes inmiscuidos en ella.

«Si el campamento cae, no se hagan los valientes, regresen a salvo conmigo —los miró preocupada—. Es una orden, ¿han entendido?», les dijo con un tono dulce y firme antes de su partida.

—Es una misión de tontos, Moctezuma lo planeó para deshacerse de nosotros —exclamó Mazatzin, frustrado—. Seremos desprovistos de nuestras insignias si fallamos, ¿sabías eso? ¡Pero claro, tú no tienes nada de eso! Por eso estás tan tranquilo, yo en cambio procuré un año entero destacar, ¡y todo para esto! ¡Ah, pero abriste la boca, Itzcoatl!

—Lo encontraremos, Mazatzin, ya verás —intentó tranquilizarlo.

A pesar de las tropas de apoyo, el capitán-general Zacatzin seguía ordenando retiradas en cada enfrentamiento, siendo que cada querella terminaba de la misma manera; con los mexicas siendo perseguidos por los texcaltecas. No obstante, los bravos Guerreros Rapados luchando en parejas, intentaban mantener sus posiciones hasta el final, protegiendo a las tropas durante la retirada, habiendo jurado jamás retroceder un paso mientras se pudieran defender las líneas.

—¡Jóvenes, siguen vivos! —exclamó Ceyaotl, alegrándose por ver caras conocidas en Mazatzin e Itzcoatl—. ¿Continúan con su misión? Olviden su búsqueda insensata de Popocatepetl, ¡es un espectro! Es mejor que regresen con el emperador y le digan que perdimos.

Ambos se disgustaron con él por hablar así, pero ya se encontraba derrotado, física y espiritualmente, desde tiempo atrás.

—Anímese, Ceyaotl —irrumpió el príncipe Iquehuac, apareciéndose seguido de Cacama—. Si sus reportes son ciertos, debemos frenar a quien nos hace tanto daño, sin remordimiento —remató, aludiendo al capitán, quien reportó la ineficiencia del general—. Venga, hablemos lejos de oídos indiscretos —dijo, advirtiendo a los dos muchachos.

—Oh, príncipe, pero ellos son de confianza, y buenos combatientes también —intercedió el capitán Ceyaotl por los jóvenes.

—Entonces podrán demostrarlo participando en nuestra trampa. Si Ceyaotl confía en ellos, nosotros también —agregó Cacama.

Los tambores iniciaron sus redobles al alba, con el sol saliendo por el este, alumbrando las huestes texcaltecas custodiando la ciudad fuera de sus muros confiados por sus victorias pasadas, mientras las tropas mexicas se posicionaban a lo largo de la pradera repleta de alta maleza amarillenta, intentando recuperar una vez más la ciudad perdida.

De cerca al general Zacatzin, a los príncipes Iquehuac y Cacama, y al capitán Ceyaotl, aguardaron Itzcoatl y Mazatzin la orden de ataque.

El grito se escuchó a lo largo de la planicie y las tropas se lanzaron a la batalla, con los escudos asidos y las espadas en el aire, sacudiendo los estandartes y retumbando el suelo a su paso.

El sol brillaba y las nubes se alejaban para permitirles a los dioses observar la refriega.

Escondidos entre la maleza a mitad del campo desde el anochecer, decenas de mexicas esperaron pacientes a sus enemigos, y al sentirlos cerca, salieron a su encuentro cogiéndolos desprevenidos, atravesando a las primeras filas con sus lanzas mientras las demás tropas mexicas embistieron al resto, mezclándose con ellos en el campo de batalla. Cientos de flechas, dardos y piedras surcaban el cielo atosigando a los hombres de un bando y otro hacinados en el centro, chocando escudos, blandiendo espadas y mazas, o dando cortas estocadas con sus navajas, gritando de furia convirtiéndose en un torbellino de insultos.

La pelea se encarnizó cuando los texcaltecas salieron de su asombro, llegando refuerzos desde Xocoyucan contraatacando a los invasores, intentando recuperar terreno. Y exactamente como ocurría cada batalla, cuando comenzaba a llegar a su punto decisivo, el general Zacatzin tocó otra vez la retirada.

Los texcaltecas celebraron, persiguiéndolos como hicieron muchas veces antes, atraídos por la sangre, cegados por la emoción.

De pronto, el príncipe Iquehuac sopló su caracol. El repliegue cesó de golpe y con increíble sincronización, todos los guerreros mexicas regresaron a la batalla, creando con sus escudos una muralla donde recibieron a los texcaltecas, dando feroces espadazos y estocadas de lanzas al estrellarse con ellos, causándoles grandes bajas.

El general Zacatzin quedó desorientado por la repentina orden de su sobrino, pero al ver al resto volver a la carga, no pudo sino seguirlos.

En medio de la refriega, Iquehuac y Cacama junto a sus soldados se separaron de su tío, dejándolo a merced de los texcaltecas que ya lo habían rodeado. Luchó valientemente, pero sus enemigos eran muchos y sin ayuda, cayó gravemente herido en batalla. El príncipe Iquehuac hubiera preferido que no sobreviviera su tío, pero supo conformarse con el resultado de la artimaña, tomando el control de las tropas.

Finalmente, los texcaltecas huyeron a la seguridad de su ciudad, siendo perseguidos por los mexicas.

Mazatzin e Itzcoatl, al tiempo que combatían abriéndose paso entre sus enemigos, siguieron buscando a su presa, pero en ningún lado se encontraba el hombre que se les había encomendado.

«Habrá huido, quizás... O nunca estuvo en la batalla, por eso es que han sido derrotados...», llegó a pensar Mazatzin.

Los texcaltecas sobrevivientes buscaron refugio tras los muros de la ciudad, permaneciendo rodeados por un mes entero hasta quedarse sin alimentos, ni agua o refuerzos. Y tras un intenso sitio, se rindieron ante el príncipe Iquehuac. Ávidos de victoria, los mexicas tumbaron las puertas de la ciudad, retomándola para su control total.

Aquel día se celebró con cantos y bailes, e inmediatamente se envió un mensajero al campamento imperial con las buenas nuevas.

En Quecholli «Fiesta de las Flechas», decimocuarto mes del año, el senado de Texcalla convocó a asamblea de manera urgente: muchos de los pueblos al poniente sufrían en gravedad; ataques y saqueos, falta de alimentos y seguridad, en fin, morían en el transcurso de la guerra. Aunque lograran vencer a los invasores, el precio sería muy alto.

Aprovechando, uno de los miembros del senado explicó a los reyes los posibles resultados de la situación: la victoria acarrearía consigo la gloria del ejército a expensas de la muerte del pueblo. Propuso, para evitarlo, un aproche muy diferente. Olontetl era su nombre, de rostro sincero, leal a los cuatro reyes, y también, en secreto, a Tlacaelel.

Le escucharon con atención, otorgándole la razón sin imaginarse su doble lealtad. Ningún otro miembro tenía la solución a su dilema, no se tenía idea de cómo podrían salvar su tierra, siendo sus planes lo mejor que tenían para enfrentar la desgracia.

—Si la gente es nuestra principal preocupación —intervino luego Popocatepetl—, debemos alejar la batalla de ellos. Nuestros soldados pelearán hasta su último suspiro, derramarán hasta la última gota de sangre, pero deberán de hacerlo siempre y cuando valga la pena.

—Explícate, guerrero —ordenó el rey Xayacamalchan el Joven, al creerlo reclamando sus acciones.

—Nuestras fuerzas dispersas son inútiles, debemos hacerles frente a nuestros enemigos y obligarlos a retroceder de un golpe.

—Ellos también se encuentran dispersos, no podemos —intervino el rey Tlacomihuatzin—. Si nos descuidamos, seguro nos rodearán.

—Ante tiempos desesperados se requieren medidas desesperadas —agregó Xayacamalchan, creyendo entender ahora las intenciones de Popocatepetl—. Hemos igualado la estrategia de Moctezuma por un largo tiempo sin éxito alguno, mejor enfoquémonos en el verdadero problema.

Nadie supo a qué se refirió, le seguían con la mirada al rey, el más joven de todos los miembros del senado.

—Reuniremos nuestras tropas y atacaremos de frente, con fuerza y determinación… al rey de Tenochtitlan. El resto acudirá a su ayuda, no hay duda —finalizó Popocatepetl.

—Es una acción muy intrépida, pero puede ser muy eficiente. Podría darnos cierta ventaja, si fingimos fuerza, si somos rápidos, los demás frentes mexicas no tendrán otra opción más que acudir en ayuda de su emperador —explicó el traicionero Olontetl.

—Entonces está decidido. Señores, hoy nos jugamos la libertad de nuestra gente, pero, sobre todo, sus vidas, y por ellos, debemos estar dispuestos a sacrificarlo todo —advirtió el rey Tlacomihuatzin.

Sustituyendo al rey de Ocotelolco como general, Xayacamalchan tomó las riendas del ejército para dirigirlos en contra del campamento invasor, desde donde el rey mexica comandaba.

Los soldados de todos los rincones de la república abandonaron sus puestos para concentrarse en una sola y poderosa fuerza descomunal en los llanos de Tizatlan. Juntos, Xayacamalchan y Popocatepetl, creían poder, si no detener el avance invasor, ocasionar un daño irreparable a su voluntad.

Tan inmensa movilización de hombres no pasó desapercibida por los exploradores mexicas, sonando la alarma de inmediato. El príncipe Iquehuac, ahora el general del norte, organizó a sus tropas para marchar en caso necesario, mientras al sur, tras la muerte del general Ayauhtli, el general Coatlecoatl se encargó de los preparativos, atentos ambos a las órdenes de su general en jefe, si fueran a atacar o retroceder, asistir al emperador o rodear a los enemigos.

—Esperemos que funcione tu plan —dijo el rey Xayacamalchan a Popocatepetl cuando fue disuelta la asamblea—. También sé que te han buscado entre las tropas. Dos mexicas te persiguen.

—No se preocupe por mí, estoy al tanto de la cacería puesta sobre mi cabeza y sabré protegerme. En cuanto a la guerra… tenga confianza en la voluntad de los dioses.

*****

En la sala del trono de Cacaxtla, el Concejo de Guerra sesionó al respecto de la avasallante fuerza marchando hacia la ciudadela.

—Pero, ¿qué pretenden los reyes de la república? —se preguntó a sí mismo Moctezuma, y a la vez a sus consejeros—. Si en verdad creen que huiremos ante su acometida, están muy equivocados. Vencernos de esta manera, imposible. Si es necesario pelearemos hasta morir, cada uno de nosotros, yo incluido —replicó confiado.

—Con nuestras fuerzas divididas no podremos hacerles frente a las huestes reuniéndose en Tizatlan. Si los rodeamos podríamos no hacerlo a tiempo para ayudarle, Majestad —comentó el general de Culhuacan.

—Son nuestras únicas opciones: nos arriesgamos a rodearlos o nos unimos para defendernos. Depende de la velocidad de la república para atacarnos —inquirió el príncipe Cacama.

—Los atacaremos, vamos a acabar de una vez la refriega, con una última, gloriosa y majestuosa batalla —resolvió Moctezuma.

«De cualquier forma, no pretendemos conquistarlos —se repitió a si mismo Moctezuma, sonriendo—. ¿Cómo pudiste saber Tlacaelel?».

Tal como le advirtió Tlacaelel, la república prefirió un ataque frontal a continuar guerreando dentro de sus fronteras. Si bien sus hombres eran fuertes y valientes, no estaban acostumbrados a largas campañas ni a las carencias que propiciaba el conflicto. Querían determinar al ganador de una buena vez. Era vencer o morir, pero sin rendirse.

El emperador optó por encontrarse con sus enemigos entre el pueblo de Tenango, controlado por los mexicas, y el de Texoloc, donde ya se reunían las defensas de Texcalla.

Las columnas norte y sur se unieron al campamento principal para asistir al general en jefe, olvidándose de las ciudades antes tomadas.

Axochitl sermoneó a su esposo sobre su decisión preocupándose por las reservas texcaltecas listas para recuperar sus ciudades y rodearlos. Moctezuma alabó sus consejos, pero decidió ignorarlos, sintiéndose a la vez ofendida y halagada. Axochitl se enfurruñó en su asiento con los brazos cruzados y el ceño fruncido reclamando a Moctezuma:

—Te lo advertí, si nos derrotan no esperes compasión de mí.

Hizo frío aquella mañana, cubriendo una densa neblina el campo de batalla desperezando a los soldados. La tierra cobró un color negruzco y húmedo, mostrándose desierta y rugosa, flanqueada por bosquecillos de hojas verdes sacudiéndose por la suave brisa. De ambos lados de la llanura se apostaron los dos ejércitos, formando una extensa pared de hombres atravesando el campo.

En su campamento, Axochitl, nerviosa, no pudo evitar pensar en la derrota, imaginándose cuál sería su destino si los vencían.

Mientras tanto, entre las tropas, Itzcoatl y Mazatzin consideraban la encomienda de Moctezuma, pues según él, el combate sería definido por un solo hombre: el «Campeón de Texcalla». Ya que, si él caía, los demás se rendirían al instante.

Con aquella misión sobre sus hombros, se presentaron a la batalla perfectamente ataviados; Mazatzin con su armadura de serpiente y dos espadas de hoja delgada cruzadas en su escudo atado a su espalda, que nunca utilizaba; e Itzcoatl con una armadura de algodón pintada con betún negro cubierta por piezas de plata incrustadas, brazaletes de oro, un faldón azul y botines de cuero negro hasta las rodillas. Llevaba un escudo con fragmentos de turquesas formando una espiral en el centro y ornamentos de oro en los bordes, decorado por plumas multicolor, además de una larga espada ornamentada por fragmentos de oro en ambos dorsos; y escondida entre sus ropas, traía la navaja de Axochitl, préstamo especial, con el mango de hueso y la larga hoja negra.

Al otro lado, Popocatepetl aguardaba vistiendo un grueso chaleco dorado sobre una blanca túnica cubriéndole del cuello a las rodillas, una diadema de plata con largas y delgadas plumas de quetzal sobre su cabeza, brazaletes y muñequeras dorados en ambos brazos, además de una capa de llamativos colores atada a su hombro izquierdo; cargando su lanza-dardos, espada, escudo y navaja por igual.

Se enfrentaban, por un lado, Huitzilopochtli, Dios del Sol y de la Guerra y su Imperio del Sol, y por el otro Camaxtli, Dios de la Caza y de la Guerra y su República de los Riscos.

A la orden de sus comandantes, millares de flechas y rocas rociaron los pastizales amarillentos en la llanura mientras los soldados de uno y otro bando corrían entre la inmisericorde lluvia de pertrechos cayendo sobre ellos. Cuando los ejércitos estuvieron más cerca, los lanza-dardos causaron terribles daños, frenando el avance, y por unos segundos, el silencio se apoderó del llano, hasta el momento cuando los cuerpos de los bravos guerreros se estrellaron entre si y el sonido volvió a retomar su legítimo lugar, testigo y denunciante de la locura humana.

Desde el templo principal de Tenango, Axochitl observó inquieta a las huestes guerreras enfrentándose a lo lejos, levantándose un espeso muro de polvo y tierra impidiendo al espectador una visión clara de lo que ocurría en el campo, pero para quien peleaba dentro de la misma lo único que debía importarle eran las órdenes de su capitán y ganar el combate que estuviera librando. Axochitl se recargó sobre un brasero en el borde, llegando a apreciar como las fuerzas mexicas rodeaban a sus feroces enemigos, asidos en el centro como una coraza de púas... Empecinados en defenderse, los texcaltecas habían concentrado todas sus fuerzas en el centro, mientras los mexicas, mejor entrenados para la ofensiva, se extendieron a lo largo de la llanura, logrando el control del terreno. Lo último que pudo apreciar Axochitl, antes de que el polvo sepultara la imagen bélica, fue un círculo de hombres matándose los unos a los otros sin piedad.

Entre miles de hombres, Itzcoatl combatía ferozmente, recibiendo golpes amortiguados por su escudo y asestando brutales porrazos con los flancos planos de su espada, aturdiendo a sus rivales antes de cortar su piel y derramar su sangre con las navajas en los bordes.

A pocos pasos de distancia, Popocatepetl continuaba cesando vidas en un parpadear, cayendo cada oponente que se atrevía a desafiarlo, hasta encontrarse frente aquel quien se salvó de su espada en el llano de Acatzingo. Desde lejos lo vio y preparó su lanza-dardos; arrojando su proyectil contra el mexica entre el mar de guerreros a su alrededor.

El dardo silbó su descenso directo hacia su objetivo, delatándose por su peculiar sonido siendo percibiendo por Itzcoatl, alzando su escudo instintivamente bloqueando el dardo. Popocatepetl sonrió.

—¡Eres tú! —exclamó Itzcoatl al darse cuenta de la identidad de su atacante.

La espesura del polvo suspendido no permitía ver más allá de tres palmos de distancia, pero ambos podían discernir sus figuras.

—Nos volvemos a ver, *mexicatl* —dijo Popocatepetl al acercarse a su enemigo.

—Peor para ti, texcalteca —exclamó Itzcoatl.

Sin esperar otro instante, ambos se lanzaron al ataque dispuestos a matar, sin intensiones de mostrar misericordia en el frenesí de salir victoriosos de la contienda.

Tomando la ofensiva, Popocatepetl dio la primera acometida con una fuerza sorprendente, haciendo temblar a su rival tras protegerse con el escudo, obligándolo a retroceder. De inmediato, Popocatepetl giró intentando golpear la espalda de su contrincante con su escudo y así aturdirlo, alejándose con rapidez al ser esquivado su golpe, volviendo a la carga en cuanto pudo, abrumando a su enemigo.

Una lluvia de golpes cayó sobre Itzcoatl, resistiendo con su escudo en alto, aferrado, esperando el momento justo para contraatacar. Harto de protegerse, Itzcoatl, con el escudo aun alzado, embistió de frente a su oponente, cubriéndose de sus golpes y a la vez obstaculizando su visión. Aprovechando la ocasión, saltó y blandió su espada con ambas manos, dejando todo su peso y fuerza caer en vertical, estrellándose en el escudo de su enemigo, estremeciéndose por el impacto.

La tensión aumentaba con los gritos alrededor. La polvareda seguía creciendo, creando una nube marrón cuatro cabezas arriba, donde en lo alto, el sol se imponía en el cenit, golpeando con sus rayos los cuerpos de los guerreros ya bañados en sudor y completamente extenuados.

Para Itzcoatl y Popocatepetl, el terreno se transformó, alejándose paulatinamente de Texcalla, volviendo a Acatzingo donde combatieron por primera vez; experimentando la misma sensación, aquel cansancio, ese dolor insoportable y la desesperación a flor de piel luchando por sus vidas y aun mas importante, por su honor.

El sudor ya se mezclaba con la sangre de sus heridas corriendo por sus cuerpos, infringidas por el contrario durante el combate, pruebas fehacientes de su vulnerabilidad, mientras jadeaban sin aliento debido a las sofocantes armaduras tan pesadas aprisionando sus torsos.

Como una peligrosa danza, ambos dieron gran espectáculo, girando y saltando, embistiendo y esquivando, aumentando de velocidad y de intensidad a cada nuevo ataque, provocándose profundas cortadas y contundentes golpes, pero con los sentidos adormilados, tanto por el cansancio como por la emoción, eran incapaces de sentir dolor.

Popocatepetl entonces lanzó un certero golpe a la rodela de su rival por debajo, arrancándoselo del brazo viéndolo volar por encima de su cabeza. Itzcoatl al perder su escudo, frenético, se abalanzó sujetando su espada con ambas manos y aporreó con tal ímpetu directo al escudo de su contrincante que lo obligó a arrodillarse, dejándolo vulnerable por un instante, el cual aprovechó Itzcoatl para asestar una feroz patada directo en el pecho del texcalteca, arrojándolo varios metros detrás, derribándolo al mismo tiempo que soltaba su rodela.

Perdidos en su combate, en medio del enorme campo ellos seguían combatiendo, ignorando lo que ocurría a su alrededor. Golpe tras golpe aumentaba la intensidad de sus ataques con una furia incontrolable.

Sin escudos, frente a frente apenas distanciados por algunos metros y sumidos en la desesperación, corrieron a su encuentro con una furia enloquecida, buscando dar el golpe definitivo, chocando espada contra espada con tal fuerza que se resquebrajaron las maderas, y las navajas engastadas en los bordes, destrozadas, salieron volando por los aires rebanando sus rostros e incrustándose en sus cuerpos como dardos de obsidiana, quedando sus figuras por un breve momento congeladas en el centro de aquella explosión de astillas y piedra y sangre.

Ahora sin espadas, probaron suerte con las navajas, provocando una lucha por mucho más encarnizada, cercana y mortal.

Empuñando sus navajas, comenzaron un temerario juego de manos que los llevó al límite, intercambiando feroces acuchilladas y firmes estocadas, llegando a saborear sus filosas cuchillas la sangre de ambos escurriendo como agua de sus heridas, abriendo su carne como si fuera tela separando los tejidos, punzando sus costados como talegas viejas, repartiéndose aun contundentes puñetazos, codazos y rodillazos, sin siquiera atreverse a rendirse, cayendo agotados al suelo empuñando sus navajas con terquedad buscando atravesar el cuello del contrario.

Conforme el sol se ocultaba, los ánimos fueron decayendo en cada bando hasta abandonar la contienda, retirándose para pelear otro día, cuando hubieran descansado, sin recibir orden ni queja de los capitanes.

Soldados de sus respectivos bandos tuvieron que separar a Itzcoatl y Popocatepetl, forcejeando en el suelo con sus navajas, arrastrándolos mientras seguían combatiendo hasta quedar rendidos por el esfuerzo, exhaustos al borde de la muerte, perdiendo ambos el conocimiento.

Desde su carpa real, Moctezuma presenció el extraño suceso de la retirada de sus tropas sin sus órdenes, permitiéndoles descansar, o quizás, sin saber que hacer respecto de lo que pasaba.

No hubo celebración, se descansó del arduo combate en el que ni uno ni otro bando, lograron la victoria. Por varios días, los combates iniciaron y terminaron de la misma manera: al amanecer con los bríos repuestos, se volvían a enfrentar los dos ejércitos, y al anochecer se retiraban, cansados y abatidos por su mal desempeño.[24]

En Texcalla, con Popocatepetl herido, el arrojo de sus guerreros fue esfumándose. El rey Xayacamalchan intentó revivir las esperanzas de sus soldados sin lograrlo, pues él no era su héroe, no era el campeón, no de las clases bajas conformando la mayor parte de las tropas.

Los mexicas padecieron igualmente del desánimo y Moctezuma no fue capaz de remediarlo, pero debía insistir hasta doblegarlos. Tlacaelel lo había planeado de aquella forma, no debía desviarse de su cometido, repitiendo la fórmula de Tlacaelel cada vez que se le pedía retirarse: «pagar el impuesto u olvidarse del comercio».

En el *cocoxcalli* (enfermería) se acumulaban los heridos, todos los médicos se impacientaban por tanto trabajo que se les daba sin contar con las suficientes medicinas, pociones, brebajes, vendajes o personal necesario para atenderlos. Entre los heridos, Itzcoatl agonizaba siendo llorado por Axochitl, suplicando a los médicos atenderlo primero.

Una mañana, embajadores texcaltecas se acercaron al campamento imperial con mucha pompa y elegancia blandiendo banderas de paz, y Moctezuma les recibió a solas, sin ningún acompañante, prefiriendo negociar en privado con los emisarios de la república.

—Gran señor, supremo monarca —alabó el embajador texcalteca arrodillándose ante el emperador en su asiento de tule—, agradezco su hospitalidad y permitirme estar ante su majestuosa figura…

Moctezuma interrumpió de pronto sus alabanzas, carraspeando su garganta recobrando la atención del emisario.

—¿En qué le puedo ayudar, señor embajador? —preguntó.

—Mis señores desean fervientemente la paz con Tenochtitlan, ¿es acaso necesaria la enemistad de nuestras naciones? Somos aliados... Detenga la invasión, dé oportunidad a la paz.

Moctezuma no intentó ni por asomo encubrir una sonrisa prepotente y maliciosa, sintiéndose superior. A puertas cerradas se llevaron las

---

24 La actividad bélica era regida bajo estrictas reglas y preceptos fuertemente instaurados en el imaginario social mesoamericano. En ella no se buscaba la aniquilación total de los enemigos, sino el imponerse en mira del honor, procurando combates justos donde se pondrían a prueba las destrezas y fortalezas de uno u otro bando.

negociaciones pertinentes, y ninguno, sin mostrar debilidad, cedió a las peticiones del otro sin dejar de lado las amenazas. Finalmente, Texcalla se resignó a dejar el comercio con las tierras totonacas y disfrutar de la sal y otros productos básicos que sustituirían en su afán por superar las carencias impuestas; logrando conservar su libertad y su honor. Muy al contrario, Moctezuma consiguió su objetivo, apoderándose de las rutas comerciales con Totonicapan e imponiendo su voluntad; perdiendo en su lugar, mucho más, su fama, y su victoria.

En efecto fue una guerra sin sentido, o ¿acaso ha existido alguna en la historia poseedora de éste, honorable y fructuosa? Tantos muertos, y ¿para qué? Ambos reinos tuvieron justo lo que esperaban obtener, más no lo que deseaban ganar y, aun así, nada cambió en realidad. Unos demandaron comerciar; y no lo obtuvieron. Otros exigieron homenaje; y tampoco lo recibieron.

Bajo tregua, Moctezuma se encontró con Xayacamalchan en medio de ambos ejércitos apostados a lo largo de la llanura. Se pactó por la paz, compartieron insignias y regalos en muestra de su eterna amistad.

En realidad, se llegó a una paz armada, a una larga enemistad en la que ninguno de los bandos habría de ganar e inclusive por la cual, el mundo tal como lo conocían, habría de desaparecer en su totalidad.

Las órdenes del general en jefe fueron absolutas e indiscutibles. Las tropas mexicas dieron media vuelta, confundidos, para abandonar el campo de batalla. ¿Acaso se rindieron? ¿Ganaron o perdieron? Nadie supo con seguridad que ocurría, retirándose de la contienda, sin saber si estar aliviados o apesadumbrados.

Con los invasores en retirada, los texcaltecas celebraron sin dudarlo, gritando a los cielos y ondeando sus banderas a lo alto. No supieron sobre los acuerdos entre la República y el Imperio, acerca del bloqueo económico que sufrirían después y la escasez que enfrentarían debido al mismo. Su honor quedaría intacto siempre que ignoraran lo ocurrido. No ganaron, tampoco perdieron, solo cedieron…

Prosperarían también, pero a un alto precio.

A medio año de la declaración de guerra entre las naciones nahuatl del Imperio mexica y la República texcalteca, el cese de hostilidades se hizo oficial.

La guerra había terminado.

Capítulo X

El Rey-Poeta

in sueños protegiendo su descanso, Itzcoatl iba sobre la litera de la reina, entre suaves almohadones sin disfrutarlos. Axochitl y Mazatzin permanecieron a su lado durante su marcha de regreso a Tenochtitlan, adelantándose a las tropas organizando la retirada de Texcalla. Urgiendo su recuperación, los médicos personales del rey, el *tepatl* (médico «científico») como el *ticitl* (chaman), atendieron con premura sus heridas del cuerpo y del alma.[25]

El *tepatl teomiquetzani* «curador de huesos» revisó sus lesiones, identificando su brazo izquierdo y un par de costillas rotas, así como su hombro dislocado, su pie fracturado, una contusión severa en la cabeza y varios moretones y cortes, comenzando a entablillar las extremidades y coser las heridas con cabello y espinas después de lavarlas con orina para evitar infecciones, aplicando un zumo de maguey sobre ellas para ayudar a la cauterización. Debido a las frecuentes guerras, los médicos empíricos tenían amplios conocimientos para curar todo tipo de lesiones, como esguinces, dislocaciones y fracturas.

En conjunto con el médico de huesos, el *ticitl tetonalmacani* «el que da el *tonalli* a la gente», por medio de rezos y conjuros a través de un ritual místico y mágico atendió el alma vapuleada del herido, agitando un collar de huesos colgando de su cuello y un bastón con cascabeles mientras restregaba la *etztetl* «piedra de sangre» sobre el cuerpo de su

---

25 Existían dos clases de médicos, que a la vez derivaban en diferentes especialidades; los *tepatl* eran los médicos «científicos», diestros en la curación física de los enfermos o heridos bajo el uso de pociones medicinales y otras técnicas curativas; mientras los *ticitl* eran los hechiceros, que se dedicaban a curar por medio de magia u otros artificios, enfocados principalmente en el alma.

paciente, pretendiendo limpiar su alma. Conforme el humo del copal se desprendía del sahumador, impregnando la litera en donde le atendían a Itzcoatl, fue aspirando el humo con intenso trance ahuyentando así las malas energías que le provocaban el mal estado al enfermo.

Axochitl, llevada en un asiento junto a la litera, continuamente supervisaba su estado, sudando y temblando durante unos momentos.

—Mi reina —llamó el médico su atención—. Es necesario un lugar estable y bien abastecido para atenderle, lo más pronto posible.

Axochitl sabía que las indicaciones del médico debían ser obedecidas sin objeción.

—Venerada señora. El alma goza del reposo del cuerpo, ambos han de ir de la mano en la cura o de otra forma, uno u otro, podrían quedar dañados para siempre. Reposo, oración y ofrenda se necesita —agregó el chamán, evitando que fuera ignorado.

Durante el viaje, la salud de Itzcoatl empeoró, la fiebre le aumentó y sus heridas parecían abrirse de nuevo. La capital aún lejos, parecía ser imposible de alcanzar nuevamente.

—A este ritmo no lo logrará, temo por Itzcoatl —dijo Mazatzin.

—¿Y qué propones, Mazatl? Lo llevaría volando si tuviera el modo de hacerlo —reclamó Axochitl.

—Busquemos alguna ciudad cercana donde pueda descansar.

—Está bien, está bien, ¡ya sé! Si tanto insistes, iremos a donde le atiendan como es debido… Vamos a Texcoco.

Mazatzin ordenó el cambio de dirección hacia el reino de Texcoco, segunda cabecera de la Triple Alianza y capital del imperio acolhua.

En el bosque de Texcotzingo, una comitiva se presentó ante la reina tenochca con el príncipe Tetzauhpiltzin, hijo del rey-poeta, a la cabeza, para escoltarlos a la ciudad donde eran más que esperados.

—Mi vista me debe estar engañando, ¿o es posible una hermosura tan extraordinaria cómo la suya? —cantó el príncipe Tetzauhpiltzin a la reina tenochca, cautivado por su belleza.

Mazatzin confrontó al príncipe, ofendido por la flagrante coquetería a su reina, a la que Axochitl respondió tajantemente, frenando la actitud celosa de su guardián.

—Me halaga, príncipe, pero tenemos prisa.

El bello rostro, voz grave y encanto innato del príncipe, lo hacían popular con las mujeres, pero a pesar de sus mejores intentos, estos no tuvieron efecto en Axochitl, siendo tajantemente rechazado.

—Discúlpeme Su Alteza, no fue mi intención… Acompáñeme.

Siguiendo el paso del río de Texcoco cuesta abajo desde los montes hasta la laguna, atravesando la metrópoli rodeada de bosques y valles, llegaron a la capital acolhua. Magnífica cuna de sabios e intelectuales, literatos y poetas, hogar del teatro y la danza, de la suprema expresión humana sobre su capacidad creadora y artística. Quedaron perplejos al ver sus inmensos palacios, hermosos templos y amplias plazas. Pero su rey no solo era un gran sabio sumergido en las letras y las artes, a la vez era un excelente militar, arquitecto e ingeniero.

Al acercarse a la llamada «Ciudad de los Palacios», entre las calles encontraron muchos soldados armados y vestidos a usanza de guerra.

—Vienen de una ardua campaña también —explicó Mazatzin ante la expresión interrogante de Axochitl—. Han evitado una alianza entre los huaxtecas y totonacas, y si no pueden unirse... entonces caerán —remató, cual si fuera el artífice de tal hazaña.

La amistad y el cariño incondicional de Texcoco a los mexicas se sintieron a flor de piel, la gente común felicitó a los soldados por su regreso, y como verdaderos hermanos, éstos se abrazaron contentos de volver a verse, sanos y salvos. Tanto cariño se volvió contagioso. Mientras avanzaban, los oriundos reconocieron la figura divina de la hermosa princesa tlahuica, la famosa Princesa del Agua. Imposible era ignorar su hermosura, también era imposible ignorar su participación en el regreso de las lluvias. Sin hacerles esperar, fueron llevados hasta el palacio del señor acolhua, apreciando la organización de la ciudad, sus templos y numerosos palacios blancos y brillantes, además de la famosa biblioteca de Texcoco, tan grande y majestuosa guardando en su interior el conocimiento de siglos enteros, la historia del mundo y de todos los pueblos conocidos, plasmada en delicadas hojas de *amatl*, envueltas en pergaminos o en cuadernillos.

—El rey Nezahualcoyotl hizo lo imposible por conservar la historia de los pueblos intacta, enfrentándose a Tlacaelel cuando éste, junto al *tlatoani* Itzcoatzin, quisieron quemar los libros sobre su pueblo para reescribir su historia y borrar sus humildes y vergonzosos comienzos. Solo aquí se conservaba la verdadera historia del pueblo mexica —les explicó el príncipe Tetzauhpiltzin—. Protegido, pero a la vez oculto.

—No imagino a Tlacaelel cediendo —exclamó Axochitl asombrada.

—Mi padre no le teme al *cihuacoatl*, Su Alteza. Quizás sea la única persona capaz de enfrentársele —respondió Tetzauhpiltzin.

Mientras Tenochtitlan representaba la fuerza del Anahuac, Texcoco era sin duda el baluarte de la sabiduría anahuaca.

En sueños, Itzcoatl se perdió en un mundo inmaterial, dentro de una nube de color ambiguo invulnerable al tiempo y al dolor mientras se le proveyeron los mejores cuidados posibles. A pesar de la insistencia de los médicos, Axochitl y Mazatzin se rehusaron a dejarlo, esperanzados de estar ahí cuando despertara, evitando ser vistos por sus anfitriones, preocupando a la aristocracia texcocana.

La reina de Texcoco tuvo que intervenir al escuchar sus inquietudes, yendo personalmente en busca de sus invitados a la habitación donde el herido dormía, experimentando un sentimiento de compasión por ellos.

Al entrar, se turbó al ver a Mazatzin en el suelo, y a Axochitl en un extremo de la colcha en una posición muy incómoda, dormidos.

Con cuidado se acercó a Axochitl, susurrándole al oído temiendo despertar a los otros dos en algún descuido. Apenas Axochitl salió de su ensueño, percibió el dolor en su cuerpo torcido, estirándose y frotándose los ojos soñolientos, entonces vio a la encantadora joven ante ella, menuda y delegada, con largos cabellos negros ondulados hasta su cadera, de enternecedora mirada y jovial sonrisa.

—Ha pasado muchas noches en vela, Su Alteza. Debe salir a tomar aire, insisto —profirió la reina Azcalxochitzin y Axochitl le obedeció, finalmente recibiendo aire fresco ayudándole a aclarar sus ideas.

Inmediatamente congeniaron ambas reinas al cruzar tan solo algunas palabras, descubriendo tanto en común entre ellas que les fue difícil considerar a la otra como alguien ajena o extraña; tenían casi la misma edad, estaban casadas con hombres mayores y poderosos y eran reinas de un señorío ajeno. Azcalxochitzin sintió admiración por Axochitl al conocer su aventura, considerándola una mujer sagaz e independiente, y no desaprovechó la oportunidad de compartir con ella sus alegrías e inquietudes, pues estaba segura que ella sí podría comprenderla.

—¿Solo tiene una esposa el rey de Texcoco? —exclamó Axochitl al enterarse, envidiando el hecho de no lidiar con otras nueve reinas.

—Pero eso no le prohíbe tener cuantas concubinas desee... —dijo la reina texcocana un tanto avergonzada y sinceramente celosa.

—¡Ah, los hombres! No importa cuán hermosas seamos, siempre querrán otra. Vivimos en un mundo de hombres, sin duda.

Deambularon gustosamente por los jardines reales platicando sobre sus ciudades y sus esposos, además del tema de mayor interés; el de la guerra y del herido. Azcalxochitzin al escuchar sobre una reina partir a la guerra, despertó en ella una curiosidad morbosa.

—Debo decir, Azcalxochitzin —confesó Axochitl—, me arrepiento de haber ido, ¡es horrible! Espantoso. Y la situación de mi guardián… puedes comprobarlo de un vistazo, terrible.

—Veo que sientes gran afecto por ese hombre —dijo inocentemente la reina texcocana, sin ninguna finalidad maliciosa en realidad, pero Axochitl se ruborizó, temiendo malinterpretara su preocupación.

—¿Qué dices? No es tanto así, solamente me parece terrible ver a alguien tan malherido y sufriendo. Aunque debo confesarte… les debo mi vida a mis guardianes y nunca podré dejar de agradecerles.

—No puedes ser tan agradecida con cada sirviente al cumplir sus obligaciones —dijo la reina de Texcoco, claramente sin saber la forma en que Axochitl y esos hombres se conocieron.

«Tiene un corazón más bondadoso», se reprochó Azcalxochitzin, y se propuso ser más agradecida con la servidumbre.

Siguieron caminando disfrutando de los jardines, apreciando flores y árboles, tirando piedras alborotando las aguas de los estanques.

Tanto se parecían las dos reinas, tanto podían contarse la una a la otra sin sentir temor o vergüenza, prometiendo ser siempre amigas y confidentes. Pocos aliados podían tener, en especial ellas, esposas de los hombres más poderosos del mundo. Necesitaban mantenerse unidas y en contacto. Contra las demás mujeres de ambos monarcas, esposas y concubinas a la par, no podían sino sentirse en desventaja, pero juntas se sintieron más fuertes.

—Ven, debemos de apresurarnos. Mi esposo ha vuelto y ya quiere conocerte —dijo Azcalxochitzin, sonriendo y cerrando los ojos a la vez con graciosa expresión, reflejando su cariño y también su pesar al tener que separarse de su recién amiga.

—¡Tonta que he sido! No me he presentado como es debido ante el rey desde mi llegada. Tan cansada he estado del viaje, tan perdida en mis inquietudes, espero me perdone…—se excusó Axochitl.

—Mi esposo estuvo un tiempo ausente, no debes preocupar, además es amable y bondadoso, nada rencoroso. En verdad es difícil imaginarlo combatiendo una vez que lo conoces…

—Muchas gracias, querida Azcalxochitzin. Me entrevistaré con el rey entonces, pero antes debes prometerme tu eterna amistad.

Axochitl tomó de las manos a su homóloga con suavidad, fijando su mirada en ella, sellando su pacto con un beso en ambas mejillas.

Azcalxochitzin la encaminó hacia una habitación apartada tras un extenso corredor, donde el rey de Texcoco la esperaba.

Quin oc ca tlamati noyollo:
yehua niccaqui in cuicatl
nic itta in xochitli.
¡Ma ca in cuetlahuiya![26]

Recitó Nezahualcoyotl con delicia al ver entrar a la famosa Princesa del Agua a la habitación. No la había visto desde su llegada, pero los rumores de su hermosura desde antes cruzaron montes y cerros, ríos y lagos, comparándola con diosas, con el amor y la mismísima definición de la belleza. Nunca se atrevió el rey Nezahualcoyotl a hacer caso a los rumores, él debía ser su propio testigo de la célebre hermosura de la princesa de Cuauhnahuac, antes de considerar un hecho su beldad. Cuando vio a la princesa en persona supo entonces que eran bastante acertados los comentarios. Ni siquiera tan famoso rey pudo contenerse en halagarla.

Axochitl se ruborizó, quedando vulnerable ante las palabras del rey-poeta, sutiles y armoniosas, cautivándola al instante. Ella también había escuchado mucho acerca del poeta con corona, un soldado y músico a la vez, extraña combinación.

—Axochitl, es usted en verdad tan hermosa como se dice.

—Su Majestad Nezahualcoyotl —le saludó Axochitl al recobrar su porte, y prosiguió—. Agradezco sus bellas palabras y su hospitalidad en su gran reino. El poema, lo había escuchado antes de boca de mis doncellas de Cuauhnahuac. Es hermoso, le agradezco.

—Le place la poesía, ¡muy bien!, era de esperar. Una musa como usted ha de haber inspirado cientos de estos poemas.

—Me halaga demasiado, Su Majestad —respondió ruborizada.

Axochitl desde niña solía pedir a sus doncellas recitarle poemas, enamorándose de la rima, imaginándose seres de luz recitando aquellas inmortales y hermosas prosas. Frente a uno de los más grandes poetas conocidos, se emocionó al verlo tan real como ella.

Nezahualcoyotl estaba contento, no muy seguido podía recitar sus poemas al público; sus soldados eran incapaces de entenderlos y los nobles demasiado ensimismados en sí para apreciarlos.

—Su esposa es dichosa por tenerlo, ha de recitarle muchos otros poemas a sus oídos, enamorándola cada noche, seguramente.

---

26 Poema de Nezahualcoyotl llamado: *Ca Tlamati Noyollo*, [Lo comprende mi corazón]: *[Ahora lo sabe mi corazón:/escucho un canto/contemplo una flor./¡Ojalá no se marchite jamás!]*.

—Espero así sea, Axochitl. Es todo lo que puedo desear para mi querida esposa; felicidad y dicha conmigo —expresó el rey, taciturno, recordando su ominoso pero necesario crimen para ganarse su amor, cuya sola presencia hacía del rey, en efecto, un poeta.

Fue aquel un infame truco que dio fin a la vida del prometido de Azcalxochitzin, permitiéndole al poeta cortejarla. Un acto indigno de un rey quizás, en cambio, propio de un enamorado...

Pocos sabían de aquel detestable acto. Quiso ocultarlo y con ayuda de Tlacaelel lo logró, pero sin saberlo, los escribas a cargo de guardar la historia en sus imágenes, lo delatarían, dejando en la memoria del tiempo sus acciones, dignas como impropias. La historia no callaría, el papel no guardaría silencio por siempre.

Con el herido recuperándose y en espera del regreso de Moctezuma al Anahuac, Nezahualcoyotl decidió darles a sus invitados un recorrido por el gran imperio acolhua, vestigio del antiguo imperio chichimeca del caudillo Xolotl, mismísimo ancestro del rey texcocano.

Dominando los territorios al este de la laguna de Texcoco, los reinos acolhuas se postraban ante el rey-poeta como su único amo y señor, y no ante el rey de Tenochtitlan. Antiguos y muy poderosos reinos donde Nezahualcoyotl colocó a sus hermanos, primos, sobrinos e hijos como reyes, gobernantes o altos dignatarios, asegurándose la lealtad de sus tierras y de su apoyo.

Con una comitiva de nobles, junto a su esposa, Axochitl y Mazatzin, se encaminó el rey hacia el norte más allá de Acolman, pasando por Atlatonco antes de Otompan, pues en las tierras acolhuas se encontraba una de las más importantes e invaluables joyas de la humanidad, una antigua ciudad donde una misteriosa y legendaria cultura había vivido muchos años atrás que, para sus contemporáneos, representaba nada menos que el mismísimo principio del mundo y la vida tal como la conocían. El rey-poeta conoció la verdad posterior a muchos años de estudio minucioso de aquel magnifico ejemplar. Lo visitaba a cada oportunidad para meditar sobre su presencia, lugar donde en honor a tan maravillosa creación y por su importancia religiosa e histórica, se decidió instalar el gran tribunal para mediar en los asuntos jurídicos, no solo de sus tierras, sino de cualquier otra que quisiera llevar a cabo sus procesos judiciales con ellos, famosos por ser los más justos del valle y los más equitativos.

—¿A dónde vamos, Majestad? —preguntó Mazatzin, exhausto por la larga caminata.

Aunque la fama del monarca le provocaba un cierto nerviosismo, al estar tanto tiempo con Moctezuma y Tlacaelel, pasó por la mente del noble guardián como otro rey, muy importante, pero por igual común y sencillo, como pudo apreciar.

—Vamos al sitio más importante para todos nosotros, debes haber escuchado su leyenda antes —respondió Nezahualcoyotl.

Al noroeste de la llanura, rodeada de bosques y valles, se encontraba aquella magnifica ciudad, tomada parcialmente por la naturaleza siendo absorbida por la hiedra. Sus templos, armoniosamente construidos a lo largo de la hoy llamada «Calzada de los Muertos», astronómicamente alineados con las estrellas, fueron admirados por el grupo mientras avanzaban hasta llegar al final del camino, donde se alzaban hacia el cielo dos gigantescos monumentos hechos en honor a los dioses, y a los hombres, sin duda alguna, divinos.

Al fondo se apreciaba la «Pirámide de la Luna», de cuarenta y cinco metros de alto, pero antes, al costado derecho del paso, una mayor e impresionante construcción capturó su atención:

Medía hasta sesenta y tres metros de altura y doscientos veinticinco metros de ancho por cada lado, formada por siete basamentos en forma ascendente. A diferencia de los otros templos, uno de los basamentos se extendía al frente con escalinatas laterales que se unían en una terraza, iniciando desde ahí una escalera frontal subiendo a la cúspide donde descansaba un altar de hasta tres metros de alto, dedicado al dios de las mañanas, llamada por aquella razón, la «Pirámide del Sol».

Sin dudarlo, el rey Nezahualcoyotl se adelantó y subió hacia la cima, seguido por Mazatzin, Axochitl y la reina Azcalxochitzin, tratando de alcanzar al poeta. Estaban en Teotihuacan.[27]

La imagen de la famosísima «Ciudad de los Dioses», tan grandiosa, se impregnaba en la memoria de cualquiera que la admirara. Desde lo alto, contemplaron maravillados la extensión de todo el valle. Entonces se dieron a la tarea de recordar las leyendas acerca de la creación del mundo sobre aquella misteriosa metrópoli abandonada.

---

27 Teotihuacan significa en náhuatl: «la Ciudad de los Dioses», nombre otorgado por los mexicas a tan maravillosa ciudad. Cuando la encontraron estaba abandonada y pensaron que fueron los dioses quienes la construyeron. En realidad, perteneció a un pueblo mucho más antiguo, antes de los toltecas, del cual su nombre aún es un misterio, pero se sabe que influyo tanto económica, social, política y artísticamente en muchas de las culturas posteriores a ella, tales como los mayas, toltecas, tepanecas y mexicas.

—De acuerdo a la leyenda, los dioses crearon en éste lugar los cinco soles del mundo; *Ocelotonatiuh*, Sol de Jaguar; *Ehecatonatiuh*, Sol de Viento; *Quiauhtonatiuh,* Sol de Lluvia; *Atonatiuh*, Sol de Agua; y nuestro sol... —comentó Nezahualcoyotl antes de ser interrumpido.

—*Ollintonatiuh*... el Sol del Movimiento —pronunció Axochitl en catarsis, imaginándose a los dioses en ese mismo lugar, tal como ellos en lo alto, deliberando, decidiendo, creando—. Como quisiera que todo durara para siempre, sin muerte, sin destrucción, permanecer ajenos a esas condiciones fatales, tal como esta ciudad existirá eternamente en el cosmos —exclamó Axochitl entusiasmada.

—Si acaso fuéramos eternos, no sabríamos apreciar nada. La muerte es necesaria también en las lecciones de la vida. No renuncien a lo que no conocen. Por lo que sabemos, la muerte puede ser solo otro paso en la vida —advirtió entonces Nezahualcoyotl, y recitó:

Ni quitoa ni Nezahualcoyotl:
¿Cuix oc nelli nemohua in tlaticpac?
An nochipa tlalticpac:
zan achica ye nican.
Tel ca chalchihuitl no xamani,
no teocuitlatl in tlapani,
no quetzalli poztequi.
An nochipa tlalticpac:
zan achica ye nica.[28]

Con la mínima excusa podía estallar en canto o en rimas. La crudeza de la realidad desaparecía entre sus versos donde solo amor y felicidad existían, desentrañando los misterios de la vida.

—Ni siquiera esta magnífica ciudad es eterna, eventualmente todo llegará a su fin en algún momento. Pero no hace falta preocuparse por su llegada, solo debemos vivir hasta enfrentarlo pues de qué habremos de afligirnos si no sabemos qué hay más allá, «...solo un poco aquí».

—Esta ciudad fue hecha por los dioses, ¿cómo podría destruirse? No tiene ningún sentido. ¿O es que también los dioses mueren? —exclamó Axochitl alterada, con cierto temor por las palabras heréticas del rey texcocano, en especial por el lugar donde las expresaba.

---

28 Poema de Nezahualcoyotl llamado Ni quitoa, [Yo lo pregunto]: *[Yo Nezahualcoyotl lo pregunto:/¿Acaso de veras se vive con raíz en la tierra?/Nada es para siempre en la tierra:/solo un poco aquí./Aunque sea de jade se quiebra,/aunque sea de oro se rompe,/aunque sea plumaje de quetzal se desgarra./No para siempre en la tierra:/solo un poco aquí]*.

El monarca hizo un ademan de decepción, esperando más de ella en sus consideraciones sobre la realidad del momento.

—Esta ciudad fue construida por los hombres y eso nos debería de parecer asombroso, pues nos obliga a reconocer la infinita capacidad creadora residiendo en nosotros. Es nuestra magnificencia grabada en piedra... nuestra divinidad. No es difícil de creer, si logras traspasar las barreras impuestas sobre nosotros por el transcurso de los años —les pidió Nezahualcoyotl con aire grave.

Azcalxochitzin guardó silencio, acostumbrada a los sermones de su marido hacia aquellos menos inteligentes que él.

—¡Imposible! —exclamaron Axochitl y Mazatzin.

—¡Pero no lo es! Es una obra de arte, un homenaje a la humanidad.

—Si es así, ¿quién la construyó? —preguntó Mazatzin incrédulo, creyendo imponer un problema al rey-poeta.

—No lo sabemos. Por años la he estudiado y no hemos encontrado nada sobre quiénes la habitaron o por qué se fueron. Lo que sí sabemos, es que fue construida miles de años atrás, mucho antes de Tollan.

El ejército colhua, tras el ruido de tambores, anunció su regreso al Anahuac, solicitando a todos los reinos en el lago abrirles sus puertas, en especial a Texcoco, donde la reina se encontraba como su huésped, a donde Moctezuma se dirigió para llevársela de vuelta a su isla.

Entre tanto, Axochitl quedó prendida de la poesía, atrapada en los versos del rey-poeta, anhelando saber más sobre el amor y la belleza, las flores y la vida, presentados en magnifica armonía, como un paraíso mágico sin tribulaciones.

Aprovechando su permanencia en Texcoco junto al famoso poeta, Axochitl buscó incesantemente oír más poemas, conocer más autores, reflexionar sobre el significado de los mismos y enamorarse de la fantasía y la letra expuesta en los pequeños detalles del cosmos, pues nada es más increíble y fascinante que la realidad que se vive.

Solo hace falta saber cómo apreciar todas esas maravillas alrededor nuestro para sabernos en verdad afortunados.

—¡No me digas! Te atrapó el sinvergüenza —interrumpió una voz grave riendo a sus espaldas, entrando sin avisar a la sala del rey-poeta con extrema familiaridad, tomando desprevenidos a los apasionados de la poesía, pillándolos recitando sus poemas favoritos, algunos de poetas reconocidos, otros, creados dentro de su propia imaginación.

Cual dueño del lugar, Moctezuma, debido a su estrecha amistad con Nezahualcoyotl, se había presentado en el palacio siendo bien recibido, dirigiéndose hacia donde se encontraba el poeta y su esposa. Divertido al tomarlos por sorpresa, Moctezuma se dispuso a molestarlos más.

—Solo son palabras, esposa mía, no ayudan en nada —les dijo.

—¡Moctezuma! Claramente no sabes nada de poesía —respondió Nezahualcoyotl indignado—. No solo los guerreros son necesarios para construir un imperio. ¿Acaso ha creado algo la guerra, a excepción de escombros?, ¿por qué se aprecia sobremanera el destruir, en lugar de la creación? Mucho nos esforzamos por crear obras que durarán por la eternidad, aquella es nuestra huella, nuestra verdadera esencia, la que se apreciará cuando hayamos muerto y nuestro mundo desaparezca. ¿Cómo nos recordarán nuestros nietos si nos dedicamos a destruir y no a crear en su lugar?

Incrédulo, Moctezuma se rehusó a creer en la utilidad de la poesía en cualquier ramo de la sociedad.

—Y ¿qué podría hacer un poema? Nunca he visto uno ganar guerra alguna o traer riquezas, dar de comer a la gente u ofrecer tierras a sus vasallos. ¿De qué les sirve su querida poesía?

—¡De mucho, señor! Si se aprende a apreciarla —reclamó Axochitl enfurecida—. Bastante nos da para reflexionar sobre la vida; y aún si no sirviera de nada, de cualquier manera, nunca la abandonaría, ¡jamás!

—Son palabras sin acción, ideas sin fundamento…

Con espontaneidad, defendiendo y justificando su sincera pasión por el arte de la lengua y la rima, Axochitl pronunció un hermoso poema nacido de su alma, intentando favorecer su opinión:

Ah tlamiz noxochiuh,
ah tlamaz nocuic.
In noconyayehua
zan nicuicanitl.
Xexelihui, ya moyahua.
Cozahua ya xochitl,
zan ye on calaquilo
zacuan caliti.[29]

29 Poema llamado Ah Tlamiz Noxochiuh, [No acabarán mis flores]: *[No acabarán mis flores,/no cesarán mis cantos./Yo cantor los elevo,/se reparten, se esparcen./Aun cuando las flores se marchitan y amarillecen,/serán llevadas allá/a la casa de plumas doradas]*.

Su canto dejó a los monarcas pasmados, defendiendo una de sus mayores pasiones, recordando bien aquellos poemas conservándolos en un lugar especial dentro de su alma, hablándole sobre la vida, sobre lo que verdaderamente importaba. Nunca permitiría que se burlaran de la poesía. Con sus versos calló a su esposo por unos momentos y capturó la atención del rey-poeta quien la veía ahora como uno de sus colegas, compañera en la escritura, extasiado por su voz que le pareció un tierno susurro al recitar tan bellas frases.

—¡Bravo, bravo! —exclamó el rey Nezahualcoyotl aplaudiendo en éxtasis, hincándose ante ella—. Magnifico poema, excelente voz, es usted una poetisa innata, reina de Tenochtitlan.

Volvió a sonrojarse Axochitl e instintivamente ocultó su rostro tras sus manos, sonriendo tímidamente luego de grandísimo halago.

—Solo palabras —fue lo único que dijo Moctezuma, admirando la manera de ser de Axochitl, tan intrépida como una guerrera, aunque fuera defendiendo la poesía. Sonrió hacia ella por unos instantes antes de enfocarse en sus asuntos con el rey-poeta.

—Mi querida Axochitl, permítenos un momento, debo hablar con Nezahualcoyotl. Ve a preparar todo, regresamos a Tenochtitlan.

—¿Tan pronto se van? —preguntó entristecido Nezahualcoyotl—. Por favor, Axochitl, regresa cuando gustes, serás siempre bienvenida en Texcoco. Podremos compartir poemas para aumentar nuestro repertorio o podremos crear unos nuevos entre los dos.

—¡Me encantaría! —exclamó emocionada, recuperando pronto la compostura al saberse ya en presencia de su marido.

Su inocencia encantó a los dos hombres. A ninguno le molestó en absoluto la conducta de la joven, tan dulce e inapropiada.

—Prometo visitarle seguido, Su Majestad. Y espero también poder pasar más tiempo con la reina, mi hermanita Azcalxochitzin. Seguro pasaremos un muy buen rato juntas, por supuesto, siempre y cuando mi señor esposo me lo permita…

Axochitl se mordió la lengua, aborreciendo el comportarse sumisa ante su esposo. Frente a Nezahualcoyotl o en público debía respetarlo como era necesario, y como más detestaba. Pero le interesaba volver a compartir poesía con Nezahualcoyotl o conversar con Azcalxochitzin en lugar de defender su autonomía. Se retiró, despidiéndose del rey de Texcoco con una sonrisa desmesurada en su rostro, dejando a los reyes conversar en privado.

*****

Los reyes compartieron una tranquila conversación mundana y sin mayor relevancia. Nezahualcoyotl felicitó a su amigo por su boda, a la cual no pudo asistir, y Moctezuma celebró la belleza de Azcalxochitzin, recordando las dificultades que sufrió Nezahualcoyotl para encontrar a la indicada. No sin muchos sacrificios, pero ninguno que no estuviera dispuesto en volver a pagar por la oportunidad de estar con ella.

Pasaron después a los temas serios, los de verdadera importancia.

—Dime que el plan de Tlacaelel funcionó —insistió el rey-poeta a su eminente invitado, todavía preocupado.

—Los cuatro señoríos son libres de hacer lo que les plazca. Claro, con excepción de comerciar por nuestras tierras —dijo Moctezuma.

—¡Pero si todas las tierras alrededor de Texcalla son nuestras! No se podrán mover con libertad.

—Precisamente… No te alarmes, ya está arreglado. La paz con ellos perdurará, y se las arreglarán como siempre lo han hecho… En todo caso, podrán rendir homenaje al imperio si lo necesitan. Comerciar con nosotros o resignarse, será su decisión.

Nezahualcoyotl entonces comprendió la estrategia de Tlacaelel, no pudo sino reconocer su intrépido ingenio. Se alegraba, pero a la vez, temblaba ante su intelecto y ambición.

—Es difícil imaginar una victoria de esta índole, podría parecer que has perdido la guerra, o todavía peor, que te has rendido —exclamó Nezahualcoyotl por descuido. Terrible error.

Moctezuma se levantó de golpe sumamente ofendido. Una derrota era insoportable, inadmisible, la rendición era mucho peor.

—¡Yo jamás me he rendido! ¿Me escuchaste?

Tuvo que retirarse por consejo de su hermano, por consideración de su amigo texcocano, por su pueblo, por la alianza. Si hubiera querido, Texcalla estuviera rindiendo tributo a Tenochtitlan, si él así lo hubiera demandado, o al menos eso creía.

—Moctezuma Ilhuicamina nunca se ha rendido, jamás —gritó.

Era peligroso atentar contra el orgullo de un soldado, de un guerrero natural como lo era el emperador mexica.

—Solo quiero comprender. Tlacaelel tiene muchos planes de los cuales no estoy al tanto y debo de saber que contestar a los señores de la República si buscan una explicación de mi parte. Necesito proteger mi reputación pues parecería vasallo vuestro a soberano de mi propio imperio… —trató de explicarse Nezahualcoyotl, cauteloso, como debió hacerlo antes de hablar sobre derrotas o rendiciones.

Sin embargo, sus palabras no enunciaron mentiras, pues una de sus preocupaciones era la de ver a su reino, y al de Tlacopan, sometidos a Tenochtitlan cual súbditos, cuando en realidad debían ser iguales... Desconfiaba en el poder que los tenochcas conseguían con el paso del tiempo. Al igual, buscaba activamente una forma de frenar su rápido crecimiento sobre los miembros de la Triple Alianza.

—Texcalla es un excelente criadero de guerreros —agregó luego Moctezuma, volviendo a la tranquilidad—, y los necesitamos para las Guerras Floridas, y así obtener prisioneros para los sacrificios.

Moctezuma no era el mismo de antes; el poder le envenenó poco a poco su alma, convirtiéndolo en una criatura ambiciosa en ocasiones, al igual que su hermano.

—La guerra puede provocar terribles repercusiones.

—Hicimos lo necesario para salvar nuestro imperio y procurar la paz entre los pueblos. Tú conoces nuestra misión. No podemos seguir divididos, con tantos reinos enemigos entre sí, somos vulnerables a cualquier invasor extranjero...

El aire se envició siendo casi imposible respirar en la recámara. Se sintió la tensión aumentar al anunciar aquel peligro que llegaría a sus tierras con la promesa de transformar su vida por siempre en un páramo vacío, estéril y sin memoria.

—Lo sé muy bien. No será Nuestro Señor Dios Quetzalcoatl quien regrese para gobernar estas tierras... Serán la desgracia y la barbarie antiguas las que invadirán nuestros territorios. Los dioses nos pondrán a prueba para asegurar nuestra fe en ellos, solo puedo rezar porque así sea y pasemos su prueba —confirmó Nezahualcoyotl.

—Debemos estar preparados, cuando no existan divisiones, y las distintas lenguas se unan a favor de una, con la identidad de nuestros pueblos unida, hechos uno solo, podremos gobernar libremente estas tierras y perdurar por siempre. Solamente unidos venceremos cualquier adversidad venidera, sea extranjera o local, humana o divina.

Era un miedo ancestral, desde los tiempos del gran imperio tolteca, profesando la destrucción del mundo en una fecha particular, que se tenía prevista todavía en el futuro.

—¿Cómo se encuentra mi soldado? —preguntó Moctezuma.

—Continúa en reposo, sin despertar. ¿Es acaso el mismo hombre del Sacrificio Gladiatorio? Escuché muchas historias sobre él... su *tonalli* parece favorecerlo en demasía. Me ha provocado curiosidad qué ves en un simple campesino.

—Es a Tlacaelel a quien le parece interesante, a mí no. Pero de cualquier forma cuídalo, lo necesitamos —dijo Moctezuma, posando su pesada mano sobre el hombro del poeta.

Moctezuma abandonó el reino de Texcoco, transportado en canoas a Tenochtitlan, cruzando el albarradón de Nezahualcoyotl, la famosísima presa de cuatro metros de altura, seis metros de ancho y hasta veintidós kilómetros de longitud, construida para proteger a las islas de futuras inundaciones, además de dividir las aguas dulces y saladas del lago, utilizando exclusas para permitir el paso y vaciar el lago cuando los niveles fueran muy altos. Dejaron a Itzcoatl en Texcoco por orden de Moctezuma, permitiéndole descansar. No podían hacerle compañía por siempre hasta que despertara, si es que llegaba a hacerlo...

La paz entre mexicas y texcaltecas se declaró públicamente, pero el rey-poeta aun así reclamó por las vidas perdidas en un malentendido. Muertes innecesarias, sacrificios y las Guerras Floridas, provocaban su disgusto. Adepto a la filosofía de Quetzalcoatl, vedó tajantemente los sacrificios en sus territorios. Si el dios mexica necesitaba de sangre, serían ellos, su «pueblo elegido», quien se la proveyera.

*****

Su descanso dejó en perfectas condiciones a Itzcoatl. A excepción de tener las costillas del costado derecho rotas, un brazo entablillado y cicatrices permanentes, nuevamente recobró movilidad.

Poco antes del mediodía se despertó en exabrupto sintiéndose casi a punto de desfallecer por tanto sueño y reposo, viéndose rodeado de joyas y pintorescos murales, suaves sábanas y coloridas cortinas en un cuarto desconocido, como preparado para un príncipe.

«¿Dónde me encuentro?», se preguntó Itzcoatl.

Malherido y cansado, vendado su cuerpo con asomos de sangre manchando el vendaje, filtrándose algunas gotas del líquido precioso cayendo al piso e ignorando las puntadas que recibió, Itzcoatl se apeó del lecho, desorientado, dispuesto, sin meditarlo mucho, a recorrer y conocer su ubicación.

Extrañamente, fuera de la habitación donde durmió durante casi quince días, no había nadie. Los pasillos vacíos, largos y estrechos, le parecieron como las fauces de una bestia, esperándole. De repente, apareció la imagen de Mazatzin y Axochitl durmiendo junto a él, haciéndole preguntarse dónde estarían.

Muchas dudas le rondaban respecto a lo ocurrido. Destellos en su memoria le mostraban los últimos momentos de la guerra, tirado en la tierra forcejeando con Popocatepetl empuñando sus cuchillos.

Sigiloso, anduvo por el aquel esplendido lugar, similar al palacio de Moctezuma, pero el emperador mexica tenía gustos diferentes. Siendo guerrero gozaba de tener retratos de batallas adornando sus paredes, con armas colgadas en ellas, imágenes fuertes inundaban su casa. En cambio, el rey de Texcoco gozaba con pinturas menos escandalosas, pacíficas y armoniosas, bellos retratos de hombres y mujeres famosos del Anahuac, paisajes de montes, lagos o bosques con cascadas ocultas en su interior.

Por fortuna o error, mientras deambulaba por el lugar, tan parecido al palacio de Moctezuma, pero desolado, Itzcoatl consiguió llegar a una pequeña sala al final de un largo pasillo junto a su habitación. A punto de volver sobre sus pasos, desde dentro de la habitación escuchó unas voces susurrando. Así que se acercó para escuchar.

Sin la presencia de su guardia habitual, Nezahualcoyotl conversaba en confidencia con un hombre, delgado, pero bien ejercitado, elegante y ostentoso, presumiendo una brillante corona de oro. Por precaución, hablaban con susurros y señas como si fueran esclavos o sirvientes, no queriendo despertar a sus amos.

Después de la partida del rey y la reina tenochca de la Ciudad de los Palacios, otra importante comitiva se acercó al rey-poeta en busca de consejo, de apoyo, buscando en el poder y sabiduría de los texcocanos la mejor forma de proceder ante el peligroso crecimiento que lograba Tenochtitlan sobre los demás miembros de la Alianza, considerando al rey texcocano preocupado por frenar el avance mexica, cosa que no era equívoca pues la guerra contra Texcalla, no solo permitió al rey-poeta saberse ignorado en las decisiones importantes, sino también reconocer su impotencia de lograr retener a sus viejos aliados por sí solo.

Desde Tlatelolco, llegó el rey Cuauhtlatoa a petición del poeta para establecer alguna clase de alianza o estrategia. Desde tiempo atrás, veía Nezahualcoyotl su reino devorado por la ambición de Moctezuma, pero en especial por la de Tlacaelel, y también tuvo en Tlatelolco la idea, y esperanza, de ser los únicos capaces de contener el poder del pueblo tenochca. Estando tan cerca, divididos por un canal de agua, con ciertos desatinos y querellas, siendo Tlatelolco el reino más rico del Anahuac tenía posibilidades de representar una gran amenaza y un rival digno de Tenochtitlan. Pero ¿podría la cura ser peor que la enfermedad?

—Hermano —dijo el rey Cuauhtlatoa a Nezahualcoyotl, a quien también trataba de hermano justo como los reyes tenochcas hacían—, Totoquihuatzin es un títere de Moctezuma y Tlacaelel, dejándote sin poder ni decisión sobre los asuntos del imperio. Tlacopan se arrodilla ante ellos cual esclavo, y tú, rey de Texcoco, ¿qué puedes hacer contra tal acuerdo sino doblegarte? Debes hacer algo.

A pesar de hablar con furia, las palabras del rey tlatelolca no eran equívocas o mal formuladas. Era cierto, el rey de Tlacopan accedía a cualquier plan que el insistente *cihuacoatl* tenochca le propusiera con tal de no verse enfrentado a él, tan sabio e inteligente, como peligroso y por supuesto, rencoroso.

—Cuauhtlatoa, ya lo he considerado. Esto es el principio del fin de la alianza y el comienzo del imperio puramente tenochca. Temo por los míos cuando muera, pues mi presencia es lo único que se interpone entre las ambiciones mexicas y su realización.

—¡Algo debemos hacer! Piensas igual a mí, no podemos permitirles gobernarnos. ¡Ya se hacen llamar *huey tlatoani*! Esa sola palabra los pone por encima de nosotros los *tlatoque*. No esconden su intención, aprovechan su fuerza militar y riquezas... ¿Cómo crees que me siento yo? Pero, si Tlatelolco fuera postrado en lo alto de la alianza, tendrías tú mi voto incondicional, y el poder encontraría un balance.

El rey-poeta abandonó la comodidad de su asiento, dejando al rey tlatelolca sobre su taburete, siguiéndole con la mirada por el salón que Nezahualcoyotl comenzó a rondar cual fiera enjaulada buscando una forma de escapar.

¿Qué podía hacer? Se encontraba en medio de dos ambiciones igual de peligrosas; establecer a Tlatelolco como una cabeza más en la Triple Alianza podría balancear el poder, pero dejaría un terrible malestar pues nunca se llegaría a un acuerdo en las asambleas; por otra parte, Tenochtitlan gozaba del apoyo incondicional del rey de Tlacopan, y de esa forma tampoco lograría nada, sometiéndose a la decisión mexica por sobre todas las cosas. Se encontraba en una encrucijada.

—Tlatelolco es el único reino que se iguala tanto en riquezas como en poder a Tenochtitlan... —argumentó el texcocano.

—No soy capaz de frenarlos por mí cuenta. Nezahualcoyotl, si nos unimos, no habrá fuerza capaz de detenernos —dijo Cuauhtlatoa.

—Y no la habrá —sentenció Nezahualcoyotl severo al apreciar en el tlatelolca la misma ambición de los tenochcas—. No debe ser pública nuestra alianza. Hemos de ser pacientes, precavidos.

—¿Itzcoatl? —le llamó una dulce voz a su espalda, sorprendiéndolo mientras escuchaba en secreto aquella conversación tras la puerta. Al voltear, se encontró con la reina Azcalxochitzin.

Al encontrar el lecho vacío donde el herido descansaba, la reina se preocupó, considerando un sinfín de posibilidades absurdas, divertidas y hasta fatales. Rápidamente se lanzó en su busca creyendo que, si algo le pasaba, Axochitl podría culparla. Por accidente le encontró frente al secreto cuarto, donde fue para solicitar ayuda a su esposo.

—Ha despertado —comentó la reina al verle, vigoroso y también asustado—. Debería descansar, sus heridas no se han curado del todo.

—Si duermo otra vez, quizás no pueda volver a despertar —contestó Itzcoatl nervioso—. ¿Dónde estoy?, ¿y quién es usted?

—Está en el palacio de Texcoco. Yo soy Azcalxochitzin, esposa de Nezahualcoyotl, rey de Texcoco-Acolhuacan.

—Disculpe mi ignorancia, Su Alteza, pero no sé quién es el uno ni el otro, me refiero al rey y a su señorío...

Azcalxochitzin no pudo evitar reír al enterarse que alguien ignoraba la fama de su esposo, o inclusive de su reino. Pudo la reina explicar lo mejor posible al guardián dónde estaba, qué había ocurrido y cómo llegó a ese lugar, además del por qué no estaban Mazatzin o Axochitl.

—Me alegra esté despierto, mi hermanita Axochitl se preocupó por su condición. Ahora venga, qué bueno que está aquí, el rey mi esposo pidió verlo en cuanto recobrase el sentido.

Las puertas de la habitación se abrieron de par en par ante el plebeyo y la reina, revelando la figura del rey de Texcoco ante ellos.

—Su Majestad Cuauhtlatoa, es un placer verlo... —saludó la reina al hombre esperando en la entrada detrás de su marido, asombrada.

—Siempre encantadora, Azcalxochitzin. Si me disculpa —dijo el rey tlatelolca escuetamente, y en cuanto pudo abandonó la estancia.

Mientras tanto, rey y plebeyo se miraron fijamente; recordando uno los planes que le escuchó hablar y el otro estudiando su presencia a lado de su reina a quien veía animada.

—Mi amado esposo, he aquí finalmente despierto el guardián de la reina Axochitl... ¿Itzcoatl, se llama? —habló Azcalxochitzin al verlos a ambos algo serios y confundidos.

Nezahualcoyotl recobró su espíritu animoso y alegre al escuchar a su bella esposa, reconociendo al soldado herido, envuelto en vendajes, golpeado y entablillado.

—¡Ah, está despierto! —exclamó Nezahualcoyotl, abandonando su seriedad—. Mi querida Azcalxochitzin, llama a los sirvientes, que nos traigan comida y bebidas de inmediato.

La figura de la hermosa mujer se perdió al final del pasillo dejando en su lugar un vacío, pues su presencia embellecía su alrededor, y además servía como intermediaria entre rey y plebeyo.

—Venga, tengo entendido que Moctezuma le tiene a usted en mucha estima... Ya conocí a su compañero en armas, el joven Mazatl. Ahora me gustaría conocerlo a usted también.

Mientras esperaba a que sus heridas sanaran, Itzcoatl pasó algún tiempo junto al rey Nezahualcoyotl, conociéndose mejor, llegando al punto en que sus diferencias dejaron de serles de importancia. Debido a la familiaridad del plebeyo con la aristocracia mexica, no le fue difícil asimilar la acolhua, pronto tomándoles confianza.

*****

—¡Ah, perdí de nuevo! —exclamó Itzcoatl frente al rey-poeta.

Los frijoles rebotaron por el tablero, rodando, cambiando de color entre cada salto, cada giro, marcando el número de casillas a avanzar. Los jugadores observaban ansiosos el resultado de los frijoles —como dados—, marcando la cantidad de casillas a mover. La expectativa cambiaba constantemente; de esperanza a temor, decepción o alegría. Con cada tirada las piezas avanzaban, dirigiéndose a su meta.

Nezahualcoyotl jugaba la estatuilla de jade verde con forma de una serpiente enroscada, Itzcoatl una pieza de turquesa representando un jaguar, y Azcalxochitzin contaba con su pieza favorita de cuarzo rojo con la imagen de un conejo. Seis casillas, doce a mover, tres más, ¡solo faltaba una! La meta se acercaba, debían darle vuelta al tablero hasta llegar al punto de salida, antes que el rival.[30]

—¿Cómo es posible? No tengo nada de suerte —reclamó el plebeyo lanzando solo cuatro puntos para avanzar en el juego de *patolli*.

—Tiene suerte en muchos otros ámbitos, joven Itzcoatl. Mire, sigue vivo y respirando, eso es bastante —dijo Nezahualcoyotl.

Azcalxochitzin sonreía detrás de su copa dorada bebiendo *chocolatl*, a punto de verterlo sobre su vestido divertida tanto por los gestos como por los improperios del desenvuelto plebeyo.

---

30 El famoso *patolli* llamado «juego de los frijoles», era uno de los muchos favoritos de la población. Como se puede ver, los frijoles no representan el juego, solo son una parte de él. *Patolli* viene del verbo *patoloa* (jugar), y se cree que tenía un significado religioso por la cantidad de casillas en él (cincuenta y dos, como el número de años de los ciclos mexicas).

—No es igual, usted lo sabe. ¡Qué coraje! Tan cerca estaba…

—Itzcoatl, tú has visto y escuchado asuntos privados —profirió de pronto el rey-poeta con un tono amenazador.

El plebeyo tragó saliva temiendo al poderoso rey, inmisericorde e inamovible. Durante su estadía en Texcoco se enteró del juicio al que se le sometió a uno de sus hijos, el príncipe Tetzauhpiltzin, acusado de fornicar con la esposa de un dignatario.

Sin intentar perdonarlo, Nezahualcoyotl lo sentenció a muerte una vez declarado culpable.

Si no tenía piedad con sus hijos, que sería de él siendo un plebeyo. La tranquilidad y confianza antes experimentadas se esfumaron.

—Te pediré suma discreción al respecto. Ahora, prepara tus efectos, hoy mismo volverás a Tenochtitlan —agregó después Nezahualcoyotl lanzándole una mirada severa, pero insegura—. Te están esperando.

Capítulo XI

Los Reinos de las Nubes

El pronto regreso de las tropas fue irremediablemente visto como una derrota. La gente entristeció al saber de la retirada del ejército colhua sin haber obtenido el vasallaje de la República de Texcalla. Convencidos de ello, se rehusaron a recibir con cantos o alabanzas a sus soldados, en cambio, les obsequiaron su desdén.

A medida que la noche se acercaba cubriendo el valle, enterrando la claridad de las aguas de la laguna en un oscuro y aterrador espesor, invitándoles a perecer en su oleaje, un *acalli* (canoa) navegaba por las aguas dejando un rastro de espuma a su paso, alejándose de Texcoco con dirección a Tenochtitlan. Con cada ola golpeando la embarcación, gotas frías salpicaban los rostros del barquero y de su pasajero, perdido en sus pensamientos tratando de comprender los cambios que estaba viviendo.

Una doble sensación le envolvía; por un lado, no quería volver a Oaxtepec, pero anhelaba la paz que vivía en el pueblo, diferente de la capital donde siempre habría una guerra que pelear o alguna tarea que cumplir, como cuidar de la hermosa reina de Tenochtitlan... una tarea sencilla y muy agradable... definitivamente no quería regresar.

Itzcoatl se apeo de la canoa en el muelle de Tetamazolco y caminó por la calzada este alumbrada por antorchas, girando justo antes de la plaza mayor, hacia el sur, cruzando los puentes conectando la calzada con tierra firme, dirigiéndose hacia el palacio real.

Axochitl le recibió con alegría y llanto, temiendo que nunca más lo volvería a ver después de sufrir tan extenso daño.

—¡Por poco creímos que dormirías por siempre! —dijo Axochitl.

Con genuina felicidad, Axochitl abrazó al aun maltrecho plebeyo, quien difícilmente pudo ocultar su dolor, cuando en realidad las heridas le punzaron tal como si apenas las hubiera recibido. No le importó. Disfrutó del momento abrazado a ella, saludando a Mazatzin detrás de ellos, apoyado sobre la puerta con una sonrisa imperceptible, similar a su disgusto por verlo tan cerca de Axochitl.

Desde la partida de Itzcoatl, Mazatzin se acostumbró a ser el único en quien la reina podía confiar, en quien podía depositar su cariño y su amistad. Con el plebeyo de vuelta, presentía un cambio en la situación de la que tanto había disfrutado.

Prorrumpió Itzcoatl preguntando por el resultado de la batalla y de la guerra, ansiando saciar su incertidumbre después de haber perdido el conocimiento, ignorante de quien ganó.

—Ganó Moctezuma —le dijo disgustada Axochitl, cruzándose de brazos—, los demás hemos perdido.

De vuelta en la capital, recorriendo los pasillos del palacio real de Moctezuma, visitando los extensos jardines y admirando la belleza del lugar, Itzcoatl sintió estar entre aquella vasta opulencia como en su propio hogar. Ahí pertenecía, cerca de la corte, escoltando a la realeza, disfrutando de su fama.

Inmediatamente después de su regreso fue llamado por el *tlatoani* a presentirse en la Cámara de Recepciones, donde se le interrogó sobre lo sucedido en Texcalla y en Texcoco, de lo poco que se acordaba o nada. Itzcoatl repasó una y otra vez los pormenores de la conversación que sostuvo con el monarca sin saber si hubo actuado bien o si en el futuro se arrepentiría de su decisión.

De la guerra nada recordaba, pero la visita del rey de Tlatelolco a Texcoco, y su entrevista con Nezahualcoyotl, nunca abandonaron sus preocupaciones. Frente a Moctezuma pudo librarse de ellas relatando la conversación entre ambos reyes, un tanto sospechosa... sin estar seguro de su significado.

—Dígalo de una buena vez, soldado, no tengo tiempo para estar con sus juegos —sentenció Moctezuma.

—Hubo reuniones, entre Su Majestad Nezahualcoyotl con el rey de Tlatelolco... sobre alianzas... contra Tenochtitlan.

Moctezuma le detuvo de inmediato con un ademán sin siquiera verlo a la cara, para luego pasearse por la habitación consternado sin antes advertir que no levantara falsos contra Nezahualcoyotl.

—Mi lengua revela lo escuchado por mis oídos... Majestad.

—Estaré al tanto de ello, sea en provecho de nuestra ciudad. No es fácil escuchar de un plebeyo una posible traición del rey de Texcoco, antiguo aliado y buen amigo nuestro —dijo el emperador.

—Su Majestad, si puedo… deseo pedirle un favor.

«¿Quién se cree este soldado? ¡Pedirme algo!», reclamó en sus adentros el monarca, disgustado todavía por la denuncia.

—Verá, Su Majestad, si usted recuerda, estoy casado y prometí a mi señora regresar… Para vivir en la capital la necesito conmigo.

Moctezuma se tranquilizó, admirando la humildad del plebeyo, de quien creyó le exigiría alguna recompensa por su informe.

—Bien, pero debes regresar. Tu presencia es necesaria. Al regresar, tu familia tendrá un lugar donde vivir —prometió Moctezuma.

Al dar media vuelta a punto de marcharse, el emperador le dirigió unas últimas palabras:

—Haremos lo posible por averiguar la verdad de tus palabras.

Iniciaron los preparativos de su viaje de regreso, logrando Itzcoatl convencer a Mazatzin de ir, únicamente para despedirse de los suyos apropiadamente. Todo estaba listo para su partida, pero antes tuvieron que asistir al Templo Mayor, convocados junto a los guerreros que por sus esfuerzos y hazañas eran dignos de premios y alabanzas.

A los jóvenes que hicieron sus primeros prisioneros, pintados sus rostros con franjas rojas y amarillas, les entregaron mantas anaranjadas con un alacrán bordado; pintados sus rostros azul y amarillo, a quienes capturaron dos prisioneros se les vistió con el *tiyahcauhtlatquitil* «traje de valiente», bordado con una flor; y los de cuerpo pintado de betún negro, bañados en chispas plateadas, recibieron el título de *tequihuah* o «veterano», al capturar cuatro prisioneros, junto a otros privilegios. Se entregaron diversos premios como insignias, mantas, armas y hasta cargos: el príncipe Iquehuac fue ungido capitán-general a la muerte de su tío Zacatzin debido a sus graves heridas; y el príncipe Cacama fue nombrado teniente-general tras la muerte del señor Ayauhtli; al general Moquihuix de Tlatelolco, por su valentía en Cacaxtla, se le casó con la hija del rey Tezozomoctli de Azcapotzalco-Mexicapan: la princesa Chalchiuhnenetzin.

Mazatzin e Itzcoatl también recibieron premios; al noble le dieron una villa con sus propias tierras y servidumbre para atenderla; mientras que al plebeyo se le entregó la armadura de algodón negro que usó en la última batalla, un lujoso *macuahuitl* con turquesas engastadas y un escudo adornado con rodelas de oro, lo cual era suficiente para él.

En el octavo mes del año, Huey Tecuhuitl o «la Gran Fiesta de los Señores», las festividades propias de estas fechas iniciaron. Salieron los guerreros a las calles a bailar con las mujeres de la ciudad, en especial las *auyanime*, demostrando alegría para los dioses de la vegetación, agradeciendo sus bondades para con los suyos. La nobleza, obligada a celebrar con la plebe, les ofreció banquetes y repartió regalos a estos, soportando con aplomo el suplicio. Por el contrario, para Moctezuma esta fecha era de sus favoritas; disfrutaba mezclarse con su pueblo sin tapujos o restricciones, presentando cuantiosos regalos.

—Lo que sea necesario, no es momento de ser tacaños —advirtió Tlacaelel a su hermano, intentando reparar el daño ocasionado por la retirada en Texcalla—. Para hacerles olvidar la susodicha derrota, hay que consentirlos, y no te resentirán.

Moctezuma obedeció, buscando el perdón de su gente y deshacerse del estigma de vencido, huidizo...

Poco antes de la fiesta, los guardianes de la reina desaparecieron, lo que la inquietó, pues su condición divina comenzaba a menguar entre la gente. El populacho olvidó rápido, convirtiéndose en una esposa más, no reina, no la Hija de los Dioses o la Princesa del Agua, simplemente la más reciente amante del monarca, en especial por la derrota —como tanto insistían— en Texcalla, donde sus poderes no les ayudaron y, por ende, ya no la necesitaban.

Conforme se le volvió a considerar mortal, todos los privilegios que disfrutó le fueron arrebatados, perdiendo su estatus ante el rey, ante la nobleza y en particular ante las demás reinas, de quienes el brillo de sus ojos se oscurecía cuando Axochitl, tan joven y bella, de sólo veinte años, pasaba frente a ellas, cuando la mayor de ellas tenía cincuenta años. Comenzaron a ser abiertamente hostiles con ella, despreciándola. Viejas y decrépitas, arrugadas y llenas de manchas, su espíritu se les escapaba, mientras vivían prácticamente encerradas, como si odiaran su libertad, anhelando ser sacadas a pasear por su marido.

«Unos años más y seré como ellas», pensó Axochitl temerosa de su futuro, recordando todas las atenciones que le brindaban, comenzando a cambiar; desde que tenía su habitación junto al rey, ahora se alejaba lentamente acercándose a las reinas decrépitas, compartiendo poco después el pasillo y luego, incluso los baños.

«¡Qué horror! Vivir con esas mujeres toda mi vida, ¡imposible!, ¡me niego a aceptarlo!», se dijo Axochitl.

El divorcio era imposible de obtener; Moctezuma la podía mantener sin duda, no la golpeaba y atendía todas sus necesidades, ningún juez aceptaría confirmar el divorcio sin causa justa, mucho menos del señor de la ciudad. Tendría que esperar a la muerte del rey, ¿y después qué?, ¿volverse a casar, quizá a los treinta años de edad?, ¿quién la podría querer entonces? Sus consideraciones asaltaban su calma sin descanso y la duda original persistía.

«¿Dónde están mis guardianes?», se preguntaba Axochitl.

Tras frondosos encinos y las floridas jacarandas, cruzando verdes campos se encontraba Oaxtepec.

Rodeados de soldados, sirvientes y cargadores, vieron con recelo su antigua tierra. La capital les brindó honores y la guerra los colmó de premios, cambiando sus percepciones y actitudes. Entraron al pueblo con aire soberbio siendo recibidos por el señor de Oaxtepec, tomando después cada quien su camino para hacerse cargo de sus asuntos.

Mazatzin visitó su casa para presentar sus respetos a la memoria de sus padres, de quienes heredó su estatus, ahora debía ganarse su rango. Aunque la casa estaba a su disposición, prefirió cederla a sus hermanos, su herencia la llevaba en su nombre.

Itzcoatl por otro lado, se encaminó hacia su humilde casa, su vida pasada y la mujer en ella. Itzel lo recibió llorando de alegría, abrazando a su esposo vivo, sano, completo. Le besó deseando nunca perderlo otra vez, o separarse de él nuevamente. Muy en el fondo sabía que eso era imposible, pues siempre habría otra guerra que librar.

Itzcoatl le sonrió desganado, observando detrás de ella aquel hogar tan pobre y descuidado, patético e indigno de él.

—Debemos apurarnos, nos vamos de Oaxtepec —dijo Itzcoatl.

—¿Te vas, otra vez? —exclamó Itzel, dando unos pasos atrás como huyendo de sus palabras, sintiendo su corazón detenerse.

—No, Itzel, nos vamos. Moctezuma ha ordenado mi presencia en la capital y tú vendrás conmigo, como debe ser.

—¿A Tenochtitlan? —cuestionó Itzel—. Nuestra vida está aquí.

Las historias y elogios de la capital no eran suficientes para animarla a abandonar su pueblo; ella quería disfrutar los campos, envejecer en el anonimato y morir con su esposo en su lecho. No quería extravagantes placeres pues era sencilla de corazón, solo amor le llenaba, amor que no recibía de quien no se dignaba a apreciarla como creía que debía ser.

—Soy guardia imperial. Es mi deber estar en la ciudad y no puedo vivir ahí sin ti. Eres mi esposa.

Itzel se sonrojó y sintió por un instante regresar a su amado.

Sus pertenencias fueron fácilmente transportadas por los cargadores. No tenían mucho en realidad y se dispusieron a partir.

Itzel fue alejada de su pueblo a petición de su esposo para vivir una vida surrealista para su clase. Su suerte cambiaba e Itzcoatl también; su antigua sencillez se desvanecía dando paso a un hombre ambicioso y altivo, como cualquier otro noble, sin serlo en realidad.

—Vamos, Mazatzin nos espera. Tenemos muchas obligaciones y no podemos descuidarlas. Somos guardianes de la Princesa del Agua.

—¿La mujer que vino con el emperador?, ¿ella? No le vi bien, pero me pareció hermosa desde la distancia —comentó Itzel.

Itzel recordaba la gran litera dorada y a su pasajera recostada en su interior, de extrema belleza, finos rasgos, torneado cuerpo y sedoso cabello largo, la reina de los mexicas, Hija de los Dioses.

A la salida del pueblo se reunieron con Mazatzin quien los esperaba junto a algunas pertenencias, para recordar a sus padres nada más, sin un atisbo de tristeza, o por lo menos no lo dejaba notar.

—Querida amiga, tanto tiempo sin verte —Mazatzin saludó a Itzel tomándola de las manos—. Pareces embellecer con el tiempo.

Itzel esbozo una sonrisa nerviosa, sin estar acostumbrada a recibir halagos, no de su esposo, mucho menos de un joven tan bien parecido como el noble, a quien en su juventud las muchachas perseguían tanto por su personalidad y su belleza como por su posición nobiliaria.

—Nos esperan riquezas inimaginables. Te gustará.

Ella, reacia a creerlo, seguía sonriendo resignada.

La gente del pueblo salió a despedirles, deseando suerte en su viaje, acompañándolos hasta la salida la bonachona familia de Itzel.

Tiempo después, Moctezuma Ilhuicamina sentiría predilección por aquel pequeño poblado, aclimatando en él variadas clases de arbustos y de árboles, flores y plantas exóticas traídas de todos los rincones del imperio únicamente para embellecer el valle, constituyendo el primer jardín botánico del continente. Sin saberlo, al abandonar sus tierras, Oaxtepec se convertiría en las tierras favoritas del emperador para su descanso y recreo personal.

*****

A las orillas del lago no tardó en mostrarse el asombro en el rostro de Itzel. Como ellos tiempo atrás, quedó maravillada por la visión de la capital fundada en el oleaje de la laguna multicolor, asomándose verde en la mañana, azul en la tarde y negra en la noche.

Su desprecio por la capital al haberle arrebatado a su amado pueblo, se transformó, volviéndose encanto y emoción por las maravillas en tan enorme urbe, sus altos templos enjoyados, sus maravillosos parques. Cruzaron calles y puentecillos en busca del hogar otorgado por el rey. Mazatzin se desvió del camino hacia el centro.

—¿A dónde vas? —le preguntó Itzel.

—Yo vivo en el palacio real —respondió Mazatzin, quien a pesar de poseer una villa en el barrio de Atempan, prefería dormir y comer en la casa del soberano a sus expensas.

—¿Puedo ir yo al palacio? —preguntó ella entusiasmada.

—¡No! —respondió Itzcoatl nervioso, asustando a la muchacha, terminando por desanimarla.

Encontraron su nuevo hogar en el barrio de Tlapallan, dentro del distrito de Cuepopan. Estaba construido en un complejo de cuatro casas interconectadas entre sí, compartiendo el *temazcal*, un basamento para las ceremonias y un hermoso jardín central donde las familias pasaban la mayor parte del tiempo, a la luz del sol compartiendo la belleza de las flores y la reconfortante hierba debajo de sus pies descalzos.

A pesar de la cercanía existía bastante privacidad; poseía cada casa su propia parcela y habitaciones particulares. El lugar era espacioso y muy limpio, con la fachada pintada de blanco con una cenefa roja y abastecida con todo lo necesario para su vida. Ni en sueños habrían podido imaginarse cambiar su humilde vivienda por esa maravilla.

—Aquí es donde viviremos, donde volveremos a empezar. Seremos felices al fin... —se esforzó Itzcoatl en pronunciar cada palabra con la esperanza de volverse realidad.

Tomó las manos de su esposa con fervor y ella lo miró con sus grandes ojos color avellana, volviéndose a enamorar de él, creyéndolo curado de su apatía mientras él, embelesado por su morada, transmitía a su esposa ese sentimiento. Eran ahora colhuas, herederos de la antigua cultura de Tollan; eran mexicas, pertenecientes al gran Pueblo del Sol, el pueblo elegido; y eran también tenochcas, ciudadanos de la capital del imperio, la más grande y magnifica ciudad del Cemanahuac.

El manto estelar cubría el valle, envolviendo con sus pliegues la alegría de las urbes, siguiendo el paso de Tleyotol caminando por las desérticas calles de Tlatelolco hacia Pochtlan, llegando tarde a una de las reuniones más importantes que su gremio habría de realizar.

Entrando a Pochtlan identificándose como uno de los dos grandes señores del gremio, señor de Acxotlan y mercader-general, los guardias le dejaron pasar sin volver a preguntar, mostrando más que respeto, temor. Era una fortaleza Pochtlan, protegido tanto por la fuerza militar tlatelolca como por la influencia política del rey Cuauhtlatoa.

Tleyotol controlaba en su totalidad el comercio por las rutas del sur hacia los reinos tlahuicas, aunque lo compartía con otros mercaderes de Cuauhtitlan, Chalco y Xochimilco, él poseía la mayoría, llevándose más riquezas que los demás. Siendo el yerno del señor de Pochtlan no podía recibir menos que el resto de sus colegas.

—Tleyotol, te dignas finalmente a acompañarnos —expresó el líder de los mercaderes Nanahuatzin al verlo entrar sigiloso, intentando sin suerte pasar desapercibido por su tardía.

El joven mercader no se inmutó, tomando asiento a su lado.

—Nuestra situación es apremiante. La guerra contra Texcalla no le demostró a Tenochtitlan nuestro poder, ni los impulsó a cambiar su parecer. ¡Algo debemos hacer! —anunció Nanahuatzin, sacudiendo las manos y gritando a todo pulmón frente a sus colegas, vertiéndose toda su agresividad al pronunciar su arenga.

Mercaderes de alimentos, telas, plumas, esclavos y joyas, animales exóticos, flores, arte y vestidos, todos movían sus cabezas al reconocer la verdad en las palabras de su líder. ¿Por qué permitían tal atropello? Tenían la fuerza y más que nada, los recursos para defenderse.

—Esto nos ha demostrado tener que recurrir a otras acciones por mucho más drásticas —respondió Tleyotol.

—¿Qué propones, yerno? —preguntó Nanahuatzin.

—Es la razón por la cual he llegado tarde. Por mucho tiempo hemos puesto la vista en el mercado de Coixtlahuaca. Una guerra en contra de este señorío podría sernos muy útil, de dos maneras diferentes...

Al mencionar aquel importante centro de comercio, el más grande al sur del Anahuac, las miradas de los señores se ampliaron, externando su ambición por obtener aquellas rutas, el control del mercado y el paso a los antiguos y misteriosos territorios mayas.

—Hemos de continuar menguando las fuerzas de Tenochtitlan entre tanto buscamos el control del mercado mixteco... Pero me doy cuenta de la necesidad de un nuevo emperador... —dijo sin titubear, dejando helados a sus colegas comprendiendo sus ideas.

Sorbiendo de una copa plateada con pulque, miró a su alrededor, gustoso de tener su atención.

—Debemos insistir para que nuestros sueños se hagan realidad. No podemos dejar a la suerte el futuro de nuestro oficio. Si hemos de ser poderosos, los que ya lo son deberán caer antes… el rey Moctezuma y su primer ministro, Tlacaelel.

*****

La expansión imperial continuó y las Guerras Floridas no cesaron a pesar de las lluvias. Lejos de la capital, valientes guerreros arriesgaban sus vidas por un ideal y por su orgullo. El imperio llegó para quedarse, podían unirse o ser conquistados.

Tlacaelel, encerrado en su palacio sin permitir intrusión alguna con excepción de la princesa Maquitzin y el mercader Tleyotol, maquinaba la forma para sobrepasar la derrota en Texcalla. Muchos lo imaginaban avergonzado, ocultándose ante la burla por haber impulsado aquella guerra inútil. En realidad, continuaba sus planes, desviando la mirada hacia su próximo objetivo.

—Dime, Tleyotol, ¿qué noticias te tienen los *oztomecas*?

—Existe un gran señor al sur, quien no teme mostrar su desprecio hacia Tenochtitlan. Nuestros mercaderes sufren despojos y maltratos por aquellas regiones. Debo advertirle, Su Excelencia, es un enemigo muy poderoso… sino invencible.

El mercader-general escogía muy bien sus palabras, provocando a Tlacaelel, empujándolo hacia sus propios designios.

—Invencible… habremos de comprobarlo. Tleyotol, necesito que me consigas esta guerra, haz lo que sea necesario —ordenó Tlacaelel.

—Su Excelencia no quedará decepcionado.

—Ni ustedes, cuando Coixtlahuaca caiga ante nosotros —respondió Tlacaelel atento a la reacción del mercader, demostrándole que estaba a muchos pasos adelante de él.

—¿Su Excelencia? —inquirió Tleyotol intentando imaginar el cómo conocía sus intenciones.

—Es un importante centro comercial —explicó dándole la espalda al tanto de su confusión—. Su conquista sin duda les proporcionaría de muchas riquezas a los mercaderes, en tributos y en rutas. Su mercado sería trasladado de inmediato a Tlatelolco… por supuesto, siempre y cuando permanezcan leales a Tenochtitlan.

Imposible era de ignorar la advertencia. Tlacaelel solo jugaba con sus víctimas, sutil era su trato, mortales sus acciones.

—Por cierto, acerca de tu antiguo sirviente, aquel plebeyo. Debo hablarte de él —añadió Tlacaelel.

Tleyotol planeó la mejor forma de incitar al rey de Coixtlahuaca a pelear, sacrificando hombres a su servicio, entre ellos mercaderes que no eran de su agrado, engañados para realizar aquel viaje a la Mixteca, provocando la furia mixteca. De ciento sesenta y ocho mercaderes que fueron torturados hasta morir, cinco de ellos lograron escapar, llegando sangrando, con las ropas desgarradas y deplorables, rogando audiencia con Moctezuma.

Los *macehualtin* (plebeyos) se afligieron al enterarse, mientras los *pipiltin* (nobles) se indignaron, los *tetecuhtin* (dignatarios) se enfadaron y los *tlatoque* (reyes) respondieron:

—¿Acaso nos creen débiles? ¿Se perdió el respeto a los amos del mundo? ¿La Alianza se quedará de brazos cruzados sin actuar? ¡Jamás!

La afrenta de los mixtecos sería castigada, el poder de cien naciones caería sobre el Pueblo de las Nubes, sobre Coixtlahuaca y su rey.

Pronto, Nanahuatzin expuso la terrible fechoría, abogando por su gente enfurecido, excitado, pues sus planes funcionaban. Demandaba justicia, exigía venganza, uniéndosele los líderes de los demás gremios en sus reclamaciones y también los señores y reyes de aquellos reinos de donde los comerciantes eran naturales, obligando a Nezahualcoyotl partir a Coixtlahuaca inmediatamente buscando ante todo la paz entre la Mixteca Alta y el Anahuac.

Con bellos y cuantiosos regalos se presentó ante el rey Atonal de Coixtlahuaca, quien rechazó tajantemente las peticiones del rey-poeta, provocando en su lugar la furia del imperio.

«Tome estas riquezas y lléveselas a Moctezuma. Dígale que con esto él sabrá la mucha estima que me tienen mis súbditos y que ellos sabrán defenderme. Acepto la guerra que propone. Veremos después si yo he de rendir homenaje a los mexicas o si ellos me rendirán homenaje a mí...», pronunció el rey Atonal.

Nezahualcoyotl trajo consigo el mensaje, repitiendo con fidelidad el discurso del rey mixteco, arrepentido por incitar a la violencia.

Moctezuma se admiró al escuchar tal afrenta.

—Tanta arrogancia es prueba de un corazón valiente y fiero. Una gran demostración de fuerza será necesaria para poder someter a este poderoso rey —le dijo Moctezuma a Nezahualcoyotl.

Apesadumbrado ante la reacción de su amigo, sabiendo imposible la conservación de la paz, el rey-poeta se rindió, pues inclusive su gente, los catorce reyes acolhuas, pedían la cabeza del rey Atonal.

Los integrantes de la Asamblea Superior aceptaron la conquista de Coixtlahuaca. Era inevitable la guerra, además de ser importante para la Alianza; vengarían a sus hombres, se redimirían de su derrota pasada y conseguirían nuevas rutas comerciales.

Solo quedó una cuestión por determinar: quién dirigiría las tropas contra Coixtlahuaca. Las expresiones de los miembros de la asamblea delataban sus pensamientos, todos sabían quien debía ser.

—Solo hay un hombre lo suficientemente capaz de vencerlos —dijo Nanahuatzin tomando la palabra, asistiendo a la Asamblea debido a la magnitud de víctimas parte de su gremio, dejando de actuar como un comerciante, comportándose como un guerrero, un general o un rey.

—Por favor, díganos —exclamó Tlacaelel dirigiéndose al señor de los Comerciantes—, a quien tiene en mente para tal hazaña, usted sobre el resto, siendo un experto en los asuntos bélicos.

Su tono reflejaba el hastío que sentía ante aquel hombre sin noble sangre ni insignias guerreras, un burgués que por sus riquezas le era permitido codearse con las altas esferas del imperio.

Los jefes militares rieron, burlándose del mercader intentando jugar al comandante. Nanahuatzin, indiferente, tomó aire para replicar, pero su opinión fue interrumpida.

—¿Quién otro, sino nuestro alabado General en Jefe? —intervino Cuauhtlatoa, sabiendo de antemano se respetaría su opinión por sus hazañas—. Nuestro *tlacatecuhtli*, Moctezuma Ilhuicamina.

Moctezuma frunció el ceño reconociendo las intenciones de ambos hombres por humillarlo y provocarlo, dándole una oportunidad para reivindicarse por su aparente derrota. Debía ser él quien conquistara la Mixteca, debía ser él.

—Agradezco tu confianza, Cuauhtlatoa, y acepto la encomienda con mucho placer —contestó Moctezuma sin poder rehusarse a expensas de ser tildado de cobarde.

Estaban puestos los ojos del gran Dios del Sol y de la Guerra en su hijo predilecto, así los del pueblo mexica, devolviéndole a su monarca la confianza que le tenían en antaño.

De vuelta en la capital, Itzcoatl encontró la vida en el palacio como un ciclo interminable de actividades tediosas, a las cuales Mazatzin se llegó a acostumbrar, pero él no podía. Para su fortuna o desgracia, Moctezuma también le tenía pensado otro camino.

—Joven Itzcoatl, me he enterado de su amistad con el comerciante Tleyotol. ¿Cuán cercano es usted a él? —le preguntó Moctezuma.

—Su Majestad, el señor y yo nos conocemos desde hace tiempo. Y creo, si puedo decirlo, soy de su aprecio. ¿Hay alguna razón...?

Moctezuma midió bien sus palabras. Aunque estaba inseguro en su proceder, confiaba en el joven.

—Tenemos un trabajo para ti. Si hemos de desenmarañar los planes de Tlatelolco, necesitamos te acerques a Tleyotol. Mucho ignoras, pero obedece y podrías quizás, salvar a tu nación.

El emperador necesitaba del guerrero, ya fuera por su habilidad o por su disposición.

—Ten presente esto: deberás de estar en ambos lados, el suyo y el nuestro para informarnos… ¿Aceptas este reto?

—Por supuesto, Majestad… yo… lo haré —respondió Itzcoatl.

—Los enemigos nos acechan, debemos estar preparados. En cuanto a ti, recuerda, serás su servidor, pero antes eres el mío.

Aquel acuerdo le brindó a Itzcoatl grandes beneficios, que disfrutó; conviviendo con Axochitl durante el día, contemplando su belleza y escuchando su poesía; acompañando a Tleyotol por las tardes, de vuelta a su servicio; regresando con Itzel hasta entrada la noche, llegando tan cansado que solamente servía para dormir.

A Itzcoatl no le era suficiente la compañía de su mujer, sus caricias o su devoción. Poco a poco, el falso cariño alguna vez expresado hacia ella por mera obligación, fue desvaneciéndose de la misma forma en que su interés por complacerla disminuía.

Itzel intentó aceptar su situación sin mostrar tristeza por la solitaria vida que llevaba, tratando de olvidar sus sentimientos para preocuparse por los de su esposo, sin entender el porqué de su rechazo hacia ella.

¿No acaso obedecía a todo lo que él le mandaba?, ¿no lo siguió a la capital?, ¿no lo amaba? No soportó mucho tiempo sus reclamos.

—Eres otra vez mercenario de ese hombre, pero si como guardián de la reina recibes mejores privilegios; respeto, rango, tranquilidad. ¿Por qué no puede ser suficiente? —le reclamó Itzel.

—En este lugar uno debe esforzarse para ascender —dijo Itzcoatl.

—¿Tanto como para olvidarte de tu mujer? ¿Por qué me pediste si no me amabas?, ¿se te olvidó lo que sentías por mí antes de venir aquí?

Por primera vez, se desahogó finalmente de sus emociones secretas, bien escondidas de su marido, hasta cuando no pudo ocultar más su pesar, claramente filtrado en sus lágrimas diarias.

—Los dioses me han traído aquí por una razón, porque tú te sientas sola o desatendida no me evitará hacer su voluntad —dijo él utilizando la religión a su favor, a sabiendas que Itzel no podría replicarle cuando metía a los dioses de por medio.

Itzel entonces comprendió finalmente su situación. Su esposo ya no era el de antes, había cambiado, y con él su amor hacia ella.

Para Mazatzin, su alto rango, los favores con los que contaba y la compañía de la reina eran más que suficientes para tenerlo contento, sin embargo, se empezaba a hablar de él en los círculos de la alta sociedad, sobre sus habilidades, su increíble suerte y en especial sobre su soltería, un aspecto muy criticado al grado que aquellos que no se desposaban antes de los treinta años, eran rapados y nunca más les era permitido tocar a una mujer, jamás, so pena de muerte. Pero el compromiso no era su fuerte, y un matrimonio político no le era llamativo.

Presionado por las críticas, se vio en la penosa necesidad de buscar una pareja lo suficientemente afín a su personalidad, sin requerirle un esfuerzo de su parte. Antaño, por su posición y apariencia, gozó de más de una doncella en Oaxtepec, siendo ellas para él una mera distracción. Ahora, Mazatzin no buscaba nada diferente, habría de conservar las apariencias que su puesto le exigían, conservando su modo de vida.

Solo a una mujer conocía fuera del palacio; hermosa, misteriosa y carismática, de suave piel y curvas mortales, una diosa llamándolo a sus aposentos, todo por un módico precio...

Cada tercera noche visitaba a Quiah en la Casa del Placer, llenando con sus riquezas las faltriqueras de la mujer y del templo al que ella pertenecía, de la Diosa Tlazolteotl de las Inmundicias, disfrutando de su escultural cuerpo con pasión y desenfreno, desgarrando sus ropas, agasajándose de sus voluptuosos senos y obsecuentes nalgas. Con ella se sentía especial, importante y sobretodo, amado, pues Quiah sabía complacer a un hombre en diversos aspectos, físicos y espirituales.

Esas pasiones, llevaron a Mazatzin intentar una empresa por demás insensata, pretendiendo arrancarla de su vida tal como ella la conocía.

—Necesito más tiempo contigo, Quiah —le dijo a la mujer.

—Sabes dónde encontrarme.

Pero Mazatzin pensaba en algo completamente diferente, imposible pero que para él debía ser obtenido. No importaba la reputación de la muchacha ni su oficio, ni siquiera si era ella en realidad.

—Deja esta profesión. Ven a vivir conmigo, casémonos.

Ella posó los dedos sobre sus labios, obligándolo a callar.

—No estás pensando con claridad. Olvídalo —respondió Quiah.

—No debes dudar de mis intenciones. Te amo.

En ese momento Quiah se echó a reír; una risa aguda y estridente, irritando al noble con increíble facilidad, quien desde esa noche no pudo olvidar aquel sonido inquietante y repulsivo.

Quiah le acarició los cabellos como si fuera un niño, burlándose de él en su cara y Mazatzin se sulfuró encarando a la *auyanime*.

—Mi querido Mazatl, ¿no te das cuenta que esto no es en serio?

—¿Acaso no soy lo suficiente para ti? Te haría un favor.

—Yo sirvo a la Devoradora de Inmundicias, esta es mi casa y aquí están mis hermanas —respondió Quiah orgullosa—. Yo aquí tengo una vida. Soy la mejor del lugar; esto es mi placer. No me iría contigo, ¡jamás! Eres solo un campesino con suerte, solo eso. Muchos y mejores hombres me han visitado y seguirán haciéndolo, pero ninguno me tendrá, soy libre, soy deseada. Tú, no eres nada.

—Me lo dice una mujer como tú. Eres un objeto para ellos, y yo te ofrezco un estatus. Aún así me rechazas —reclamó Mazatzin.

—¡Eres solo una obligación! Me pagan por entretenerte y por ello te soporto. No eres ni la mitad de hombre de los que me comparten. Eres torpe, caprichoso y molesto. Eres a usanza mujeril a mí parecer. ¡Es verdad, no eres un hombre para mí! —clamó ella, enfadada.

Gravemente ofendido, Mazatzin finalmente perdió la paciencia. La risa de Quiah volvió, provocándolo acallar aquel chillido nefasto.

La furia se apodero de Mazatzin lanzándose sobre ella, rodeando su cuello con sus manos para detener su parloteo. Su hombría había sido lastimada. Cayeron al suelo, forcejeando, mientras Quiah era sofocada por el fuerte agarre del joven, quien divagaba entre el odio y el placer, el rechazo y su deseo. De un momento a otro, Mazatzin recobró la consciencia percatándose de su acción, liberándola de inmediato.

La mujer aprovechó la ocasión y buscó entre sus ropas una navaja de pedernal que guardaba celosamente para protegerse, blandiéndola frente a Mazatzin, amenazando con desgarrar su garganta.

—Vete antes de que te degüelle —exclamó sin miedo, confiada en el filo de su cuchillo sin perder serenidad.

—Quiah... lo siento tanto, no quise —apenas reaccionó Mazatzin sobre lo ocurrido, intentando inútilmente disculparse.

—¡Largo! —gritó Quiah, agitando la navaja.

A medio vestir, Mazatzin abandonó rápidamente la Casa del Placer sin saber qué hacer, sintiéndose a la vez profundamente herido, furioso y avergonzado por haber caído tan bajo.

Después de aquel día no volvió a ver a Quiah, pero ninguna otra prostituta satisfizo su vacío emocional, siendo incapaces de hacerlo olvidar su soledad.

Creyendo haber encontrado en ella la solución a su soltería, pronto se percató de su realidad; no tenía nada, ni a nadie.

Los ánimos estaban en las nubes elevándose más allá por los cielos para llamar la atención de los dioses, para ser testigos de su destreza en la campaña futura. También los soldados querían desquitarse de su anterior derrota, confiados de regresar victoriosos, prometiendo morir en el intento. Itzcoatl observó mientras tanto los preparativos, pues a pesar de haber sido declarada la guerra, no se le ordenaba presentarse a las filas. Su obligación seguía siendo con la reina y con el mercader hasta serle ordenado lo contrario.

Los reyes, señores, príncipes, nobles y capitanes de todo el imperio se reunieron en la Cámara de Reuniones previo a la guerra. Un tumulto de hombres apelmazados dentro del salón que, aunque extenso y muy amplio, no daba cabida a tantos. El imperio entero se movilizó para la campaña contra la Mixteca.

Dentro del palacio, Itzcoatl se acercó a la sala fascinado por la alta sociedad del Anahuac reunida, pasando con dificultad entre los nobles cuando una voz combinando autoridad y carisma llamó su atención. Al darse vuelta se sorprendió al ver quién era, sobre todo cuando le saludó con tanta familiaridad.

—Si es nada menos que el joven Itzcoatl.

—Su Majestad Nezahualcoyotl, ¿qué hace usted aquí?

—Deberes y obligaciones, muchacho. Esta guerra nos ha reunido para celebrar. Vaya, ¡celebrar la muerte! ¿Puedes creerlo? No podemos dejar a los tenochcas llevarse la gloria, o en todo caso, los tributos.

La personalidad animosa del rey de Texcoco se hacía apreciar y su sabiduría le hacía digno de alabanza.

—Los de Texcoco no somos cobardes y tampoco los de Tlacopan. La Triple Alianza se moviliza para vencer a los mixtecos, para defender nuestra reputación. Son poderosos y no están solos. Aunque al parecer en división, la Mixteca es capaz de unir fuerzas en nuestra contra.

La sensación de una lucha conjunta emocionó a Itzcoatl, aquella campaña lucia por mucho, mayor a la de Texcalla. Su oponente era en extremo poderoso, expandiéndose los territorios de los mixtecos desde las tierras de Tuxtepec hasta el rio Papaloapan.

Ambos avanzaron con facilidad atravesando el mar de nobles pues la figura del rey texcocano exigía deferencia y respeto, dirigiéndose al fondo de la Cámara de Reuniones, donde Moctezuma se encontraba en su trono, conversando con extrema familiaridad con un niño de unos ocho años, de apariencia fina, usando un pañete y una manta blanca, como se acostumbraba vestir a los estudiantes del *calmecac.*

—Saludos, hermano Moctezuma —lo llamó el rey Nezahualcoyotl abriéndose paso hacia él—. Me he encontrado a uno de tus guardianes merodeando con increíble curiosidad.

El rey de Texcoco sonrió, guiñándole el ojo a Itzcoatl, con la mano sobre su hombro cual si fueran viejos conocidos.

—Amigo Nezahualcoyotl, me alegra hayas venido. Aunque no sea la actividad bélica tú preferida, es importante saber que cuento con tu apoyo en esta ocasión —dijo Moctezuma fingiendo tranquilidad, pero su semblante, en cambio, revelaba solo para quienes lo conocían cierta incertidumbre—. Y traes a Itzcoatl contigo, ¿con qué motivo?

—Fue un agravio el asesinato de los mercaderes, y el rey Atonal no mostró arrepentimiento, ¡cómo no apoyarte! En cuanto a Itzcoatl, le he visto con tantas ganas de unirse a la lid… a fin de cuentas, es ahora un comerciante y los suyos fueron seriamente agravados.

—Es un mercenario, y no importan los deseos personales en esta guerra. Será por justicia —respondió Moctezuma.

Itzcoatl se avergonzó, pues, aunque fungía ese papel por órdenes no olvidaba que en un principio él eligió ese camino.

—Mira, Axayacatl —le dijo Moctezuma al infante a su lado, hijo del rey Tezozomoctli—. Él es un excelente ejemplo del valor y orgullo tenochca, dispuesto a pelear y a morir si fuera el caso, pero sobre todo a obedecer a su rey y a los dioses —señaló entonces al plebeyo.

Itzcoatl se irguió sacando el pecho y tensando sus brazos intentando demostrar que era un verdadero guerrero.

—¿Peleará en Coixtlahuaca? —preguntó el infante—. ¿Puedo ir yo también? Ya sé pelear, me han enseñado en el *calmecac.*

—Me temo que tiene otros asuntos que atender antes, y tú también Axayacatl —respondió el emperador causando una profunda decepción en ambos, niño y joven por igual.

*****

Itzcoatl se retiró a los aposentos de la reina, para dejar a la nobleza entretenerse con las piruetas de los acróbatas y las payasadas de los enanos entre bebidas y golosinas, anticipando su victoria sin modestia antes de la marcha.

Ahí se encontraba la reina Azcalxochitzin, de visita con Axochitl, pero a pesar de su agradable presencia no pudo ocultar su decepción.

—¿Irá a la guerra? —le preguntó la reina Azcalxochitzin perpleja al saber su intención por pelear—. La última vez le fue mal.

—No se moleste, Su Alteza. Como puede ver, la guerra fue hecha para él —comentó Mazatzin, burlón, haciéndoles compañía—. Si lo encerramos aquí durante mucho tiempo sin enemigo alguno con quien batirse, podría empezar a matar a sus propios compañeros.

—¡Mazatl, no digas eso! —le censuró Axochitl.

—No importa, el emperador no me dejará participar. Me lo insinuó hoy en la reunión —contestó Itzcoatl, resignado.

—Menos mal, aunque no parezca se te necesita —dijo Axochitl.

En el Templo Mayor, después de consagrarse a Huitzilopochtli, el emperador se despidió de su gente, dispuesto a partir y aplastar a sus enemigos. La corte le deseó suerte en su empresa, mientras sus esposas le lloraron desconsoladamente, encomendándolo a los dioses. Axochitl, por otro lado, cuando fue su turno de despedirse, lo hizo sin mucha tristeza.

—Tenga un buen viaje, mi señor —dijo escuetamente arrodillándose ante él—. Los dioses le protejan y lo traigan sano de regreso a casa.

Aquellos momentos en que ella actuaba con el recato y la etiqueta obligatorios, eran cuando Moctezuma menos la quería. Entendía la necesidad de tales formalidades y las odiaba a su vez.

—Axochitl, eres dueña de tu persona y no debes contenerte en mi presencia, prefiero cuando me hablas como sueles hacerlo. Me gustas más de esa manera —le indicó Moctezuma.

—Si te matan, me aseguraré que tu alma sufra mucho durante su viaje al Mictlan, lo digo en serio —dijo ella entonces.

Moctezuma sonrió, admirado por su fuerte personalidad, y besó con ternura a su reina, aquella que se quejaba, le reñía y exigía, capaz de amenazarlo o burlarse de él, por todo ello la amaba, aunque no siempre fuera capaz de demostrarlo.

A un hombre en su posición le era imposible mostrarse vulnerable.

Las tropas tenochcas salieron a los campos de guerra junto con sus hermanos colhuas, comandadas por el príncipe Iquehuac, uniéndose a las huestes de la Triple Alianza, con el príncipe Xochiquetzaltzin de Texcoco al mando de las tropas acolhuas, el general Tepletaoztoc de Tlacopan encabezando las fuerzas tepanecas y el general Moquihuix de Tlatelolco dirigiendo a los soldados tlatelolcas, congregándose hasta doscientos mil soldados dispuestos a morir por sus reinos y cien mil cargadores para llevar sus pertrechos, los cuales sin falta obedecerían las órdenes del Supremo Comandante, Moctezuma Ilhuicamina.

Rara vez se contemplaban movilizaciones de aquella magnitud, marchando las tropas alrededor de treinta kilómetros por día con el fin de llegar pronto a Mixtecapan[31], recibiendo refuerzos de los reinos bajo el poder del imperio como era acostumbrado; unos por temor, pero otros por conveniencia, buscando reconocimiento y riquezas.

La guerra siempre ha sido una excelente actividad política y un muy buen negocio, escondido bajo los ideales del honor y la valentía.

Pocos contrincantes quedaban para enfrentar a los reyes anahuacas; ahora era el turno del «Pueblo de las Nubes» probar si sería capaz de soportar, y quizás, vencer la temible Triple Alianza.

Los Ñu'u Savi[32] o mixtecos, se encontraban divididos debido a lo accidentado de sus territorios, separados por grandes extensiones de tierra y montañas como la Sierra Mixteca o Zempoaltepetl «las Veinte Montañas», en la cual convergían la Sierra Madre Oriental, el Eje Volcánico y la Sierra Madre Sur, influyendo en la definición de tres zonas; la Mixteca Alta, la Mixteca Baja y la Mixteca de la Costa, cada una independiente de la otra y en constante conflicto.

Fueron sin embargo en el pasado un poderoso imperio. Estaba por verse si en la adversidad, podrían aliarse de nuevo.

Coixtlahuaca era de los reinos mixtecos más poderosos y también un importante centro comercial, cerrando el paso entre el altiplano y la costa del Pacifico de la actual Guatemala y Chiapas, convirtiéndolo en un excelente objetivo para el imperio, y las acciones del rey Atonal le dieron la excusa perfecta para invadirlos.

---

31 En nahuatl, Mixtecapan significa: «Lugar de las Nubes». Con el paso del tiempo, el nombre se fue transformando, hasta convertirse en La Mixteca.

32 «Ñu'u Savi» era el nombre por el que se llamaban los propios mixtecos en su lengua, que significa: «Pueblo de la Lluvia». Los mexicas en cambio, por su lengua náhuatl les conocían mejor como mixtecos, que significa: «Pueblo de las Nubes».

El año Macuilli Tochtli o «cinco-conejo», en 1458, desde Izucar, Moctezuma se lanzó a través de los reinos de Acatlan y Huajuapan contra el reino de Coixtlahuaca, gobernado por el último soberano de una larga dinastía de origen tolteca. La lucha sería reñida, les costaría sangre y sudor hacerse de esas tierras. El *tlacatecuhtli* y los generales de Texcoco y Tlacopan después de mucho esfuerzo sobrepasarían las defensas de los reinos Xochitepec, Atoyac, Huajaupan y Huaxolotitlan, diezmando la Mixteca Baja, abriéndose paso a su verdadero enemigo en la Mixteca Alta. El reino de Coixtlahuaca se localizaba a un tiro de piedra, pero a pesar de la aparente división entre los reinos mixtecos, no lucharían solos. Ante la invasión, la Mixteca reaccionó, llamando a su gente a proteger su tierra.

Los reinos de Tlaxiaco, Tilantongo y Tultepec se le unieron al rey de Coixtlahuaca.

Confiado, el rey Atonal se atrevió a provocar a los ambiciosos mexicas. Odiaba a Tenochtitlan, convencido que en cualquier momento habría de intentar invadirlos, y posiblemente no estaba equivocado, por lo que decidió apresurar al destino al invocar la desgracia. Despertó a la bestia, ahora, ¿sería capaz de hacerle frente?

Capítulo XII

Al Filo de la Obsidiana

esde muy lejos, miles y miles de personas llegaron al valle del Anahuac para celebrar una de las fiestas más importantes del año, no solo de los mexicas, sino también de todos los demás pueblos en el mundo. Una innumerable cantidad de peregrinos arribaron para las conmemoraciones de la diosa de mayor importancia: la Diosa Madre.

Era la fiesta del mes de Tititl, el decimoséptimo del calendario solar dedicado a la diosa Coatlicue, madre de Huitzilopochtli y a su vez, la más venerada de todas. Compartía celebración con sus advocaciones, las figuras más predominantes en el mundo nahuatl, diosas-madres de los pueblos. Muchas formas tenían y a todas se les alababa por igual. Era Cihuacoatl; «Mujer-Serpiente», la primera mujer en dar a luz. Era Toci; «Nuestra Abuela», madre de los dioses. Era Tonantzin; «Nuestra Madre Adorada», madre de los hombres. Se le adoraba por igual, pero solo existía un lugar donde se le podía alabar con mayor pasión, en el famoso cerro de Tepeyac.

Entre el gentío, se le vio a Axochitl andar en su litera con su séquito para visitar la imagen divina de la diosa. Venía con ella como siempre, su fiel guardián Mazatzin.

La pareja de Oaxtepec también avanzaba en dirección al cerro de Tepeyac para por primera vez en su vida, venerar a la Diosa Madre, de la Vida y la Tierra. Iban curiosos y animados, pasmados de la cantidad de gente que los acompañaba para presentarle sus respetos a la Diosa de la Tierra. Nobles y plebeyos caminaban juntos, los dioses no tenían diferencias de esa índole, para ellos todos eran iguales.

Los *teomama* o «cargadores de dioses» desde sus reinos y pueblos llevaban sobre sus espaldas las imágenes de la diosa en las diversas formas en las que se le representaba, de distintos tamaños y colores, estilos y vestidos. Orgullosos atravesaron la calzada norte rodeados de sus paisanos, con las esculturas resaltando la marcha. De alguna forma intentaban llenarlas de la magia de las principales efigies, de inmenso tamaño y altura, labradas con soberbios detalles, descansando en el interior del templo en Tepeyac, esperando con las puertas abiertas a sus visitantes. Pero debido a la cantidad de peregrinos, las sacerdotisas se tuvieron que encargar de organizar el paso.

Unos cuantos, los privilegiados, tenían el derecho de rendirle tributo personalmente desde el interior. El resto permanecería a las afueras donde ofrecerían a las diosas cualquier regalo u obsequio traído de sus hogares, recolectados por las *cihuatlamacazque* «sacerdotisas».

Una vez en la cumbre del cerro, desde donde se podía observar el pueblo de Tepeyac en su totalidad, Axochitl tomó a Mazatzin de la mano para llevarlo al interior del templo, siendo reverenciados por las sacerdotisas, permitiéndoles ser los primeros en pasar. Se admiraron por el espacio del salón, los bellos colores en sus paredes y el olor a copal aromatizado desprendiéndose de las ofrendas. Las figuras de las diosas ocupaban tres paredes del recinto; a la derecha Cihuacoatl, a la izquierda Toci, y al fondo Tonantzin, pero justo en el centro, impuesta por Tenochtitlan, se mostraba Coatlicue.

Fueron testigos de la grandiosidad de la efigie de la madre de los pueblos. Coatlicue «la de las Faldas de Serpientes», imponente sobre su altar, obligaba a ser reverenciada:

Dos serpientes de piel roja y escamada formaban su cabeza, con ojos redondos y penetrantes dirigiendo su atención a sí mismas y a su vez, al exterior, con fauces entreabiertas exhibiendo largos y filosos colmillos curvos, deslizándose entre ellos la lengua bífida de las serpientes. Tenía los pechos caídos cubiertos por un collar hecho de dos pares de manos y en medio de ellas dos maíces, mientras sus brazos, pegados a su cuerpo, flexionados, revelaban sus manos que eran por igual cabezas de serpientes con las fauces entreabiertas, amenazando con sus colmillos largos y curvos, sus piernas se exhibían a manera de garras de águila. Su cuerpo entero se encontraba teñido de azul brillante, presumiendo una falda de serpientes doradas y rojas entrelazadas, con una blanca calavera a la altura de su ombligo a manera de cinturón, denotando una más de sus virtudes: la de la muerte.

Axochitl admiró la escultura detenidamente, experimentando una profunda emoción apretando con fuerza la mano de su guardián.

—Es magnífica —alcanzó a decir antes de quedarse muda.

—Sí que lo es —secundó Mazatzin, tomando la mano de la reina, besando delicadamente sus dedos volteando a verla fijamente a sus ojos—. Maravillosa.

Día y noche, la gente permaneció a las afueras del sagrado templo. Itzcoatl, reunido con otros peregrinos compartió alimentos frente a las fogatas, mientras Itzel, ferviente adoradora de la Diosa Madre, seguía hincada con las palmas extendidas en el suelo y las rodillas al piso, recitando cuantos rezos se supiera.

Conforme los nobles abandonaban el recinto era turno de los más humildes para pasar a dar sus ofrendas en persona con rapidez. Muchos apenas llegaban después de viajar cientos de kilómetros para unirse al humilde banquete antes de orar a las puertas del templo.

—Cantidad le urge agradecer o pedir a esa muchachita de por allá hincada en la tierra —comentó una anciana risueña y encorvada frente a la fogata. En su rostro no podía haber otra arruga. Sonreía sin dientes, muy simpática, señalando a Itzel agachada a unos pasos del lugar.

—Es mi esposa, pero no tengo idea que pudiera pedir —respondió Itzcoatl volteando a ver a Itzel.

Cuando terminó sus rezos, Itzel regresó al grupo con lágrimas secas en los ojos y la cara sucia por la tierra sin la menor incomodidad.

—¡Oh, jóvenes esposos! ¡Qué alegría, el amor juvenil!

La noche entera, la pareja conversó con la simpática anciana. No tenía familiares ni otra clase de compañía. Ellos, al sentir pena por ella, la acompañaron. Muy grata era su presencia y mucho disfrutaron de sus historias y anécdotas que los entretuvieron toda la noche.

—No se dejen engañar, el amor no nace de la nada, no, este se debe de formar, se logra después de mucho trabajo, al menos el verdadero amor, lo demás son emociones vanas —les dijo de pronto la anciana—. Solo cuando te has esforzado por amar, cuando parece imposible seguir haciéndolo, después de sufrir mucho y persistes, al final, eso es amar.

Se miraron el uno al otro, sabiéndose en sufrimiento.

—Mucho sufrimiento existe —les dijo, concentrando su mirada en ambos, advirtiéndoles—. No permitan dolor en su vida, no permitan malas ideas sembrarse en su corazón. Busquen la felicidad a donde vayan, hagan lo imposible por amar, la Diosa Madre los observará. Vayan niños, a la vida.

Cuando fue su turno para ingresar al templo y entregar sus ofrendas, miraron hacia la cúspide del templo, hechizados, con sus corazones dispuestos al amor, y cuando voltearon para despedirse de la anciana agradecidos por sus consejos, ya había desaparecido. Ya en el interior, en conjunto con las palabras de la anciana justo a los pies de la Diosa Madre, se convencieron de su error, exhortados a remediar su situación, haciéndose a la idea de poder vivir la felicidad que creían no tener y quizás entre ellos podían encontrar.

Desde aquella vez, la joven pareja encontró el verdadero significado de la dicha. No era el amor perfecto que siempre anhelaron, pero se conformaron con saberse amados. A alguien le eran importantes y eso era suficiente para alegrarlos.

Itzcoatl llegó a convencerse que era y sería Itzel su único amor. Sus desprecios desaparecieron, esforzándose por amarla sinceramente al darse cuenta de la preciosa joya en su casa. No, no era Axochitl, era Itzel y eso era bueno, ¿por qué no habría de serlo? «La piedra preciosa de Oaxtepec», pensaba al ver a su esposa durmiendo con una sonrisa dibujándose en sus labios. Ella era su tesoro y de ningún otro.

—*Cualli tonaltzintli Itzin, no yollohnan*[33] —dijo cuando la vio abrir sus ojos lentamente adaptándose a la luz. Acarició sus mejillas y la besó, recibiéndola del mundo de los sueños como nunca antes lo había hecho.

La vida les sonreía.

Itzel le dirigió una enorme sonrisa. Vio a su esposo muy diferente, ni siquiera era igual como aquel muchacho de Oaxtepec, muy serio y callado. En verdad era otro, era su hombre, su esposo. Por primera vez desde su boda ambos sentían una felicidad absoluta y una paz interna invaluable. Las prioridades cambiaron; ella dejó de buscar aquel amor perfecto y al muchacho de antes reconociendo los cambios efectuados en su marido; y él se olvidó del honor y la gloria, de Axochitl y de su condición como plebeyo, apreciando a su esposa tal como era ella.

Cada momento los cautivaba. La emoción se disparaba en cuanto se cruzaban sus miradas. El amor los movía dejándose llevar a merced del sentimiento rebosando de sus pechos como un río, entregándose el uno al otro con una pasión redescubierta.

---

33 «Buenos días, querida Itzel, mi corazón».

Los *nemotemi* o días nefastos, eran los últimos cinco días del año, durante los cuales la gente procuraba no hacer ninguna actividad pues en la vida de los pueblos del Anahuac no existían como tales, eran una especie de vacío habitando entre el tiempo y el espacio, temidos cada año, dedicados especialmente para la reflexión y la penitencia. A la pareja de recién enamorados no le importó la venida de esas fechas de mal agüero, a diferencia del resto de los habitantes ellos vivían en otra realidad ajena a las convenciones sociales, a las órdenes del Estado o las amenazas divinas. Ellos disfrutaron de los *nemotemi* absortos en su reciente cariño encontrado. Mientras el resto meditaba, rezaba y temía, ellos gozaban. Por cinco noches, obligados a permanecer encerrados sin la posibilidad de salir de sus hogares, ellos dos aprovecharon para disfrutar de su compañía, a la vista de los dioses recriminando su falta de previsión y recato, sintiéndose en verdad inmunes a cualquier mal que pudiera caer sobre ellos.

A solas, sucumbieron a los placeres de la carne convirtiéndolos en espirituales. Desnudos deambularon por su hogar, amándose con una voracidad implacable en cada habitación, solamente equiparable a la felicidad viviendo en su interior. Gozaron el uno del otro hasta quedar exhaustos, sudorosos, expuestos, pero insatisfechos, eran jóvenes y capaces de amar sin parar muchas lunas más.

Nada les podría volver a confundir o hacerse lamentar.

La inesperada felicidad de la pareja se dio a notar rápidamente, en sus rostros, en sus gestos, a cualquier hora, donde estuvieran, el efecto de la dicha rebosaba de sus espíritus.

Mazatzin, al visitarlos, se sorprendió tanto al verlos que no creyó posible tan radical cambio, conociendo de antemano sus problemas y su desdicha, en especial la de su compañero, pero ahora, en sus ojos se percibía la diferencia, finalmente estaba en paz consigo mismo.

Sentados sobre esteras en la pequeña sala del hogar de los plebeyos, Mazatzin expresó su sorpresa a la pareja, pareciéndole raro el verlos tan contentos aquella tarde, en aquella vida, cuando antes discutían a diario e inclusive frente a él sin preocuparse.

—Probablemente no sea apropiado preguntarles, pero la curiosidad me carcome, como entenderán mi naturaleza —dijo Mazatzin.

Los esposos se miraron extrañados. Ambos conocían su naturaleza, acostumbrados a su forma de ser.

—Me parece verdaderamente extraño... verlos tan... felices. ¿Acaso existe alguna razón de la cual no estoy al tanto?

Itzcoatl sonrió ofreciéndole agua de una jícara de barro, consciente de sus nuevas conductas.

—¿Hay razón para no serlo? —respondió Itzcoatl, besando a Itzel cariñosamente, provocándole risas, desviando la mirada apenada.

Pero sus actitudes, cariños o gestos no convencieron al noble.

—¡Existen muchas razones para no ser feliz! No tardaría ni un solo segundo para encontrar más de diez. Probablemente sea la actividad más sencilla, a nadie le provoca esfuerzo el aferrarse a la infelicidad. En cambio ser feliz, ¡eso sí que es un fastidio! —dijo Mazatzin.

—Sea en ese caso, no pienso encontrar las dichosas razones de las que hablas. Si habrá motivos para ser infeliz llegarán sin ser llamados, que mejor que ser feliz entretanto.

—¡Aja! —exclamó Mazatzin—. He ahí la respuesta, su secreto, mis queridos amigos. Pero en verdad me alegra verlos felices, no pueden imaginarse mi hastío en cada visita, ¡era horrible estar con ustedes! —agregó burlón—. Si anden, ríanse los dos, pero es la verdad.

—Por favor, no digas más… —intervino Itzel un tanto apenada—. Háblanos sobre ti.

Mazatzin era una paradoja en realidad, entre más hablaba, menos decía, por lo menos respecto su persona. Nadie se daba cuenta de ello durante una conversación con él. Parecía más reservado que Itzcoatl, quien cuando hablaba era solo para decir algo importante, a diferencia de Mazatzin que cuando decía algo era solamente lo más banal, pero entretenido.

—Querida Itzel, mi vida no es digna de contarse.

—No digas eso, debe ser llena de aventuras y misterios.

El noble guardó silencio, sin intención de expresar sus ideas.

—¿Qué hay del matrimonio? —prosiguió Itzel con el interrogatorio a pesar de su silencio—. Debe de haber muy hermosas doncellas en el palacio, seguro el rey puede arreglar tu unión con una de ellas.

—¿Matrimonio? No estoy listo para tal, querida amiga. No tengo prisa alguna —contestó fingiendo tranquilidad.

—No te volverás sacerdote, ¿o sí? —intervino Itzcoatl.

—Hay una doncella… —comentó Mazatzin, titubeando.

—¿La conozco? —preguntó Itzcoatl emocionado. De entre todas las mujeres de su amigo, nunca le conoció alguna que no fuera una mera distracción para el noble. Creía que esta mencionada sería diferente.

—La conoces… pero seguramente ya te has olvidado de ella. En fin, parece haber cierta afinidad…

—¡Eso es maravilloso! —interrumpió Itzel, olvidándose de guardar su emoción—. Serás una muy buena pareja.

En estas y otras razones les alcanzó la noche y Mazatzin tuvo que abandonar al acaramelado dúo sin poder decir si los prefería felices o infelices, pues de cualquier forma le desesperaban.

Los días siguientes, inspirado por la enternecedora historia de sus amigos, tras ver a Itzcoatl e Itzel tan felices juntos, Mazatzin se atrevió a soñar, envidiando su unión, sintiendo un incomprensible deseo por tener algo similar, compartiendo sus alegrías e inquietudes con alguna mujer dedicada a quererlo y atenderlo. Todavía extrañaba a Quiah, su forma de ser, y de hacer, obligándose de inmediato a olvidar ese anhelo el cual ya creía extinto, recordando la vergüenza y la humillación que experimentó como excusa para odiarla, sin hacerlo tan fácilmente.

Contemplando la inmensidad de la urbe flotando en medio del lago y los fuegos encendidos en las calles y en los hogares abrigando a sus habitantes del frío, comenzó a sentirse olvidado, relegado del resto del mundo, ajeno a la simplista felicidad de aquellos menos afortunados. Él no contaba con nadie, a nadie podría interesarle, con excepción de una sola persona, quizás. Axochitl le escuchaba, lo abrazaba y le sonreía, quien quizás... le quería. Una ilusa idea nació en él al percatarse de esto y un nuevo panorama apareció frente a él animándolo a superar su desdichada soledad, proponiéndose verificar sus suposiciones.

«¿Y por qué no?», se preguntó.

A partir de entonces, Mazatzin procuró nunca separarse de la reina, atento a sus necesidades, siendo sostén y confidente ante sus tristezas, aliviando sus preocupaciones, volviéndose cómplice de sus alegrías, sin entender a la perfección sus deseos o intenciones.

Sin importar el peligro, continuó su actuar con delicadeza evitando ser descubierto ante cualquier mirada puesta sobre él.

Descansando en los jardines del palacio, escuchando los poemas que Axochitl recitaba animosamente, Mazatzin contemplaba fijamente su figura, llamándola sin voces acudir a él.

—Aparta la mirada, querido Mazatl. Te lo ruego o de lo contrario te quedarás ciego —exclamó Axochitl burlona, al darse cuenta.

—Pero eres tan hermosa... —exclamó él en voz alta, simulando hábilmente vergüenza, fingiendo que había sido un descuido, pasando imperceptible su falsedad.

Axochitl se sonrojó y no dijo nada, intentando recordar la última vez que él había alabado su belleza.

—Las tropas se han marchado meses atrás, pensé que irías con ellos. En la guerra de Texcalla me pediste ayuda para acudir, ¿por qué ya no quisiste ir? —preguntó ella intentando desviar la atención.

Mazatzin hizo una mueca al ser ignorada su falsa turbación, siendo descartado su repentino elogio, pero eso no le detuvo.

—¿Y dejarla sola, aburrida, a merced de esas reinas fantasmagóricas del emperador? No le podría hacer eso. Nunca.

Ella sonrió, agradeciendo sus palabras, reconfortantes como siempre lo fueron desde casi dos años de conocerlo.

—Eres un buen amigo, Mazatl. Te lo agradezco en verdad. Por estos días me he sentido tan sola…

—Nunca estará sola, no mientras yo aún respire. Me parece que he nacido estrictamente para estar con usted… contigo. No sé explicarlo, pero hasta antes de conocerte, no sabía quién era, y ahora...

—Descansa tus labios, no es necesario decir más. Doy gracias a los dioses por haber cruzado nuestros caminos. Nunca te apartes de mí.

—Así muera el sol o el mundo se parta en dos, en el abismo o en el paraíso estaré siempre contigo, mi princesa. En ningún lado prefiero estar más que a tu lado.

Se esforzó por recitar sus deseos, aprendiendo del rey de Texcoco su manera de hablar, recordando el embelesamiento de Axochitl por esas prosas un tanto exageradas para su propio gusto. Pero no importaba, no escatimaría en audacias para lograr conquistarla.

La emoción dominó a la muchacha abalanzándose sobre su guardián abrazándole con cariño. La cercanía obraba de maravilla para Mazatzin sin preocuparse por las consecuencias. Convencido de sus posibilidades se afanaba a obtener el cariño de Axochitl; su destino había quedado eternamente ligado al de ella.

—Axo… —murmuró.

Así le decía Itzcoatl cuando estaban a solas, ¿con qué derecho se atrevía a llamarla de esa forma?

«¿Acaso no puedo también llamarla así?», pensó.

Mazatzin continuó sus sutiles insinuaciones, a las que Axochitl fue reaccionando, dejándose llevar por sus emociones, olvidándose de ser la reina de Tenochtitlan, volviendo a ser aquella viajera perdida en los campos, comenzando a compartir leves caricias y discretas sonrisas, intercambiando miradas fugaces, acercándose con sutileza.

Y todo ese tiempo pasaron atentos de no ser sorprendidos, apenas si dejando entrever el extraño y confuso sentimiento creciendo en ellos, sin llegar a ser comprendido por ninguno de los dos, permitiéndose experimentarlo sin considerarlo primero.

Los meses siguieron pasando, y con Itzcoatl permaneciendo casi del diario con el comerciante Tleyotol, aunado a la conveniente ausencia de Moctezuma, Mazatzin tenía el camino libre, animando a Axochitl a ceder a sus deseos. Con las figuras tanto del rey como del plebeyo fuera del panorama, sin algún otro obstáculo ante Mazatzin, podría llegar a conseguir el amor de Axochitl. Se había decidido entonces, reconocía sus deseos y se sentía correspondido; aquellos momentos en que ella le permitía estar tan cerca y ser capaz de escuchar su agitada respiración, sentir el golpeteo de su corazón, aspirar el perfumado aroma de flores en su suave piel y esas miradas eternas, hechizándole con sus bellos ojos negros como la noche haciendo muestra de su poder como mujer, no podían ser obra de su imaginación. Axochitl le quería. Su nobleza no podía negarse, la reina tenochca podía ser suya.

En ese entonces, en Texcoco aconteció el nacimiento del primer hijo del rey Nezahualcoyotl y la reina Azcalxochitzin, siendo invitados los reyes del Anahuac para asistir al bautizo del pequeño príncipe, el hijo legitimo del rey y heredero al trono del antiguo imperio chichimeca, de Acolhuacan y de Texcoco, el príncipe Nezahualpilli.

Axochitl prometió acudir a la ceremonia, descubierta fácilmente por Tlacaelel al verla dando órdenes a sus doncellas preparándose con sus mejores galas para la fiesta.

—Parece decidida a acudir a la ceremonia —comentó Tlacaelel.

—Así es, Su Excelencia. No hay razón válida para no asistir a ella, siendo nuestros aliados —contestó Axochitl.

—La ausencia de su señor esposo, quizás.

—Precisamente, Su Excelencia Tlacaelel. Mi señor es el único con autoridad para impedirme ir y por su ausencia me encuentro en libertad de hacer a mi placer. Además, dudo que Moctezuma me negara tales placeres, porque si él estuviera aquí, seguro que me acompañaría a Texcoco. ¿Usted no irá?

—No estoy para tales insignificancias. Nezahualcoyotl lo sabe.

Axochitl nunca dejó de sentir un escalofrió después de hablar con aquel hombre. A pesar de eso, no se dejaría doblegar por él.

Rodeados por los reyes acolhuas y grandes nobles de Texcoco en los jardines reales, Nezahualcoyotl y Azcalxochitzin con su hijo en brazos, celebraron el bautizo. Se respiraba un ambiente de alegría, unido a la intranquilidad de la nobleza. Entre reyes y príncipes, no era disimulado el desprecio de algunos por el infante. Los numerosos hijos del rey de Texcoco se mostraban renuentes a considerar a aquel pequeño como su futuro rey sin haberse ganado su respeto o admiración, a diferencia como se hacía en Tenochtitlan, por elección.

Se ofreció un majestuoso banquete y actividades para los invitados, culminando con un juego de pelota en la cancha de la plaza principal.

Con la atención de los hombres enfocada en el juego, las mujeres pudieron andar tranquilas paseando por los jardines.

Axochitl no se despegó de Azcalxochitzin, trayendo al recién nacido en brazos, experimentando por vez primera su instinto maternal.

—Es hermoso. Debes de estar muy feliz —exclamó Axochitl.

—Nunca lo he estado tanto —respondió Azcalxochitzin—. Quizás sea lo que digan todas las madres, pero en verdad me parece ser mi bebé un regalo divino, ¡mi niño es el más hermoso del mundo!

Se entretuvieron con el niño hasta cuando se durmió y las nodrizas se lo llevaron a su cuarto. Una vez solas, pudieron ponerse al tanto de sus vidas como solían hacer en correspondencias.

—Hermanita, tus últimos mensajes han sido extraños —comentó Azcalxochitzin animándose a preguntar—. Si te conociera mejor, diría que estás triste, ¿te ocurre algo?

—No lo sé —respondió Axochitl, confusa también, viviendo en la contradicción, deseando el regreso de su marido a salvo y de alguna forma, temiendo su retorno también. Sin decirlo, en algunas ocasiones lo imaginaba muerto, y a ella misma, libre.

—Puede ser dura nuestra vida, como mujeres, como reinas.

—¿Está mal amar a alguien más? —preguntó de pronto Axochitl—. Quiero a mi esposo, es bueno conmigo y no hay reproche que valga, pero es un cariño forzado y no logro sentir por él más que simpatía. Me es imposible amarlo, en cambio, hay alguien muy cercano a mí, y creo que empiezo a sentir algo por él... Una reina puede amar, ¿no es así?, ¿o acaso vivimos para el reino, olvidando nuestro corazón?

—Puedes amar a quien tú quieras, pero tu obligación es con tu señor —la amonestó Azcalxochitzin delicadamente—. No debes oprimir tu corazón, ni abandonar tus sentimientos, pero tampoco les dejes andar libres por doquier. Se dueña de ti, sabrás actuar bien, lo sé.

El tiempo fue pasando y la guerra se extendió considerablemente, provocando nerviosismo en los reyes, dignatarios, generales y nobles del imperio, convocando a la Asamblea Superior para ocuparse.

Presidiendo la asamblea se encontraba el *Cihuacoatl* Tlacaelel, junto con el rey Nezahualcoyotl a su derecha y el rey Totoquihuatzin a su izquierda, mientras el asiento de Moctezuma seguía sin ocupar.

El asunto de mayor importancia recayó en la propuesta del rey de Tlatelolco de enviar tropas adicionales a la campaña. Los corazones y mentes de los más débiles creían obligatorio apoyar al *tlacatecuhtli*; estando tan lejos Coixtlahuaca, difícil sería su conquista. La guerra se alargó sobre medida, generando ansiedad, preocupados por una nueva derrota similar a la ocurrida en Texcalla.

Tlacaelel pidió confiar en Moctezuma en cualquier aspecto referente a la guerra, pues sin la aprobación o petición del general en jefe de nuevas tropas, las acciones de la asamblea podrían pasar por ofensa o incluso un desafío para el comandante en plena campaña.

—¿No acaso también la guerra de Texcalla estaba decidida? Y cuan grave fue —argumentó Cuauhtlatoa—. Si Moctezuma se niega a pedir ayuda, perderá. Y si es demasiado orgulloso para aceptarlo, es nuestro deber, señores, asistirle en sus carencias.

—¡Cómo te atreves! —gritó Tlacaelel levantándose de su taburete, dejando detrás su calma sorprendiendo al recinto al perder su temple cuando nunca había ocurrido antes—. ¿Acaso duda de la capacidad de nuestro supremo comandante?

—Me parece mejor prevenir una posible derrota, *Cihuacoatl*.

—Prevenir. Usted no sabe de lo que habla, rey Cuauhtlatoa —dijo Tlacaelel, usando su mejor tono para agredir a su interlocutor.

El rey Nezahualcoyotl y el rey Totoquihuatzin fueron testigos de la confrontación, en la que uno prefirió no inmiscuirse, mientras el otro había tomado, para desconcierto de todos, un bando.

—Me parece que lo más conveniente —aconsejó el rey-poeta—, es enviar los refuerzos. No perjudicaría a la victoria. Moctezuma, a pesar de tener toda mi confianza, si necesitara asistencia podría llegarnos muy tarde su petición, no digamos los refuerzos. Debemos considerar la lejanía de nuestro enemigo. Es mejor prevenir.

Tlacaelel volteó hacia Nezahualcoyotl enfurecido mientras este con la vista al frente, ignoró la expresión del primer ministro tenochca. Su gente le apoyaría, también la de Cuauhtlatoa, logrando mayoría.

Tras largas horas de discusión, la Asamblea concluyó satisfactorio el asunto, confiados pues su voto se encontraba bajo la protección del rey de Texcoco, causando mayor enojo en el *Cihuacoatl*, reclamando, aún desorientado por lo sucedido. Había perdido, su voz fue ignorada y su poder, menguado.

—La decisión está hecha —exclamó el rey Cuauhtlatoa sin resistirse a disfrutar de aquel momento. Debía ufanarse—. Déjanos ocuparnos de los detalles, Tlacaelel, tu oposición solo interrumpirá el apoyo.

Era inconcebible. Tlacaelel fue dejado a un lado tajantemente ante la avasallante unanimidad en que se manejó la Asamblea.

—Soy el segundo al mando de Tenochtitlan y ésta Asamblea no continuará o finalizará sin mi consentimiento.

—Señores, les suplico limen sus asperezas —intervino entonces el rey Totoquihuatzin, bastante inquieto—. La Asamblea ya decidió, será mejor apegarnos a la preferencia mayoritaria, ¿acuerdo?

Frente a la alianza de Texcoco y Tlatelolco, Tlacaelel probó el sabor de la derrota y la humillación. Su fiel y más poderoso aliado, el rey Totoquihuatzin de Tlacopan, al verse en desventaja, en lugar de pelear prefirió unirse al bando ganador.

Ambos contrincantes midieron fuerzas, pero Tlacaelel se reconoció superado por su adversario. No tenía opción excepto soportar aquella falta de respeto a Moctezuma como general en jefe.

—En caso de que Tenochtitlan rehúse enviar la ayuda, Tlatelolco puede proveerla sin dificultad —propuso amenazador Cuauhtlatoa.

—¡Estarán bromeando! ¿Cuánto más se proponen en ofender a mi hermano? —exclamó Tlacaelel furioso—. Si tanto insisten en mandar refuerzos, será mejor que nuestros soldados vayan o de lo contrario no valdría de nada la ayuda. Yo enviaré las tropas. En Tenochtitlan hay todavía grandes guerreros y muy valientes dispuestos a pelear.

Dada por terminada la sesión, Tlacaelel despotricó contra el apoyo de Nezahualcoyotl a Cuauhtlatoa y el débil carácter de Totoquihuatzin.

—No se preocupe, Su Excelencia. Esto no significa nada —comentó el Tesorero Huihtonal viendo a su señor apesadumbrado.

—Al contrario, significa mucho, Huihtonal. Pronto, despacha a un mensajero para prevenir al emperador…

—¿A su hermano?

—¡Sí, a mi hermano! ¿Acaso existe otro emperador? ¡No, no lo hay! Recuérdalo idiota, muchos parecen también haberlo olvidado.

Luego, rápidamente recobrando la calma, agregó:

—De manera urgente debe hacérsele saber a Moctezuma. Está a punto de comenzar, Huihtonal. Finalmente podremos deshacernos de nuestros enemigos.

Muy pronto, la felicidad de Itzcoatl e Itzel conoció su irremediable y abrupto final, cobrándoles con creces aquellos momentos de dicha.

Una vez organizadas las tropas que partirían a la Mixteca, nombrado el capitán Ceyaotl para dirigirlas, había solicitado la asistencia de aquel extraordinario guerrero que conoció en Tezompa y en Texcalla, al que consideraba más que compañero, un amigo, en su extraña percepción.

Fue en la mansión del mercader Tleyotol, donde Itzcoatl pasaba la mayor parte del tiempo, que recibió el mensaje, celebrando al recibir la encomienda, perdiendo pronto su emoción al recordar las órdenes del emperador, además de considerar su feliz situación compartiendo con Itzel las dichas de su nueva convivencia.

El mercader se apuró en convencerlo de partir, asegurándole la paz entre él y su esposa, encargándole cumplir cierta diligencia especial. Le acercó una hoja indicándole entregársela al emperador personalmente, confiando en que el joven no podría leerla. Itzcoatl tomó la hoja y se marchó sin pensar en la misteriosa carta, preocupado por la reacción de Itzel cuando le diera la noticia.

Posterior a una lenta marcha con dirección a su hogar, su partida provocó conmoción en su hogar amenazando sus frescos cimientos.

—Ceyaotl… si supiera mejor no te hubiera llamado. Dime que no irás, dímelo por favor —expresó Itzel su disgusto y anhelo.

—No puedo hacerlo, sería una falta de respeto.

—¿Y tu esposa, acaso no cuento yo en tu vida también? Aquí estoy contigo, separada de mis amigos siguiendo tu camino.

—Tu así lo has decidido, ¡yo no! Debo ir.

Los días previos a la partida de Itzcoatl, la joven pareja regresó a sus actitudes pasadas, alejados uno del otro, enfocados en sus actividades, fingiendo indiferencia. La magia parecía haberse terminado.

Sin embargo, a la víspera de su partida, esa oscura noche recostados sobre la estera de espaldas el uno al otro, enfurruñados en su capricho escuchando el crujir de la madera envuelta en las llamas de la hoguera, su cariño renació. Itzcoatl sabía que los reclamos de su esposa solo eran reflejo de su amor escondiendo su tristeza, mientras Itzel reconoció la necesidad de su esposo por pelear y destacar como un guerrero.

Itzcoatl se volvió hacia ella, abrazándola con ternura, susurrándole a los oídos palabras de amor, suplicando su perdón, jurando su cariño y completa devoción. Itzel se volvió sonriendo y llorando, brillando sus grandes ojos color avellana a pesar de la oscuridad. Apenas durmieron aquella noche. Entre besos y abrazos, el frío les obligó a envolverse aportando cada uno su alma por completo. Bendecidos por las diosas Xochiquetzal, Chicomecoatl y Huixtocihuatl, la tríada de las pasiones, esa noche, el tiempo pareció negarse a correr en sus usuales andares exclusivamente para ellos, dejándoles gozar su amor incondicional una última ocasión antes de separarlos.

Al amanecer, Itzcoatl se despidió de Itzel tras cariñosos besos en el umbral de su casa, donde se quedó recargada viéndolo partir otra vez a la guerra ataviado con su armadura negra, blandiendo su *macuahuitl* con orgullo, experimentando el mismo miedo cuando partió a la capital y luego a Texcalla, el mismo nerviosismo ante el peligro de su muerte.

Calló su angustia, velando por la felicidad de su esposo, recurriendo una frase a su mente:

«Sola otra vez».

En el palacio fue donde Itzcoatl perdió más tiempo al despedirse de Axochitl, después de tanto tiempo sin verla, intentando memorizar su rostro para recordarlo cuando estuviera en batalla.

—Tanto tiempo sin verme y te vas —reprochó ella, sonriéndole con complicidad—. Regresa pronto y protege al emperador de mi parte.

Mazatzin consideró esas palabras como una traición a lo que ocurría entre ellos, pero guardó silencio tragándose su disgusto.

Itzcoatl prometió a Axochitl regresar, abrazando después a su amigo pidiéndole cuidar de Itzel en su ausencia. Con una mirada, Mazatzin le hizo entender lo innecesario de su petición.

Los refuerzos pronto abandonaron la capital, marchando cincuenta mil soldados para ayudar a la campaña en la Mixteca, puestos al mando del bravo capitán Ceyaotl, llevando consigo al guerrero de Oaxtepec como su escudero.

Durante la marcha, Itzcoatl pensó frecuentemente en Itzel, pero su figura todavía seguía siendo eclipsada por la imagen de Axochitl, que invadía sus pensamientos de momentos, provocándole malestar debido a su impotencia para con ella y por la traición a su mujer.

El recuerdo de ambas se mezclaba, permitiéndole seguir, anhelando volver a ver a ambas a su regreso, sin serle posible olvidar a ninguna.

Contrario a lo razonable, ignorando o burlándose del peligro, sin Moctezuma vigilante y sin Itzcoatl estorbándole, necio en sus deseos, Mazatzin continuó su búsqueda del corazón de la reina tenochca.

De visita en la Casa de las Aves, admirando las magnificas especies de aves habitando el lugar, los brillantes colores de sus plumas y sus extraordinarias figuras, Mazatzin aprovechó la soledad del lugar para acercarse a Axochitl.

Libre de miradas curiosas, le indicó a Axochitl seguirlo a otro jardín menos concurrido, adentrándose en una zona de estanques oculta tras frondosos árboles. Axochitl le siguió sin requerir insistencia.

—¿Eres feliz, Axochitl? —preguntó él inocentemente, deambulando entre los estanques, saltando galantemente de uno a otro.

—¿Que si soy feliz? No sabría decirlo... Vaya pregunta.

—Si no lo eres, debes saber que yo tampoco. Pero podemos serlo. ¿No quisieras en ocasiones, tal vez, tener una vida diferente?

Axochitl observó al otro lado de las ramas de los árboles el enorme aviario donde las aves volaban en el interior de su jaula de madera, imaginando ser una de esas aves, deseando salir y volar por los aires, anhelando la libertad.

—Esta es mi vida, no puedo cambiarla —respondió resignada, al igual que las aves desistían reposando sobre las ramas.

Trataba de demostrar una paz interior inexistente. En realidad, no soportaba la idea del futuro que le esperaba; amargada y desesperada por contacto humano, abnegada a sufrir encerrada, esperando con ilusa esperanza algún día ser libre.

—¿Qué otra opción tengo? Ser reina es mi destino, no por ello debe de ser grato o placentero. Ser feliz no es necesario.

Al cerciorarse de su privacidad, Mazatzin se atrevió a pararse detrás de ella abrazándola con dulzura. Axochitl recargó su rostro sobre los brazos del joven, sintiendo su piel rasposa en contraste con sus suaves mejillas, suspirando angustiada.

Sometido a la belleza, al perfume de flores, la tersa piel canela y las caricias de Axochitl, disfrutando la sensación que le provocaba tenerla tan cerca, Mazatzin se dispuso a expresar sus ideas abiertamente.

—Podemos ser felices, Axochitl. Si dejamos nuestros sentimientos florecer, hemos de vivir mejor. Cuanto te he amado en secreto, siempre leal a tus deseos, protector de tus sueños sin saber si tú acaso soñarías conmigo...

Removió sus cabellos, besando su hombro, recorriendo de su cuello hasta su mejilla, provocándola.

Desde ese día se entregaron a un delicado juego, intensificando sus pasiones y frustrando sus deseos. Enfrentándose el pudor de la reina en contra de la pasión del guardián.

Del diario comenzaron a intercambiar pequeñas caricias y sigilosos besos, sutiles muestras de afecto cuando quedaban a solas. No obstante, estas no satisfacían el ansia por gozar, solo los incitaban a buscar más.

Mazatzin frecuentemente recorrió tembloroso la voluptuosidad de la reina, deleitándose con sus bondades, probando el néctar de sus labios, entreteniéndose con su figura escultural, mientras Axochitl gozaba del erotismo, del secreto y la aventura, esforzándose por seguir el paso del vigoroso mancebo, llevándose una lucha de voluntades, en la cual, él con le exigía ceder su decoro, y ella tajantemente se negaba.

Cómplices, dentro de la jaula de oro en la que vivían, continuaron su aventura al punto en que se perdió la división entre el amor y el crimen, mezclándose todo en una masa uniforme, siendo difícil de discernir los pormenores de sus actos.

Tres meses habían pasado desde la partida de Itzcoatl a la Mixteca y muchos más de la del rey, dejándolos indefensos ante las circunstancias que los rodeaban; la continua convivencia; el recuerdo del momento en que se conocieron en el campo libre, sin reglas ni normas; la confianza que se creó tras su larga amistad; la obvia atracción física entre ambos; y la soledad de los dos, él tras ser rechazado por la *auyanime* y ella al ser abandonada por su marido; además de la básica necesidad de cada uno de cariño, atención y de amor.

Irremediablemente quedaron atados a sus caprichos, obcecados en su ilusión del amor, ignorando el mundo y los peligros en él.

No obstante, la seguridad dentro del palacio era rigurosa. Tlacaelel mantenía una cerrada red de vigilancia, protegiendo a los habitantes de aquel inmenso lugar, el centro del orden cívico y judicial, de quienes también observaba cada movimiento por minúsculo que fuera.

Entre tanto, bajo su mirada roces secretos tenían lugar en el interior del palacio, amenazando la integridad del reino y del rey… e ignorantes de ello… de sus propias personas. Se arriesgaban en cada uno de sus arrebatos pasionales a sufrir graves penalidades, si llegaban a ceder a sus impulsos naturales.

Desde tiempo atrás, Tlacaelel siguió paso a paso las intenciones del guardián concernientes a la reina, evidentemente atraído por su belleza, como era imposible no estarlo, e intentó conservar la distancia entre los dos, tan propensos por su temprana edad al enamoramiento.

Con Moctezuma lejos desatendiendo a su joven esposa, y enterado, después, del despego de Mazatzin con la prostituta Quiah —dispuesta por él mismo para entretener al mancebo—, se ocupó de velar por la honra de su hermano, preparando a la vez la forma de deshacerse de la presencia de ambos jovenzuelos tan molestos para él desde su llegada.

Tlacaelel conocía a profundidad la naturaleza de la relación entre la reina y su guardián, restringida momentáneamente, sin embargo, latente en su interior en espera del tiempo idóneo para emerger. Era imposible negar la cercanía de esa pareja. Debía ocuparse del problema, pero poco podía hacer, no sin la autorización de su hermano pues, al fin y al cabo, era su mujer y parecía quererla.

¡Cuán difícil era todo al entrometerse el amor, frenando a la razón!

Solamente le quedaba vigilarlos. Su mayordomo, el Tesorero Real Huihtonal, opinaba diferente…

—Debe acabar con la vida de ese hombre, mi señor. No es seguro tenerlo tan de cerca de la reina —insistió el viejo Huihtonal a Tlacaelel, observando la evolución de su cercanía, tan seguro de verlos, en algún momento, yacer en acto criminal.

—Tenemos asuntos de mayor urgencia que atender que los juegos cariñosos de un par de jovenzuelos, Huihtonal.

—Pero no son cualquier juventud —exclamó Huihtonal sumamente indignado—. Ese hombre debería saber mejor. ¡Con la esposa del rey!

Continuando su andar, seguido con dificultad por su mayordomo, el *Cihuacoatl* Tlacaelel se alejó, sin emoción alguna interrumpiendo sus consideraciones intelectuales.

—Todavía lo necesitamos —replicó Tlacaelel—. Confío en él para defendernos cuando llegue el momento indicado. Sin el otro guardián, debemos atenernos a éste a pesar de nuestra disconformidad.

—¡Pero, Su Excelencia Tlacaelel! No podemos dejarlo pasar… —reclamó Huihtonal ahogando sus quejidos.

—Mantenga serenidad, señor Tesorero, sabremos actuar a su debido tiempo. No tiene caso proceder todavía. Nada grave ha ocurrido que sea tildado como un crimen. Meros flirteos no serán suficientes para justificar un arresto, mucho menos una ejecución.

—¿Quiere decir que… esperará a verse consumado el acto?

—Efectivamente. Solo entonces tendremos la libertad para actuar. Tranquilo, Huihtonal, ¿cuándo he fallado? Haremos uso de sus arrojos hasta que ya no nos sean provechosos…

Por el momento, Mazatl sería perdonado a pesar de sus acciones con la esposa del emperador. Tlacaelel intentaría controlar al guardián el mayor tiempo posible mientras éste les protegiera, tanto a Axochitl como a él. En nadie más confiaba, le conservaría hasta cuando ya no le fuera necesario.

Capítulo XIII

Hacia el Mictlan

Hay un camino del cual nadie puede escapar,
todos, sin excepción, lo deberán tomar.
Hacia el Mictlan es necesario llegar;
el último viaje de las almas errantes,
antes de conseguir el descanso final.[34]

l frente de las tropas de la Triple Alianza, posterior a meses de combates, finalmente el General en Jefe Moctezuma logró abrirse paso a través de la Mixteca baja, rindiéndose sus pueblos ante su poder, dejando a la ciudad de Coixtlahuaca a su merced.

Ante la inesperada llegada de las tropas auxiliares de Tenochtitlan a la Mixteca, Moctezuma hizo llamar de inmediato al capitán Ceyaotl a su campamento, recibiéndolo con un caluroso abrazo, además de una gran bienvenida junto a sus soldados formados todos frente a la carpa real, fingiendo haberlos esperado, ocultando su desconcierto. El capitán enseguida se postró ante su general en jefe, mientras a su espalda, los soldados abrazaban contentos a los recién llegados.

—El pacto por la guerra sigue vigente, con usted hasta la muerte, Su Majestad —exclamó el capitán Ceyaotl, digno y orgulloso.

Aun consternado, Moctezuma vio a Itzcoatl hincándose a un lado del capitán Ceyaotl, despojando al monarca de su actitud indiferente, llevándolos consigo al interior de la carpa para escuchar de su propia voz la razón de su inesperada llegada.

---

34 Al fallecer por muerte natural, fuera noble o plebeyo, rey o esclavo, justo o cruel, las almas de los fallecidos antes de encontrar el descanso eterno debían pasar por nueve niveles, conocidos en conjunto por el nombre de Mictlan, el inframundo. Cuatro años eran necesarios para lograrlo, después de pasar muchas dificultades y penurias.

—Tiene mucho que explicar, capitán Ceyaotl. Su presencia aquí sin mi consentimiento es claramente una afrenta a mi mando del ejército y a mi capacidad —reclamó Moctezuma.

—La Asamblea decidió enviarnos, mi señor —contestó Ceyaotl en tono de disculpa, cambiando posteriormente a uno cínico—. Y no pude negarme, la sangre comenzaba a secarse en mi espada.

—Ya veo que ha traído a mi guardián con usted, capitán —advirtió Moctezuma, señalando a Itzcoatl a las espaldas de Ceyaotl.

—Es mi culpa, Majestad —exclamó Ceyaotl—. Yo le he arrastrado hasta aquí. Si quiere puedo…

—No es necesario, me place tenerlo. Probará sernos útil.

—Su Majestad, si me permite —aprovechó Itzcoatl su atención para entregarle la carta que le fue encomendada por Tleyotol—. Se me dijo que sabría qué hacer después de verla…

Moctezuma la cogió y una sonrisa se asomó en su rostro al leerla. Difícil saber qué significó su gesto; ¿malicia o emoción?

—Rápido nos hace muestra de su utilidad, joven Itzcoatl. Vengan, pronto iniciaremos el ataque. Prepárense.

Los pobladores de la Mixteca alta se defendieron con determinación, pero el aplastante avance de los aliados no les permitió resistir más, rindiéndose ante ellos. Ahora, acechadas sus puertas por sus enemigos, Coixtlahuaca peligraba. Detrás de las altas murallas se desplegaban las órdenes del señor del reino, obstinado ante la conquista. Las embajadas mexicas, texcocanas y tepanecas visitaron al rey Atonal, intentando convencerle de abrirles sus puertas y de rendirse, prometiendo perdón, autonomía y apoyo contra sus enemigos.

—Esperemos no tener que derramar más sangre hoy —comentó Moctezuma a la espera de los emisarios.

—¡Bah! Su Majestad… —replicó Ceyaotl, confianzudo—, si fuera usted, luchando por su reino… ¿se rendiría? Es mejor atacar de una buena vez, la diplomacia es inútil, además, ya ganamos.

A pesar de sus actitudes groseras y su honestidad, el capitán hablaba con la verdad, al menos en una parte.

—Recuerde Ceyaotl, las grandes derrotas vienen al dar por sentada la victoria. Nunca se confíe, su percepción lo engaña.

Las costumbres en combate se mantenían, viendo hacia el honor, atentas a la justicia, o de lo contrario, sería la guerra un mero capricho, cuando era una necesidad con un fin determinado, ya fuera reparar una ofensa, hacerse de prisioneros o el de conquistar por tributos.

Ante las negativas del orgulloso rey Atonal al vasallaje, las órdenes de ataque viajaron por todo el campamento; los estandartes se alzaron, las compañías se movilizaron, mientras los caracoles repicaron y los tambores retumbaron. En los oscuros terrenos de la Mixteca, cubiertos por nubes negras apenas permitiendo los rayos del sol deambular por sus valles y cañadas, se prepararon los ejércitos de la Alianza para dar inicio al sitio de la ciudad. En el irregular terreno donde la gran Sierra Madre se interponía, cediendo a las hondonadas, desequilibrándolos, se apostaron las tropas. En la Cañada, cerca de Cuicatlan, se enfrentarían ambos imperios para decidir su futuro.

Los chocholtecas hicieron un último intento como muestra de valor colocando considerables huestes en el campo a las afueras de su ciudad para recibir a sus indeseados invitados, preparados para la batalla. Al frente, con el cuerpo pintado de negro y el rostro con franjas amarillas y anaranjadas, portando un casco de jaguar y un estandarte de plumas, aderezado con collares y brazaletes de turquesa, vistiendo un pañete blanco de bordes dorados, totalmente expuesto su torso, se encontraba el Gran General mixteco, acompañado por un sacerdote militar con el cuerpo teñido de negro, portando un sombrero cónico blanquirojo con borlas blancas alrededor y punta azul, vistiendo un gabán obscuro con motivos geométricos cubriéndole del cuello hasta los mulsos, además de una máscara azul con ojos circulares y colmillos, asemejando a la principal deidad del pueblo Ñu'u Savi: Dzahui, Dios de la Lluvia y del Agua Celeste, muy parecido al Dios de la Lluvia, Tlaloc.

El rey Atonal, de carácter impulsivo y fanfarrón, cuando pudo haber conservado la paz solo impulsó la guerra en su contra —tampoco sin provocación—, confiado en su poder.

«Si guerra quieren, la tendrán. Miles y miles de guerreros mixtecos combatirán y vencerán a cuantos vengan. Coixtlahuaca no está sola en esta pelea…», bramó el rey Atonal ante los emisarios imperiales en su corte, demandando su rendición y su disculpa por el atropello a ciento sesenta y ocho comerciantes anahuacas.

El Dios del Sol mexica, Huitzilopochtli, probaba suerte contra el Dios de la Lluvia mixteco, Dzahui.

Habiendo Moctezuma ocupado Tlacotepec, Atonal movilizó a sus tropas y las de sus aliados a la frontera de sus territorios, reforzando muchos fuertes de la zona, como el Cerro del Castillo, el Cerro de los Veinte Dioses, el cerro de Nateza, de Tepenene y otro en la frontera con Ixcatlan.

Los pueblos mixtecos, ejercitados después de combatir por años a los zapotecos arrebatándoles sus tierras, peleando durante años entre sí, con suficientes provisiones y armas para campañas militares, además de sus nuevos aliados secretos y poderosos, los montañeses de Texcalla y Huexotzingo, luchando por su independencia, podían estar confiados de dar buena batalla. Las divisiones, conspiraciones, enfrentamientos y diferencias abandonaron los salones mixtecos dando paso a la paz y unión de su gente por esos tiempos aciagos.

Los ejércitos de Coixtlahuaca, Tilantongo, Tututepec, Tepexcolula, Tlaxiaco, Yanhuitlan, Nochixtlan, Yuxtlahuaca, entre otros, se unieron para hacer frente a la invasión. La Mixteca prevalecería.

Es en el Chignahuapan,
donde se enfrenta al Itzcuintlan;
un río caudaloso y muy turbulento
por el cual se habrá de cruzar.

A la voz de Moctezuma, seguida por el penetrante tambor de oro a su mando siendo golpeado con insistencia, los caracoles sonaron por todas las compañías acompañados por los gritos de los capitanes desde el fondo con gran ánimo indicando el ataque. Los arqueros y honderos arrojaron flechas y piedras cubriendo los cielos, mientras la infantería embestía a sus oponentes.

Cual si fueran olas, se percibió a los hombres yendo de arriba abajo, subiendo las cuestas y descendiendo las hondonadas, aumentando su velocidad, perdiendo su equilibrio. La defensa mixteca había logrado hacer del avance un completo desastre. En la Cañada, los números no valían. Atrancados en el centro, cada bando intentó insistentemente romper las filas enemigas. Entonces, Moctezuma ingresó al combate, cortando enemigos blandiendo su espada tarasca a diestra y siniestra, luchando en cada batalla posible sin miedo, junto al capitán-general Iquehuac y el teniente-general Cacama resguardando su avance.

Casi cincuenta mil chocholtecas y mixtecos abandonaron los muros de la fortaleza de Coixtlahuaca, comandados por el rey de Tilantongo para ayudar a los suyos, cerrándoles el paso los cincuenta mil guerreros del capitán Ceyaotl por el flanco derecho, impidiéndoles su cometido, combatiendo en medio del concierto Ceyaotl e Itzcoatl, procurando diezmar cuantos rivales encontraran mientras las flechas volaban por los aires zumbando por encima de sus cabezas, derramando la sangre de sus enemigos.

Detrás de las filas imperiales, los arqueros otomíes lanzaban con gran precisión sus proyectiles, lastimando mixtecos en apoyo de los mexicas. Como con vida propia, los proyectiles atravesaban la llanura eliminando enemigos de un solo golpe o inutilizándolos. Entre estos hábiles arqueros, capaces de cortar con sus flechas una fruta en gajos en el aire, uno se enfocaba en un objetivo muy diferente, atreviéndose a realizar un temerario acto. Rezaba en un dialecto diferente al nahuatl, dirigiéndose al dios Otontecuhtli[35] «señor de los Otomíes», mientras caminaba con el arco en mano, revelando una larga flecha en su carga. Lentamente posicionó el proyectil uniéndolo a la delgada cuerda del arco sin desviar la mirada de su víctima, como un águila viendo a su presa desde las alturas, extendió el proyectil tensando la cuerda poco a poco, calculando el viento gracias al movimiento de los estandartes, considerando el peso de la flecha, la distancia, la inestabilidad de su objetivo. Cerró los ojos unos momentos para aceptar su destino si acaso fallaba y fuera atrapado o si llegara a acertar sin ser notado. Una vez resignado, se concentró en su objetivo, apuntando, dejó de escuchar sonidos, el tiempo se detuvo unos instantes, y de repente, tras un leve suspiro dejó escapar el proyectil separando sus dedos sosteniéndolo, apreciando la cuerda azotarse de un lado al otro y la flecha ir segura, atravesando el campo de guerra silbando su traición.

Voló como un ave directo a las migajas, con gracia cruzando a los soldados batallando, las banderas ondeando, los escudos quebrándose y las espadas astillándose, hasta impactar cruelmente a su víctima en un costado, derribándolo al sentir el punzón insertándose. Por poco celebra su fina puntería, exaltándose en silencio apreciando su magnífica obra, deleitándose con la reacción de dolor de su víctima y el color rojo de su sangre regarse por doquier.

Moctezuma Ilhuicamina apenas pudo discernir el momento en el cual la flecha se acercó, extrañamente llegando desde su retaguardia, recibiendo el impacto, atravesando su armadura de algodón con placas metálicas doradas cubriéndolo, inútiles ante la exactitud de un diestro arquero, cayendo herido.

---

35 Principal deidad de los otomíes, que cayeron ante los mexicas al ser conquistadas sus capitales de Xaltocan y Zumpango al norte del Anahuac.

Los guerreros del Sol rompieron filas al ver el estandarte de su rey caer, sonando la retirada acudiendo a la salvaguarda de su General en Jefe. Entre tanto, Ceyaotl combatía sin mirar atrás, escuchando a su espalda gritos pronunciando su nombre, llamándolo, pareciéndole a él ovaciones en lugar de reproches.

—¡Ceyaotl, desiste! —gritó con autoridad el príncipe Iquehuac al ver que los mensajeros no lograban su objetivo—. Moctezuma ha sido herido, ya se tocó la retirada. ¡Debemos regresar!

Fue necesaria la intervención de Itzcoatl para despertar al capitán Ceyaotl de su trance asesino, obligándolo a detener la carnicería. El capitán bramó furioso, reclamando su mala suerte.

Las tropas se retiraron al instante, huyendo de los enemigos que, al escuchar acerca del emperador herido, se lanzaron furiosos contra ellos exaltados y sedientos de venganza.

En el Monamictlan,
se lleva a cabo la prueba de Tepectli;
donde se debe pasar por dos
enormes montañas que se juntan,
antes de ser aplastado por ellas.

La primavera llegó al Anahuac, con su belleza innegable, sus flores multicolores y apacibles campos verdosos, envuelta por explosiones de suaves aromas y brillantes colores. La vida se mostraba amable esa época del año y a pesar de los pesares, al ver tanta hermosura florecer cuando antes se veían los bosques tétricos y muertos, le recordaba a la gente que siempre habría oportunidad de superar las desgracias. Las aves renovaban sus vuelos habituales. Los animales reconquistaban los valles, campos y bosques con sus cuidadosos andares.

Para Mazatzin, ello le tenía sin cuidado, con Axochitl amándolo, se sentía capaz de vivir cientos de años, abstraído en su belleza, perdido en un laberinto de emociones diversas. Contemplaba su extraña dicha sin percatarse de nada, en cambio, él era percibido por aquel hombre a quien nada le era secreto, quien tenía ojos en todo lugar a toda hora.

—Joven Mazatl, ¿no es acaso la primavera una época maravillosa? —exclamó de pronto Tlacaelel, sorprendiéndolo mientras admiraba desde un balcón los jardines del palacio—. Le he visto muy seguido en este lugar, apreciando la naturaleza, o eso me imagino.

«¿Desde cuándo este hombre disfruta algo además del poder?», se dijo Mazatzin, respondiendo afirmativamente con indiferencia.

—Lo es, lo es, Su Excelencia.

—En esta época los animales abundan. Acompáñeme en un pequeño juego de caza, venga —continuó Tlacaelel.

—No sabía que le gustaba la caza, Su Excelencia.

—Es una actividad mucho muy gratificante. Venga conmigo.

Obligado a los deseos del primer ministro, salieron acompañados por un pequeño grupo de nobles, además de ayudantes y soldados. El grupo avanzó por la calzada oeste de Tacuba, la cual se dividía hacia el reino de Tlacopan como a Chapultepec, desde donde fue construido un magnifico acueducto de cinco kilómetros de longitud abasteciendo a Tenochtitlan con agua potable.

—Su Excelencia, pensé iríamos al *teotlalpan*.[36]

—No es lo suficiente amplio. Necesito de mucho espacio, así como de la posibilidad de que mi presa escape, o al menos darle la sensación que semejante ocasión se puede dar.

En los espesos bosques de Chapultepec, el grupo se dividió en busca de su presa; conejos, zorros, venados o lo que fueran a encontrar, total que complaciera al *cihuacoatl*. Los nobles con arco en mano y guardias siguiéndoles se esparcieron por el bosque, mientras los pajes rápido se movilizaron para acorralar a cualquiera que fuera la presa, haciéndole saber de su presencia.

Mazatzin se quedó solo con Tlacaelel, despertando un pánico casi ridículo en él. Inseguro, se mantuvo en alerta. Al ser invitado por el primer ministro solo podía hacerse una pregunta:

«¿Por qué yo?».

Silbidos se escucharon al localizar una presa digna. Corrieron todos los pajes rodeándola, evitando escapara antes que su señor llegara. Para asombro de Mazatzin, pudo ver al *cihuacoatl* moverse con una agilidad y destreza como nunca imagino podría hacer. A sus cincuenta años le parecía imposible considerar a aquel delgado y sereno hombre, quien jamás realizaba movimiento brusco alguno, ser capaz de correr así. Tlacaelel jamás salía, era conocido su desprecio por las actividades físicas, los juegos al aire libre o cualquier otro, si no consistían en juegos de poder.

---

36 Era un pequeño y bien abastecido bosquecillo dentro del Recinto Sagrado que permitía a los nobles disfrutar de la caza con plena libertad, y también, seguridad.

Ambos con el arco y la flecha lista avanzaron a los consejos de los pajes, moviéndose en conjunto acorralando a quien sabe qué clase de animal pues no lo habían visto todavía, pero a ciegas lo perseguían, apreciando por momentos entre la arboleda su pelaje, su color y para los experimentados, hasta su olor. Entonces le vieron; un fuerte venado de muchas puntas, color marrón, de cola negra, saltando de aquí y allá con tremenda agilidad, desesperado por dejar atrás a quienes le seguían y continuar con su pacifica vida.

Exhausto por la carrera, a pesar del peligro cerniéndose sobre sí, el animal decidió descansar cerca de un pequeño estanque en un claro. Sus ojos negros, grandes, redondos y cristalinos, atentos, vigilaban al rededor, metiendo su hocico en el agua para refrescarse.

—Ahora, esa es una presa digna, lista a morir —dijo Tlacaelel.

Se colocaron lejos del animal apreciándolo por uno de sus costados, respirando agitadamente. Tlacaelel colocó suavemente su flecha en el arco y lo estiró, su pose era la de un cazador experto y letal. Mazatzin seguía sorprendiéndose.

—Estas bestias son de cuidado. Tan sensibles, agiles y cautelosas.

De pronto, el animal se levantó, advirtiendo peligro, percibiendo a sus atacantes. Su hermoso pelaje brillaba con la luz del sol colándose por las hojas de los árboles, reflejándose su imponente figura en el agua cristalina del estanque.

—Es lo que más disfruto de cazar venados —comentó Tlacaelel, tensando la cuerda del arco—. El truco es hacerles saber que estas aquí, que sepan que vas tras de ellos y luego, dejarlos ir. Su naturaleza es ser confiados y soberbios.

El *Cihuacoatl* no apartó la mirada de su presa un solo instante, pero por algún motivo, Mazatzin sentía sus ojos sobre él.

—La clave es la paciencia. Debo esperar a que baje la guardia y se tranquilice de nuevo, a que se confíe, para dar el golpe.

Tronaron algunas ramas pisadas por los pajes intencionalmente, acostumbrados a las prácticas de su amo. El animal volteó y Tlacaelel dejó ir su flecha que voló directo al pescuezo del animal haciéndolo caer en el suelo, sacudiendo la tierra.

—Pobre «venadito» —exclamó Tlacaelel con especial preocupación mientras fijaba su pesada mirada sobre Mazatzin, sintiéndose aludido ante la palabra «venado», helando su sangre.[37]

37 «Mazatl», significa venado. Y «Mazatzin» puede significar venadito.

—Ve, a pesar de sus esfuerzos le encontré. A pesar de que quiso huir lo atrapé. Debió saber mejor que no podía escapar de mí. Yo que soy el rey de Tenochtitlan... ¿cómo no podría vencerlo?

«¿Cómo pude olvidarme de él?», se reprochó Mazatzin al instante, por no considerar la presencia del omnipotente y omnisciente señor respecto a sus cortejos con Axochitl.

Tlacaelel no dijo otra palabra. Nunca intentaba incriminar a nadie. Les dejaba inculparse al sentir la presión sobre ellos, apretando el nudo de su propia cuerda tensando sus sentidos hasta quebrarse. Le dio la oportunidad de reivindicarse, de confesar y purificarse, recibiendo una segunda oportunidad.

—Axochitl... —murmuró Mazatzin sin pensarlo, rompiendo el sello de su secreto, perdiendo el juego mental de Tlacaelel.

En el Iztepetl,
hay una gigantesca montaña;
erizada de navajas de obsidiana,
la cual se debe escalar para pasar.

A pesar de las advertencias de Tlacaelel, Mazatzin se rehusó a ceder al miedo, prosiguiendo con mayor intensidad sus pasiones con Axochitl dispuesto a conquistar finalmente su voluntad, pues los besos y caricias ya no bastaban; vivir escondiéndose y cuidándose constantemente era demasiado esfuerzo para al final no lograr nada. Si sus destinos estaban entrelazados y habrían de estar juntos, debía de comprobarlo.

Con paso veloz cruzó el palacio, anhelando ver a Axochitl a solas, no como una reina y su guardián, sino como mujer y hombre, ambos en soledad y vulnerables, en necesidad, pero de una índole diferente.

Frente a las puertas de la pequeña recámara prácticamente olvidada en uno de los más remotos rincones del recinto, que se había convertido en la favorita de la reina, donde acordaron verse previamente, el joven suspiró antes de abrirse paso, quedando desconcertado por el minúsculo vestido color arena ceñido con ornatos de plata que llevaba Axochitl, esperándolo en medio del cuarto.

—Diosa de la belleza, ¿dónde has dejado a mi princesa? Suplantas su presencia —pronunció embelesado al ver aquella imagen frente a él, dispuesta a entregarse.

Se acercó a ella estrechándola en sus brazos, imprimiendo un largo beso en sus labios, recorriendo delicadamente su exquisito cuerpo con sus manos, prácticamente expuesto a él, pidiéndole tomarlo.

Axochitl, víctima de sus halagos, caía igualmente rendida cada vez. Quiso reprocharle su arrebato, pidiéndole detenerse sin desearlo.

—No puedo evitar adorarte, me es imposible frenar los sentimientos creciendo en mí, acaparando mi corazón, ¿podremos estar juntos, libres de las circunstancias que nos mantienen separados? —expresó él con dolor, arrodillándose ante Axochitl en busca de una señal de su buena disposición para la pasión anhelada.

—¿Acaso estamos separados ahora? —contestó ella burlona.

—Sabes a que me refiero, ¿viviremos amándonos a medias?

Axochitl bajó la mirada apenada.

—No estás satisfecho, eso es. ¿No es suficiente mi cariño?

Mazatzin la tomó de las manos sin que ella pusiera resistencia.

—Un amor como el nuestro no debe ser vivido a medias. Axochitl, ¿por qué te reprimes? Te conozco, eres de espíritu aguerrido, no eres esclava, eres una princesa, libre de hacer a su placer, actúa como tal.

Usualmente los ojos de Axochitl brillaban de alegría cuando le veía, pero esta vez solo expresaron confusión, tratando de comprender el ímpetu de su guardián, volviéndose a la defensiva.

—Y tú, ¿qué puedes saber de ser una princesa, o mejor aún, de ser mujer? —respondió ella, suprimiendo su ira al sentirse agredida—. ¿Qué quieres, Mazatl? Dime, ¿qué te hace falta?

Axochitl permaneció de pie en medio del cuarto cerrando los puños, con sus hombros levantados y frunciendo el ceño sin apartar su mirada de él, adivinando su respuesta deseando cualquier otra de la que tenía en mente. Desde el principio le pidió su consorte su entrega total, no era sorpresa, pero esta ocasión la exigía. Observó a su joven guardián buscando la respuesta, pero solo existía una y ella lo sabía, lo adivinaba al verlo dudar. ¿Acaso él también lo sabía, o había llegado a creer su propia mentira?

—Quiero estar contigo sin tener que frenarme. Estoy harto de fingir indiferencia a tus negativas, tanto arriesgamos ya, ¿por qué no un poco más? Axochitl, te amo, ¿acaso tú no me amas?

Axochitl hizo una mueca de desconfianza, tras años de conocerlo podía leer en sus palabras la verdad oculta.

—No buscas mi amor ni mi cariño. Deberías de saber que son tuyos. ¿No acaso te he dado todo lo que tengo?

—¡Pero no todo! —advirtió Mazatzin, revelando su intención.

—¡Mazatl! —replicó asombrada—. Sería un crimen, ¿por qué no puedes comprenderlo? ¿Acaso no es suficiente lo que tenemos aquí?

—¿Cómo podría ser suficiente? ¡No sirve de nada todo esto si no puedo tenerte! Me he robado tus besos, acariciado tu cuerpo, conozco tus íntimos secretos… Nadie lo sabría, ¿y qué si nos descubren?

Seguía hablando sin darse cuenta de lo que decía, o de lo que sentía desde hace días, quizás meses o hasta años.

—¿Cómo me niegas consumar nuestra pasión? Me provocas con tus besos y caricias, me sonríes dándome a entender que quieres ser mía. ¿Cómo podrías llegar a serlo si no te entregas? Si eres mía, que así sea. Si tu amor es mío, no lo demuestras —afirmó Mazatzin, tajante.

El salón se sumió en silencio, al instante comprendió su error, sus palabras revelaron sus propios secretos hasta para él. ¿Acaso era eso lo que deseaba? Quería satisfacción, enmascarada por el concepto del amor, significado irreal y elusivo. Solo deseaba lo inalcanzable, lo que nunca podría tener. Lo comprendió cuando el daño estuvo hecho.

¿Era mera lujuria y no amor lo que sentía por Axochitl?

—¿Es eso? —murmuró melancólica, alejándose hasta topar con la pared de piedra caliza, fría, dura, impidiéndole huir.

—Axo… —exclamó Mazatzin tratando de reparar su error.

—¡No me digas así! —irrumpió Axochitl en furia—. ¡No te atrevas!

Él retrocedió instintivamente, protegiéndose del peligro inminente, pero listo a contraatacar en caso necesario. La furia de la princesa que en muchas ocasiones se apoderaba de ella era bien conocida por él, pero nunca la había sentido en su contra.

—¿No sabes que ya me tienes? —prosiguió Axochitl—. Más que cualquier otro pudiera jamás, pero no es suficiente. Las prostitutas ya no te satisfacen, ¿por eso has dejado de visitarlas? Pues me rehúso a servir de su reemplazo. ¿Cómo asegurar que es amor y no lujuria lo que pides? No quiero eso, yo no soy un objeto, tampoco soy una especie de premio o recompensa.

Mazatzin no dijo nada, su figura respondió por él.

«¿Cómo sabía ella de sus visitas a la Casa del Placer?», se preguntó. «¿Desde cuándo sabía sobre Quiah?».

—Sí, lo sé todo, no me importaba, no en ese entonces. Estabas en tu derecho —continuó Axochitl al verle callado sin querer defenderse—. Eres soltero, un guerrero joven. Yo no podía exigirte nada, en cambio, tú ahora me exiges todo en este instante.

Mazatzin recordó, no supo si con rencor o cariño, sus momentos con Quiah, entrelazados en la estera, amándose, o eso es lo que él hacia mientras ella fingía. El recuerdo se evaporó con rapidez regresando a la realidad que su lujuria lo llevó a padecer.

«¿Amo a Axochitl, o es solo el reemplazo de Quiah?».

—No fue mi intención, comprende… —no pudo terminar de decir cuando ella le interrumpió, siendo imposible detener su indignación.

—Estás obsesionado con la idea, con aquello que no puedes tener… Estos años es por lo único que has permanecido junto a mí, ¿no es así? Yo no te importo en lo absoluto, soportabas mis quejas y lloriqueos creyendo que cedería un día a tus caprichos. Te aprovecharías y te irías, ¿verdad? Como el emperador, solo me usarías para tu satisfacción. Por lo menos Moctezuma lo hizo por su pueblo, pero tú, tú lo haces por ti. No te importa ninguna otra persona excepto tú mismo.

Le reclamaba como un diluvio cayendo en picada sobre un pequeño pozo desbordando las aguas, socavando sus virtudes y explotando sus defectos. El sentimiento venció la intención de Axochitl por mostrarse dura y no pudo evitar entristecer al saber la verdad del guardián con quien sentía tanta paz, al que le tenía tanto cariño. Ahora no podía verle más que con decepción. Sus ojos se inundaron de lágrimas cayendo por sus mejillas finalmente soltando en sollozo.

—Creí que eras diferente, ahora sé bien… A pesar de todo, Itzcoatl resultó ser mi verdadero guardián.

—¿¡Itzcoatl!? —gritó Mazatzin enfurecido.

De pronto, una idea nubló su juicio y su repentina ira le permitió manipular la dirección de la discusión, creyéndose ahora el ofendido.

—Él es un maldito bruto, un ignorante, un pobre soldado, un simple campesino. ¡No te atrevas a compararme con él!

—¿Cómo puedes tenerle en tan mala estima? —replicó ella.

—Es él entonces… —comentó Mazatzin disgustado, librándose de la culpa al señalarla a ella—. ¿Me rechazas por un plebeyo?

Axochitl no comprendió cómo llegó a esa ridícula conclusión. Le miró extrañada además de indignada, presintiendo en esos reclamos su intención por evadir sus propias faltas y culpas.

—Por eso le dejas llamarte «Axo». Sí, me he dado cuenta —dijo al notar su sorpresa, al exponerle sus secretos para con el plebeyo.

Mazatzin, creyéndose triunfante, alzó su rostro sintiéndose inocente de los cargos de los que le imputaban, convirtiéndose ahora en juez, tergiversando la verdad a su favor.

—Todo este tiempo lo esperabas a él, resignada a estar conmigo, ¿y tú te atreves a reclamarme? Tú eres la falsa, no yo.

—No sabes lo que dices, ¡no tienes idea de nada! Ustedes son lo único que he tenido en toda mi vida. Eran mis confidentes, con quienes podía ser yo misma… y tú eras… —exclamó Axochitl.

—Guárdese sus palabras, Alteza, no tengo intención de escucharlas. Mejor busque otro guardián o espere el regreso de Itzcoatl, si no perece tirado en un charco desangrado.

Al instante dejó la habitación, quedando Axochitl pegada aún al frío muro aterrada, deslizándose lentamente al suelo conteniendo su llanto.

Intentando alejarse de aquel cuarto, huyendo de sus errores y los de Axochitl, escapando de sus necias fantasías, Mazatzin en cuanto pudo abandonó el palacio, abriéndose las enormes puertas de madera pulida pintadas de rojo y azul ante él al advertir los guardias su notable furia.

Una vez afuera de aquellos muros pudo respirar mejor, y mientras se cerraban las puertas a su espalda, una nueva puerta se abría como una segunda oportunidad.

Pasó largo rato disfrutando de la brisa, en medio de la gente que transitaba la calle ocupada en sus propios problemas sin siquiera fijarse en él, cuando le llamó una voz insegura y suplicante.

Extasiado por su recién hallada libertad, no se dio cuenta de que le hablaban hasta que le tomaron del brazo. Volteó sin prisa, enfocado en su reciente paz interior, sin saber que le estaban llamando. Entonces miró a una menuda muchacha esperando ser notada.

—¿Itzel? —la reconoció al ver sus grandes ojos color avellana.

En el Izteecayan,
sopla un viento helado;
tan potente que corta la piel,
como si llevara navajas en él.

Ante el inesperado encuentro con Itzel, se refugiaron en la villa de Mazatzin en Atempan, siendo recibidos por sus sirvientes: una pareja mayor quienes eran su mayordomo y la sirvienta principal.

La pareja tenía a sus hijos, tres jóvenes y una moza, viviendo en el mismo lugar listos para atender a su señor, quien nunca había siquiera pisado una sola vez su hogar otorgado por el emperador.

La casa era grande y espaciosa, con un jardín bellamente arreglado reflejando la llegada de la primavera, una parcela bien trabajada y muy blancas paredes adornadas por una cenefa roja alrededor. Muy cuidada tenían la casa, pues sin su señor, prácticamente era de ellos.

Tras la ausencia de Itzcoatl, esta vez lejos de su familia, Itzel vivió un nuevo tipo de soledad y solo conocía a una persona en Tenochtitlan, en quien podría encontrar cariño, ayuda, y compañía.

Por largo rato, Mazatzin escuchó las extenuantes quejas de la joven soportando sus lloriqueos y lamentos referentes a la guerra y al marido ausente. Sentados en una estera, comiendo bocadillos traídos en platos de barro puestos sobre una mesita de madera, hablaron por horas hasta ocultarse Tonatiuh, cediendo su lugar a Meztli.

—Estoy sola —le dijo desbordando riachuelos de lágrimas—. No lo resisto, lo extraño.

La tristeza de Itzel logró apaciguar sus propios demonios. Mazatzin entonces se sintió útil y confiable. Le prometió a Itzcoatl cuidarla y eso habría de hacer. Repararía sus indolencias con ella.

—Itzcoatl va a regresar, te lo aseguro —insistió Mazatzin.

—No creo que pueda hacerlo a tiempo —asomó sus grandes ojos color avellana por sobre sus diminutas manos con profunda gratitud por sus atenciones, dispuesta a contarle su secreto.

—A tiempo, ¿para qué?

—Estoy embarazada.

—¿Qué? —gritó el noble emocionado, experimentando una especie de sentimiento devorando al resto, alegrándolo la noticia como si fuera para él y no para ella, o en todo caso, para su marido.

Se había levantado para deambular por la sala, sonriendo como un idiota, aunque esa noticia nada tenía que ver con él. No obstante, no podía evitar el alegrarse por la pareja. Luego, recuperando su estado de ánimo normal, relajado y burlón, se puso a inspeccionarla imitando a las matronas. Se llevó las manos a la espalda, encorvándose, ladeando la cabeza exclamando murmullos.

—¡Mujer, si no se te nota! ¿Cómo puedes saberlo? No te veo ni un poco gorda, no te lo creo —agregó Mazatzin.

La muchacha sonrió modosamente.

—Las mujeres tenemos formas de saber eso —respondió sobándose el vientre instintivamente, resplandeciendo en ella un brillo único de las futuras madres—. Créeme, el bebé viene en camino y temo que Itzcoatl no llegue a tiempo para verlo nacer.

—¡Es maravilloso! Pero... Itzcoatl tiene tres meses ausente... Itzel, ¿no será que tú...?

La joven le miró ofendida ante la insinuación. Y aun así le causó gracia la forma en que se lo había preguntado.

—¡Antes que se fuera por supuesto! La noche antes de ir a la guerra, tonto ignorante.

Su cara se puso roja y por primera vez en su vida, Mazatzin vio a la tranquila muchacha enojarse, quien siempre iba sonriente a pesar de las circunstancias.

«¡Cuanto ha cambiado desde que está embarazada!», pensó.

—Tengo que pedirte un favor, Mazatzin. Eres noble y seguro tendrás los medios... No conozco a ningún otro capaz de hacer este mandado. Eres buen amigo de mi esposo, y mío también, y si pudieras ayudarme te estaría muy agradecida, y si no puedes, no me enojaría porque no es tu obligación...

—Te ayudaré en lo que necesites, Itzel. Hasta el regreso de Itzcoatl puedes contar conmigo —le interrumpió notándola enmarañarse entre variadas justificaciones innecesarias.

La tomó de las manos con emoción, jurando que le ayudaría, y con ello se sintió extrañamente especial, digno y merecedor de la confianza de alguien para tratar un asunto de esa importancia, era como si fuera necesaria su mera presencia.

Itzel le sacó de su ensueño al volver al tema en cuestión que todavía no le había dicho lo que se esperaba de él.

—Te lo suplico, envía noticia a Itzcoatl. Pídele a él, a su capitán, o al emperador si hace falta que le deje regresar. Muchos meses faltan, por lo menos eso me ha dicho la partera. Anda, hazlo.

—Me encargaré... Itzcoatl estará aquí para el alumbramiento de su bebé. Entre tanto, yo estaré aquí para acompañarte y asistirte. Mi casa es tuya para descansar, con mis sirvientes nada te hará falta.

El mes de Izcalli, decimoctavo del año, llegó en un abrir y cerrar de ojos. El año estaba a punto de terminar e Itzel no veía a su marido en la puerta de su habitación, pero su vientre ya comenzaba a inflamarse, por lo que la partera los visitaba periódicamente, vigilando su condición y la del bebé, acomodándolo para facilitar el parto mediante maniobras externas que incomodaban a la futura madre.

Con los cinco días nefastos de *nemotemi* tan cerca de su parto, Itzel rezaba porque su bebé no naciera en esas fechas, pues aquellos que nacían en ellas, sin remedio, eran considerados como malditos.

Mazatzin, incapaz de hacer algo por su salud o condición, la cuidaba simplemente, supervisando las continuas visitas de la matrona quien manejaba una mezcla de fórmulas mágicas para ahuyentar los malos espíritus, normas higiénicas y dietas muy especiales. Se volvió su tarea, su misión y no había pensado en Axochitl durante esos meses, no podía despegarse de Itzel por miedo a descuidarla y que ocurriera entonces algún accidente. Le ayudaba a levantarse y acostarse, le compraba todo lo necesario, todo le procuraba. A final de cuentas reconsideraba lo que había sucedido como una señal divina, para volverlo el encargado del bienestar de su amiga de Oaxtepec.

«Aquí es donde se me necesita. Sí, mi deber es con ella e Itzcoatl. Si hago bien mi trabajo, los dioses quizás me den otra oportunidad con Axochitl, si con esto demuestro que soy digno de su amor».

El tiempo con Itzel pasó con ligereza, pareciéndole a Mazatzin unas vacaciones placenteras, en ocasiones, donde a diferencia como había pensado, halló más de lo que creía poder encontrar.

La partera estaba convencida que el nacimiento sería mucho antes de terminar el mes, pocos días tenían, el tiempo corría en su contra y el padre aun no había llegado a pesar de haber hecho todo lo posible. Mientras tanto, los constantes cambios de humor de Itzel comenzaron a afectar la voluntad de Mazatzin, forzándose a ser fuerte por ella que sufría cientos de emociones cruzando su cuerpo. Soportó sus arrebatos, caprichos e insultos, incluso sus insinuaciones; en su condición, todo canon moral de la moza fue superado, buscando afecto en el amigo de su esposo, que corría cada vez que eso sucedía, para regresar cuando se había calmado.

Se encontró en todo un viaje: el viaje de la maternidad.

En el Paniecatacoyan,
pasando la última colina del Izteecayan;
se debe recorrer una zona desértica
compuesta por ocho enormes páramos.

En uno de los cientos de cuartos del palacio, el favorito de Axochitl desde la partida de su guardián, la reina se encontraba contemplando el extraño y difuso panorama repleto de oscuridad latente en el lago como no había visto nunca desde su llegada a Tenochtitlan.

A la partida de Mazatzin, encontró en aquella habitación con vista a Texcoco un refugio de la apatía inundando su corazón. Contemplando el oleaje del lago azotando el albarradón hecho por Nezahualcoyotl una y otra vez, se relajaba, admirando las fuerzas naturales seguir su curso a pesar de cualquier problema o conflicto humano. Se imaginaba siendo como aquellas olas, tenaces e indiferentes, desinteresadas de todo lo que podría suceder al día siguiente.

Pero a diferencia del oleaje, seguro e indiferente, Axochitl no podía dejar de temer por la amenaza de su futuro.

«¿Qué haré? ¿Cómo soportare este martirio diario?», se preguntaba, dudando de su capacidad para ser lo que siempre había sido, para lo que había nacido... Dudaba de si podría ser en verdad una reina.

«Nací para sufrir... las demás reinas lo han aceptado, sigo obstinada en conocer la felicidad, esa fantasía», se repetía resignándose.

En dos personas había logrado encontrar tanto cariño como consuelo durante aquella difícil época, en quienes podía confiar sus aspectos de intimidad. Una era sin duda la princesa Maquitzin, quien era más bien entretenimiento, con quien podía olvidarse de sus penas escuchando las incoherencias e irreverencias de la princesa de Chalco. Su segundo apoyo emocional fue la reina de Texcoco, con quien siguió en contacto por medio de mensajes a través de sus doncellas, contándose todo lo que sucedía en sus respectivas ciudades, sobre sus emociones, temores y alegrías, era la reina Azcalxochitzin la única persona en quien podía confiar, quien sabía jamás la traicionaría pues su espíritu no conocía tal posibilidad.

A pesar de la compañía de aquellas damas, debido a la ausencia de su querido guardián, Axochitl perdió su antigua dicha, encontrándose siempre triste por su partida o enojada por la misma, comportándose de acuerdo a su sentir. Su personalidad tan amable y carismática de antes, en ocasiones turbada por sus ataques de arrogancia e ira, se vio opacada por estas últimas con mayor frecuencia desde entonces. Aquella gentil y atenta joven desapareció para con los sirvientes, cortesanos y demás gente del palacio, e inclusive con las reinas a las que antes temía tanto, volviéndose inflexible, severa y autoritaria, hasta el punto en que se extrañaba su forma de ser, alegre y dulce, la cual despreciaron todos a su llegada.

Ahora, toda la corte sufría la actitud señorial tal como la pregonaba Axochitl en sus momentos de ira, quien no se dejaría menospreciar.

*****

En el palacio reinaba el desorden y la confusión, los sirvientes de la casa, nerviosos, intentaban cumplir con sus obligaciones mientras los cortesanos esparcían los rumores que habían llegado a la corte desde tierras mixtecas. Buscaban las respuestas a sus propias interrogantes, sobre lo que habría de suceder si acaso era verdad lo que escucharon, lo que los mensajeros clamaron ante la Asamblea Superior.

Informes sobre la muerte del emperador llegaron a la capital como una plaga, amenazando con dividir su reino. Se esparcieron por el aire como una peligrosa enfermedad mortal.

Tras aquellas noticias, los asuntos de la ciudad quedaron flotando a la espera de su confirmación. Y con el murmullo regado por el valle, Axochitl no pudo hacerse a la espera de enterarse. Mandó cuanto antes a una de sus doncellas informarse de lo sucedido, sobre los rumores que los capitalinos traían en boca. Sus doncellas se encargaban de ello, alimentando el nuevo pasatiempo de la joven reina; enterándose sobre amoríos, disputas, vergonzosas situaciones y demás asuntos de la corte. Se había vuelto su válvula de escape, huía de su propia persona, vivía entonces la realidad de los demás, menos la suya.

Su doncella principal fue la encargada de proveerle de la alarmante noticia, quien llorando informó a su reina sobre la muerte del señor de todas las tierras, su esposo.

—¿Cómo que está muerto? —gritó Axochitl enfurecida—. Estúpida, no sabes lo que dices, ¿quién te dijo tal barbaridad?

La doncella guardó silencio un momento, temiendo responder a la reina ya enfurecida por las noticias que recibía.

—Su Excelencia… el *Cihuacoatl* Tlacaelel.

Axochitl no tardó en trasladarse a donde Tlacaelel, con su conducta habitual no sentía necesidad de conservar la calma. En la Cámara de Reuniones se encontró al primer ministro, quien la esperaba sentado plácidamente en el trono de su hermano, anteponiéndose al hecho cuando le dio la noticia a su doncella sabiendo que iría con la reina, y Tlacaelel, sin contención, planeó sus amenazas.

—¿Cómo que está muerto Moctezuma? —gritó Axochitl haciéndole frente a Tlacaelel sin mostrar restricción.

—Así figura en el mensaje recibido —respondió él sin inmutarse, y las doncellas siguiendo a la reina se retiraron de inmediato.

Tlacaelel la vio con una mirada severa y sádica, disfrutando de la confusión en la reina.

—Todo está en movimiento… pronto comenzará —agregó.

«¿Qué va a comenzar? ¿De qué habla?», se preguntó Axochitl.

Detestaba su manera de expresarse. Nunca se inquietaba o turbaba, ni siquiera se enojaba sin importar el insulto o la ofensa, provocando nervios a la joven cuando estaba cerca de él, pues no podía descifrarlo, nunca sabía en qué estaba pensando.

Poco tiempo tenía de conocerlo, pero ya le guardaba desprecio, no por su actuación, sino por lo que se guardaba, lo que ocultaba a la vista de los demás volviéndolo superior al resto, indestructible e intocable, prácticamente omnipotente.

—¿Y lo dices así tan calmado? ¡Era tu hermano! ¿Qué va a pasar ahora? ¿Qué va a pasar conmigo? —preguntó aturdida, en un estado de furia desatada.

—El Consejo Electoral pronto elegirá a un nuevo gobernante para ocupar su puesto, y tú... —advirtió Tlacaelel acentuando el «tú» de forma denigrante—, te irás para nunca volver.

Esas palabras la invadieron como miles de abejas picoteando su piel introduciendo su veneno en su sangre, deteriorando la vida. Huir con su amado guardián se le apetecía ahora como su única salvación, y por desgracia, también como una mera fantasía, un camino perdido meses atrás cuando lo alejó de ella, negándose a complacerlo. Entonces pensó:

«Si no he de poder irme con la frente en alto, me quedaré. No dejaré que me echen de Tenochtitlan... No sin pelear».

En el Timiminaloayan,
hay un largo sendero de cuyos lados
se lanzan cientos de dardos;
acribillando a quien ose atravesar.

Ante la amenaza de Tlacaelel, para Axochitl solo había una persona capaz de enfrentarse al *cihuacoatl* y no dudo recurrir en los poderes casi míticos de aquella persona para convencerlo de dejarle ser reina, con Moctezuma o sin él. Quizás sobrevaloraba sus capacidades, sin embargo, no tenía otra opción. Las intenciones de Tlacaelel no eran claras; si habría de mandarla a Cuauhnahuac; dejarla encerrada en un cuarto; o entregarla a otro señor para fortalecer las alianzas. A pesar de todas las posibilidades contempladas, nunca se hubiera imaginado lo que le estaba preparado.

—Hermanita, escuché me estabas buscando —exclamó la princesa Maquitzin, entrando en la habitación tan alegre como siempre—. No entristezcas, hermanita, pues tu esposo murió guerreando tal como lo deseaba. Y tú eres joven, es decir, ¡eres una niña! Encontrarás un nuevo esposo pronto. Sin hijos, será fácil conseguirlo…

Axochitl lo entendió por el contrario como su desgracia. Si hubiera dado un hijo al rey, le sería imposible a Tlacaelel deshacerse de ella.

—¡Ay, hermana mía! —exclamó Axochitl intentando con dificultad imitarla y encajar con ella para conseguir su apoyo—. Tengo miedo.

—¿Por qué? ¿Sobre qué? Dime. Anda, dime.

—Tlacaelel me ha dicho algo, no quiero creer que sea capaz porque tal vez lo dijo en estado de furia por la noticia sobre su hermano. Es imposible saber lo que siente o piensa.

—Mi esposo tiene de repente arranques de furia, pero como nunca dice nada, uno tampoco sabe el porqué y él espera que una comprenda. Si lo ves enojado mejor vete, no sirve razonar con él.

—Y ¿cómo puedes estar con él?

—¿Bromeas? Cuando le conocí supe de inmediato que era especial. No era mi intención casarme con él, yo quería ser reina, pero él supo ser más que un rey… Y mírame, vivo un sueño, uno en que muchas veces mí querido esposo no está conmigo, para fortuna mía.

Axochitl se figuró a la princesa Maquitzin como aquellas olas del lago que últimamente contemplaba. Era en efecto como la naturaleza que sin importarle nada seguía existiendo. Envidaba su forma de ser y de ver las cosas, no sufría por nada, sería por su maravillosa filosofía e innata capacidad de disfrutar, o su enorme narcisismo que le impedía ver más allá de su propia persona.

—Bien, entonces ¿me dirás o no qué pasa con Tlacaelel?

—Ha dicho que como Moctezuma ha muerto ya no soy bienvenida, me mandara lejos… Yo que soy reina. Ayúdame.

La princesa Maquitzin la abrazó sintiendo pena por ella, pero, sobre todo, sintiéndose en extremo especial por ser apreciada de esa manera al pedirle ayuda, justo como Axochitl planeó, consiguiendo con ello su intervención.

—Te ayudaré, déjamelo a mí, yo hablaré con él.

Entre el caos y la incertidumbre rondando por el palacio, Tlacaelel surcaba sus pasillos con su usual calma contemplando con cierto placer el desastre que la muerte de su hermano había provocado, siguiendo a su esposa después de ser solicitada por Axochitl.

Entró al cuarto donde se encontraba con la princesa Maquitzin. Sin dar explicaciones, permaneció en la entrada observándolas.

—Mi señor Tlacaelel, ¿se puede saber qué hace aquí? ¿No ve que nos interrumpe? —exclamó Axochitl, enfurecida.

El *Cihuacoatl* sonrió, tranquilizando a su esposa con una mirada, dispuesto a informarle a la reina sobre su destino.

—Su Alteza, traigo noticias importantes concernientes a su persona —exclamó Tlacaelel casi amable, pero su arrogancia no fue secreta—. Pronto abandonará este lugar.

Axochitl lanzó una mirada mortal sobre aquel hombre.

—¡Tlacaelel! —reclamó la princesa Maquitzin.

—Ya está decidido. Despídase, Alteza.

—¿Qué es, querido esposo? ¿Por qué hablas así? ¿A qué te refieres con eso? Algo has de poder hacer para que no se vaya mi hermanita —suplicó la princesa Maquitzin.

—El Concejo ha tomado la decisión sobre quienes acompañarán al emperador en la otra vida… Y me temo que Su Alteza fue seleccionada entre otras reinas para acompañarlo al otro mundo.

Con increíble calma, Tlacaelel le dio la noticia de lo que pasaría. Tan fácil fue para él anunciar el fatídico futuro deparado para Axochitl sin sentir pena.

—¿Cómo pudo pasar eso? —gritó Axochitl conmocionada—. ¿Qué haré ahora? No entiendo, ¿acompañarle? ¡Si está muerto!

—No puede ser —dijo aterrada la princesa Maquitzin cubriendo su rostro, dejándose caer al suelo sollozando con fingida preocupación, como le pareció a Axochitl.

Como era acostumbrado para los mexicas, a la muerte de un rey se le despedía con el sacrificio de varios de sus sirvientes y hasta algunas de sus esposas, para que le sirvieran y acompañaran en la otra vida.

Entre sus sirvientes, quince fueron escogidos para ese gran honor, siendo los favoritos del monarca, y maravillados por la oportunidad de morir por su señor aceptaron sin dudarlo. Las reinas elegidas también se alegraron, tres de ellas por lo menos. Volverían a ver a su esposo en el otro mundo y recobrarían su cariño, además de su juventud pasada. A pesar de ser provenientes de otros reinos, con el pasar de los años llegaron a acostumbrarse a los rituales y costumbres de los mexicas, aceptándolos como suyos.

Axochitl en cambio, no quería morir, no como las demás. No estaba preparada para dar su vida de aquella manera.

—Me niego a participar… no sabía. No, no quiero, me rehúso a ser parte de esto.

—Nada puede hacer, será mejor que se vaya con la cabeza en alto y el honor intacto. Acéptelo de una vez, alteza.

Axochitl apenas tenía la capacidad de escuchar llorar a su concuña. Reconsideraba su promesa al emperador antes que partiera; su broma se convirtió en su tenebroso destino. Si, haría imposible su vida en el otro mundo, pero no de la forma en que creyó.

—Qué horrible es la muerte de un rey, pero a los mexicas les agrada seguir a su señor incluso hasta la muerte. No yo, como extranjeras no estamos acostumbradas a esos rituales. Te extrañaré, hermanita, nada puedo hacer, solo soy una pobre mujer —le explicó Maquitzin.

Parecía despreocupada hasta cierto punto de lo que le pasara. Claro, lloraba amargamente, pero Axochitl no estaba segura si era por ella, no llegaba a convencerla.

Tlacaelel se retiró indiferente. Por fin se libraba de otra molestia; primero del guardián y ahora de la princesa que tanto odiaba.

Cuando salió, la princesa Maquitzin besó a Axochitl en sus mejillas y después de propinarle un beso en sus labios, se alejó alcanzando a su esposo tomándolo del brazo.

«Se está despidiendo, a su manera», reflexionó Axochitl, recibiendo lo que consideró como el beso de la muerte, sin ofuscarse.

Vio en el cielo cómo las nubes ocultaban la maravillosa diosa lunar detrás de ellas, obligándola a creer que Meztli también la abandonaba. La noche encrudecía, el frío aumentaba.

«Morir es bueno, nada tengo aquí. Maquitzin me ha abandonado por sus joyas. Mazatzin me ha abandonado por mi estupidez y terquedad, por su lujuria y orgullo. Itzcoatl me ha abandonado por la guerra y sus sueños, por su esposa y mi falta de aprecio. Moctezuma por el imperio, por sus responsabilidades, por la muerte gloriosa. Mejor morir ahora y dejar este mundo que tanto me ha quitado», se dijo Axochitl.

Es en el Teocoyocualloa,
donde están las fieras infernales
que comen los corazones humanos;
una piedra preciosa dejarás de ofrenda
para conservar el corazón intacto.

Cruzando un angosto canal dividiendo Tenochtitlan y Tlatelolco, el rey Cuauhtlatoa celebró en su palacio con un banquete, acróbatas y enanos, música y bailes, las noticas que llegaron al Anahuac: la muerte de Moctezuma, tan bien planeada por él y sus aliados. La extravagancia no tuvo límites, ellos tenían la mayor riqueza del valle y del mundo. Se cantó con ánimos, se brindó por sus planes fructuosos, su porvenir y el poder esperándolos en Tenochtitlan.

El rey Cuauhtlatoa festejó junto a sus generales, nobles y aliados sin preocuparse por disimular su alegría.

—Venga, Tleyotol, no sé cómo habrás convencido a aquel arquero de asesinar a Moctezuma, pero mucho te debemos —dijo Cuauhtlatoa contento, y bastante ebrio.

Sus generales más leales, los nobles menos escrupulosos e incluso los sacerdotes más ambiciosos del reino se habían unido a Cuauhtlatoa apoyando sus intrigas. Ellos, junto al gremio de comerciantes, harían realidad sus sueños.

—El rencor sobra en los pueblos conquistados por los mexicas, solo falta un pequeño empujón para decidirlos, eso y la promesa de muchas riquezas a su regreso, o en caso de morir peleando, para su familia. Una promesa efímera sin necesidad de cumplir —respondió Tleyotol.

—Mi yerno es hábil, Su Majestad —presumió Nanahuatzin—. No solo ha logrado quitar de nuestro camino al odioso de Moctezuma, también pretende deshacerse de su hermano. Sí, de Tlacaelel. Además de habernos conseguido el mercado de Coixtlahuaca. En cuanto venzan al rey Atonal sus rutas serán nuestras, sus mercancías también.

Sus deseos se tornaban inminentes. Sus aliados no parecían tener tampoco límites para conseguir sus propósitos. El negocio lo era todo para ellos, el comercio, las riquezas, pero solo requerían de algo, la única cosa que no tenían y jamás podrían comprar: nobleza.

Tenochtitlan gozaba no solo de la protección de los reinos fundados a las orillas de los lagos, sino también de su ventajosa ubicación en el centro del lago; fundada sobre una isla, con sus puentes removibles para evitar la entrada de intrusos, sus altas murallas protegiéndolos, sus considerables defensas en canoas y su valiente pueblo siempre listo para combatir, convertían a la capital del imperio mexica en un difícil adversario. Para Tlatelolco, aquellas ventajas no valían nada, ubicados en un islote cercano divididos por apenas una insignificante acequia, conectados a través de calzadas y canales, el más peligroso enemigo de Tenochtitlan yacía muy de cerca, con intenciones de atacar.

—¿Estamos completamente seguros de que funcionará? Mi señor, a la gente no le gustará. Es peligroso y descabellado lo que intentamos hacer —cuestionó el ministro Cipactli a su rey.

—Solo si perdemos, solo si perdemos —dijo Cuauhtlatoa seguro de su proceder.

Soñaba cada noche con la victoria y el poder, pero más que nada con el reconocimiento y el respeto a su persona, como rey y conquistador.

Había combatido junto a Moctezuma, Tlacaelel y Nezahualcoyotl, con el rey mexica Itzcoatzin y el rey Totoquihuatzin de Tlacopan en la guerra contra Azcapotzalco, sin embargo, fue hecho a un lado y su reino ni siquiera fue parte de la llamada Triple Alianza.

Con el paso del tiempo creció su descontento, su orgullo como rey, militar y hombre estaba en juego, harto de permanecer tanto él como su reino bajo la sombra de sus hermanos tenochcas y su ciudad gemela.

Impulsado por los comerciantes de Pochtlan y de los demás reinos del Anahuac, manipulado y convencido por sus palabras incitándolo a la violencia, a exigir lo que era suyo por derecho, no existía otra cosa en su mente. Repasaba los canales, las calzadas y las calles por donde su ejército pasaría. Las fortificaciones que se levantarían, la forma de mantener el orden de la ciudad recién conquistada para que al regreso de los ejércitos imperiales le obedecieran.

—Solo debemos esperar… —comentó Tleyotol.

—No podemos esperar, ¡es ahora cuando debemos de actuar! Están débiles, no se esperan el golpe —exclamó Nanahuatzin.

—No, no debemos precipitarnos. Tenochtitlan se tambalea, sí, pero todavía no cae —insistió Tleyotol.

El año estaba a punto de terminar, dando paso a un nuevo ciclo de guerras.

Es en el Izmictlan,
donde se supera el Apochcalolca,
«el Camino de Niebla que Enceguece»;
entre la neblina se deben de vadear
nueve ríos extensos y belicosos.

La casa solariega de Mazatzin sucumbió al alumbramiento de Itzel. Desde su barrio, la partera fue traída prácticamente de los cabellos por el mayordomo al percatarse del estado de su joven ama.

Mientras, Itzel gritaba ante las contracciones forzándola a dar a luz, acompañada por la sirvienta principal quien le insistía en cooperar, habiendo escuchado todos los consejos de la partera, además de contar con experiencia sobre partos al ser madre de cuatro hijos, suficiente para asistirle a su nueva señora —tal como llegaron a conocer y tratar a Itzel, creyendo que era la mujer de Mazatzin.

Itzel se resistía sin embargo, negándose a cooperar sin razón.

Mazatzin, esperando en el patio, estaba hecho un manojo de nervios. Quería ayudarla, pero le era imposible.

«¿Por qué tiene que ser tan doloroso? Es una guerra, el parto es una batalla sangrienta», se dijo entre dientes.

Cuando llegó la partera, Mazatzin la empujó de inmediato al cuarto incapaz de soportar más los gritos de Itzel emanando desde adentro, arrodillándose después para rezarle a Toci, diosa de las parturientas, y a Tlazolteotl, diosa de los partos, para que la ayudaran.

En la habitación las cosas se complicaron, una estúpida idea rondaba por la mente de Itzel, tan ignorante e ilusa, rehusándose a cooperar, asida de las sábanas y mordiendo una almohada intentando disminuir el dolor, tratando de postergar cuanto fuera posible el parto.

—¡Me dijo que faltaban días! ¡Días! —le reclamó a la partera.

—No es preciso el arte de adivinar el nacimiento, señorita —le dijo la partera a Itzel, intentando convencerla—. Pero no nacerá en los días nefastos. Alégrese, señorita, alégrese, vamos, es hora.

—¡Aún no! ¡No ha llegado! —exclamó Itzel sudando frío.

Entre tanto, afuera en las calles la gente gritaba y lloraba. Algo malo ocurría en la ciudad e ignorante de todo ello, Mazatzin escuchaba los gritos de la mujer en su casa y los gritos de la gente del barrio sin poder diferenciarlos con precisión.

—¿Qué es todo ese escándalo allá afuera?, ¿qué está pasando? —le preguntó Mazatzin a su mayordomo.

—¡Oh, joven amo! Terribles noticias, pero no conviene que sepa, no con la señorita en esta condición, será mejor enfocarnos en ella.

—Dime, hombre, debo concentrarme en otra cosa.

—Mi buen señor... es el rey. Han llegado noticias de la guerra y nuestro señor fue herido en ella...

Los gritos se intensificaron en la casa. Itzel continuaba postergando el nacimiento de su bebe obsesionada por tener a su esposo a su lado. La partera temía lo peor, el parto lucía mal mientras la sirvienta lloraba al lado de la joven rogándole recapacitar.

Tomando coraje, Mazatzin entró a la habitación. Vio a su sirvienta llorando, sosteniendo unas mantas ensangrentadas, luego se enfocó en la partera que luchaba entre las piernas de Itzel, quien seguía gritando empapada de sudor, tendida en la estera donde se veía mucha sangre salir de sus piernas sin señal del bebé todavía.

Sus miradas se cruzaron y por alguna razón, Itzel emanó de pronto un resplandor al verle. Vio a Itzcoatl, acudiendo a su llamado. Sonrió enternecedoramente, perdida en una dimensión ajena a la realidad. Un silencio cubrió la habitación, y los oídos del noble le comenzaron a zumbar sin darse cuenta de lo que ocurría. También le sonrió a Itzel sin saber porqué, aunque con diferente expresión; en lugar de alegría era tristeza la que transmitía. No pudo aparentar, exhibiendo la mentira, revelándole a la muchacha su equivocación.

A su vez, Itzel se dio cuenta de su error, avergonzada de sí misma descubriendo su propio engaño. No era su esposo.

—No ha llegado —murmuró ella.

Mazatzin se acercó al darse cuenta de lo que ocurría, e Itzel también se percató de su mortalidad.

En la habitación apenas alumbrada por el brillo de las teas colgadas de la pared, la tristeza gobernaba los corazones de todos. La partera seguía trabajando en el dificultoso parto, reflejándose en su rostro el inevitable desenlace ante la testaruda muchacha negándose a obedecer sus consejos hasta la llegada de su marido.

«Estúpida niña», repetía una y otra vez la partera maldiciéndola y a la vez, compadeciéndose de ella conforme trabajaba entre sus piernas, extrayendo a la criatura que no empezaba a respirar.

Sufría intentado salvar, sin saber a quién primero, si al bebé o a la madre, con notable encarnizamiento por la impotencia.

Itzel, empapada de sangre, lucía aterradora. Mazatzin, sin aceptar lo que ocurría le prometió que todo estaría bien, tratando de convencerse a sí mismo y a Itzel, pero la sangre continuaba abandonando su cuerpo y su piel se tornó pálida. Los rezos no servían, las hierbas eran inútiles y el bebé no respiraba.

—¡Haga algo! —gritó Mazatzin al ver a la partera estática—. ¿Qué hace ahí sin moverse? ¡Sálvela!

Las lágrimas de Itzel se perdían en su sudor, apenas con la energía suficiente para abrir los ojos y hablar.

—Debo confesar mis pecados —le dijo Itzel llorando, sacudiendo la cabeza en señal de protesta, en reproche hacia sí misma.

—No tienes que confesar nada, no ha sido tu culpa...

—¿Y el bebé? —interrumpió ella.

Mazatzin volteó a ver a la partera, evitando que Itzel le escuchara o la viera, y la mujer solo pudo mover la cabeza agitando su cabellera canosa y trenzada. El bebé había nacido muerto.

—Estará bien —le mintió, no tenía caso afligirla.

—Llama al *tlapouchqui*[38], debo confesarme con Tlazolteotl.

Mazatzin se dejó caer rendido ante la desgracia. El confesor llegó a la villa y con mucha delicadeza levantó al abatido muchacho.

—Joven —le dijo—, he hablado con la matrona. Me ha dicho que no tiene salvación su señora esposa, la muerte es inevitable.

Mazatzin lo tomó de su cuello, temblando del coraje por haber sido confundido con el esposo. El rostro amable del sacerdote no obstante alejó todo deseo de agresión, su mirada dominó al joven mitigando su profundo dolor.

—Hijo mío, necesita reconciliarse con la diosa antes de partir, eso si deseas que pueda descansar en la «Casa del Maíz».

Con las piernas débiles se alejó del cuarto dejándole cumplir con su deber al sacerdote. Durante la confesión esperó fuera de la habitación junto a sus sirvientes por igual preocupados, mucho menos adoloridos. Se mantuvieron alejados para no quebrar el pacto entre la moribunda y el confesor.

Breve fue la confesión de Itzel, nada en su vida había hecho mal; fue una buena hija, una maravillosa esposa y una amiga fiel, ¿qué podía confesar? Nada había hecho mal.

El sacerdote confesor salió del cuarto casi inmediatamente. Nunca tuvo otro desdichado tan honesto y bueno como ella.

Dirigiéndose al supuesto marido, con reverencias y sencillez le hizo saber que todo estaba preparado, era mejor despedirse. Sin esperar otro segundo, Mazatzin corrió junto a Itzel decidido a no fallarle otra vez, ni a ella ni a Itzcoatl, por lo menos no al final. Le ayudaría a atravesar el umbral entre la vida y la eternidad.

—¿Itzcoatl? —preguntó Itzel otra vez, delirando.

—Aquí estoy, Itzel —contestó sin saber qué más podía hacer.

Si lograba hacerla creer que su esposo regresó, quizás le devolvería la vida, o al menos de esa manera se iría en paz.

---

38 Confesor de los pecados. La confesión de los pecados, especialmente los de tipo sexual, eran ante la diosa Tlazolteotl, la Comedora de las Inmundicias, aseguraba al individuo su descanso eterno libre de culpas o remordimientos.

Le besó en los labios y por última vez brillaron sus grandes ojos de color avellana con increíble belleza.

—Llegaste —murmuró Itzel.

Entonces exhaló un discreto suspiro, perdiendo sus ojos el brillo y el encanto que la caracterizaron durante su vida.

La partera pronunció la despedida de la joven, obsequiándola a los dioses como una guerrera, como una diosa:

¡Oh mujer fuerte y belicosa, hija mía muy amada!
Valiente mujer, tierna paloma, señora mía,
os habéis esforzado y trabajado,
habéis hecho como la diosa Cihuacoatl.
Hija mía muy amada, te ruego que nos visites desde allá,
pues que seáis mujer valerosa,
ya estás en el lugar del goce y de la bienaventuranza,
allá en el Cincalco, la «Casa del Maíz».[39]

Elevándose al cielo, se convirtió en *mocihuaquetzque*; una «mujer valiente», tras morir en el parto, recibiendo honores como un guerrero muerto en batalla. Ellas eran las escogidas por la diosa Cihuacoatl, las que perecieron luchando a favor de la humanidad y por ello recibían al final una vida de dicha y gloria en los cielos.

Mazatzin se desprendió del cuerpo inerte de la joven tendida sobre la cama empapada de sudor, con los cabellos en su rostro, las ropas revueltas y la sangre manchando las sábanas. La vida se le escapó de su cuerpo, dejando atrás una enternecedora sonrisa en sus labios... Creyó, al final, que su esposo había regresado.

En lo profundo del Mictlan,
encontrarás el Chicnauhmictlan;
el final del camino de los muertos,
donde reinan Mictlantecuhtli y Mictecacihuatl;
los poderosos señores del inframundo.
Aquí las almas descansan por la eternidad.[40]

39 Era el paraíso de las mujeres muertas durante el parto, la «Casa del Maíz».

40 Mictlantecuhtli o «Señor del Mictlan», y Mictecacihuatl o «Señora del Mictlan», eran los dioses principales del inframundo. Se ponía junto al difunto una gran variedad de objetos valiosos para que los entregara a estos dioses y le dejaran pasar al «lugar sin puertas ni ventanas» donde el alma desaparecía y descansaba por siempre.

La diminuta procesión hacia el templo de la diosa Cihuacoatl desde la villa de Mazatzin para enterrar a la muchacha en sus terrenos, donde sería protegida y honrada, pasó desapercibida, preocupándose el resto de los habitantes de la ciudad por el fallecimiento de una figura mucho más importante. La comitiva, conformada por los sirvientes de la casa solariega; la partera que por un sentimiento de culpa aún les seguía y el sacerdote-confesor que por compasión permaneció con ellos, junto al noble, marcharon armados con las rodelas y las espadas del guerrero, dando gritos de guerra honrando a Itzel como la guerrera que fue.

Al frente del grupo iba Mazatzin, afligido y desconsolado, cargando con dificultad el cuerpo inerte de Itzel envuelta en muy bellas mantas de algodón, mientras el cuerpo de su bebé, envuelto también, lo llevaba la sirvienta principal sollozando.

Llegados al templo de la diosa, ambos cuerpos, de la madre como del bebé fueron recibidos por las sacerdotisas de Cihuacoatl.

Después de las abluciones, fue preparado su lugar de descanso en lo profundo del abismo, debajo de la tierra, un tenebroso lugar que habría de ser el lecho de Itzel por la eternidad.

Conforme su figura se perdía en la oscuridad al bajar lentamente su cuerpo por el agujero, también desaparecía lo que alguna vez fue una persona con sueños e ilusiones, esperanzas y pensamientos propios. Se había ido, su cuerpo debía acompañarla.

El sacerdote-confesor aceptó auspiciar las exequias porque en parte era su obligación, también por respeto y más que nada por compasión.

Cubriéndose por la oscura tierra humedecida, entre tanto se perdían en la profundidad de ese negro abismo sus figuras, las almas de Itzel y de su bebé se elevaron hacia el cielo uniéndose a los dioses.

Itzel cargaba entre sus brazos a su bebé como la madre maravillosa que seguramente hubiera sido. Una niña había nacido, sin nombre, sin destino, carente de sueños e inquietudes, sin sufrir las penurias de la vida. Al igual que su madre, se uniría a los dioses en el decimotercer cielo, el Omeyocan o Chiuchihualcuauhco, siendo una de las elegidas para disfrutar de los placeres divinos por la eternidad, mamando del árbol de los excesos, del Tonacacuauhtitlan.[41]

Mazatzin no apartó la mirada de la tumba, recordando la promesa que incumplió, atormentándolo la idea de darle la noticia a Itzcoatl.

---

41 Paraíso también llamado Chiuchihualcuauhco u Omeyocan, en el treceavo cielo donde vivía el dios creador Ometeotl.

Alrededor de la sepultura, el resto sufría en silencio. La partera se encontraba decaída, culpándose sin atreverse a decir una palabra. Los sirvientes se dedicaban a mirar al suelo entre tanto la tierra se llevaba a su señora, tal como llegaron a conocerla.

El sacerdote confesor, terminados los rezos a la difunta debía recitar los requeridos para la niña. Alguna forma de asegurar su porvenir en el otro mundo, la oportunidad para calmar las inquietudes de los presentes reconfortándolos con la bienaventuranza que disfrutaría en la otra vida, y entonces comenzó a rezar:

Ellos son los que no llegaron a conocer,
no llegaron a alcanzar el polvo, la basura...
Y he aquí la completa palabra, la que ha de guardarse,
lo que ha de tomarse, lo que ha de oírse;
que se dice que los niños pequeños que mueren
se hacen preciosas piedras de jade y turquesas divinas.
Cuando mueren no van al temible lugar de los vientos helados,
van allá a la casa de Tonacatecuhtli nuestro señor.
Viven en el lugar del árbol de nuestro sustento;
liban las flores de nuestro sustento.
Allá viven en el árbol de nuestro sustento;
de él chupan por la eternidad.[42]

Las figuras de la niña y de Xilonen se presentaron de pronto en la imaginación de Mazatzin, compartiendo el paraíso donde decían que vivía el dios creador Ometeotl. En parte, ello le consolaba, saberlos a los dos juntos, y posiblemente felices.

Cuatro noches permaneció Mazatzin velando los cuerpos, armado con sus espadas protegiendo a la difunta de los malos espíritus además de los jóvenes que, enterados del fallecimiento de una mujer en parto, buscarían con premura hacerse de uno de sus dedos, pues se decía que les otorgaría fuerza descomunal. No permitiría tal profanación.

Frente al montículo de tierra negra y húmeda, con las labores de las sacerdotisas terminada, contempló la imagen del sepulcro ocultando el cuerpo de la mujer con quien había pasado poco más de trece meses[43]; consolándola, ayudándola, acompañándola, cuidando de ella, sin poder concebir la idea de que ya no volvería a verla jamás.

---

42 Tonacatecuhtli era a su vez el dios Ometecuhtli, dios máximo creador del panteón mexica. Muchos nombres tenían los dioses aztecas, razón por la cual es complicado de entender su panteón.

43 El calendario constaba de dieciocho meses, cada uno de veinte días, siendo el tiempo de un embarazo para los aztecas de aproximadamente trece meses y medio.

Después de cuatro noches sin dormir ni probar alimento, haciendo penitencia, ofreciendo su sangre fervientemente para que sus oraciones fueran escuchadas y le permitieran un lugar a Itzel en el Cincalco, con las orejas llenas de costras debido a las heridas provocadas y apenas las fuerzas suficientes para mantenerse de pie, sus sirvientes lo condujeron de vuelta a la casa para que descansara y recobrara su razón de ser y de existir, su emoción, y su vida.

Capítulo XIV

El Gemelo Oscuro

Tras la llegada del pueblo azteca al Anahuac, tras casi doscientos años de éxodo, en algún momento de su viaje, el pueblo sufrió una división en su núcleo. Las razones, aún desconocidas, condujeron a cierto grupo alejarse, fundando un reino libre e independiente, que en sus primeros años fue mucho más poderoso que Tenochtitlan. Al norte de sus parientes tenochcas, en un islote cercano, estos valientes y hábiles hombres y mujeres fundaron en su propia isla, en el año de 1338, la gran ciudad y reino de Mexico-Tlatelolco.

Al principio, actuando como vasallos del reino de Azcapotzalco —la entonces máxima potencia del valle—, Tlatelolco poseía más poder, fama y dignidad que su ciudad gemela de Tenochtitlan. Con el favor del rey tepaneca de Azcapotzalco, la ciudad creció en tamaño y riqueza, y poco a poco su poder e influencias rodearon la laguna, volviéndose inclusive merecedores de tener como gobernante nada menos que a uno de los hijos del rey Tezozomoc[44], y sus alianzas políticas los llevaron a un grado muy superior al de Mexico-Tenochtitlan, cuando ambas eran vasallas de Azcapotzalco.

Su reino estaba en apogeo. Entonces ocurrió la guerra.

Cuando los reinos de la Triple Alianza: Tenochtitlan, Texcoco y Tlacopan con el apoyo de Tlatelolco, vencieron la hegemonía tepaneca

---

44 Tezozomoc fue rey de Azcapotzalco entre los años de 1342 a 1426. Con él se formó el llamado Imperio tepaneca, controlando gran parte del valle de México. Sus hasta entonces vasallos, los aztecas, a su muerte, se levantaron contra su hijo Maxtla quien le sucedió en el trono, venciéndolo tras una cruenta guerra, logrando conseguir no solo su libertad e independencia, sino el enorme poder que blandía Azcapotzalco, ocupando su lugar como capital de un poderoso imperio.

al caer Azcapotzalco, fue Tenochtitlan la más beneficiada, y aunque Tlatelolco jugó una parte muy importante en el conflicto, se vio en las sombras su participación, eclipsados por la capacidad de los tenochcas respecto a la guerra...

Al contrario de Tlatelolco, Mexico-Tenochtitlan se encontraba en constante tensión. Mientras los altos dignatarios, funcionarios públicos, nobles, líderes gremiales, jefes de clanes y sacerdotes se preparaban para los eventos próximos de las exequias de su emperador, el temor a alguna maldición u otro castigo divino caer sobre sus tierras tomaba fuerza en las frágiles mentes del populacho, en lugar de preocuparse por enemigos de mayor credibilidad.

En el reino todo era un revoltijo de quehaceres y órdenes de unos a otros intentando así demostrar su autoridad y poder, compitiendo por el trono entre los lores, capitanes y príncipes con sangre real. El pueblo, en cambio, se encontraba abatido por la recién pérdida de su monarca, conteniéndose de llorar sin el cuerpo del monarca, no tenían todavía certeza de su muerte, requerían verlo sin aliento... No se lo creían.

El mes de Izcalli pasó y el año terminó. Los días vacios se vivieron con mayor sigilo y preocupación esta vez, en la ciudad como en la villa de Mazatzin la tristeza dominaba. Las exequias para el *huey tlatoani* Moctezuma se celebrarían cuando el año diera inicio.

Prometían ser maravillosas, dignas de su persona. Se le honraría como a ningún otro emperador que haya existido.

De la casa de Mazatzin nadie quiso acudir a las exequias del rey. A la muerte de su pequeña ama, los sirvientes no se sentían aptos para presenciar otro funeral. Mazatzin, por su parte, se olvidó de vivir, de comer o beber, de dormir o siquiera moverse, prefiriendo quedarse en el patio contemplando la habitación donde murió Itzel.

—Mi señor, cuanto lo siento, ha de ser muy difícil... —le dijo su mayordomo intentando consolarlo—. Debe comer o morirá, no puede estar así, su señora está en el cielo con la diosa Cihuacoatl, su hija en el Omeyocan. Están bien las dos.

Mazatzin se regodeaba en su desdicha ajena, siendo esta en realidad la de otro hombre, del desafortunado esposo de Itzel y padre de la niña, no de él. Ignorando a su mayordomo, se quejó del ruido en las calles, de los imparables llantos escuchándose cubrir la urbe interrumpiendo su desolación.

—¿Es que no pueden dejarme en paz? ¿Es que no pueden callarse allá afuera? —gritó enfurecido al escuchar los llantos al exterior.

—Asuntos del palacio, mi señor. Muchas cosas han sucedido, ¿no recuerda nada? Noticias funestas llegaron a la ciudad, la muerte de la joven ama se les unió a ellas —contestó temeroso su mayordomo por el repentino cambio de humor del noble, pero se quiso aprovechar del despabilamiento de su amo.

—¿Noticias?, ¿de qué noticias me hablas? —preguntó Mazatzin.

El mayordomo reflexionó un tiempo sobre la situación; si era mejor no mencionarlo, para no alterarlo. Si se le presionaba demasiado a un hombre se le podía desmoronar. Sin embargo, la mirada de Mazatzin no le permitió dar una respuesta falsa a sus preguntas, su ira podía ser dirigida a él sin razón.

—Sobre la muerte del emperador. Ha muerto nuestro *huey tlatoani*. Sus exequias pronto serán celebradas… Estoy al tanto que usted era muy cercano al rey, siendo usted guardián de la Princesa del Agua, ¿no es así? —informó el mayordomo.

—¿De qué hablas? ¿Moctezuma murió?

—Llegó un mensajero con esas noticias desde el campo de batalla.

La noticia impactó la perturbada mente de Mazatzin sin tomar una forma clara ni concisa de lo sucedido, reaccionando inesperadamente cuando por sus laberintos emocionales se percató del significado de lo que sucedía, al menos para él.

—Además, esa hermosa princesa de la que usted era su guardián, como ha muerto el emperador —agregó el sirviente, desconsolado por tener que contar suceso tan abrumador—, fue elegida para alcanzarle en la otra vida. Será sacrificada.

Mazatzin se levantó de golpe volteando hacia el mayordomo con la sorpresa escrita en su rostro.

—¡Estás loco! ¡Es imposible! —exclamó dándose cuenta del terrible crimen que estaba a punto de ocurrir.

El resto de los sirvientes se asomaron al escuchar los gritos de su señor, quien finalmente había reaccionado.

—La van a inmolar, joven señor. Es la tradición.

Sin pensarlo dos veces, Mazatzin se lanzó en una carrera imparable hacia el palacio imperial con el pensamiento nublado, abrumado por la fatídica noticia, pensando en Axochitl, imaginándola completamente sola e indefensa. No sabía aun a que iba o qué haría cuando llegara, si iba para protegerla, para salvarla, o bien, llevársela consigo. Corriendo por las calles desérticas de la ciudad a toda velocidad, atravesó canales, plazas y puentes hasta alcanzar su objetivo.

Durante los días nefastos nadie se atrevía a salir, excepto Mazatzin.

En su mente transitaban sus promesas a Axochitl, también su culpa, sus deseos deshonestos. La duda crecía en su interior, no obstante, no detenía su andar, jamás podría permitir el sacrificio de la princesa, se interpondría al ritual.

«Se salvará, no morirá. Prometí a los dioses que no permitiría que nadie le hiciera daño. Juré por mi vida…», se dijo.

La noche cubrió la ciudad, aumentando sus ánimos.

La misma naturaleza lloraba la muerte del *tlatoani*, encubriendo a Tenochtitlan y la laguna con malos presagios; nubes negras poblaron los cielos, vientos del norte —dirección del inframundo— alborotaron las aguas del lago; temblores conmovieron la tierra…

Aprovechando la noche, atravesando los pasillos desérticos a esas horas, una figura se aventuraba a visitar los corredores abandonados del palacio, evitando ser vista ni siquiera por la luz de la luna emanando desde el cielo, penetrando por los balcones y ventanales, amenazando con exponer los secretos de la noche. Se refugiaba en las sombras del lugar donde vivió inimaginables situaciones, resuelto a vivir una más. No sentía temor, se aseguraría de honrar su promesa. Adentrándose por uno de los cientos de pasadizos secretos aprendidos durante su servicio como si fueran la palma de su mano, atravesando sigilosamente los jardines, saltando estanques y arbustos, flores y matorrales, se dirigió a donde su reina y dueña de su corazón se encontraba.

Burlando la seguridad logró escabullirse en el interior del ala sur del recinto en la Casa de las Doncellas, y entró a la habitación de la reina escalando por el balcón dando a uno de los tantos jardines.

La amplia habitación estaba adornada por murales representando los paraísos; el Tlalocan, el Tonatiuhichan, y el Árbol de los Excesos del Tonacacuauhtitlan, revestida por finas y suaves cortinas colgando de los techos y paredes haciendo el lugar casi mágico. Suntuosos muebles llenaban la habitación, luciendo una pileta de mármol al centro para los baños esporádicos de la reina tenochca repleta de pétalos de azucenas y caléndulas. Preciosas estatuas del dios Xochipilli, «el Príncipe de las Flores», y Centeotl, dios del Maíz, de la diosa Xochiquetzal del amor y Chicomecoatl, diosa de los mantenimientos, vigilaban y protegían las cuatro esquinas de sus aposentos repletos de arreglos florales y tocados de plumas. Al fondo de tanta exquisitez, el lecho de la reina cubierto por cortinas finas colgando del techo, ocultando su figura, se apoderó de la atención del intruso, escuchando el intranquilo respirar soñoliento de su ocupante descansando.

—Axochitl… —susurró a la oscuridad de la habitación.

—¿Quién anda ahí? ¡Muéstrate! —ordenó Axochitl despertando asustada, sabiéndose en compañía.

Él se acercó a las teas colgando de la pared alumbrando el cuarto a un lado de su lecho. Las débiles llamas esforzándose por brillar sobre la noche con tenue luz descubrieron su gentil rostro y sus finas facciones.

La princesa reconoció aquel rostro, sus ojos marrones y orgullosos, con un brillo seductor, sus cabellos rizados castaños, su porte galante y seguro, su atlética figura y, sobre todo, su suave voz tranquilizadora. Su guardián había regresado.

—Axo… —murmuró al darse cuenta que fue reconocido.

Axochitl abandonó su lecho y se le acercó suplicante con el ceño fruncido, todavía confundida. Se olvidó por completo de la discusión que tuvieron y se rindió a aquel que se encontraba en su privacidad.

—¡Mazatl!, ¿qué haces aquí? Tienes que irte, podrías meterte en problemas —susurró preocupada.

—¡No importa! No dejaré que te pase nada así arriesgue mi vida… ¿Creíste que dejaría pasar el sacrificio sin hacer nada al respecto? ¿No me conoces? No podía permitirlo.

La reina saltó sobre él, rodeándolo con sus brazos estrechándolo con fuerza. Llorando de felicidad por verse protegida.

—¿Por qué me abandonaste? ¿Por qué te fuiste? No, ya no importa, estás aquí cuando más te necesito, has venido.

—Apenas me enteré del sacrificio yo… No podía permitirlo. Debía verte, debo protegerte —explicó Mazatzin.

Se le resquebrajó la voz, dejándose llevar por ese sentimiento voraz que lo dominaba, encaminándolo por un camino prohibido; el de amar a esa magnífica mujer, con sus bellos ojos negros penetrantes capaces de ver lo profundo de su alma y adivinar sus pensamientos.

—Axochitl… yo te amo.

—¿Qué dices? —tartamudeó, deseando escucharlo nuevamente—. No mientas, no te atreverías, Mazatl. Mi guardián, mi amado.

—La primera vez que te vi, caí perdidamente enamorado, desde ese entonces, todo lo que he hecho ha sido para ser digno de tu amor, para convertirme en alguien digno de ti. Axochitl, desesperadamente te he amado todo este tiempo.

Axochitl, en un arrebato de emoción lo besó apasionadamente, tal y como siempre había querido, como lo había soñado tantas veces cada vez que le veía. Mazatzin se sorprendió al principio, creyéndolo un sueño, pero pronto dejó de resistirse, cediendo a sus deseos, a su pasión por aquella mujer, la dueña de su alma, de su corazón y voluntad.

—Yo también te amo. No me dejes nunca más. Si he de morir, he de estar contigo, aunque sea esta noche —exclamó Axochitl.

Se permitieron llevar por la pasión entregándose al misterio que les era el amor proferido por ambos. Al saber correspondido su sentir, se abandonaron a su cariño, convencidos de ser de esa manera como les estaba escogido para ellos.

Libre del decoro y la vergüenza, Axochitl se despojó de su camisón cubriendo su asombroso cuerpo, presentándose desnuda a la luz de las llamas ante su amado, permaneciendo de pie, esperándolo. Mazatzin contempló nuevamente la figura de la joven de los pies a la cabeza en éxtasis, acercándose lentamente, dudando unos instantes para tocarla. Muy pronto perdió el temor, sujetándola de la cintura, estrechándola contra su cuerpo, besando sus suaves labios, llevándola a su lecho.

Dentro de la habitación, alumbrados por las tenues llamas de las teas resistiéndose a sucumbir a la oscuridad envolviéndolos, se unieron en cuerpo y alma, enfrentándose a la ley de los hombres, y de los dioses, sucumbiendo al placer, comenzando su danza pasional.

Mazatzin se deleitó con la escultural figura de Axochitl, sus piernas bien torneadas, sus generosas nalgas y rebosantes senos, sin detenerse hasta alcanzar el tesoro más anhelado por los hombres, atravesando el vientre plano de la joven en busca de su recompensa. Axochitl por igual gozó de la anatomía varonil de su amante, sus brazos fuertes y su marcado pecho, su abdomen duro y sus ejercitadas piernas, transitando con sus dedos sus cicatrices, heridas de guerra.

Ya no existía un obstáculo para su amor, no existía prohibición. El emperador había muerto y podían hacer a su placer, eran al fin libres para entregarse el uno al otro.

Entre dulces besos y caricias, como salvajes mordidas y empujones, poco a poco la vergüenza y el miedo desaparecieron convirtiéndose en algo más que un encuentro carnal, puramente erótico y sensual, poco a poco fue convirtiéndose en una experiencia espiritual, casi divina.

Sus cuerpos desnudos y sudorosos gozaban, mezclándose el deseo y el amor en un baile sensual, protegidos por Tlazolteotl, admirando a la pareja. La señora de los placeres impuros sonreía.

Despertaron a la mañana siguiente abrazados, sin querer levantarse, permitiendo ese momento convertirse en eterno, pero a pesar de la paz que sentían, todavía no estaban a salvo y debían prepararse.

Mazatzin, resistiéndose a sus deseos por permanecer abrazado a ella, abandonó el hermoso cuerpo desnudo de Axochitl bajo las sábanas y se vistió lo más rápido que pudo antes de tratar los urgentes asuntos con respecto a la seguridad de la muchacha.

—Falta poco para las exequias, para el sacrificio… ¿Qué haremos? Debemos huir o de lo contrario —comentó Mazatzin.

Sus músculos se tensaron al imaginarse combatiendo, ya fuera en el Templo Mayor, dentro del palacio o en campo abierto, protegiendo a su amante, su razón de vivir.

Axochitl seguía sonriendo, pues había conocido finalmente el amor, y ningún otro sentimiento podía entrometerse en ese momento con su felicidad, ni siquiera su resentimiento con la princesa Maquitzin, quien prefirió simplemente despedirse de ella, lavándose las manos del asunto dejándola morir.

«Vaya querida amiga resultó. No debí esperar diferente», pensó.

Entre tanto, Mazatzin seguía planeando su escape, las rutas por las cuales habrían de huir hacia el norte o hacia el sur, a la costa o quizás mejor a Texcalla, en donde no podrían tocarlos si acaso los recibían.

Dando vueltas por la habitación, Mazatzin era seguido por la mirada de su amada quien permanecía risueña acostada.

«Si acaso Itzcoatl estuviera aquí… Él nos ayudaría, estoy seguro», se dijo Mazatzin, convencido de sus ideas sin compartirlas.

Axochitl removió las sábanas cubriéndola, se levantó de su colchón y caminó hacia él, rodeando su cuello con sus brazos pegándose a su cuerpo, frotando sus senos en su pecho, besándolo hasta encontrarse satisfecha.

—Axochitl, corres peligro aquí… No desistirán en su misión. Si tan solo hubiera alguien que pueda ayudarnos —dijo Mazatzin entre beso y beso propinados por la bella muchacha indiferente al peligro.

De pronto, la pasividad de Axochitl desapareció, su posibilidad de preocuparse regresó. Con la amenaza puesta sobre su vida y su recién felicidad, se vio obligada a reaccionar, olvidando la resignación y el abatimiento, recuperando su deseo por vivir.

—Eso es —exclamó Axochitl—. Hay alguien que puede ayudarnos en nuestro predicamento. Ella no me fallará —murmuró la reina.

Previo a las exequias, los reyes del Anahuac se presentaron en la ciudad para rendir honores al rey tenochca. De Tlatelolco, Cuauhtlatoa entregó muchísimos regalos, cual si fuera una fiesta. De Tlacopan, el rey Totoquihuatzin hizo entrega de joyas y mantas para ser quemadas en la pira funeraria. Otros reyes también aportaron ofrendas para dar su pésame. Y de Texcoco, el rey Nezahualcoyotl se presentó buscando respuestas en vez de dar condolencias.

En la Cámara de Reuniones, Tlacaelel recibió a sus invitados con la mirada perdida ignorando a cuantos se presentaban. Solo el rey-poeta se atrevió a despertarlo de su ensimismamiento. Necesitaba confirmar las terribles noticias para el imperio, un gran hombre se había ido y el asedio persistía en Coixtlahuaca. Las malas lenguas contaban de una traición, de una invasión, de un regicidio... tajantemente se rechazaron tales teorías envolviendo cada deceso de un rey.

—Tlacaelel, ¿es verdad? —cuestionó el rey-poeta lo ocurrido.

—Es una gran tragedia, pero me temo es real. Moctezuma nos ha dejado antes de su hora, amigo —dijo Tlacaelel.

Tlacaelel estaba francamente afligido, nunca nadie lo había visto así antes, vulnerable, débil, humano. Nezahualcoyotl decidió que nadie debería verlo en esa condición y lo condujo a la salida utilizando la puerta detrás del trono. Por primera vez se le vio a Tlacaelel llorar, o acaso, sentir.

En privado, la franqueza resaltó entre los dos hombres.

—¿La reina Axochitl se ofreció para el sacrificio? —preguntó el rey-poeta abruptamente ignorando sus lamentos—. Olvida tu farsa, te recuerdo que estos sacrificios son voluntarios y sé de fuente confiable que Axochitl no desea morir. Suficiente de tus engaños, Tlacaelel.

Nezahualcoyotl abandonó su papel conciliatorio, y Tlacaelel igual perdió su tristeza cuando estuvo lejos de la vista de los demás reyes, mostrándose pleno de sus capacidades.

—Ese no es un asunto de tu incumbencia, poeta.

—No la inmiscuyas en tus intrigas. Tlacaelel, deberás dejarla ir o de lo contrario... —sentenció Nezahualcoyotl sin vacilar.

En la cima del Templo Mayor, los reyes de la Alianza junto a los principales dignatarios de la ciudad contemplaban la cama de madera donde debía estar el cuerpo de Moctezuma a la espera del fuego reivindicador, atiborrada de joyas, mantas, armas e insignias colocadas sobre ella para ser enviadas por medio del fuego a su antiguo dueño.

Y en la primera plazuela a los pies del templo, frente al mar de gente congregada sollozando amargamente, aguardaba una segunda hoguera custodiada por sacerdotes, donde serían arrojados los sirvientes y las esposas favoritas del monarca, untados con un menjurje de hierbas y aceites, pintados los pechos y las espaldas de los hombres y las mejillas y los brazos de las mujeres.

Las reinas asistieron con sus mejores vestidos, de colores brillantes y diseños llamativos, labradas con gemas y joyas, algunos muy sobrios, otros provocadores, para que quizás, en la otra vida, las volviera a amar su esposo como cuando eran jóvenes y bellas.

Las llamas de la hoguera principal se alzaron con vigor, brillando con intensidad permitiéndole a la ciudad entera apreciar el espectáculo y sin el cuerpo del monarca, sus joyas y ropas ardieron rápidamente.

Axochitl presenció la ceremonia sin levantar la mirada, sonriendo victoriosa, pues a diferencia de las otras reinas que morirían, ella en cambio viviría. Celebraba la continuidad de su existencia tras haber vencido a Tlacaelel en su propio juego.

Abrazada de la reina Azcalxochitzin, amiga y bienhechora, observó el ritual mortuorio, agradecida por interceder por ella con el rey-poeta.

«Solo Nezahualcoyotl tiene la capacidad de controlar a Tlacaelel. Has hecho bien en acudir a mí, querida hermana. Haré que se te libere de esta obligación», le prometió Azcalxochitzin y cumplió.

Desde el otro lado, Tlacaelel mantenía su mirada fija en Axochitl, resentido, y a la vez, sorprendido por la presencia de su fiel guardián junto a ella, desaparecido del palacio desde meses atrás.

«Ha regresado al palacio. Me servirá después de todo», se dijo a sí mismo Tlacaelel respecto a Mazatzin.

Los tambores comenzaron a tocar, las flautas les siguieron, miles de cantores acompañaron a los instrumentos narrando la historia del señor mexica, del rey del Anahuac. Arriba en el cielo, las nubes se apartaron de la ciudad enclaustrada en su islote.

Uno por uno, los sirvientes y las sirvientas que se ofrecieron fueron degollados, procurando una muerte rápida, sencilla y sin dolor, antes de ser arrojados a las intimidantes llamas creciendo en la gran hoguera colocada en la plataforma inferior del templo, mientras en lo alto, la del rey se encontraba en pleno auge tocando el cielo. Rápidamente sus cuerpos desaparecieron en las feroces llamas, la mezcla embarrada en sus cuerpos aceleraba el proceso de cremación, quince mancebos y doncellas dejaron el mundo en un santiamén.

—Nuestras reinas amadas, ¿están listas para su viaje? —preguntó un sacerdote con precaución antes de comenzar la inmolación.

Las reinas se limitaron a asentir sin atreverse a hablar. Naturalmente gozosas de morir e ir con su esposo.

«Ellas son las verdaderas hijas de Huitzilopochtli, auténticas reinas mexicas», pensó Axochitl, sintiendo un vago sentimiento de vergüenza al haber rechazado tal distinción, sentimiento que pronto desapareció cuando inició la inmolación.

Continuaba humeando la pira funeraria cuando ya se recuperaba la actividad en la capital, pero sin monarca para ser gobernada, uno nuevo debía ser elegido. Eso era lo más importante por hacer para el Consejo Elector, una tarea difícil y bastante complicada.

Mientras tanto, otros asuntos apenas comenzaban a desarrollarse en Tlatelolco. La rivalidad sembrada desde sus inicios entre las ciudades gemelas había abandonado su escondite, exponiéndose a la luz. El dios Xolotl[45], estrella de la tarde, representación de Venus, gemelo oscuro de Quetzalcoatl, se apoderó de la voluntad del rey tlatelolca, jugando con sus pensamientos, reviviendo rencores pasados, impulsándolo a la traición solo por diversión.

Los valerosos nobles de Tlatelolco junto a los hábiles comerciantes de Pochtlan, ciegos a las ambiciones del rey Cuauhtlatoa y del señor de los Comerciantes Nanahuatzin, estaban dispuestos a enfrentar la mayor potencia del valle, por el reconocimiento de su reino y la prosperidad de sus negocios. Con el rey de Tlatelolco y sus soldados, así como las fuerzas militares del gremio mercader conformadas por mercenarios, hacerse de la capital parecía ser asunto de gran facilidad, tratando de acelerar su invasión.

—¿Qué hay de los soldados en Mixtecapan, cuando regresen de la guerra? —advirtió el rey Cuauhtlatoa.

—Son todos soldados, a fin de cuentas, y obedecerán a quien posea el poder, sea quien sea —intervino Tleyotol fumando pasivamente su pipa, dando largas bocanadas—. No obstante, debemos de actuar con cautela. Todavía queda en Tenochtitlan un enemigo a vencer. Antes se habrá de lidiar con él… —añadió.

---

45 No se debe confundir a Xolotl, quien fue el caudillo y fundador del imperio chichimeca, con el dios Xolotl, dios de las mentiras, la mala suerte y las transformaciones. Era conocido también como el gemelo malvado de Quetzalcoatl.

Tlatelolco, el reino mercader del Anahuac, con el apoyo del *Tlatoani* Nezahualcoyotl y la pasividad del *Tlatoani* Totoquihuatzin, estaba a punto de lograr su más grande conquista, mientras Tenochtitlan, sin un rey gobernándola, se encontraba en seria desventaja.

Si acaso habrían de hacerse de la capital, una guerra frontal no era la mejor forma de lograrlo, no obstante, la violencia no estaba fuera de discusión. Establecieron alianzas secretas con los reinos de Chalco y de Xaltocan, prometiéndoles su libertad. Sin duda pretendían hacerse del imperio, aunque perdieran de éste la mitad… Un título de nobleza, el trono de Tenochtitlan, era lo único que pretendían.

El poder tenochca yacía entonces en las manos del primer ministro Tlacaelel, sus espías, sus soldados, sus nobles, no existía otro rey, señor o guerrero con mayor poder, y sin el *cihuacoatl* en el panorama, ésta quedaría desprotegida, y a su caída, el resto de los nobles caerían con él. De esa forma, las posibilidades de conquistar Tenochtitlan eran por mucho muy superiores a las del fracaso.

—Tlacaelel debe de morir primero —dijo Tleyotol.

—Está débil —agregó Nanahuatzin desbordando felicidad—. Dicen que lo han visto llorar, ¡imagínense! Lo que hubiera dado por verlo.

—Es nuestro momento. Ahora es cuando debemos actuar en contra de nuestros enemigos. Tlatelolco saldrá del anonimato para convertirse en la cabeza de la Triple Alianza. Finalmente, nuestras dos ciudades se volverán una… Y yo, seré emperador —declamó el rey Cuauhtlatoa con la vista hacia la victoria.

Ambos hombres contaban sus riquezas con anticipo, gozando de la victoria sin antes conseguirla, y en medio de ellos, maquinando sus planes con gran eficiencia, Tleyotol seguía fumando de su pipa.

Entregados por completo al placer, tanto la reina como su guardián, convencidos de la muerte del *tlatoani* se permitieron encuentros cada vez más prolongados y seguidos. Eran todavía jóvenes e impulsivos, enamorados y despreocupados. Perdieron el miedo a ser descubiertos. Su felicidad los encerró en un mundo irreal en donde se les aplaudía su amor, sin embargo, no era tal. Se comenzó a sospechar de ellos, tanta cercanía no era recomendable, en especial por la reciente y sensible muerte del rey, aunque nadie se atrevió a pronunciar una palabra, les dejaron hacer a su voluntad sin dejar de serles extraña tanta felicidad en ellos al poco tiempo del funeral.

Cada noche, Mazatzin visitó los aposentos de Axochitl, valiéndose de los pasadizos secretos, evadiendo tanto guardias, como doncellas y sirvientas de la Casa de las Doncellas. La enorme cantidad de personas viviendo en el edificio gubernamental no le hacia la tarea fácil, en cambio, si la hacía más excitante.

Mientras la población guardaba luto y esperaba el nombramiento de su nuevo monarca, dentro de los muros de los aposentos de la reina no se respiraba más que amor y pasión. Nunca era demasiado, nunca era suficiente, necesitaban de su compañía, de su cariño, de sus cuerpos ansiados y deseosos. Tal era su desenfreno que les dejó de importar el pudor o la prudencia, entregándose a sus placeres donde fuera, cuando fuera, sintiéndose intocables y amos de la casa de Moctezuma, la cual fue lentamente abandonada por los dignatarios y funcionarios, al no tener a su amo en su interior.

Después del funeral de Moctezuma y el sacrificio de cuatro de las reinas, se logró con ello una calma sin precedentes en el ala sur, la Casa de las Doncellas. Al morir aquellas, las reinas restantes se refugiaron entre sí para soportar la pérdida de sus compañeras y también la de su esposo. Ello permitió a Axochitl disfrutar de la totalidad del recinto consagrado a las emperatrices; adornando a su placer con paneles de oro o pinturas, moviendo muebles de aquí a allá, o encargando nuevas esculturas para los pasillos o murales para cambiar los existentes, todo sin oposición. Vivía feliz, sin restricciones. Era la dueña innegable de la Casa de las Doncellas y lentamente, se iba convirtiendo también en señora de la casa del antiguo rey de Tenochtitlan.

En su unión, Axochitl y Mazatzin llegaron a considerar perfecta su situación, olvidando los pesares pasados o malos entendidos; paseando juntos por los pasillos del recinto, y amándose vigorosamente cada noche. Sus encuentros carnales no encontraron ningún freno pues se sabían libres, con el derecho de gozarse.

Su felicidad no tenía obstáculos, pero esta también puede ser dañina si se tiene en exceso. En ocasiones, tanto el dolor y el sufrimiento son necesarios para equilibrar la vida.

Al iniciar el año con el mes de Atlacualo, la Asamblea Superior se reunió de emergencia tras el anuncio de la muerte del general en jefe, enfocándose en la situación del ejército batallando en la Mixteca, de quienes no tenían noticia desde la muerte de Moctezuma.

Temores se esparcieron rápidamente, creyendo a Atonal vencedor y al ejército diezmado. ¿Y si venían a invadirlos?, ¿podrían Nezahualcoyotl y Totoquihuatzin defender el Anahuac?

Los agentes del rey Cuauhtlatoa maquinaban tras el miedo la posible ascensión de su señor al trono tenochca. Sí, no era parte del linaje del primer soberano mexica Acamapichtli, pero ante la situación si acaso la invasión mixteca era cierta, se necesitaba de quien pudiera, al menos, comprar la paz con el rey Atonal. El reino de Tlatelolco tenía suficiente para hacerlo y sus agentes se esforzaban por convencer de esto a los honorables miembros de la asamblea, viejos y manipulables, para que se creyeran el cuento de la invasión y actuaran con urgencia a su favor en lugar de reflexionar con paciencia.

Durante las deliberaciones, la figura del antes poderoso *cihuacoatl* se mantuvo ausente para desconcierto de todos los reyes, por lo que Nezahualcoyotl y Totoquihuatzin quedaron con el control del imperio, permitiendo a los agentes del rey Cuauhtlatoa moverse a su antojo sin encontrar una verdadera oposición, libres de expresar sus opiniones catastróficas y de recalcar la importancia de tener un rey gobernando en Tenochtitlan, animándolos a solucionar primero aquel asunto y acelerar el proceso de elección, sin perder la oportunidad de incluir a su rey en la lista de posibles candidatos para la corona tenochca.

—Si acaso hubiera que nombrar un regente para la ciudad y no dejar a su pueblo descuidado, el *cihuacoatl* se habría ocupado, pero con su empecinamiento en permanecer enclaustrado se ha olvidado del pueblo tenochca. ¿Qué puedo decir? Son más hermanos para mí y los míos que para cualquier otro rey —explicó el rey de Tlatelolco.

Cuauhtlatoa continuaba apelando a sus habilidades tanto militares como administrativas y su conocimiento de la ciudad vecina, exigiendo la existencia de tres miembros en la alianza para hacer frente a Atonal. Sus partidarios alzaban la voz apoyándolo y sus opositores apenas si se limitaban a rechazar sus opiniones sin enfrentarlo.

—No nos precipitemos, rey Cuauhtlatoa —intervino nervioso el rey Nezahualcoyotl, previniendo la ascensión de Tlatelolco dentro de la Triple Alianza, como tanto temía.

«Si acaso Tenochtitlan demostró su ambición, con Tlatelolco, ésta será aún peor», se dijo el rey-poeta, escogiendo bien sus palabras para mantener a Tlatelolco como aliado, pero sin permitirle vislumbrar su negativa a aceptarlos en la alianza.

—Tlatelolco es sin duda un reino de muchas riquezas y fama, pero le es imposible a esta asamblea elegir un regente para Tenochtitlan, no es nuestro deber —agregó—. Estamos solo para asesorar a los señores tenochcas en la elección, de lo contrario buscaríamos imponernos y ello es algo que no queremos, ¿cierto?

Cuauhtlatoa calló, captando el mensaje como creyó entender.

«Cierto, no queremos que se enteren de nuestros planes antes de tiempo. Nezahualcoyotl, eres tan hábil como sabio», pensó.

—Sin embargo, les insistimos elegir antes de la culminación del mes Huey Tozoztli —agregó Nezahualcoyotl autoritario.

Los miembros del consejo elector se voltearon a ver angustiados. Cuatro meses no serían suficientes para decidir. El mes de la «Gran Vigilia», cuarto del año, estaba expectante a su resolución.

El rey Cuauhtlatoa y Nanahuatzin descifraron en las palabras del texcocano su complicidad para con sus actividades, dándoles mayor confianza de lograr su cometido indicándoles el momento perfecto para lograrlo. Ambos se miraron contentos, asintiendo a cada frase del rey de Texcoco, seguros en que era una estrategia para distraer.

El rey Nezahualcoyotl se levantó de su asiento dando por terminada la sesión, y pronto comenzaron las promesas y proclamaciones de los reyes, príncipes, funcionarios y jefes guerreros de sangre real con el derecho a gobernar, buscando asirse la corona imperial.

Al finalizar la asamblea, Nanahuatzin alcanzó al rey Cuauhtlatoa a la salida para encaminarse hacia su reino, donde podrían discutir mejor lo ocurrido y preparar sus designios cuanto antes.

—Ya escuchamos a Nezahualcoyotl, indica cuándo y dónde… pero, ¿estamos listos para actuar tan pronto? ¿No es demasiado precipitado, Su Majestad? —inquirió Nanahuatzin un tanto indeciso.

—Querido Nanahuatzin, por ello es que es el mejor momento. No lo verán venir. Además, si el Consejo Elector ha de tomar una decisión, mis soldados pueden ser bastante persuasivos a la hora de amedrentar viejos y débiles señores —alegó Cuauhtlatoa.

Cuatro meses calcularon para dar inicio a sus planes. Pero debían esperar para cuando Tenochtitlan quedara completamente a la deriva y sin mando, cuando sus señores no pudieran gobernarla, y cuando más vulnerable estuviera, atacarían.

El clima continuaba tormentoso, nubes oscuras cubrían la laguna y las lluvias no cesaban, alborotando fuertes ventiscas las aguas del lago.

Todo comenzaba a cambiar; el orden del poder, las alianzas y hasta la relación entre la reina de Tenochtitlan y su noble guardián.

La confianza crecía entre los amantes, creyéndose intocables con el control del palacio en sus manos, continuando sus placeres con menor prevención, y cada noche, Mazatzin visitaba el lecho de la reina ahora sin pudor, a pesar de guardias y doncellas, sirvientes y esclavos afuera custodiándolo, cual si fuera el mismísimo señor del lugar.

El maravilloso cuerpo desnudo de Axochitl, exuberante, delicioso y tentador, esperando sobre su lecho envuelto entre sábanas lo llamaba, su belleza lo poseía y debía acudir a ella.

—¿Será verdad? ¿No estaré soñando acaso? —preguntaba Mazatzin recostado en los pechos de su princesa, satisfecho.

Sobre el colchón, abrazados, miraban hacia el balcón donde la luz de la luna se filtraba a través de las delgadas cortinas. La vida les parecía maravillosa, junto al otro el mundo era perfecto, y su amor, inmortal, ya nada podía interponerse entre su pasión y su deseo.

Mazatzin había cambiado radicalmente y Axochitl lo percibió.

Durante su estadía con Itzel, aquellos meses de constantes cuidados, aprendió mejor sobre la vida, a querer honestamente y sin confusiones. En el instante de perder a Itzel se decidió a sentir plenamente cualquier emoción, disfrutando al máximo; apreciando la muerte tan cercana no podía seguir reprimiéndose y desperdiciando su vida, descubriendo su verdadera capacidad para amar y preocuparse, para sufrir y llorar como tanto había intentado evitar. Ahora su sonrisa era diferente, externaba su alma, y era vulnerable a cualquier sensación que experimentara.

Los meses pasaron con placer, fuera admirando juntos el paisaje, deambulando por los jardines, atendiendo los servicios del palacio o incluso separados en uno y otro lado de la ciudad, sabiéndose unidos a pesar de la distancia, conscientes de que alguien vivía y respiraba para ellos, quien los quería en cuerpo y alma por sobretodo.

Una mañana, Axochitl comenzó a sufrir severas molestias, corriendo al baño despertando al guardián por sus quejidos. Desde entonces, las náuseas se presentaron constantes y puntuales cada amanecer, llegando a alarmar a la pareja.

—Habrás comido algo, haré revisar cada platillo —decía Mazatzin ignorante todavía de lo que sucedía.

—Hemos comido lo mismo y tú no presentas ningún malestar. La cocina del palacio es la mejor en toda la ciudad.

Un mes entero pasó con los síntomas, un mes fue necesario para que se dieran cuenta. Los antojos y cambios de humor tan repentinos de la reina, sus náuseas y otros síntomas poco a poco fueron reapareciendo en los recuerdos de Mazatzin. Ya había vivido todo eso con Itzel, y al igual que en la plebeya, en Axochitl aún no se notaba su condición.

—¡Por los dioses, Axochitl! —exclamó cuando pudo confirmar sus sospechas, emocionado y a la vez asustado—. No puede ser posible... ¡Estás embarazada!

—Eso es imposible... no... yo... Estas delirando, Mazatl.

—Debes creerme, sé de esto. ¡Tendremos un bebé!

Estaban felices, asustados, afligidos y emocionados, sus mentes no cesaban de reflexionar sobre la situación que enfrentaban, ¿qué harían ahora? Estaban seguros, no necesitaban de ninguna partera para saber, Mazatzin tenía plena experiencia y podía reconocer los síntomas que aquejaban a la reina; las náuseas matutinas, el cansancio y demás síntomas imposibles de ignorar u olvidar cuando los sufrió de cerca.

—¿Cómo sabes esto? —preguntó Axochitl desconfiada e ignorante respecto al mundo de la concepción.

Mazatzin se rehusó a explicarle al principio; el recuerdo de Itzel en su hogar, tendida en la estera llorando, ensangrentada y desgastada lo seguía atormentando día y noche. Inútilmente intentaba apartarlo de su mente, pero la imagen de Itzel ahora se transformaba en la de Axochitl, de quien temía le sucediera lo mismo y encontrara su muerte durante el parto, sin nada que él pudiera hacer.

—Dime, no me ocultes nada... —insistió ella.

—La mujer de Itzcoatl... —no sabía cómo decirlo sin asustarla—. Estaba embarazada, yo la acompañé durante todo ese tiempo.

Axochitl escuchaba con demasiada atención, casi contenta por la anécdota, sorprendida y entretenida a la vez.

—¡Oh, qué alegría! ¿Fue niño o niña? Pero Itzcoatl sigue peleando en Mixtecapan, ¿no sabe nada? Pobre, qué sorpresa se llevará.

La amplia sonrisa de Axochitl hacía más difícil continuar el relato, recostada en su lecho, jugueteando con sus piernas en el aire.

—Fue una hermosa niña... —antes que Axochitl se alegrará por la noticia, Mazatzin se apuró en agregar—: murió. Las dos murieron.

Un tétrico silencio se apoderó de los dos, perdidos en sus mundos internos, uno imaginando a su reina muriendo durante el parto, la otra sintiendo una profunda pena por la muchacha, por la niña sin nacer, y también por ella, expuesta a sufrir la misma suerte.

Con el embarazo de Axochitl tomaron precauciones, sin saber cómo actuaría el primer ministro, los altos funcionarios, o el pueblo cuando se enteraran, por lo que decidieron guardar el secreto.

¿Una ofensa a la memoria de Moctezuma? ¿Un crimen? Ellos no lo consideraban así, para ellos estaban en plena libertad y derecho, asunto diferente para la opinión pública, importante asunto si acaso querían mantener su posición. Debían actuar con sutileza.

Sobre la ciudad de Tlatelolco brillaba la estrella de la noche, Venus maligno, Xolotl, dios del engaño, de la mala suerte, el gemelo oscuro del dios Quetzalcoatl. Sus designios movían al rey de la ciudad hacia la penumbra, orillándolo a cometer una terrible traición, arriesgando su vida y su reino. El dios Xolotl, atento, observaba burlón, deleitándose en la sombra con sus prácticas deshonestas y mortíferas.

Desde meses atrás ya se encontraban las tropas de Tlatelolco listas para atacar, en conjunto con los mercenarios traídos de Huexotzingo, Xaltocan, Chalco y otros pueblos al mando de los *pochteca*.

Nanahuatzin se encontraba emocionado por la batalla próxima, a su edad aún le era posible pelear, su voluminosa figura impactaba y aun conservaba una fuerza descomunal, nada podría impedirle saborear su triunfo a flor de piel, por lo que Tleyotol le ofreció cederle su lugar como comandante de las tropas, permitiéndole llevarlos a la contienda. Al fin y al cabo, todo era de su hacer, y Nanahuatzin aceptó con gusto.

—Usted comande nuestras tropas, se lo merece, mi señor.

—Que así sea, ¿me seguirás, verdad, Tleyotol?

—Nuestro enemigo es aún poderoso. Tlacaelel sabrá defenderse y la reina y su guardián pueden ser un problema…

—¿Ella? Vamos, no me hagas reír —contuvo su risa al ver la mirada impasible de su yerno—. Bueno, dime tu plan.

—La reina y su consorte tienen el palacio en su poder…

Nanahuatzin lo apuraba haciendo gestos con la mano.

—Lo mejor será ocuparnos de Tlacaelel a la par con la reina y su guardián —continuó Tleyotol—. Usted dirija sus tropas al palacio, yo me encargaré de eliminar a Tlacaelel.

—¿Dividir nuestras fuerzas? No lo creo conveniente, pero tú sabes de esto y confiaré en ti. Sea así, ve por el *cihuacoatl* y yo me ocupo de la reina… pero asegúrate de traerme la cabeza de Tlacaelel.

Tleyotol se tranquilizó por la confianza de Nanahuatzin en su plan.

El rey Cuauhtlatoa se encontraba a los pies del Templo Mayor de Tlatelolco frente a cientos de soldados, los más leales y ambiciosos, en quienes podía confiar para realizar tan atroz hazaña, con sus cuerpos pintados de negro, armados con lanzas y espadas, dagas y lanza-dardos, cargando escudos y cubiertos por las gruesas armaduras de algodón. Cerca de ahí, tras la muralla protegiendo el barrio de Pochtlan, tropas menos organizadas, salvajes y veleidosos al mando de Nanahuatzin, aguardaban desesperados por sus órdenes para asaltar el palacio real. Otomíes, huexotzingas, chalcas y demás, todos ellos mercenarios, se disponían a combatir por los comerciantes, pero en caso de una derrota los abandonarían tan rápido como cobraron sus honorarios.

Cruzando los puentes elevados entre los islotes a paso suave para no hacer crujir las maderas, navegando por los canales evitando salpicar el agua, andando por las angostas callejuelas tanteando el camino hacia su destino, las huestes mercenarias llegaron al palacio imperial.

La presencia de la reina y su guardián en el palacio era un estorbo para lograr la total conquista de la capital y ellos serían los primeros en sucumbir ante Tlatelolco y Pochtlan.

Siendo las sombras sus aliadas, las huestes de los mercenarios no tuvieron problema para penetrar en Tenochtitlan. Sedientos de sangre y de riquezas inimaginables arriesgaron sus vidas por el deseo de unos cuantos irrumpiendo la tranquilidad de la capital y del valle, atentando contra los más importantes y poderosos del Anahuac, obstáculos para la ambición de sus amos. Sobre canoas arribaron a la gran casa imperial desde los canales alrededor, y desde las calles se brincaron los altos muros, mientras en las puertas de la gran casa, las principales tropas se prepararon para irrumpir el sueño de sus moradores. Debían de ser rápidos, mortales y eficaces. La verdadera invasión comenzaría cuando los jefes y capitanes tenochcas de la ciudad cayeran a sus pies.

Impaciente, el rey Cuauhtlatoa observaba el cielo esperando la señal acordada; un espeso humo rojo como la sangre debía de levantarse, seguido de la quema del palacio anunciando así el éxito de los asesinos y mercenarios, llamando a los soldados de Tlatelolco fieles a su señor a actuar y tomar su ciudad gemela aprovechando el dormir de su gente, tomándola desprevenida mientras soñaban plácidamente.

Al noreste del recinto sagrado de Tenochtitlan se localizaba la casa de Tlacaelel, otro suntuoso palacio ocupando varias hectáreas, menos llamativo que el del emperador, pero por igual de importante.

Esa misma noche, un invitado inesperado tocó a las puertas de la mansión del *cihuacoatl*, trayendo un mensaje urgente para el ministro. Los jefes de servicio le conocían, pues muchas veces con anterioridad le habían visto pasearse con Tlacaelel en sus jardines con bastante y muy extraña confianza. Apurados avisaron al mayordomo Huihtonal, el Tesorero real y encargado de la protección del primer ministro.

El viejo, cojeando y soñoliento se dirigió a los aposentos de su señor deteniéndose a la entrada de la habitación, llamando a su amo apenas con susurros, de quien sabía tenía el sueño ligero.

Tlacaelel abrió los ojos adaptándose rápidamente a la oscuridad sin sentir un poco de pesar o cansancio. Siempre estaba alerta, listo para partir cuando se lo indicaran, estando al tanto de sus intrigas.

—Tlacaelel, ¿a dónde vas? —preguntó Maquitzin siendo despertada por el movimiento de su esposo levantándose de su lecho. Era la única mujer con quien podía dormir tranquilamente sin preocuparse por no despertar, volviendo siempre a ella, previniendo su asesinato por parte de alguna concubina aliada a sus enemigos —¿era acaso culpa o miedo lo que le impedía al primer ministro conciliar el sueño?

—Ha llegado el momento.

—¿Ya, tan pronto? —espetó Maquitzin.

—Duerme mujer, no tardaré.

—Yo sé, lo tienes muy bien planeado. Yo te esperaré aquí, esposo.

Listo para proceder acudió al patio central de su mansión en donde le esperaba su mayordomo junto a su leal sirviente. Frente a frente a la luz de la luna, se observaron ambos grandes señores: el *Cihuacoatl* y el *Acxoteca,* satisfechos.

—Tleyotol, tus amos finalmente se han decidido a atacar. ¿Fue obra de tu insistencia o las palabras de Nezahualcoyotl los animaron?

—No lo sé, Su Excelencia —contestó nerviosamente—. Sin duda me gustaría llevarme el crédito.

—Huihtonal, has llamar a mi hermano Aztacoatl, el Alguacil Mayor. Voy al palacio de Moctezuma, dile que me encuentre ahí —ordenó a su viejo mayordomo previamente preparado—. Me has servido muy bien, Tleyotol. Tu ayuda será recompensada, te lo aseguro.

—Solo tengo una duda, mi señor… ¿Qué hay de Moctezuma?

Tlacaelel soltó una carcajada. El sonido de su felicidad solo podía ser comparable con el rugido de un temible animal.

—Está vivo y viene en camino, si no está aquí ya.

Mazatzin transitaba los corredores del palacio cumpliendo su rutina. Tan acostumbrado a ella que tardó en darse cuenta que los guardias no se encontraban en sus puestos, solo unos cuantos hacían sus rondas y guardaban vigilancia, pero la mayoría estaban ausentes.

—Soldado, ¿dónde está el resto? Cuatro deberían estar haciendo guardia en la sala de reuniones —preguntó el noble al único hombre apostado sobre las puertas del salón.

—Ordenes de Su Excelencia Tlacaelel. Nos ha pedido dejar nuestros puestos. Pocos permanecimos en nuestra posición.

«Tlacaelel, ¿qué hace aquí? ¿Qué planea?», se preguntó.

Pronto sus temores recobraron vida, retornando a su memoria la amenaza del rencoroso primer ministro. Seguía vigente al parecer.

—¿Y los cuartos de las reinas, también se han movido los hombres de sus puestos? ¿Y la reina Axochitl?

—Solo unos cuantos cuidan el descanso de sus altezas, el resto ha acompañado al *cihuacoatl*.

—¿Qué han hecho? —gritó enfurecido—. La reina está en peligro, venga hombre, sígame.

Imaginando un terrible crimen, no tuvo Mazatzin más tiempo para meditar el asunto, corriendo hacia Axochitl. No sabía cuáles eran las intenciones de Tlacaelel, pero no podía confiarse, por despreciable o indigna que fuera su idea no dudaría en ponerla en práctica, fuera está el asesinato de una reina o hasta de un rey.

Los pocos soldados cuidando la seguridad del ala sur vieron llegar a Mazatzin sin sorprenderse. Muchas veces visitó durante la noche los aposentos de la reina sin que nadie se lo reprochara. Acostumbrados a ello lo recibieron no sin antes advertirle.

—Mi señor, no creo que esta noche sea apropiado… —dijo uno de los guardias siendo interrumpido por Mazatzin.

—La reina, ¿dónde está? —preguntó iracundo.

—De eso quería avisarle. Su Excelencia Tlacaelel se ha presentado, solicitando pasar a los aposentos de las reinas, dijo que era urgente.

—¡Idiotas! La han dejado desprotegida. Vengan conmigo rápido, la reina está en peligro.

Reaccionaron rápidamente siguiendo al noble por la Casa de las Doncellas alarmando a sus inquilinas por tanto escándalo y gritos del Jefe de la Guardia Imperial llamando a Axochitl. A la entrada de su habitación, Tlacaelel y cuatro hombres fuertemente armados esperaban pacientemente. Le pareció a Mazatzin que lo aguardaba para mostrarle el cuerpo inerte de Axochitl. No dudó un solo instante en tomar sus armas colgando a su espalda y ambas espadas se deslizaron a sus lados, resplandeciendo las navajas de obsidiana adheridas a sus bordes a la luz de las teas en el corredor, amenazantes.

—Mazatl, sabía que vendría en cuanto se enterara.

—¿Qué ha hecho? ¿Dónde está la reina? —gritó Mazatzin.

Entonces las puertas de la habitación se abrieron y Axochitl se lanzó sobre su guardián abrazándolo, llorando aterrada.

Se había negado presentarse ante Tlacaelel, pero al escuchar la voz de su amante no vaciló en salir a su encuentro sabiéndose protegida.

—Mazatl, sabía qué vendrías —exclamó ella, aliviada.

—Axochitl, ¿estás bien?

—Entonces no sabe, Mazatl —intervino Tlacaelel calmado, pero en su tono mostraba su petulancia, burlándose—. Estamos bajo ataque, vengo para asegurar el bienestar de las mujeres de Moctezuma, porque siguen siendo sus mujeres, ¿verdad?

¿Cómo, aún ante tan impactantes e importantes noticias podía aquel hombre encontrar un momento para sus insinuaciones?

—Nadie nos está atacando, no ha sonado ninguna alarma. ¿O acaso eso buscaba, mi señor, al mover a mis soldados de sus puestos?

—Las órdenes se dieron para preparar la defensa. Pronto empezará la refriega, confío en nuestros hombres, pero era mejor prevenir.

—Tlacaelel, explica de una vez que sucede —exigió Axochitl.

La desconfianza de Mazatzin hacia Tlacaelel aumentó cuando, en efecto sonó la alarma. Silbatos y gritos irrumpieron los salones, pasillos y jardines llamando a pelear. Finalmente, los enemigos de Tenochtitlan salieron a la luz.

«¡A las armas, a las armas!», se escuchó gritar de pronto.

Todas las reinas fueron puestas a salvo en otra ala del recinto. Una cantidad considerable de soldados de Tlacaelel aparecieron de la nada para custodiarlas, otros tantos llegaron para contraatacar. Tlacaelel de pronto empuñó una espada entregada por uno de sus hombres, cogió el asa de un escudo y se encaminó a la batalla.

—No tiene caso. Ustedes dos —indicó Mazatzin a sus guardias—, protejan a la reina. Cuento con ustedes —asintieron los hombres a las órdenes del Jefe de la Guardia quien siguió a Tlacaelel.

Cientos de hombres profanaban la santidad del principal edificio del reino, el centro administrativo, civil y judicial de la ciudad. Sus muros fueron burlados, los jardines pisoteados, sus recintos transgredidos. La entrada principal cedió ante el ímpetu de sus enemigos permitiendo el paso al grueso de los invasores hacia el patio central donde se levantaba justo en el centro, un montículo dedicado a las ceremonias privadas de los altos dignatarios y el rey.

Ahí mismo, una enorme fogata danzaba haciendo crujir las maderas ardiendo, desprendiéndose las centellas del fuego flotando en el aire, consumiéndose. Las llamaradas alumbraban el patio central dejando en las sombras los interiores de las habitaciones ubicadas alrededor. Los invasores se detuvieron extrañados por la lumbre, preguntándose por el motivo de su presencia a esas altas horas de la noche.

De repente, ante el sonido de un caracol, arqueros asomaron por los barandales del segundo nivel apuntando hacia el interior del patio, y en la planta baja al otro lado de la plaza, al grito del príncipe Cacama —de regreso en la ciudad, y a quien se le creía en la Mixteca—, dignatarios, funcionarios y capitanes al mando de sus escoltas de tres hombres, en conjunto con la guardia imperial, abandonaron sus escondites detrás de las columnas, lanzándose al ataque de los invasores, siendo rociados con flechas, dardos y piedras desde arriba.

Por todas las secciones se dieron enfrentamientos entre los guardias y los mercenarios. La sangre se convertía lentamente en otro adorno dentro del suntuoso órgano gubernamental. Para sirvientes y esclavos su hogar era profanado, su vida amenazada y por ello la defendían sin temor, más bien con ira. El caos se apoderó de los recintos; pillajes, asesinatos y combates tenían lugar. Los mercenarios, controlados por su ambición se preocupaban por robar lo que se encontraban, perdiendo su tiempo en insignificancias, huyendo del sitio en cuanto conseguían lo que querían o en muchos casos pereciendo al ser descubiertos.

Aún extrañado, Mazatzin peleaba hombro a hombro con Tlacaelel, avanzando hacia el patio donde la enorme fogata seguía iluminando el espectáculo bélico, bailando al compás de las armas astillándose y los guerreros muriendo.

¡Cuánta destreza y fuerza! Como si fuera el mismísimo Moctezuma, Tlacaelel combatía con una habilidad inimaginable a sus cincuenta años. Su complexión delgada, su actitud inalterable, sus movimientos lentos y sutiles se perdían envueltos en las ráfagas que propinaba. Su espada cercenaba a sus rivales con facilidad y se protegía de brutales golpes con su escudo sin tambalearse. Su mirada no se retiraba de sus víctimas hasta verlas desfallecer.

El sabor de la sangre lo alimentaba, como si fuera un dios, le daba la energía necesaria para batallar.

—¡Aztacoatl! —llamó Tlacaelel al alguacil mayor de la ciudad, su hermano de carne, peleando a su lado siendo convocado por él mucho antes de comenzar el desastre.

El alguacil mayor Aztacoatl, encargado de la seguridad de la capital, acudió pronto al llamado de Tlacaelel. A pesar de estar ciego de su ojo derecho, podía con facilidad combatir, obedeciendo al pie de la letra las indicaciones de su hermano carnal, Tlacaelel.

—Ven, habremos de arrojar sobre el fuego esos polvos rojos que traen estos asesinos —ordenó Tlacaelel al alguacil.

Alrededor continuaba el asedio. El príncipe Cacama dirigía a sus hombres para frenar la invasión y en el segundo piso los arqueros y honderos se quedaban sin proyectiles, recurriendo entonces a sus armas de choque enfrentando a aquellos enemigos que habían logrado subir para detenerlos.

—Pero, ¿y si es alguna clase de llamado para sus cómplices? Estos hombres no han venido por su cuenta —argumentó Aztacoatl.

—Lo sé muy bien, por esa razón te lo pido. Vamos, date prisa antes que sea demasiado tarde. El alba está por llegar.

Obedeciendo sus órdenes, arrojó sobre las llamas los polvos rojos desatando una gran columna de humo carmesí elevándose al cielo cual sangre, impregnando el viento, invocando fuerzas colosales.

A unos cuantos kilómetros, en el reino de Tlatelolco, al interior del recinto sagrado bajo la sombra del Templo Mayor, el rey Cuauhtlatoa contemplaba la noche en espera de la señal establecida para indicar el éxito de los mercenarios y la muerte de sus enemigos. Apareciendo sobre la superficie del cielo nocturno manchado con su espeso color rojo fusionándose con las nubes sobrevolando la laguna, la columna de humo lo despertó de su ensueño, dando la orden de atacar.

En Pochtlan, el grito del *Pochtecatecuhtli* no se hizo esperar y cruzó el patio llamando al ataque a los doce líderes del gremio, acompañados por sus comerciantes-guerreros y mercenarios. Miles de tlatelolcas y mercaderes marcharon al grito de guerra; tomando las angostas calles, las amplias calzadas y los innumerables canales de la isla con dirección a Tenochtitlan en busca de gloria y de riquezas inimaginables bañadas en sangre y marcadas con la traición.

Uno por uno los intrusos del palacio imperial comenzaron a huir al verse superados, otros fueron capturados y otros tantos ejecutados. Los corredores bañados de sangre podían relatar lo sucedido mientras los soldados seguían explorando el recinto en busca de enemigos todavía en su interior. Escondidas las reinas en el *mixcoacalli* o «Casa de los Músicos y Danzantes», detrás de los instrumentos protegidas por unos cuantos soldados, pudieron discernir el fin de la refriega.

De un momento a otro se dejaron de escuchar los gritos e insultos.

«¿Los habremos ahuyentado?», se preguntaron algunas de ellas.

Axochitl se preocupaba si era precisamente lo contrario.

Pronto sus temores fueron apaciguados cuando un soldado penetró a la Casa de la Música anunciando la victoria.

Axochitl preguntó de inmediato por el Jefe de la Guardia sin obtener respuesta. El soldado alzó los hombros en señal de ignorancia, bajo aquellas circunstancias era difícil saber el paradero de cualquiera.

—Se encuentra en el patio central, Su Alteza —respondió otro de los soldados en espera de alegrar a la joven reina—. Puedo llevarla.

Con precaución, las reinas volvieron a sus aposentos y los soldados seguían ocupados por encontrar a algún enemigo despistado o cobarde que se hubiera escondido para poder escapar cuando fuera posible.

Axochitl, sin embargo, acompañada por dos de sus soldados recorrió los salones y corredores destrozados, cruzando los antes bellos jardines actualmente adornados por cadáveres. Angustiada por saber de su guardián corría sin detenerse y los soldados apenas lograban mantener su paso. La inmensidad del lugar se volvía en su contra, la distancia acrecentaba su angustia.

En el patio central alrededor de la inmensa fogata, las tropas podían finalmente descansar. Mazatzin junto a Tlacaelel, y otros cientos de guerreros, lograron diezmar no sin pérdidas, las huestes de mercenarios inexpertos y desorganizados, adeptos en el arte del pillaje y el abuso, no de la guerra. Entonces bajó la guardia.

Mazatzin recuperó su calma olvidándose del combate. Exhausto por la intensa actividad, pues desde mucho tiempo atrás no blandía sus dos poderosas espadas, ahora resquebrajadas y maltrechas con la madera astillada y las navajas destrozadas, ya no le eran de utilidad. Sangraba de sus heridas, respiraba con dificultad, le aquejaba el cuerpo entero, pero estaba contento por saberse a salvo. Muy pronto dejó las armas confiándose de la victoria, regodeándose en su triunfo olvidándose de estar alerta perdiendo la ventaja ante lo inesperado.

Su confianza junto al cansancio lo traicionaron.

Admirando la columna de humo rojo, perdió la noción del tiempo, cuestionándose aquella extraña señal a lo alto. Recordó ver a Tlacaelel y al alguacil Aztacoatl arrojando a la fogata aquellos polvos extraídos de sus atacantes, volteando a ver al primer ministro para preguntarle el motivo de su acción. Muy tarde se dio cuenta del peligro.

Vio a Tlacaelel acercarse a él sin preocuparse, dejó caer las armas creyendo, por un momento, una tregua entre ellos.

Como un viento frío soplando, como si se hubiera sumergido en aguas heladas, sintió el filo de obsidiana atravesar su costado derecho entrecortando su respiración.

Rápida fue la traición del primer ministro, con la filosa cuchilla en sus manos perforó el abdomen de Mazatzin, sintiendo su sangre tibia abandonándolo y un frío glaciar envolviendo su cuerpo, desfalleciendo ante el dolor acumulándose en su ser.

Ninguno de los guerreros en el patio actuó en su defensa, muy tarde recordaba que aquellos eran hombres de Tlacaelel, inclusive el alguacil Aztacoatl.

—Tranquilo, pronto todo terminará —susurró Tlacaelel, tomándolo gentilmente de la nuca evitando que se golpeara al caer.

Mazatzin lo miraba con la indignación reflejada en sus ojos.

—¿En verdad creyó le iba a dejar hacer a su placer? ¿Con la mujer de mi hermano? Estaba muy equivocado —exclamó Tlacaelel.

Haciendo uso de todas sus fuerzas logró incorporarse tomándolo de su capa, aguerrido hasta el final.

—Moctezuma está muerto. Estoy en mi derecho… Axochitl es libre para amarme… —replicó yaciendo en el suelo desangrándose.

—Pero no es verdad, Moctezuma está en Tenochtitlan… ¿No lo ve, Mazatl? —Tlacaelel disfrutaba de ver la expresión del guardián.

Ya comenzaba a temblar, la vida se le escapaba lentamente. Tenía fuerzas suficientes solo para maldecir y amenazar, cuando en realidad eran inútiles sus esfuerzos.

—Los enemigos del imperio se nos han mostrado tal cuales y pronto vendrán e intentarán conquistarnos. Pero no saben que Moctezuma ya está aquí para destruirlos. Y en cuanto a usted, Mazatl, creí haberme librado de su presencia, pero regresó para entrometerse en mis asuntos e interceder por la molesta princesa tlahuica… Pero ya no estará aquí para protegerla.

Cambió el semblante taciturno del moribundo, el coraje se apoderó de él, sin poder moverse, solo convulsionaba más, pero manteniendo la mirada fija en Tlacaelel quien seguía arrodillado a su lado sin soltar el cuchillo atravesado al cuerpo del joven. Si acaso lo retiraba moriría más rápido y no tendría satisfacción de esa manera.

—Debió quedarse con la mujer que le dispuse, ¿no era suficiente Quiahuitl? Su cuerpo fue encontrado flotando por un canal, después de haber incumplido con su deber… una verdadera lástima…

—Hermano —advirtió Aztacoatl—. La reina viene en camino.

Tlacaelel regresó su mirada a Mazatzin, sonriendo.

Era una sonrisa aterradora, desgarradora, que provocaba más dolor a Mazatzin que la hoja de obsidiana punzando en su abdomen.

—Qué fácil sería deshacerme de ustedes dos al mismo tiempo, en el mismo lugar. Por última vez yacerían juntos, ¿no es lo que hacían? ¿Acaso pensaba, Mazatl, que no estaba enterado del niño creciendo en el vientre de la reina? O ¿cómo es que la llama? Ah, si… Axo.

—¡No te atrevas! —gritó Mazatzin desesperado.

Lentamente, Tlacaelel retiró la daga de obsidiana de su herida y con placer admiró la sangre de su víctima escurriendo en ella.

—Ve, Mazatzin, le dije que no podría escapar de mí. Yo que soy el rey de Mexico-Tenochtitlan.

Sus fuerzas le abandonaron dejando caer su cuerpo muy débil para controlarlo. Tlacaelel se levantó, dejando el arma y tomando distancia del guardián imperial, previniendo le culpara la reina por la muerte del valiente soldado, herido en combate.

Mazatzin en ese momento pudo ver a Axochitl corriendo hacia él, abriéndose paso entre los soldados, deteniéndose al percatarse de lo sucedido, sosteniéndose de los pilares para no caer, impactada ante la brutal escena frente a ella.

—¡Mazatzin! —gritó Axochitl al verlo ensangrentado en el suelo.

Axochitl cayó al suelo a un lado del guardián intentando detener la sangre escapando, sin querer soltarlo a pesar de ser demasiado tarde. Acomodó al noble sobre su regazo, llamándolo sin recibir respuesta mientras sus ojos entrecerrados la seguían, sus labios se movían, pero no producían sonido alguno.

—¿Qué has hecho? —le gritó Axochitl a Tlacaelel.

—Ha caído en la contienda, Su Alteza —intercedió Aztacoatl por su hermano, ella no dudaría de su palabra—. Eran muchos, deshonestos y cobardes, lo atacaron por sorpresa.

Todos sin excepción les dejaron estar a solas, siendo la última noche que los conocidos amantes habrían de compartir.

En el patio a la luz de las llamas, bajo la mirada de la blanca luna flotando en el cielo rehusándose a ocultarse frente al sol, la reina y su guardián en final unión permanecieron abrazados en el suelo, dejados a su suerte frente a la desgracia.

Tlacaelel ordenó la retirada, asuntos urgentes requerían su presencia de inmediato, pero no se marcharía sin antes disfrutar del espectáculo, de su venganza.

Las lágrimas de Axochitl no cesaban, su cuerpo temblaba llorando por su enamorado. La vida de su amante, su compañero, su guardián, se extinguía con la llegada de la mañana. Nada podía hacer para salvarlo, hacía presión en la herida inútilmente sin detener la sangre, demasiada había perdido embarrándose en su piel y en sus ropajes. Lo besaba en la frente, en los labios, llorando sin parar.

—No me dejes, Mazatzin, por favor —Axochitl lloraba, perdiendo fuerza sus lamentos y suplicas—. Dime, Mazatzin, dime que estarás bien —insistió ella sin aceptar la realidad, mientras siguiera respirando su guardián.

—Axochitl... —pudo Mazatzin pronunciar su nombre después de muchos intentos. Ella reaccionó aprisa, con la esperanza rondando por la desértica explanada—. No llores, todo estará bien —le mintió a su princesa por última ocasión.

Su mirada reflejaba su sufrimiento, recriminándose por ocasionarle una vez más dolor a su princesa. En su rostro se notaba su frustración, preocupado más por el dolor de Axochitl que por el suyo, por el destino de su amada que por el propio. Haciendo uso de toda su fuerza restante pudo retirar un mechón del rostro de Axochitl, cubriéndole su bello rostro para verla mejor. Ella reaccionó al roce de sus dedos sobre su mejilla tomado su mano para besarla, estrechándola en sus mejillas.

Inclinándose sobre su amado besó por última vez sus labios. Fue un beso suave y gentil, sus labios se unieron en un momento de felicidad inalcanzable, transmitiendo cada instante vivido juntos, cada caricia y gesto que disfrutaron.

Su historia no sería recordada, sus nombres serían olvidados, sus cuerpos desaparecerían y sus almas se desvanecerían en el universo, pero su amor jamás se extinguiría, perduraría miles de años, encerrado en un único beso eterno...

Una última sonrisa le regaló Axochitl a su amado antes de que abandonara este mundo, para que la recordara feliz y bella, no triste ni sollozando.

Acarició los cabellos del joven, lo tomó de las manos llevándoselas al rostro para sentir sus caricias, su amor hacia ella.

Un último suspiro abandonó el cuerpo del muchacho, llevándolo a otros terrenos existenciales: al Tonatiuhichan, el paraíso del sol donde vivía Huitzilopochtli, donde los valientes iban al morir, donde Itzcoatl tanto soñaba con ir.

La luz de sus ojos finalmente se apagó, dejando suspendidas en el aire sus últimas palabras de amor. Axochitl respondió por última vez a la voz de Mazatzin, dando el adiós permanente al hombre que había amado tanto en tan poco tiempo.

Capítulo XV

Sacrificios

Por las diferentes calzadas conectando la isla con tierra firme, al sur por Ixtapalapan y Coyohuacan, al oeste por Chapultepec y Tlacopan, aparecieron los ejércitos imperiales marchando de regreso, y al frente de ellos, sobre el ostentoso asiento real, venía Moctezuma, retornando de la otra vida. De Tlacopan se le vio al rey Totoquihuatzin con sus hombres dirigiéndose a Tlatelolco por la calzada de Nonoalco, y de Texcoco, Nezahualcoyotl cruzó la laguna seguido de cientos de canoas armadas dirigiéndose a Tenochtitlan para socavar la invasión tlatelolca. Apenas el rey Cuauhtlatoa y Nanahuatzin vieron semejantes huestes reunidas en su contra, desistieron de sus intenciones corriendo despavoridos, seguidos sin remedio por sus soldados. ¡Qué terrible tormenta de emociones inundaron sus corazones! Vergüenza, al ser engañados por Moctezuma, creyéndolo fenecido. Indignación, hacia Totoquihuatzin, a quien consideraban inofensivo. Furia, por la traición de Nezahualcoyotl, a quien consideraban aliado. Corrieron a su ciudad al norte, uno al Templo Mayor a preparar sus defensas y el otro a su barrio para esconderse en su fortaleza mercantil. La noche llegó a su fin mucho antes de que despuntara el alba. Los invasores fueron obligados a retirarse, replegándose hacia sus territorios buscando refugio de la furia tenochca, encontrando el repudio de su propia gente al enterarse de su derrota. La suerte se les escapaba de las manos y sobre el cielo nocturno pronto a desaparecer ante los rayos del sol, el engañoso dios Xolotl se reía sin mesura de sus marionetas sobre la tierra.

La figura de la Estrella Nocturna después dio lugar a la Estrella de la Mañana, para dar orden y sentido al mundo una vez más.

Descontento se vivió en Tlatelolco por el imprudente actuar de su rey, por su infructuosa campaña y por verse vencidos de nueva cuenta por los tenochcas, y fueron los tlatelolcas quienes ajusticiaron a su rey por su fracaso. De esa manera, el intrépido y ambicioso Cuauhtlatoa había perdido no solo la guerra, perdió también el favor de su pueblo, la lealtad de sus soldados y, sobre todo, su vida y su honor.

Pochtlan fue arrasado y el señor de los Comerciantes arrastrado por las calles de su mismísimo barrio por los soldados tenochcas hasta la plaza donde frente a sus agremiados, sería ejecutado. Y Nanahuatzin no podía entender por qué solo él era humillado, solo él era sentenciado a morir apaleado, reconociendo hasta demasiado tarde a los artífices de su derrota. Ahí estaba, en primera fila observando el espectáculo aquel quien le ayudó y conspiró con él en contra de Moctezuma y Tlacaelel. Hombro con hombro, abriéndose paso de entre los presentes, por igual hábiles y ambiciosos, el *Acxoteca* Tleyotol y el *Cihuacoatl* Tlacaelel se mostraron ante él para dejarle saber de su participación, contemplando el último momento del viejo señor de los Comerciantes siendo abatido por sus soldados, desangrándose sobre el patíbulo con el miedo y la confusión plasmados en su rostro.

A los primeros rayos de la mañana todo volvió a la normalidad en el Anahuac, y Moctezuma, reconociendo la participación de los tlatelolcas contra el traidor no quiso someterlos, prefiriendo colocar en el gobierno al moderado general tlatelolca, Moquihuix. La guerra, y en especial la derrota, sin embargo, incrementaría los antiguos odios y rencores entre ambos pueblos, y si bien los bandos cesaron entre los vecinos en ese entonces, los rencores y malas voluntades continuarían.

La pequeña rencilla entre Tenochtitlan y Tlatelolco aparecería en los anales como figuras y glifos que los hábiles escribas plasmarían en hojas de amate para ser recordadas ya fuera con rencor, pasión, interés o diversión por las generaciones futuras, pero para unos cuantos, esta se quedaría en la superficie, viva, expuesta y desgarradora. Aquella batalla fugaz, en unos cuantos había cambiado su vida para siempre.

Después de tanto derramamiento de sangre, de dolor y muerte en la ciudad, los soldados tenochcas al fin pudieron regresar a sus casas, a descansar y disfrutar de su victoria. El estado de ánimo de la laguna regresó a su calma habitual, el trabajo continuó, los festejos mensuales y particulares también.

El tiempo, entre tanto, pasó con desgana en el fuero interno de dos personas totalmente irrelevantes para el devenir del mundo y el futuro de su pueblo, importantes solamente entre ellos.

Para Axochitl nada volvió a ser igual desde la muerte de Mazatzin, con quien vivió tanto en tan poco tiempo, a quien se lo arrebataron en el mismo instante que pensaba que sería eterno su amor. Debajo de su belleza externa ocultaba un ser marchito, despojado de toda esperanza y consuelo. Se perdió en el abismo de las más crudas emociones que pueden existir, desvaneciéndose por completo la personalidad alegre y vigorosa de la joven reina. Desde entonces lloraba en secreto sin lograr recuperarse de su miseria, recordando a Mazatzin en cada amanecer y justo durante el anochecer con mayor pesar, anhelando volver a verlo entrar por el balcón de su recámara intentando salvarla.

Itzcoatl a su regreso cayó en un estado de apatía permanente cuando supo acerca de la muerte de su esposa y de su hija, culpándose por la desgracia en su ausencia, así como por la fatídica suerte de Mazatzin. De vuelta en su hogar encontró una soledad insoportable, en donde aumentaba su culpa y tristeza. El honor y la gloria tan anhelados no significaban nada para él, ya no, combatir perdió su importancia. Sus emociones lo dominaron, quedando a merced de la culpa, volviendo al palacio para continuar sus labores, sumergido en su pesar.

Meses pasaron y el dolor no desapareció en ninguno de los dos. A pesar de todo, se tenían el uno al otro. Para bien o para mal.

Moctezuma, indiferente a la muerte, no se perturbó al conocer sobre el sacrificio de cuatro de sus esposas y de quince de sus más eficientes sirvientes debido a su muerte fingida. La alegría por vencer al rey Cuauhtlatoa, descubriendo su traición al escuchar los consejos de su hermano, era lo único que importaba, y con su hermosa reina recostada sobre su lecho, esperándolo dispuesta a ser poseída por él, poco podía preocuparle al poderoso monarca. Nada le faltaba ya y no pasó una sola noche sin llamar a su reina por las noches al sentirse tan contento y satisfecho de sí mismo por su entrada triunfal a Mexico-Tenochtitlan, desarticulando la invasión de Tlatelolco, disfrutando del cuerpo de su esposa.

Una vez sometida la invasión tlatelolca, Moctezuma Ilhuicamina se preparó para una nueva invasión a la Mixteca, buscando la conquista definitiva de Coixtlahuaca, y esta vez, el rey Atonal, confiado ante la inesperada retirada de sus enemigos huyendo de sus tropas, creyéndose vencedor, no lograría detenerlo.

Poco a poco, Axochitl fue recobrando consciencia de sí, al recordar, aunque con dolor, los momentos que vivió con Mazatzin, en especial al sentir en su vientre la misma esencia del joven. Aquel ser creciendo en su interior, fruto de la pasión y del amor puro y verdadero se convirtió en la única esperanza de la bella princesa para volver a ser feliz algún día. Sobrevivía con la imagen de la pequeña criatura en formación, de la que nadie sabía nada todavía. Sería su secreto, entre ella y los dioses en el cielo, oculto a los plebeyos, a los nobles, a los altos dignatarios y a su legítimo esposo y supuestamente el padre de su bebé.

¡Cuánta fue la sorpresa de Itzcoatl al enterarse de la verdad! Con el secreto en la punta de su lengua, Axochitl le contó todo lo que había sucedido entre ella y Mazatzin y del bebé en camino.

—Entonces, Mazatzin pronto tendrá un hijo... —murmuró Itzcoatl desorientado, intentando asimilar la impactante noticia.

—O una hija —respondió Axochitl, esperanzada en tener una niña.

No porque no deseara un varón, pero si acaso era mujer, sería suya, no del Estado, ni del reino, ni del ejército ni de nadie más.

Ya comenzaba a notarse el embarazo de Axochitl y todos por alguna extraña razón le adjudicaron la paternidad a Moctezuma, a pesar de saber la mayoría de las aventuras entre la reina y su guardián durante aquellos tiempos turbulentos de la ausencia del rey. Preferían mantener secreta la verdad para no provocar la ira de su amo y señor, o quizás por obedecer e imitar a Tlacaelel, quien abogaba por la legitimidad del bebé como hijo del emperador. Entre la alta sociedad inclusive se llegó a apostar por cuál sería el género del bebé próximo a nacer.

«Si es niña, será tan hermosa como su madre», decían las mujeres de alta alcurnia, deseosas porque fuera una nueva princesa mexica.

«Si es varón, será tan valiente como su padre», decían los hombres, deseando otro guerrero para su nación, igual o inclusive más valiente que los príncipes Iquehuac y Machimale.

El vientre de la joven reina ya presumía su redondez, se advertía su dicha. Si bien tenía motivos para llorar también tenía para sonreír, y gozaba mucho de la sensación de saber crecer en su interior el producto de un amor de verdad, entre ella y Mazatzin, un último regalo de su guardián para ella.

—No importa en verdad si es un niño o una niña, yo le voy a amar profundamente hasta la eternidad. Así es como debe ser. Mira Itzcoatl, ven, está pataleando. Siéntelo.

Itzcoatl se acercó nervioso, posando con cuidado su mano sobre su vientre sintiendo el palpitar de aquel ser, sus movimientos, su vida. Como si Mazatzin estuviera todavía cerca de ellos.

—Queda poco tiempo. Me pregunto cómo será...

Itzcoatl, aunque por momentos recobraba sus ánimos, el recuerdo de su familia ausente lo arrastraba hacia lo más profundo y recóndito de sus pesadillas.

—Me pregunto cómo hubiera sido mi hija, si ella e Itzel...

Era imposible para el guerrero mantenerse alegre, pues cada vez que sonreía recordaba a su mujer e hija.

Para Itzcoatl no solo el dolor no desapareció, sino también el amor antes proferido hacia Axochitl regresó con fuerza e incontrolable deseo. A cada respiro sentía desfallecer luchando contra dos fuerzas opuestas que le dominaban por instantes; el amor a la princesa y la culpa que sentía por la muerte de Itzel.

Axochitl también volvía a tomarle el cariño a Itzcoatl, apreciaba su compañía que, aunque taciturna y silenciosa, era mejor que cualquier otra. Procuraba alegrar de alguna forma a su afligido guardián, aunque él no hiciera o no pudiera hacer lo mismo por ella en sus momentos de debilidad.

A pesar de la aparente paz viviéndose en el palacio, un hombre no vivía ni feliz ni tranquilo. Quizás no podía. Sus intrigas no encontraban descanso, sus intrigas no conocían final, su desconfianza tampoco. Cualquiera podía ser su enemigo, muchos buscaban su muerte; cada amanecer podía ser su último, nada era seguro para él. Tlacaelel no era cobarde, si la muerte llegaba a alcanzarlo, la enfrentaría de frente, pero significaba mucho más para él la prevención sobre la reacción.

Con la presencia de Itzcoatl nuevamente a un lado de la joven reina, a quien tanto detestaba, sus ideas revoloteaban alarmadas, buscando alguna forma para deshacerse del soldado, tan cerca de él, tan peligroso para su bienestar bajo la influencia de Axochitl, y arrebatarle a la reina cada pizca de felicidad en su banal existencia. Cierto rencor advertía el *cihuacoatl* hacia esa mujer, que ni él mismo comprendía, ocultándolo tras una máscara de bordes tan filosos como la obsidiana, pretendiendo protegerse de la venganza de la reina contra aquel quien por poco la mandó sacrificar, de quien podía sospechar ser el verdadero asesino de su consorte.

Próxima a celebrarse la principal celebración del pueblo mexica, la cual era dedicada exclusivamente a su dios tutelar, el portentoso Dios del Sol Huitzilopochtli, durante el quinceavo mes de Panquetzaliztli o «Levantamiento de Banderas», urgentes decisiones debían ser tomadas para antes de iniciar la veintena sagrada.

En los salones del palacio real, alejados de la corte, prácticamente escondidos del mundo a petición de su primer ministro, los hermanos se dedicaron a cavilar acerca de la elección del próximo representante del Dios del Sol y de la Guerra, quien sería digno de fungir como dios terrenal, el mismísimo dios solar entre los hombres viviendo como uno de ellos hasta volver a su paraíso.

La nueva estrategia de Tlacaelel para deshacerse de sus recientes preocupaciones acerca de su seguridad, llevaría a Moctezuma a poner en peligro la integridad misma de las fiestas de Huitzilopochtli. No era sencillo aquello que solicitaba.

—¿Él? —cuestionó Moctezuma a su hermano—. No es digno, aún le queda mucho por aprender...

—Es a quien necesitamos para la ceremonia. No hay nadie similar, ni otro que haya hecho tanto por el imperio y nuestro reino como él.

—Muchas cosas ha logrado, es cierto, y no niego su participación provechosa para con el reino, pero, ¿merecedor de este honor?

El hábil ministro buscaba solucionar sus problemas mucho antes que se suscitaran, aprovechando los rituales religiosos de su gente.

—Desde un principio llegaron a nosotros como un milagro, traídos por los dioses. Uno de ellos ha muerto con honor al defendernos de los esbirros de Cuauhtlatoa y Nanahuatzin, y ahora vive junto al Sol, ¿por qué el otro no ha de merecer la misma oportunidad?

Las exequias de Mazatzin celebradas en privado dentro del palacio lo despidieron con los máximos honores. En verdad se le consideraba muerto en batalla, con valentía, como si hubiera caído en las Guerras Floridas, y ahora gozaba en el paraíso del sol, creían.

Tlacaelel manipulaba la mente de su hermano.

—Es muy joven, no se ha ganado el derecho. Ha tenido suerte hasta ahora, pero si llegara a acobardarse durante la ceremonia, el espíritu guerrero de nuestro pueblo se desplomaría.

—No pasará —afirmó Tlacaelel—. Ceyaotl asegura su valor y hasta nuestros hijos Cacama e Iquehuac solo hablan elogios de él. Debemos de utilizarlo a nuestro favor.

Discutieron sin cesar pues la idea era extrema.

Era verdad, el espíritu de aquel hombre prometía ser único sin lugar a dudas, pero se requería de un héroe, un campeón, de un guerrero con el espíritu del Dios de la Guerra vivo en su interior, y ese hombre no representaba eso, al menos no para Moctezuma, que como guerrero podía juzgarlo mejor.

—No piensas con claridad, nos ayudaría con el pueblo. Imagínate, a un joven guerrero, de la plebe, gozando del máximo honor que hay para un guerrero. Levantaría los ánimos de quienes pelean por nosotros.

—Nuestra religión se rige por estrictos preceptos de santidad, hay reglas que no podemos pasar por alto. Además, el Sacerdote del Sol y el pueblo no lo aceptarían —afirmó Moctezuma.

—Nosotros somos quienes damos las órdenes. ¿Quién los libero del yugo tepaneca?, ¿Quién los ha convertido en conquistadores? No son los sacerdotes o los generales, los nobles ni mucho menos los plebeyos quienes gobiernan, sino nosotros, y tú, tú eres un héroe, un rey, el amo y señor de todas las tierras. ¡Por los dioses, mi querido hermano, eres el emperador! Ellos harán lo que tú les comandes sin oponerse.

Aquella decisión pondría en peligro todos los preceptos divinos del pueblo mexica, por otro lado, los reforzaría también, según Tlacaelel. Moctezuma cedió ante los consejos de su hermano como siempre hacía, solo por lapsos su propia conciencia le impedía seguir al pie de la letra los planes del *cihuacoatl* tan descabellados para las mentes sencillas.

Seguramente tendría razón en esta ocasión.

En verdad era Tlacaelel el poder detrás de la corona.

En la Cámara de Recepción, el *Tlatoani* Moctezuma y el *Cihuacoatl* Tlacaelel junto a la alta jerarquía eclesiástica mexica consideraron los preparativos para la próxima ceremonia. Acongojados por la repentina muerte del *ixiptia*[46] para la fiesta durante la invasión de Tlatelolco, se dedicaron arduamente a buscar un guerrero digno y valeroso, capaz de representar a su Señor Dios Huitzilopochtli en la fiesta.

La repentina elección del *tlatoani* hecha por mucho muy a la ligera, hizo surgir ciertas interrogantes entre los altos mandos religiosos. De un momento a otro, Moctezuma propuso para la tarea, nada menos que al único guardián remanente de su esposa, a Itzcoatl.

---

46 Los *ixiptia* eran hombres y mujeres que representaban a los dioses, siendo en las ceremonias, sacrificados. Para estos rituales no se elegía a un prisionero, sino a gente entre el pueblo.

Ante su anuncio, Tlacaelel miró a Moctezuma con complicidad por tal ardid, conspirando contra los sagrados preceptos de la religión por sus propios intereses, en pos de una especie de recompensa imaginaria dirigida hacia los estratos inferiores de la sociedad.

Hubo extrañez y asombro ante la elección del soberano, quien creía fervientemente que era la mejor opción y que ningún otro hombre en la ciudad merecía tal dignidad, excepto ese joven traído de los lejanos campos tlahuicas por designios divinos.

—Pero Su Majestad, seguramente habrá otros hombres, un noble y de alto rango, ¿no lo cree? —propuso el sacerdote del Sol, humilde y sincero, sin evitar desdeñar la proposición del *tlatoani*.

Tlacaelel intervino en el asunto al verse comprometido, temiendo que su hermano cedería ante el sumo sacerdote de Huitzilopochtli.

—Su Eminencia, ¿a quién más podremos elegir? Cada uno de los presentes ha dado evidencias importantes contra los demás aspirantes. Contra este último sus quejas son su edad y condición, las cuales no puede controlar.

—Habla con la razón, como siempre, Su Excelencia Tlacaelel. Muy bien, ustedes sabrán mejor —agregó el sacerdote del Sol, resignado a obedecer.

*****

A la partida de los sacerdotes, Moctezuma hizo llamar a su esposa junto a su guardián para explicarle lo que esperaba de él, tanto para el beneficio de su nación como de la continuidad de la vida misma.

Un tremendo regalo recibiría Itzcoatl, uno mortal, además.

—No lo entiendo, Su Majestad... ¿acaso fui elegido para representar a un dios? —preguntó Itzcoatl, creyendo haber escuchado mal.

—No a cualquier dios —intervino Tlacaelel—. Nada menos que a Nuestro Señor Dios Huitzilopochtli.

—Querido esposo, ¿qué has de solicitar de mi guardián? —preguntó Axochitl, pues no era costumbre elegir a un hombre de la condición de aquel para las fiestas del sol, y después de escuchar a Tlacaelel supo que debía impedir tan vil y desleal recompensa.

Moctezuma miró a Axochitl, y le sonrió cariñosamente, acariciando su mejilla, dirigiéndose después al plebeyo tomándolo de los hombros.

—Itzcoatl, así como Mazatl... —le dijo Moctezuma—, quien ahora disfruta de los placeres de la «Casa del Sol». Tú tienes la oportunidad de hacerlo también. Tu esposa e hija murieron durante el parto, ¿no es así? Quizás puedas volver a verlas.

Intentó convencerlo de ser una excelente oportunidad, prometiendo una dicha inmensurable. Y lo logró. Itzcoatl, al escuchar hablar sobre Itzel y la oportunidad de volver a verla, se emocionó.

—¿En verdad podría?

Para la joven reina no fue una noticia placentera. Dudaba de la razón por la cual fue elegido su guardián y nadie más. Muy por debajo de las palabras de Moctezuma se reflejaba el desprecio y la complicidad de Tlacaelel en ese ardid contra su guardián, contra ella en realidad.

—Has sido muy valiente y leal —dijo Moctezuma aquella roja tarde invernal—, y por tus grandes hazañas es solo justo ofrecerte este honor. Pero has de saber que no habrá marcha atrás, no podrás retroceder, te convertirás en el Sol y luego, serás sacrificado en su nombre. ¿Aceptas esta dignidad, o acaso vivirás en la vergüenza y en la humillación?

La noticia cayó como una flecha aturdiéndolo. No se encontraba en posición para enfrentar tal encomienda.

—No entiendo, ¿por qué yo?

—Descansa entonces, medítalo esta noche y regresa a mí mañana con tu respuesta. Pero no demores mucho, la ceremonia se acerca y los sacerdotes necesitan saber. Te necesitamos, Itzcoatl.

Moctezuma miró de reojo a su reina una vez más, creyendo le hacía un favor al obsequiarle la muerte florida a su guardián. Pero no sabía en realidad que la lastimaba.

Lejos de la mirada del emperador no hubo necesidad de restringirse en su desconcierto. Axochitl, aterrada, acompañó a su guardián en su conmoción, procurando no opinar o su verdadero pensar podría ser escuchado. Resentía aquella trampa, ese juego cruel de los dioses. Esa traicionera intención de Tlacaelel por dejarla sola. Todavía creía que Mazatzin había muerto durante la lucha, pero una parte sabía que era Tlacaelel el culpable.

—No tienes que hacerlo si no quieres, ¿me escuchas? Estas fiestas son para la gente de la ciudad, tú y yo somos de otros lugares, tenemos diferentes costumbres —comentó Axochitl evitando mostrar su terror y sufrimiento, pues comprendía lo que se le estaba pidiendo al joven, y lo comprendía mucho mejor que él.

Axochitl intentó hacerle desistir, negarse, rechazar el honor y vivir, ¡qué poco le conocía!, a ese hombre, guerrero, guardián, aunado a su complejo de mártir ocasionado por no haber logrado salvar a Itzel ni protegido a Mazatzin, siendo él quien los llevó a la capital, fuera por su voluntad o no, creía que era su culpa que hubieran pisado la ciudad de Mexico-Tenochtitlan.

—Debes entender que no es una orden, es una oferta... —prosiguió Axochitl decidida a hacerle comprender en verdad lo que se esperaba de él, y hacerlo meditar para que fuera a rechazarlo—. No tienes por qué aceptar, escúchame bien, esto no es para ti, debes saber que no lo mereces. Itzcoatl, mírame a los ojos... la muerte no es para ti, no en estos momentos, no debes hacerlo.

Lo decía, pero sabía bien que el plebeyo no podía negar aquel honor al cual quedó atado gracias al *cihuacoatl*. Por una parte, por la presión recayendo sobre él, y otra por su inhabilidad de desobedecer órdenes, o resistirse a buscar la gloria.

La voz de Axochitl era similar a un eco lejano, esforzándose por ser escuchado, sin llegar a rozar los recónditos laberintos de la mente del guerrero sumido en sus pensamientos e ignorando involuntariamente a Axochitl, sin llegar a considerar por un momento el vivir en vergüenza después de rechazar el nombramiento.

—Debo hacerlo, Axo. Por mi honor... —contestó al despertar de su ensueño, volviendo en sí, decidido. En poco tiempo la idea de morir le complació. No tenía nada que perder.

—¿Por qué? La vida nos da muchas oportunidades de ser felices, al menos muchas más que las que la muerte podría darte.

—Nada tengo en este mundo, Axo, nada. Mi mujer e hija murieron, Mazatzin se ha ido, tú te encuentras con Moctezuma, y yo estoy solo. Quiero volver a besar a Itzel y abrazar a mi niña... Si soy sacrificado, podré hacerlo realidad.

Axochitl calló comprendiendo su necesidad. Nada podía hacer para hacerlo reconsiderar la propuesta, lo perdía a él también a manos del destino, sin saber por qué merecía aquel castigo.

—No sé si los sacerdotes dicen la verdad, si acaso existe otra vida después de la muerte, pero debo intentarlo. Perdona mi insensatez, por favor, Axo.

—¡Es Tlacaelel! ¿No lo ves, Itzcoatl? —reprochó ella finalmente al verse superada—. Intenta dejarme sola, indefensa. Ya me ha arrebatado a Mazatzin de mis manos y ahora que tú volviste hará igual.

En silencio, Itzcoatl escuchó sin poner atención, podría ser verdad lo que decía ella, pero ya estaba decidido a cumplir con aquel importante ritual, para el Estado, la Iglesia, y para su pueblo.

—Me dejarás sola, Itzcoatl, ¿eso quieres? No tengo a nadie más a mi lado… Tú y Mazatzin son lo único… eran lo único que tenía —expresó una vez más la joven, deshecha.

—Estarás bien, Axo. Yo tengo que hacer esto, por mi esposa, por mi hija y por Mazatzin, ya no puedo estar aquí.

Axochitl, devastada, abrazó con fuerza a su guardián, despidiéndose de él por última vez.

—Todo estará bien… —recitó ella a los oídos del plebeyo, pero en realidad se lo decía a sí misma, intentando calmar su malestar—. Ve con tu esposa e hija, ellas te esperan.

Alzó lentamente su mirada secándose las lágrimas del rostro para despedirse de él con un beso en sus labios, sutil y fugaz conforme sus almas se mezclaban en un torbellino de emociones.

Se alejaron agradeciendo sin palabras los momentos que pasaron juntos, arrancándoles un largo suspiro el recuerdo de su vida.

—Sin importar donde estés, tú siempre serás mi guardián, valiente Itzcoatzin.

—Y tú, Axo… siempre serás mi princesa.

Fueron las últimas palabras que se dirigieron, sus últimos momentos antes que él abandonara el palacio.

Al alba, el puesto del joven guardián fue suspendido y aceptó la oferta del emperador. Al iniciar el mes Panquetzaliztli se le nombraría Guerrero del Sol; impecable en su conducta, en su actitud y moral, la perfección militar y religiosa absoluta. Durante el transcurso del mes viviría en un templo, repleto de cuidados y atenciones.

Las noticias recorrieron la laguna con celeridad, los altos dignatarios quedaron anonadados al ser testigos del regalo del emperador a aquel muchacho, demasiado escandalosas eran aquellas noticias para callarse. Un joven, plebeyo, de un pueblo desconocido, sin la edad o fama, se le recompensaba no solo por sus prisioneros o batallas, condecoraciones o logros, se recompensaba su valor excepcional y fidelidad al emperador y a Huitzilopochtli.

Mexico-Tenochtitlan prosperaba, y el hechicero azul, el colibrí del sur, Huitzilopochtli, continuaba requiriendo de los corazones de los hombres para traer un nuevo amanecer, y los mexicas voluntariamente se los obsequiaban sin dudarlo. Necesitaban para las próximas fiestas la mejor de las «flores sagradas», digna del dios de dioses.

Comenzaba la majestuosa fiesta de Panquetzaliztli. Para este mes las cosechas ya estaban listas y la tierra debía de reposar, para así cuando terminara el invierno, se volviera a sembrar. Se festejaba el inicio de los tiempos fríos, la temporada de la guerra y el nacimiento del máximo dios mexica. Las casas fueron adornadas con banderas a la entrada, sobre los techos y dentro de sus patios y cuartos. El gobierno se dedicó a engalanar las calzadas, plazas y recintos administrativos, solo los templos eran la responsabilidad de los sacerdotes. A su vez, los árboles se veían adornados de papel amate brillante colgando en sus ramas.

Itzcoatl fue enviado al templo de Paynal, dios de los mensajeros y sirviente de Huitzilopochtli, en el barrio de Huitznahuac, donde viviría hasta el último día del mes. Ahí, recibió cientos de atenciones, como deliciosos manjares y bebidas sagradas; ropas finas de algodón, tejidas por las mejores costureras; joyas de oro y plata, engarzadas con jade, turquesa, obsidiana y cuarzo; perfumes de magníficos olores guardando la esencia de flores y de hierbas que le hicieron soñar con paisajes muy lejanos; exóticos y muy bellos tocados de plumas; y un cuerpo entero de acólitos y aprendices de sacerdotisas a su servicio.

Pero el sacrificio era en realidad para él una forma de deshacerse de la culpa residiendo en su alma, requería de redención, reivindicarse por sus fallas, intentaba purificarse bajo la filosa navaja de obsidiana y por la gracia de los dioses.

Durante los veinte días del mes se bailó y cantó con mucha alegría y sincero entusiasmo, llevándose a cabo competencias para los jóvenes, de velocidad, resistencia y voluntad; carreras de obstáculos, de tiro de dardos, cargando maderas, juegos de pelota. Los participantes pintados sus cuerpos de azul y sus rostros con franjas negras y amarillas, eran nombrados *huitzilopochque* o «servidores de Huitzilopochtli», quienes se bañaban en los manantiales, se sahumaban con copal y le dedicaban cantos al Sol, haciendo penitencia y ayunando antes de competir. Al final, fue turno de los sacrificios y los juegos gladiatorios.

En cada barrio, las figurillas de Huitzilopochtli se presumían en sus plazas, hechas de una pasta de amaranto y semillas, sostenidas de un armazón hecho de palos y varillas, preparadas con ricas plumas, finas mantas y costosa joyería. El máximo dios tomaba vida en su fiesta.

Cerca del fin de la veintena, el desenlace se llevaría a cabo en el Templo Mayor, donde aquel hombre, representando a Huitzilopochtli, se mostraría ante toda la ciudad ataviado a su usanza, y andaría como un dios por las calles, para ser sacrificado y regresar a sus dominios.

Los días pasaron con presteza durante la estancia de Itzcoatl en el templo de Paynal. A pesar de sus intenciones, no pudo evitar disfrutar de tanto deleite, siendo un mes de maravilla. Acomodado en su nuevo hogar rápidamente, después de fumar del cigarro preparado con hierbas alucinantes desconocidas para él, desaparecieron sus inquietudes. Por las noches se le unían sacerdotisas, lindas y jóvenes, acercándose al elegido para proporcionarle servicios sexuales, pero Itzcoatl siempre las rechazaba tajantemente. No se podría perdonar jamás, no soportaba la idea de yacer con ellas pues, aunque no estuviera Itzel en la tierra, no era capaz de traicionar el recuerdo de su esposa.

Las jovencitas, ofendidas, pero a la vez agradecidas, de momento se retiraron, salvaguardando su virginidad para otra ocasión.

La última noche avanzó lentamente, como si el volverse un dios le otorgara el don de detener el tiempo con solo desearlo, y se la pasó tendido sobre la estera contemplando el techo forrado de telas bailando por las ráfagas de aire sin lograr conciliar el sueño y sin saber dónde se encontraban sus pensamientos.

Lejos del templo, la figura de Axochitl vagaba en la oscuridad de su habitación, triste y decepcionada por la decisión de Itzcoatl. Resignada a la voluntad de los dioses, de Tlacaelel o de quien fuera, inclusive de su guardián, adoptó su mejor porte, mirando hacia su vientre donde el bebé pataleaba convenciéndose de su bienestar. No necesitaba a nadie más que a su bebé. Nunca estaría sola, se decía. La última noche del mes, a la luz de la luna en el balcón de su cuarto, Axochitl recordaba aquella noche en el poblado de Oaxtepec, pidiendo a la Diosa de la Luna jamás abandonarla, cayendo después en un profundo sueño ajeno a la realidad.

Al alba, los sacerdotes anunciaron la salida del sol triunfante sobre las estrellas y la luna, desplazándolos por los cielos hacia las tinieblas. Las calles adornadas con banderas invitaban a las procesiones, listas a recibir al hombre-dios y cumplir con la parte de su trato con los dioses. La gente se reunió en el Centro Ceremonial para la culminación de la mayor celebración del año después de veinte días de fiesta.

Procesiones, danzas, cantos y rezos se escucharon durante veinte jornadas, se realizaron sacrificios a prisioneros de guerra y los valientes guerreros de la Mixteca probaron suerte enfrentándose a los guerreros mexicas en el Sacrificio Gladiatorio.

Entonces apareció el hombre, el guerrero, el héroe y el dios. Era Huitzilopochtli en persona, un simple mortal depositario de un increíble poder ancestral y divino. En la ciudad-capital y en todo el mundo, en ese preciso instante, era la representación del dios solar y la pieza clave para el final de la fiesta. Marchó por las calles desde su templo seguido de cuatro sacerdotes pintados sus cuerpos de betún negro, entonando graves cantos mientras avanzaban, llevando capas negras cubriendo sus espaldas y las cinturas envueltas por muy blancos pañetes con franjas doradas. El representante del máximo dios del universo se dirigió hacia el recinto sagrado custodiado por un mar de gente atrás, a los lados, sobre las calles y canales, agitando hojas de palma al aire. Entrando por la puerta oeste de Cuauhquihuac al Centro Ceremonial tras visitar toda la ciudad, hizo su aparición final en la tierra, llegando con su cuerpo pintado entero de azul y el rostro teñido de dos colores; desde su nariz a la frente iba pintado con betún negro a manera de antifaz con piedras blancas incrustadas alrededor de sus ojos; y de su nariz hasta el mentón iba teñido de una franja amarilla.

Presumía los atavíos del Dios del Sol orgulloso; la suntuosa corona dorada de tres puntas, adornada por un magnifico tocado de plumas hecho en Amantlan revelando su grandeza, levantándose unas hacia el cielo y otras más largas cayendo hacia su espalda, verdes, rojas, azules y blancas, de guacamayas y quetzal, de pavo reales y tucanes; el moño rojo y blanco, símbolo de la deidad solar, cubriendo su pecho; anillos de plata en sus manos, collares y orejeras de obsidiana adornadas con listones rojos cayendo sobre sus hombros; muñequeras de jade y oro, brazaletes de piel confeccionados con fragmentos de turquesa y cuarzo; llamativas sandalias de cuero con suela de oro engalanadas con plumas de colibrí y listones cubrían gran parte de sus piernas hasta por debajo de las rodillas; una rica manta morada, azul y dorada hecha de algodón atada a su hombro derecho se agitaba a cada paso; un pañete carmesí y dorado cubría sus partes; portando una rodela de oro y turquesa ceñida a su brazo izquierdo, sujetando con fervor un *atlatl* de turquesa y tres dardos, mientras con la derecha blandía la *xiuhcoatl*, la «serpiente de fuego», el arma más poderosa de los dioses.

Marchaba con calma y seguridad, su porte era impecable, su valentía no tenía límites. No tenía miedo. Llegó a conocer la verdadera felicidad con Itzel, con Mazatzin, a un lado de Moctezuma y Tlacaelel, y sobre todo con Axochitl, además de consigo mismo. Nada le faltó en su vida, aunque corta como fue, muy placentera también; conoció la gloria, el honor, la amistad y el amor, ahora, estaba a punto de recibir la última recompensa, la posibilidad de vivir eternamente, combatiendo cada día venciendo a la noche, obsequiándole a su pueblo un nuevo amanecer, permitiéndole a Axochitl vivir. Se iba del mundo terrenal para darle fuerzas al sol en su constante misión y volvería a pelear con Mazatzin como Guerreros del Sol, mientras Itzel como *mocihuaquetzque*, le haría fiestas y bailaría al sol.

Volvió la mirada a su camino recobrando su porte, sin detenerse hasta llegar a los pies del gigantesco Templo Mayor.

Subió los empinados escalones con sosiego, presentándose ante el *Totec-Tlamacazqui*, el Sumo Sacerdote del Sol, en la cumbre, siempre con una amplia sonrisa conciliadora dibujada en su rostro.

El Sumo Sacerdote de Huitzilopochtli le recibió en la cima como un padre saludaría a su hijo, al mismo tiempo en que los cuatro sacerdotes acompañándolo le removieron las vestimentas, preparándolo para el sacrificio, quedando únicamente con el pañete rojo.

Entre los altos dignatarios, nobles y jefes de guerra, a quienes sirvió en las campañas, reconoció al capitán Ceyaotl, él quien había dado buena fe del joven para ser elegido dios terrenal. A un lado, apreció la figura del rey Nezahualcoyotl junto a su esposa la reina Azcalxochitzin, haciendo acto de presencia, y cerca de ellos, el *Cihuacoatl* Tlacaelel y la princesa Maquitzin, a quienes conoció durante su corta estancia en la capital, recibiéndole con una frágil sonrisa casi imperceptible. En ese momento reconoció cuanta gente llegó a conocer. Era gente poderosa, importante, trascendente. Cada uno le saludo con respeto y admiración al pasar, se inclinaron ante él cuando estuvo frente a ellos haciendo una profunda reverencia, a él, a un simple plebeyo, a un guerrero, a un rey, a un dios.

Y detrás de ellos, sentados sobre los tronos de tejido de tule al fondo de la elevada explanada, justo a la entrada de los altares de los dioses Tlaloc y Huitzilopochtli, distinguió el fornido cuerpo del General en Jefe, Señor de los Hombres, emperador y amo de todas las tierras, nada menos que el *Huey Tlatoani* y rey de Mexico-Tenochtitlan, Moctezuma Ilhuicamina, majestuoso e imponente como siempre, pero su atención se fijó en especial en su esposa, la bellísima Princesa del Agua, la Hija de los Dioses, su princesa, su reina, Axochitl Chichimecacihuatzin.

Su alma descansó y su cuerpo se tranquilizó, comenzando a crecer en su interior un sentimiento de paz, sonriendo encantado al ver a su hermosa princesa antes de partir, luciendo más hermosa que nunca.

Ella sonreía, intentando con dificultad contener las lágrimas. De vez en cuando bajaba la mirada hacia su vientre sobresaliendo de su ropa, acariciándolo amorosamente, regresando su mirada hacia su guardián, despidiéndose de él.

«Hasta siempre, mi princesa...», decía su mirada hacia ella.

«Hasta nunca, mi guardián», respondían sus bellos ojos negros.

El Sumo Sacerdote del Sol recitó los cantos apropiados para su dios, esperando a que los otros sacerdotes sahumaran al joven de pies a la cabeza antes de su despedida final:

Huitzilopochtli es el primero en rango,
ningún otro, no hay otro que sea como él:
no en vano yo canto y salgo a la luz
en la vestimenta de nuestros ancestros;
yo brillo; yo me ilumino.
Él es terror para los mixtecas;
él solo destruyó la Huaxteca,
él los conquistó.
El Lanzador de Dardos
es un ejemplo para la ciudad,
ya que se puso a trabajar.
Aquel que comanda en la batalla
es llamado el representante de mi dios.
Cuando grito muy fuerte, él inspira gran terror,
el divino lanzador,
entregándose al combate.
Reúnanse conmigo en la casa de guerra
en contra de sus enemigos,
reúnanse conmigo.[47]

Delante de la pareja real, se levantaba el *techcatl*, saboreando la sangre que habría de derramarse en sus grecas resaltando de la piedra. Los detalles del monolito se intensificaron a la vista del joven próximo a sacrificar conforme se acercaba la hora de su última actuación.

Los cuatro sacerdotes tomaron a Itzcoatl de los brazos para acercarlo a la piedra, acostándolo en ella boca arriba. Su espalda sintió la dureza de la piedra de sacrificio por debajo, sus pies dejaron de tocar el suelo y sus brazos quedaron extendidos a sus costados suspendidos en el aire, su mirada quedó fija ante el sol a lo alto en el cenit, alumbrando.

---

47 El himno de Huitzilopochtli llamado Tlaxotecoyotl [Sea su gloria establecida], cantado durante la celebración del decimoquinto mes de Panquetzaliztli.

El Sumo Sacerdote se acercó cuidadosamente, intentado calmar sus ánimos y relajarlo, antes de sacar la navaja de su túnica alzándolo por los aires, tomándolo con ambas manos sobre su cabeza. Entonces los sacerdotes sujetaron al joven de manos y piernas asegurándose que no se moviera.

Su visita en la tierra había terminado, debía regresar a la casa del sol donde pertenecía, se lo llevaban para vivir con los dioses en los trece cielos, observando, vigilando y cuidando a los demás que se quedaban en el suelo mortal.

Itzcoatl se dejó caer olvidándose del astro solar y su destino divino, apreciando en cambio a la hermosa princesa al frente, quien le devolvía la mirada con pequeñas lágrimas rodando por sus mejillas, sufriendo cada instante como si ella misma estuviera sobre la piedra.

Todo lo demás dejó de existir; el cielo, el agua, la tierra, la paz y la guerra, el frío y el calor, el día y la noche, la alegría y hasta el dolor, su dualidad principal se concentró en dos personas, los únicos en todo el mundo, él y ella.

La navaja de obsidiana descendió con rapidez cortando el viento a su paso, traspasando barreras invisibles de sueños y deseos, recuerdos y tormentos, atravesando el vientre del joven-dios, arrebatándole la vida y obsequiándole la eternidad.

Itzcoatl reaccionó al golpe, su cuerpo se tensó y sintió el dolor en su ser devorándolo. La sangre comenzaba a escurrir, su vida desaparecía. Con un movimiento rápido y sutil, el Sumo Sacerdote introdujo las manos en su cuerpo convulsionando, removiendo su valeroso corazón con gran destreza para exhibirlo a la gente agitándolo en el aire dejando la sangre derramarse, escuchando a la gente abajo aplaudir, gritando de felicidad ante el ritual, ante la muerte de un valiente.

Mientras tanto, Itzcoatl sonreía al merecer la muerte florida, dando su vida por su dios, por su pueblo y por su honor.

Las lágrimas escaparon de Axochitl, pero ninguna queja salió de sus labios. Cuando hubo terminado el ritual, dirigió su mirada al cielo, en donde creyó ver el alma de su guardián elevarse, fundiéndose con las nubes, reuniéndose con Mazatzin en el Tonatiuhichan, abrazando a su esposa Itzel en el Cincalco, y besando a su hija en el Omeyocan.

Itzcoatl, el guardián de la Princesa del Agua, finalmente yacía sobre la piedra de sacrificios frente al altar, inmóvil, con una sonrisa dibujada en su rostro y la mirada perdida en sus sueños y en una alegría eterna. Cubierto por la sangre de obsidiana.

Meses después del sacrificio del *ixiptia*, recordándosele con cariño y admiración al valeroso guerrero de Oaxtepec, nuevas buenas llegaron a la ciudad de Tenochtitlan. Moctezuma y Axochitl estaban a punto de recibir a su primer hijo…

Una nueva celebración daba inicio en Tenochtitlan en vísperas del nacimiento. Se aguardó con emoción la llegada del nuevo príncipe o princesa mexica. Muchos ansiaban el nacimiento de un varón quien sería como su padre, un gran general de adulto y una figura importante en el gobierno. Por otro lado, otros preferían el nacimiento de una niña, quien sería indudablemente igual o quizás mucho más hermosa, si eso fuera posible, que su madre.

Axochitl había guardado el secreto acerca de su embarazo, de la identidad del verdadero padre y de la forma en que se concibió aquella criatura. No sufría culpa o malestar por sus acciones, no había razón para arrepentirse, las recordaba con viva memoria e insuperable alegría, observando su vientre inflado donde su hijo o hija, y el de su antiguo guardián, crecía día con día, y veía en ese pequeño a Mazatzin, capaz de vivir por siempre a su lado. Le amaba con pasión, mucho antes de nacer, era ella, era él, sería un niño hermoso y varonil o una niña dulce y preciosa, suyo y de nadie más.

Había llegado el momento tan esperado, era el día más importante de su vida, para dejar de ser una muchacha. Abandonaba su papel como reina, para convertirse en diosa, en guerrera, en madre.

La alta alcurnia aguardaba a las afueras de la habitación, Moctezuma al frente, de cerca Tlacaelel y con él la princesa Maquitzin. El tiempo se detuvo en cuanto se escuchó el llanto del infante proviniendo de la habitación, fue cuando supieron, cuando se dieron cuenta del milagro, del nacimiento de un nuevo miembro de la capital, de noble estirpe, de valiente herencia, de bellísima apariencia.

Moctezuma entró procurando no hacer ruido. Axochitl, tendida en su lecho, cansada, mecía a su bebé con un brillo singular en su mirada. La belleza se apoderaba de sus figuras unidas, un halo de luz parecía irradiar de ellas a su alrededor, protegiéndolas.

—¿Qué ha sido? —preguntó Moctezuma besándola en la frente.

Ella le vio perdida en su felicidad, sin ver en realidad quien era el que hablaba. Enfrente se le apareció la imagen de su hermoso guardián, justo como cuando le conoció, y Mazatzin le veía por igual contento, al saber que era feliz en su ausencia.

«Donde hay muerte también existe invariablemente la vida. No se puede separar la una de la otra, imposible. Es bueno saber que solo te has transformado, y has venido a ver a nuestro bebé, a saludarnos...», susurraba en su interior la reina.

Luego, regresó su mirada a la criatura que tenía en brazos, con los ojos cerrados y sus pequeñas manos regordetas apretando la manta en la que estaba envuelta, durmiendo plácidamente.

Volteó hacia Moctezuma, aceptando la suerte de su existencia.

—Una niña —sonrió Axochitl, extasiada—. Una hermosísima niña, tuya y mía, nuestra por toda la eternidad, hija de los dioses, nieta de los mexicas y de los tlahuicas. Nuestra queridísima pluma de quetzal.

—¿Cómo se habrá de llamar? —preguntó Moctezuma posando su mano sobre la cabecita de la niña.

—Se llamará Atotoztli —respondió Axochitl, contenta por darle el nombre que ella quisiera—. Princesa Atotoztli.

Made in the USA
Las Vegas, NV
29 August 2023

76790161R00187